J. R. Ward

VAMPIRTRÄUME

Ein BLACK DAGGER-Roman

WILHELM HEYNE VERLAG
MÜNCHEN

Titel der Originalausgabe
LOVER ENSHRINED (Part 2)

Aus dem Amerikanischen übersetzt von Astrid Finke

FSC
Mix
Produktgruppe aus vorbildlich bewirtschafteten Wäldern und anderen kontrollierten Herkünften

Zert.-Nr. SGS-COC-1940
www.fsc.org
© 1996 Forest Stewardship Council

Verlagsgruppe Random House FSC-DEU-0100
Das für dieses Buch verwendete FSC-zertifizierte Papier
Holmen Book Cream liefert Holmen Paper, Hallstavik, Schweden.

Deutsche Erstausgabe 12/2009
Redaktion: Natalja Schmidt

Printed in Germany 2009
Umschlagbild: Dirk Schulz
Umschlaggestaltung: Animagic, Bielefeld
Autorenfoto © by John Rott
Satz: Buch-Werkstatt GmbH, Bad Aibling
Druck und Bindung: GGP Media GmbH, Pößneck

ISBN: 978-3-453-52637-2

www.heyne.de
www.heyne-magische-bestseller.de

Gewidmet: *Dir.*

Du warst der perfekte Gentleman und eine Wohltat.
Und ich glaube, dass Freude dir gut bekommt –
du hast sie definitiv verdient.

Danksagung

Mit unendlicher Dankbarkeit den Lesern der Bruderschaft der Black Dagger und ein Hoch auf die Cellies!

Ich danke euch so sehr:
Karen Solem, Kara Cesare, Claire Zion, Kara Welsh.

Danke S-Byte und Ventrue und Loop und Opal für alles, was ihr aus der Güte eures Herzens tut!

Wie immer Dank an meinen Exekutivausschuss:
Sue Grafton, Dr. Jessica Andersen und Betsey Vaughan. Und meinen größten Respekt für die unvergleichliche Suzanne Brockmann.

DLB – RESPEKT. Ich hab dich lieb xxx Mami
NTM – wie immer in Liebe und Dankbarkeit. Du bist wahrhaftig der Prinz unter den Männern.
P. S. – gibt es irgendetwas, was du nicht findest?

An LeElla Scott – Haben wir's geschafft? Haben wir's geschafft? Haben wir's geschafft?
Remmy: der Tempomat ist unser Freund, und ohne LeSunshine sind wir nichts.
Alles Liebe, mein Herzblatt.

An Kaylie – herzlich willkommen in der Welt, kleines Mädchen.
Du hast eine sensationelle Mutter – sie ist mein absolutes Idol, und das nicht nur, weil sie mich mit Haarpflegeprodukten versorgt.

An Bub – danke für *schwasted!*

Nichts von all dem wäre möglich ohne:
meinen liebenden Mann, der mir mit Rat und Tat zur Seite steht, sich um mich kümmert und mich an seinen Visionen teilhaben lässt,
meine wunderbare Mutter, die mir mehr Liebe geschenkt hat, als ich ihr je zurückgeben kann;
meine Familie (die blutsverwandte wie auch die frei gewählte)
und meine liebsten Freunde.
Ach ja, und die bessere Hälfte von WriterDog natürlich.

Glossar der Begriffe und Eigennamen

Ahstrux nohtrum – Persönlicher Leibwächter, der vom König ernannt wird.

Attendhente – Auserwählte, die der Jungfrau der Schrift aufwartet.

Bannung – Status, der einer Vampirin der Aristokratie auf Gesuch ihrer Familie durch den König auferlegt werden kann. Unterstellt die Vampirin der alleinigen Aufsicht ihres Hüters, üblicherweise der älteste Mann des Haushalts. Ihr Hüter besitzt damit das gesetzlich verbriefte Recht, sämtliche Aspekte ihres Lebens zu bestimmen und nach eigenem Gutdünken jeglichen Umgang zwischen ihr und der Außenwelt zu regulieren.

Die Bruderschaft der Black Dagger – Die Brüder des Schwarzen Dolches. Speziell ausgebildete Vampirkrieger, die ihre Spezies vor der Gesellschaft der *Lesser* beschützen. Infolge selektiver Züchtung innerhalb der Rasse besitzen die Brüder ungeheure physische und mentale Stärke sowie die Fähigkeit zur extrem raschen Heilung. Die meisten von ihnen sind keine leiblichen Geschwister; neue Anwärter werden von den anderen Brüdern vorgeschlagen und daraufhin in die Bruderschaft aufgenommen. Die Mitglieder der Bruderschaft sind Einzelgänger, aggressiv und verschlossen. Sie pflegen wenig Kontakt zu Menschen und anderen Vampiren, außer um Blut zu trinken. Viele Legenden ranken sich um diese Krieger, und sie werden von ihresgleichen mit höchster Ehrfurcht behandelt. Sie können getötet werden, aber nur durch sehr schwere Wunden wie zum Beispiel eine Kugel oder einen Messerstich ins Herz.

Blutsklave – Männlicher oder weiblicher Vampir, der unterworfen wurde, um das Blutbedürfnis eines anderen zu stillen. Die Haltung von Blutsklaven ist heute zwar nicht mehr üblich, aber nicht ungesetzlich.

Chrih – Symbol des ehrenhaften Todes in der Alten Sprache.

Die Auserwählten – Vampirinnen, deren Aufgabe es ist, der Jungfrau der Schrift zu dienen. Sie werden als Angehörige der

Aristokratie betrachtet, obwohl sie eher spirituell als weltlich orientiert sind. Normalerweise pflegen sie wenig bis gar keinen Kontakt zu männlichen Vampiren; auf Weisung der Jungfrau der Schrift können sie sich aber mit einem Krieger vereinigen, um den Fortbestand ihres Standes zu sichern. Sie besitzen die Fähigkeit zur Prophezeiung. In der Vergangenheit dienten sie allein stehenden Brüdern zum Stillen ihres Blutbedürfnisses, aber diese Praxis wurde von den Brüdern aufgegeben.

Doggen – Angehörige(r)der Dienerklasse innerhalb der Vampirwelt. *Doggen* pflegen im Dienst an ihrer Herrschaft altertümliche, konservative Sitten und folgen einem formellen Bekleidungs- und Verhaltenskodex. Sie können tagsüber aus dem Haus gehen, altern aber relativ rasch. Die Lebenserwartung liegt bei etwa fünfhundert Jahren.

Ehros – Eine Auserwählte, die speziell zur Liebeskunst ausgebildet wurde.

Exhile Dhoble – Der böse oder verfluchte Zwilling; derjenige, der als Zweiter geboren wird.

Gesellschaft der ***Lesser*** – Orden von Vampirjägern, der von Omega zum Zwecke der Auslöschung der Vampirspezies gegründet wurde.

Glymera – Das soziale Herzstück der Aristokratie, sozusagen die »oberen Zehntausend« unter den Vampiren.

Gruft – Heiliges Gewölbe der Bruderschaft der Black Dagger. Sowohl Ort für zeremonielle Handlungen wie auch Aufbewahrungsort für die erbeuteten Kanopen der *Lesser*. Hier werden unter anderem Aufnahmerituale, Begräbnisse und Disziplinarmaßnahmen gegen Brüder durchgeführt. Niemand außer Angehörigen der Bruderschaft, der Jungfrau der Schrift und Aspiranten hat Zutritt zur Gruft.

Hellren – Männlicher Vampir, der eine Partnerschaft mit einer Vampirin eingegangen ist. Männliche Vampire können mehr als eine Vampirin als Partnerin nehmen.

Hohe Familie – König und Königin der Vampire sowie all ihre Kinder.

Hüter – Vormund eines Vampirs oder einer Vampirin. Hüter können unterschiedlich viel Autorität besitzen, die größte Macht übt der Hüter einer gebannten Vampirin aus.

Jungfrau der Schrift – Mystische Macht, die dem König als Beraterin dient sowie die Vampirarchive hütet und Privilegien erteilt. Existiert in einer jenseitigen Sphäre und besitzt umfangreiche Kräfte. Hatte die Befähigung zu einem einzigen Schöpfungsakt, den sie zur Erschaffung der Vampire nutzte.

Leahdyre – Eine mächtige und einflussreiche Person.

Lesser – Ein seiner Seele beraubter Mensch, der als Mitglied der Gesellschaft der *Lesser* Jagd auf Vampire macht, um sie auszurotten. Die *Lesser* müssen durch einen Stich in die Brust getötet werden. Sie altern nicht, essen und trinken nicht und sind impotent. Im Laufe der Jahre verlieren ihre Haare, Haut und Iris ihre Pigmentierung, bis sie blond, bleich und weißäugig sind. Sie riechen nach Talkum. Aufgenommen in die Gesellschaft werden sie durch Omega. Daraufhin erhalten sie ihre Kanope, ein Keramikgefäß, in dem sie ihr aus der Brust entferntes Herz aufbewahren.

Lewlhen – Geschenk.

Lheage – Respektsbezeichnung einer sexuell devoten Person gegenüber einem dominanten Partner.

Lielan – Ein Kosewort, frei übersetzt in etwa »mein Liebstes«.

Mahmen – Mutter. Dient sowohl als Bezeichnung als auch als Anrede und Kosewort.

Mhis – Die Verhüllung eines Ortes oder einer Gegend; die Schaffung einer Illusion.

Nalla – Kosewort. In etwa »Geliebte«.

Novizin – Eine Jungfrau.

Omega – Unheilvolle mystische Gestalt, die sich aus Groll gegen die Jungfrau der Schrift die Ausrottung der Vampire zum Ziel gesetzt hat. Existiert in einer jenseitigen Sphäre und hat weitreichende Kräfte, wenn auch nicht die Kraft zur Schöpfung.

Phearsom – Begriff, der sich auf die Funktionstüchtigkeit der männlichen Geschlechtsorgane bezieht. Die wörtliche Übersetzung lautet in etwa »würdig, in eine Frau einzudringen«.

Princeps – Höchste Stufe der Vampiraristokratie, untergeben nur den Mitgliedern der Hohen Familie und den Auserwählten der Jungfrau der Schrift. Dieser Titel wird vererbt; er kann nicht verliehen werden.

Pyrokant – Bezeichnet die entscheidende Schwachstelle eines Individuums, sozusagen seine Achillesverse. Diese Schwachstelle kann innerlich sein, wie zum Beispiel eine Sucht, oder äußerlich, wie ein geliebter Mensch.

Rahlman – Retter.

Rythos – Rituelle Prozedur, um verlorene Ehre wiederherzustellen. Der Rythos wird von dem Vampir gewährt, der einen anderen beleidigt hat. Wird er angenommen, wählt der Gekränkte eine Waffe und tritt damit dem unbewaffneten Beleidiger entgegen.

Schleier – Jenseitige Sphäre, in der die Toten wieder mit ihrer Familie und ihren Freunden zusammentreffen und die Ewigkeit verbringen.

Shellan – Vampirin, die eine Partnerschaft mit einem Vampir eingegangen ist. Vampirinnen nehmen sich in der Regel nicht mehr als einen Partner, da gebundene männliche Vampire ein ausgeprägtes Revierverhalten zeigen.

Symphath – Eigene Spezies innerhalb der Vampirrasse, deren Merkmale die Fähigkeit und das Verlangen sind, Gefühle in anderen zu manipulieren (zum Zwecke eines Energieaustauschs). Historisch wurden die Symphathen oft mit Misstrauen betrachtet und in bestimmten Epochen auch von den Vampiren gejagt. Sind heute nahezu ausgestorben.

Tahlly – Kosewort. Entspricht in etwa »Süße«.

Transition – Entscheidender Moment im Leben eines Vampirs, wenn er oder sie ins Erwachsenenleben eintritt. Ab diesem Punkt müssen sie das Blut des jeweils anderen Geschlechts trinken, um zu überleben, und vertragen kein Sonnenlicht mehr. Findet normalerweise mit etwa Mitte zwanzig statt. Manche Vampire überleben ihre Transition nicht, vor allem männliche Vampire. Vor ihrer Transition sind Vampire von schwächlicher Konstitution und sexuell unreif und desinteressiert. Außerdem können sie sich noch nicht dematerialisieren.

Triebigkeit – Fruchtbare Phase einer Vampirin. Üblicherweise dauert sie zwei Tage und wird von heftigem sexuellem Verlangen begleitet. Zum ersten Mal tritt sie etwa fünf Jahre nach der Transition eines weiblichen Vampirs auf, danach im Abstand von etwa zehn Jahren. Alle männlichen Vampire reagieren bis zu einem gewissen Grad auf eine triebige Vampirin, deshalb ist dies eine gefährliche Zeit. Zwischen konkurrierenden männlichen Vampiren können Konflikte und Kämpfe ausbrechen, besonders wenn die Vampirin keinen Partner hat.

Vampir – Angehöriger einer gesonderten Spezies neben dem Homo sapiens. Vampire sind darauf angewiesen, das Blut des jeweils anderen Geschlechts zu trinken. Menschliches Blut kann ihnen zwar auch das Überleben sichern, aber die daraus gewonnene Kraft hält nicht lange vor. Nach ihrer Transition, die üblicherweise etwa mit Mitte zwanzig stattfindet, dürfen sie sich nicht mehr dem Sonnenlicht aussetzen und müssen sich in regelmäßigen Abständen aus der Vene ernähren. Entgegen einer weit verbreiteten Annahme können Vampire Menschen nicht durch einen Biss oder eine Blutübertragung »verwandeln«; in seltenen Fällen aber können sich die beiden Spezies zusammen fortpflanzen. Vampire können sich nach Belieben dematerialisieren, dazu müssen sie aber ganz ruhig werden und sich konzentrieren; außerdem dürfen sie nichts Schweres bei sich tragen. Sie können Menschen ihre Erinnerung nehmen, allerdings nur, solange diese Erinnerungen im Kurzzeitgedächtnis abgespeichert sind. Manche Vampire können auch Gedanken lesen. Die Lebenserwartung liegt bei über eintausend Jahren, in manchen Fällen auch höher.

Vergeltung – Akt tödlicher Rache, typischerweise ausgeführt von einem Mann im Dienste seiner Liebe.

Wanderer – Ein Verstorbener, der aus dem Schleier zu den Lebenden zurückgekehrt ist. Wanderern wird großer Respekt entgegengebracht und sie werden für das, was sie durchmachen mussten, verehrt.

Zwiestreit – Konflikt zwischen zwei männlichen Vampiren, die Rivalen um die Gunst einer Vampirin sind.

1

In ihrem Schlafzimmer im Obergeschoss des Hauses der Bruderschaft setzte sich Cormia auf den Boden vor ein Architekturmodell, das sie am Abend zuvor begonnen hatte, eine Schachtel Zahnstocher in der Hand, eine Schüssel Erbsen neben sich. Doch sie baute nicht weiter. Wie lange sie schon einfach nur dasaß und den Deckel der Schachtel auf- und wieder zuklappte, mochte die gütige Jungfrau wissen. Auf, zu … auf, zu.

Ausgebremst und praktisch handlungsunfähig, spielte sie nun schon eine kleine Ewigkeit mit diesem Pappdeckel, ihr Daumennagel hatte die Klappe schon ganz dünn geschabt.

Wenn sie nun nicht länger die Erste Partnerin des Primals war, dann gab es keinen Grund mehr für sie, auf dieser Seite zu bleiben. Sie erfüllte keine offizielle Funktion, und nach allen gültigen Regeln sollte sie im Heiligtum wohnen und mit ihren Schwestern meditieren, beten und der Jungfrau der Schrift dienen.

Sie gehörte nicht in dieses Haus und nicht in diese Welt. Das hatte sie noch nie.

Sie wandte den Blick von der Zahnstocherschachtel ab und richtete ihn auf das Modell vor sich, musterte die einzelnen Bausteine und dachte an die Auserwählten und ihr Netzwerk von Aufgaben: von der Einhaltung des spirituellen Kalenders über die Verehrung der Jungfrau der Schrift und die Aufzeichnung Ihrer Worte und Ihrer Geschichte … bis hin zum Gebären von Black-Dagger-Brüdern und künftigen Auserwählten.

Cormia sah ihr Leben im Heiligtum vor sich und hatte das Gefühl, einen Rückschritt zu machen statt nach Hause zurückzukehren. Und seltsamerweise machte ihr das, was sie am meisten stören sollte – nämlich, dass sie als Erste Partnerin versagt hatte – gar nicht so sehr zu schaffen.

Cormia warf die Zahnstocher auf den Boden. Beim Aufprall klappte die Schachtel auf und ein Haufen Hölzer flog heraus und landete kreuz und quer auf dem Teppich.

Tumult. Unordnung. Chaos.

Sie sammelte die Hölzer ein, räumte das Durcheinander auf und kam zu dem Schluss, dass sie dasselbe mit ihrem Leben tun musste. Sie würde mit dem Primal sprechen, ihre drei Roben packen und gehen.

Als sie den letzten Zahnstocher in die Schachtel steckte, hörte sie ein Klopfen an der Tür.

»Herein«, rief sie, ohne extra aufzustehen.

Fritz steckte seinen Kopf ins Zimmer. »Guten Abend, Auserwählte, ich bringe eine Nachricht von der Herrin Bella. Sie fragt an, ob Ihr der Herrin zum Ersten Mahl auf ihrem Zimmer Gesellschaft leisten möchtet?«

Cormia räusperte sich. »Ich weiß nicht so –«

»Wenn Ihr gestattet«, murmelte der Butler. »Doktor Jane war gerade bei ihr. Soweit ich informiert bin, warf die Untersuchung einige Fragen auf. Vielleicht würde die Gegenwart der Auserwählten unsere werdende *Mahmen* trösten?«

Cormia sah auf. »Schon wieder eine Untersuchung? Nicht die vom vergangenen Abend?«

»Genau.«

»Dann sag ihr, ich werde gleich kommen.«

Fritz senkte ehrfürchtig den Kopf. »Danke, Madame. Ich muss jetzt einen Botendienst erledigen, doch das wird nicht lange dauern, und dann koche ich für Euch und die Herrin Bella.«

Cormia duschte rasch, trocknete ihr Haar und steckte es hoch, dann zog sie eine frisch gebügelte Robe an. Als sie aus ihrem Zimmer trat, hörte sie das Geräusch von Stiefeln in der Eingangshalle und warf einen Blick über die Brüstung. Der Primal war dort unten und überquerte mit langen Schritten das Apfelbaummosaik auf dem Fußboden. Er trug eine schwarze Lederhose und ein schwarzes Hemd, und sein Haar – diese wunderbare, weiche Farbfülle – leuchtete hell im Licht und hob sich von den dunklen, breiten Schultern ab.

Als hätte er sie gewittert, blieb er stehen und hob den Kopf. Seine Augen blitzten wir Zitrine, funkelnd, faszinierend.

Und dann verblasste das Leuchten darin.

Cormia war diejenige, die sich abwandte, weil sie es allmählich satthatte, immer stehengelassen zu werden. Im Umdrehen entdeckte sie Zsadist, der eben aus dem Flur mit den Statuen kam. Seine Augen waren schwarz, als er sie ansah, und sie musste nicht fragen, wie es Bella ging; angesichts seiner düsteren Miene waren Worte unnötig.

»Ich wollte mich zu ihr setzen«, sagte sie zu dem Bruder. »Sie hat nach mir gefragt.«

»Ich weiß. Und es freut mich. Danke.«

In der kurzen Stille betrachtete sie die Dolche, die er

überkreuz auf die Brust geschnallt trug. Und er hatte natürlich noch weitere Waffen bei sich, dachte sie, obwohl sie sie nicht sehen konnte.

Der Primal hatte keine Waffen bei sich gehabt. Keine Dolche, keine verräterischen Beulen unter den Kleidern.

Sie fragte sich, wohin er wohl ging, der Primal. Nicht auf die Andere Seite, da er nicht entsprechend gekleidet war. Aber wohin dann? Und wozu?

»Wartet er unten auf mich?«, fragte Zsadist.

»Der Primal?« Auf das Nicken des Bruders hin erwiderte sie: »Äh … ja. Ja, er wartet.«

Seltsam, diejenige zu sein, die wusste, wo er war … und die man danach fragte.

Sie dachte wieder an seine fehlenden Waffen.

»Passt gut auf ihn auf«, forderte sie Zsadist ohne höfliche Zurückhaltung auf. »Bitte.«

Zsadists Miene verhärtete sich, dann neigte er einmal den Kopf. »Ja, das werde ich.«

Als Cormia sich verbeugte und sich schon dem Flur mit den Statuen zuwandte, hörte sie Zsadists leise Stimme hinter sich und blieb wie angewurzelt stehen. »Das Kleine bewegt sich kaum. Nicht seitdem, was auch immer gestern Nacht passiert ist.«

Cormia blickte über die Schulter und wünschte, sie könnte mehr tun. »Ich werde den Raum rituell reinigen. Das tun wir auf der Anderen Seite, wenn … ich werde ihn reinigen.«

»Sag ihr nicht, dass du es weißt.«

»Das werde ich nicht.« Cormia hätte dem Mann am liebsten die Hand entgegengestreckt. Doch sie ergänzte nur: »Ich werde mich gut um sie kümmern. Geht und erledigt, was immer Ihr mit ihm zu schaffen habt.«

Der Bruder neigte den Kopf und lief die Treppe hinunter.

Unten in der Eingangshalle rieb Phury sich die Brust, dann reckte er sich, versuchte, das Ziehen in der Herzgegend loszuwerden. Es war überraschend schwierig, Cormia dabei zuzusehen, wie sie sich abwandte.

Merkwürdig schmerzhaft, um genau zu sein.

Er dachte an die Auserwählte, die er im Morgengrauen getroffen hatte. Der Unterschied zwischen ihr und Cormia war unübersehbar. Selena war begierig darauf, die Erste Partnerin zu werden, ihre Augen hatten aufgeleuchtet, als sie ihn von Kopf bis Fuß begutachtet hatte wie einen Zuchtbullen. Er hatte all seine Beherrschung aufbieten müssen, um überhaupt mit ihr in einem Raum zu bleiben.

Sie war keine schlechte Frau und auch mehr als schön genug, aber ihr Gebaren … Mannomann, als wollte sie ihm auf der Stelle auf den Schoß kriechen und zur Sache kommen. Besonders, als sie ihm versichert hatte, dass sie mehr als bereit war, ihm und ihrer Tradition zu dienen … und dass »jede Faser ihres Körpers es wünschte.«

Wobei mit »es« eindeutig sein Geschlecht gemeint war.

Und gegen Ende dieser Nacht würde bereits die nächste Anwärterin warten.

Herrgott im Himmel.

Zsadist tauchte am Kopf der Treppe auf und rannte herunter, seine Windjacke in der Hand. »Gehen wir.«

Den zusammengezogenen Brauen seines Zwillingsbruders nach zu urteilen, ging es Bella nicht gut.

»Ist Bella –«

»Darüber will ich nicht mit dir sprechen.« Energisch marschierte Z durch die Halle und an ihm vorbei, ohne ihn auch nur eines Blickes zu würdigen. »Wir beide haben was zu erledigen.«

Phury runzelte die Stirn und folgte ihm, ihre Stiefel hallten so synchron im Foyer, als liefe nur einer, nicht zwei. Trotz

Phurys Prothese hatten er und Z immer dieselbe Schrittlänge gehabt, dieselbe Art, von der Ferse bis zu den Zehen abzurollen, dasselbe Schwingen der Arme.

Zwillinge.

Doch die Ähnlichkeiten beschränkten sich strikt auf die Biologie; im Leben hatten sie völlig unterschiedliche Richtungen eingeschlagen.

Die beide totale Sackgassen gewesen waren.

Urplötzlich verschob sich die Logik in Phurys Kopf, und er sah die Dinge in einem anderen Licht.

Verdammt, die ganze Zeit hatte er sich wegen Zs Schicksal selbst gemartert … hatte im kalten, alles beherrschenden Schatten ihrer Familientragödie gelebt. Er hatte gelitten, verflucht noch mal … auch er hatte gelitten, und das tat er heute noch. Und obwohl er die Unantastbarkeit der Vereinigung seines Zwillingsbruders mit Bella respektierte, begehrte er unversehens dagegen auf, sich wie einen Wildfremden ausschließen zu lassen. Noch dazu wie einen wildfremden Feind.

Als er den Kies draußen im Hof betrat, blieb er abrupt stehen. »Zsadist.«

Z lief einfach weiter zum Escalade.

»Zsadist.«

Jetzt hielt sein Bruder an, stützte die Hände in die Hüften, drehte sich aber nicht um. »Wenn es um dich und diesen *Lesser*-Dreck geht, dann kannst du dir deine Entschuldigung sparen.«

Phury lockerte den Kragen um seinen Hals. »Darum geht es nicht.«

»Von deinem roten Rauch will ich auch nichts hören. Oder davon, dass du aus der Bruderschaft geflogen bist.«

»Dreh dich um, Z.«

»Warum?«

Lange sprach keiner der beiden ein Wort. Dann presste Phury zwischen den Zähnen hervor: »Du hast dich nie bedankt.«

Zs Kopf schnellte herum. »Wie bitte?«

»Du hast dich nicht bedankt.«

»Wofür denn?«

»Dafür, dass ich dich gerettet habe. Gottverflucht, ich habe dich vor deiner Hurenherrin und dem, was sie dir angetan hat, gerettet. Und du hast dich *nie bedankt.*« Phury trat dicht vor seinen Zwillingsbruder, seine Stimme wurde immer lauter. »Ich habe ein geschlagenes Jahrhundert lang nach dir gesucht, und dann habe ich deinen Arsch aus diesem Keller rausgeholt und dir das Leben gerettet –«

Zsadist lehnte sich in seinen schweren Stiefeln nach vorn und hielt den Zeigefinger ausgestreckt wie eine Pistole. »Du willst gelobt werden, weil du mich gerettet hast? Vergiss es. Ich hab dich nie um diesen blöden Gefallen gebeten. Dabei ging es doch nur um deinen Barmherziger-Samariter-Komplex.«

»Wenn ich dich nicht rausgeholt hätte, dann hättest du Bella nicht!«

»Und dann bestünde jetzt nicht die Gefahr, dass sie stirbt! Du willst Dankbarkeit? Dann klopf dir lieber selbst auf die Schulter, denn ich habe da keinerlei Bock drauf.«

Die Worte wehten durch die Nacht, als suchten sie nach Ohren, in die sie kriechen konnten.

Phury blinzelte, dann kamen ihm unwillkürlich Sätze über die Lippen, die er schon sehr lange hatte sagen wollen. »Ich habe unsere Eltern allein begraben. Ich war es, der sich um ihre Überreste gekümmert hat, der den Rauch des Feuers roch –«

»Und ich kannte sie gar nicht! Für mich waren sie Fremde, genau wie du, als du aufgetaucht bist …«

»Sie haben dich geliebt!«

»Klar – und zwar so sehr, dass sie die Suche nach mir eingestellt haben! Vergiss sie! Glaubst du, ich wüsste nicht, dass er aufgegeben hat? Ich bin zu diesem Haus gegangen, das du niedergebrannt hast, und habe die Spur von dort zurückverfolgt. Ich weiß, wie weit unser Vater damals gekommen ist. Der Kerl ist mir scheißegal. *Er hat mich aufgegeben!*«

»Du warst realer für unsere Eltern als ich es jemals war! Du warst überall in diesem Haus, du hast ihnen alles bedeutet!«

»Dann heul doch!«, fauchte Zsadist. »Komm mir bloß nicht auf die Mitleidstour. Hast du auch nur den Hauch einer Ahnung, wie mein Leben war?«

»Ich hab deinetwegen mein verdammtes Bein verloren!«

»Du bist mir doch freiwillig gefolgt! Wenn es dir nicht passt, wie alles gekommen ist, dann beschwer dich bloß nicht bei mir.«

Phury atmete heftig aus, er war wie vom Donner gerührt. »Du undankbares Arschloch. Du undankbarer *Wichser* … Willst du mir etwa ernsthaft weismachen, du wärst lieber bei deiner Herrin geblieben?« Als darauf nur Schweigen folgte, schüttelte er den Kopf. »Ich dachte immer, das Ganze wäre meine Opfer wert gewesen. Das Zölibat. Die Panik. Die physischen Kosten.« Wieder stieg die Wut auf. »Ganz zu schweigen davon, wie mies ich mich gefühlt habe, wenn du mal wieder von mir verlangt hast, dich windelweich zu prügeln. Und jetzt erzählst du mir, du wärst lieber ein Blutsklave geblieben?«

»Ach, darum geht es? Ich soll deinen selbstzerstörerischen Helferkomplex rechtfertigen, indem ich *dankbar* bin?« Z lachte freudlos auf. »Von mir aus. Glaubst du, mir macht es Spaß, dir zuzuschauen, wie du dich in ein frühes Grab rauchst und säufst? Glaubst, mir gefällt, was ich neulich nachts in dieser Sackgasse gesehen habe?« Z fluchte. »Da mach ich nicht mit. Wach auf, Phury. Du bringst dich um. Hör auf, nach Krücken zu suchen und Lügen zu erzählen, und wirf lieber mal einen gründlichen Blick in den Spiegel.«

Irgendwo tief in seinem Inneren erkannte Phury, dass diese Kollision mit Zsadist längst überfällig gewesen war. Und dass sein Zwilling nicht ganz Unrecht hatte.

Aber er ebenfalls nicht.

Wieder schüttelte er den Kopf. »Ich finde es nicht verkehrt, um etwas Anerkennung zu bitten. Ich war mein gesamtes Leben lang in unserer Familie unsichtbar.«

Ausgedehnte Stille.

Dann stieß Z aus: »Verfluchter Mist, steig vom Kreuz runter. Jemand anderes braucht das Holz.«

Der abschätzige Tonfall fachte Phurys Zorn wieder an, und sein Arm schwang aus eigenem Antrieb hoch. Er erwischte Z mit der Faust am Kiefer, es knackte wie bei einem Baseballschläger, der einen Homerun schlägt.

Z wurde herumgewirbelt und landete auf Rhages GTO wie ein nasser Sack.

Während der Bruder sich noch aufrappelte, ging Phury in Angriffsstellung und schüttelte sich die Knöchel aus. In circa eineinhalb Sekunden wären sie beide in eine heftige körperliche Auseinandersetzung verkeilt. Statt verbaler Gemeinheiten würden die Fäuste hin und her fliegen, bis einer von ihnen oder auch sie beide zusammenbrachen.

Und was genau würde das bringen?

Phury ließ langsam die Arme sinken.

In genau diesem Moment fuhr Fritz den Mercedes durch das Hoftor.

Im Licht der Scheinwerfer zog Zsadist seine Jacke glatt und lief seelenruhig zur Fahrertür des Escalade. »Wenn ich Cormia nicht gerade ein Versprechen gegeben hätte, dann würde ich dir die Fresse polieren.«

»Was?«

»Steig in das verfluchte Auto.«

»Was hast du zu ihr gesagt?«

Als Z sich hinter das Steuer setzte, durchschnitten seine schwarzen Augen die Nacht wie Messer. »Deine Freundin macht sich Sorgen um dich, deshalb musste ich ihr versprechen, auf dich aufzupassen. Und im Gegensatz zu anderen Leuten halte ich mein Wort.«

Autsch.

»Und jetzt steig ein.« Z knallte die Wagentür zu.

Fluchend zog Phury die Beifahrertür auf und bemerkte dabei Qhuinn, der gerade aus dem Mercedes stieg. Die Augen des Jungen wurden so groß wie Untertassen, als er das Haus sah.

Ganz klar war er wegen seines Prozesses hier, dachte Phury, während er sich neben seinen tödlich schweigsamen Zwillingsbruder setzte.

»Du weißt, wo Lashs Eltern wohnen, oder?«, fragte Phury.

»Klar.«

Das *Klappe jetzt* blieb ungesagt.

Der Escalade fuhr auf das Tor zu, und die Stimme des Zauberers klang todernst in Phurys Kopf: *Um Dankbarkeit zu ernten, muss man ein Held sein, und du bist nicht gerade ein Ritter in schimmernder Rüstung. Das wärst du nur gern.*

Phury sah aus dem Fenster, die wütenden Worte, die er und Z sich gerade an den Kopf geworfen hatten, hallten wie Pistolenschüsse in einer engen Gasse nach.

Tu ihnen allen einen Gefallen und hau ab, fuhr der Zauberer fort. *Hau einfach ab, mein Freund.*

Du willst ein Held sein? Dann sorg dafür, dass sie sich nicht mehr länger mit dir herumschlagen müssen.

2

Qhuinn war sich hundertprozentig sicher, dass seine Eier heute Abend auf Wraths Speisekarte standen; trotzdem bestaunte er das Trainingszentrum der Bruderschaft wie ein Weltwunder. Es hatte die Ausmaße einer mittleren Kleinstadt, die einzelnen Steine des Gemäuers waren so groß wie der Rumpf eines ausgewachsenen Mannes, die Fenster sahen aus, als wären sie mit Titanium oder etwas Ähnlichem verstärkt. Die Gargoyles auf dem Dach und die ganzen Schatten waren einfach perfekt. Genau wie man es erwarten würde.

»Sire?«, meldete sich der Butler und deutete auf den Eingang zum Haus, der an eine Kathedrale erinnerte. »Sollen wir eintreten? Ich müsste zu kochen beginnen.«

»Kochen?«

Der *Doggen* schraubte sein Sprechtempo herunter, als hätte er einen Grenzdebilen vor sich. »Ich koche für die Bruderschaft, so wie ich auch ihr Heim pflege.«

Himmel … Das war nicht das Trainingszentrum; das war das Privathaus der Bruderschaft.

Ach nein. Check mal die Überwachungsausrüstung. Über den Türen und unter dem Dach waren Kameras installiert, und die Mauer um den Innenhof sah aus wie die Kulisse für einen Alcatraz-Film. Fast rechnete er damit, eine Horde Dobermänner mit triefenden Lefzen um die Ecke schießen zu sehen.

Andererseits nagten die Köter wahrscheinlich noch an den Knochen des letzten unartigen Burschen, den sie filetiert hatten.

»Sire?«, wiederholte der Butler. »Sollen wir eintreten?«

»Ja … ja, klar.« Qhuinn schluckte heftig und stapfte los, bereit, sich dem König zu stellen. »Ähm, also, ich lasse meine Sachen einfach im Auto.«

»Wie Ihr wünscht, Sire.«

Gott sei Dank musste Blay nicht sehen, was hier abging.

Eine Seite der Mammut-Flügeltür schwang auf, und ein guter Bekannter hob die Hand.

Na, ganz toll. Blay würde die Show zwar verpassen, aber John hatte offenbar einen Logenplatz.

Sein Freund trug die Jeans und eines der Hemden, die sie zusammen bei Abercrombie gekauft hatten. Seine nackten Füße sahen auf den schwarzen Steinstufen bleich aus, und er wirkte relativ ruhig, was ein bisschen ärgerlich war. Der Kerl könnte wenigstens den Anstand besitzen, Schweißperlen auf der Stirn oder Solidaritätszittern zu haben.

Hey, zeigten Johns Hände.

»Hey.«

John trat zurück und gab den Weg frei. *Wie geht's dir?*

»Ich wünschte, ich würde rauchen.« Denn dann könnte er die Sache noch um eine Kippenlänge hinauszögern.

Ach, Quatsch. Du findest Rauchen furchtbar.

»Wenn ich vor dem Erschießungskommando stehe, überlege ich mir das vielleicht noch mal.«

Klappe.

Qhuinn lief durch eine Vorhalle, in der er sich völlig falsch angezogen vorkam, zwischen all dem Marmor und dem Kronleuchter aus – war das echtes Gold? Vermutlich –

Himmel, dachte er und blieb ruckartig stehen.

Das Foyer vor ihm war wie ein Palast. Russischer Zarenprunk mit leuchtenden Farben und unfassbarem Blattgoldzeug, Mosaikfliesen und einem Gemälde an der Decke … oder vielleicht sah es auch eher aus wie aus einem Roman von Danielle Steel, wegen der ganzen romantischen Marmorsäulen und der hohen Gewölbedecke.

Nicht dass er je ein Buch von ihr gelesen hätte.

Na ja, gut, dieses eine damals, aber da war er zwölf Jahre alt und krank gewesen und hatte sich nur auf die Sexszenen konzentriert.

»Hier oben«, ertönte eine tiefe, hallende Stimme.

Am oberen Absatz einer feudalen Freitreppe, die Stiefel aufgepflanzt, als gehörte ihm die ganze Welt, in schwarzer Lederhose und schwarzem T-Shirt, stand der König.

»Los, bringen wir's hinter uns«, befahl Wrath.

Heftig schluckend folgte Qhuinn John in den ersten Stock.

Als sie oben ankamen, verkündete Wrath: »Ich will mit Qhuinn allein reden. John, du bleibst hier.«

John hob die Hände zu einem Einwand: *Ich möchte sein Zeuge —*

Wrath wandte sich ab. »Nein. So was gibt's hier nicht.«

Shit, dachte Qhuinn. Ihm wurden noch nicht mal Zeugenaussagen zu seiner Verteidigung zugestanden?

Dann warte ich hier auf dich, sagte John.

»Danke, Mann.«

Qhuinn blickte durch die offene Tür, die der König durchschritten hatte. Der Raum vor ihm war … genau das, was seiner Mutter gefallen hätte: blassblau, mit schmalen Mädchenmöbeln und verschnörkelten Kristallleuchtern, die aussahen wie Ohrringe.

Nicht unbedingt der Stil, den man sich für Wraths Wirkungsstätte vorstellen würde.

Als der König sich an einem zierlichen Schreibtisch niederließ, trat Qhuinn ein, schloss die Tür hinter sich und verschränkte die Hände vor dem Bauch. Die ganze Sache kam ihm völlig surreal vor. Es war ihm ein absolutes Rätsel, wie sein Leben diese Wendung hatte nehmen können.

»Wolltest du Lash töten?«, fragte Wrath.

So viel zum Thema Einleitung. »Äh …«

»Ja oder nein?«

In schneller Abfolge rasten Qhuinn die verschiedenen Antwortmöglichkeiten durch den Kopf: *Nein, natürlich nicht, das Messer hat sich selbstständig gemacht, ich wollte es sogar noch festhalten … Nein, ich wollte ihn nur mal gründlich rasieren … Nein, mir war nicht klar, dass das Aufschlitzen der Halsschlagader zum Tod führen würde …*

Qhuinn räusperte sich. Zweimal. »Ja, wollte ich.«

Der König verschränkte die Arme vor der Brust. »Wenn Lash sich nicht an Johns Hose zu schaffen gemacht hätte – hättest du dann dasselbe getan?«

Qhuinns Lungen stellten vorübergehend die Arbeit ein. Er hätte nicht überrascht sein dürfen, dass der König genau Bescheid wusste, was passiert war, aber diese Worte zu hören, war doch irgendwie ein Schock. Außerdem war es ganz schön heftig, über diese Sache zu sprechen, in Anbetracht dessen, was Lash gesagt und getan hatte. Es ging immerhin um John.

»Also?«, grollte die Stimme über den Schreibtisch. »Hättest du ihn trotzdem aufgeschlitzt?«

Qhuinn riss sich zusammen. »Nun, John hatte mir gesagt, ich soll mich raushalten, und solange der Kampf fair verlief, ging das von mir aus auch in Ordnung. Aber …« Er schüttelte den Kopf. »Nein. Was Lash da abgezogen hat, war nicht fair. Das war wie ein verstecktes Messer aus dem Stiefel zu ziehen.«

»Aber du hättest ihn ja nicht gleich umbringen müssen. Du hättest ihn einfach von John wegzerren können. Ihm ein paar verpassen. Ihn aus dem Duschraum treten.«

»Stimmt.«

Wrath streckte einen Arm seitlich aus, wie um ihn zu lockern, und seine Schulter knackte vernehmlich. »Du wirst jetzt absolut ehrlich zu mir sein. Wenn du lügst, merke ich das, weil ich es riechen würde.« Wraths Augen brannten hinter seiner Sonnenbrille. »Ich weiß sehr gut, dass du deinen Cousin gehasst hast. Bist du ganz sicher, dass du keine persönlichen Beweggründe hattest, um ihn anzugehen?«

Qhuinn zog sich die Hand durchs Haar und erinnerte sich, so gut er konnte, an die Ereignisse im Duschraum. Es gab in seinem Kopf einige Gedächtnislücken, blanke Flächen, glattgeschliffen von den Emotionen, die ihn dazu gebracht hatten, sein Messer zu ziehen und Lash damit anzugreifen; aber er wusste durchaus noch genug.

»Um ehrlich zu sein … Mist, ich konnte doch nicht zulassen, dass John so verletzt und gedemütigt wird. Er war wie zur Salzsäule erstarrt. Als Lash seine Hose anfasste, wurde er stocksteif. Die beiden waren in der Dusche, und Lash hielt John an die Fliesen gedrückt, und plötzlich wurde er totenstill. Ich weiß nicht, ob Lash wirklich … du weißt schon … weil ich ja nicht in seinem Kopf gesteckt habe, aber er war absolut der Typ, der so was versuchen würde.« Qhuinn schluckte sichtbar. »Ich sah es vor mir, ich sah, dass John nichts machen konnte und … irgendwie herrschte in meinen Kopf völlige Leere … ich hab einfach – *Shit* – das

Messer lag plötzlich in meiner Hand, und dann hing ich über Lash, und der Rest ging blitzschnell. Ganz im Ernst. Klar hab ich Lash gehasst, aber es wäre mir völlig egal gewesen, wer so etwas mit John macht. Ich hätte mir jeden vorgeknöpft, der das tut. Und ehe du fragst – ich weiß schon, was jetzt kommt.«

»Und wie lautet deine Antwort?«

»Ja, ich würde es wieder tun.«

»So, so, würdest du das.«

»Ja.« Qhuinn sah sich in dem blassblau gestrichenen Raum um und überlegte sich, dass es eigentlich nicht in Ordnung war, über so hässliche Dinge in einem so irrsinnig hübschen Raum zu sprechen. »Das heißt dann wohl, dass der Mörder keine Reue zeigt, oder? ... Also, was hast du jetzt mit mir vor? Ach übrigens, meine Familie hat mich verstoßen. Aber vermutlich weißt du das schon«

»Ja, das ist mir zu Ohren gekommen.«

Ein langes Schweigen entstand; Qhuinn vertrieb sich die Zeit damit, seine Schuhe zu betrachten und dem Schlagen seines Herzens in seiner Brust zu lauschen.

»John möchte, dass du hierbleibst.«

Qhuinns Augenbrauen schnellten hoch. »Was?«

»Du hast mich gehört.«

»Blödsinn, das kannst du nicht erlauben. Ich kann unmöglich hierbleiben.«

Schwarze Augenbrauen trafen sich in der Mitte. »Wie bitte?«

»Ähm ... Verzeihung.« Qhuinn hielt die Klappe und ermahnte sich, dass der Kerl da vor ihm zufällig der König war, was bedeutete, er konnte tun und lassen, was zum Henker er wollte, einschließlich Sonne und Mond umzubenennen oder sich in Zukunft von jedem mit dem Daumen im Hintern begrüßen zu lassen ... oder eben, Abschaum wie

Qhuinn unter seinem Dach aufzunehmen, wenn ihm danach war.

Das Wort König buchstabierte man B-l-a-n-k-o-v-o-l-l-m-a-c-h-t in der Welt der Vampire.

Außerdem – warum sollte er etwas ablehnen, was ihm helfen würde? *Du Volltrottel.*

Wrath stand auf, und Qhuinn musste dagegen ankämpfen, einen Schritt zurückzutreten, obwohl zwischen ihnen ungefähr acht Meter Perserteppich lagen.

Herr im Himmel, der Kerl war aber auch riesig.

»Ich habe vor einer Stunde mit Lashs Vater gesprochen«, erklärte Wrath. »Deine Eltern haben ihm gegenüber durchblicken lassen, dass sie die Entschädigung nicht zahlen werden. Da sie dich verstoßen haben, sind sie der Ansicht, dass du für das Geld aufkommen musst. Fünf Millionen.«

»Fünf *Millionen?*«

»Lash wurde vergangene Nacht von den *Lessern* entführt. Niemand rechnet damit, dass er zurückkommt. Die Anklage gegen dich lautet zurechenbarer Mord, da man davon ausgehen kann, dass die Jäger keine Leiche mitgenommen hätten.«

»Ach du …« Mein Gott, Lash … und das war verdammt viel Asche. »Ich besitze nur die Klamotten auf meinem Leib und noch ein paar Sachen in meiner Reisetasche. Das Zeug können sie gern haben, wenn sie es wollen –«

»Lashs Vater weiß um deine finanzielle Situation. Deshalb möchte er, dass du als Schuldknecht in ihren Haushalt kommst.«

Sämtliches Blut floss aus Qhuinns Kopf ab. Ein Sklave … für den Rest seines Lebens? Bei *Lashs* Eltern?

»Das käme natürlich zum Tragen«, fuhr Wrath fort, »nachdem du deine Gefängnisstrafe abgesessen hast. Und übrigens haben wir tatsächlich noch ein Gefängnis in Betrieb. Ganz oben an der kanadischen Grenze.«

Qhuinn stand einfach nur da, völlig betäubt. Mann, Mann, das Leben konnte auf so unterschiedliche Art und Weise vorbei sein, dachte er. Der Tod war nicht der einzige Weg, um es zu beenden.

»Was sagst du zu der ganzen Sache?«, wollte Wrath wissen.

Gefängnis ... an einem gottverlassenen Ort für wer weiß wie lange Zeit. Schuldknechtschaft ... in einem Haushalt, der ihn bis in alle Ewigkeit hassen würde; bis er endgültig ins Gras biss.

Qhuinn dachte an den Weg durch den Tunnel in Blays Elternhaus und an die Entscheidung, die er getroffen hatte, als er am anderen Ende heraustrat.

»Ich habe unterschiedliche Augen«, wisperte er und hob seinen Blick zum König. »Aber ich habe dennoch Ehre. Ich werde tun, was erforderlich ist, um es wieder gutzumachen ... *vorausgesetzt«,* sagte er mit plötzlicher Kraft, »dass niemand mich zu einer Entschuldigung zwingt. Das ... kann ich nicht tun. Was Lash getan hat, war jenseits von falsch. Es war vorsätzlich grausam, er wollte Johns Leben ruinieren. Es tut mir nicht leid.«

Wrath kam um den Schreibtisch herum und schritt quer durch den Raum. Im Vorbeigehen sagte er munter: »Das war die richtige Antwort, mein Sohn. Warte draußen bei deinem Kumpel. Ich hole euch gleich rein.«

»Wie b... was?«

Der König öffnete die Tür und nickte ungeduldig. »Raus jetzt.«

Qhuinn taumelte aus dem Raum.

Wie lief's?, fragte John und sprang von einem Stuhl an der gegenüberliegenden Wand auf. *Was ist passiert?*

Qhuinn würde seinem Freund nicht erzählen, dass er ins Gefängnis ging und dann in die Obhut von Lashs Eltern übergeben wurde, um den Rest seiner Tage von ihnen gequält zu werden. »Ach, es war gar nicht so übel.«

Du lügst.

»Stimmt nicht.«

Du bist aschfahl.

»Hallo – ich wurde gestern operiert.«

Ach, komm schon. Was ist hier los?

»Um die Wahrheit zu sagen: Ich habe keinen Schimmer.«

»Verzeihung.« Beth, die Königin, kam mit ernster Miene näher. In ihren Händen lag eine längliche, flache Lederschachtel. »Jungs? Ich müsste da mal rein.«

Die beiden traten zur Seite, und Beth schlüpfte ins Arbeitszimmer und machte die Tür zu.

John und Qhuinn warteten. Und dann warteten sie … und warteten.

Der Himmel mochte wissen, was da drin vorging. König und Königin bereiteten wohl seinen nächsten Spielzug für ihn vor: *Gehen Sie ins Gefängnis. Gehen Sie nicht über Los. Ziehen Sie keine 500 $ ein.*

John holte sein Handy aus der Tasche, als müsste er seine Hände beschäftigen, und runzelte die Stirn beim Blick auf das Display. Nachdem er eine SMS eingetippt hatte, steckte er es wieder weg.

Komisch, dass Blay sich noch nicht gemeldet hat.

Eigentlich nicht, dachte Qhuinn. Er fühlte sich wie ein Riesenarschloch.

Da hielt der König die Tür weit auf. »Rein mit euch, Herrschaften.«

Sie gehorchten eilig und folgten Wrath ins Arbeitszimmer. Der König setzte sich wieder hinter seinen Schreibtisch auf den Puppenstuhl und legte seine gigantischen Stiefel auf einem Stapel Papierkram ab. Als Beth sich neben ihn stellte, nahm er ihre Hand.

»Sagt euch Jungs der Begriff *Ahstrux Nohtrum* was?«

Als beide wie zwei Esel den Kopf schüttelten, verzog Wrath den Mund zu einem kalten, gemeinen kleinen Grinsen. »Das ist ein ziemlich antiquiertes Konzept. Eine Art persönlicher Leibwächter, allerdings mit der Erlaubnis zum Töten, wenn es um das Leben seines Meisters geht. Quasi ein Killer mit Genehmigung.«

Qhuinn fragte sich, was zum Teufel das mit ihm und John zu tun hatte.

Doch der König fuhr fort. »Ein Ahstrux Nohtrum darf nur per königlichem Erlass eingesetzt werden, und die Voraussetzungen sind ungefähr wie beim Personenschutz des amerikanischen Secret Service: Der Betroffene muss eine Person des öffentlichen Interesses sein, und der Leibwächter ein fähiger Mann.« Wrath küsste die Hand seiner Königin. »Als Person des öffentlichen Interesses gilt jemand, dessen Existenz vom König als bedeutsam angesehen wird. Und der König bin wohl ich, wie? Also gut … meine *Shellan* hier ist für mich das Kostbarste auf der ganzen Welt, und es gibt nichts, was ich nicht tun würde, um ihr Herz zu beschützen. Im Hinblick auf das Volk als Ganzes ist sie außerdem die Königin. Daher fällt ihr einziger Bruder definitiv in die Kategorie ›Person des öffentlichen Interesses‹.

Was die Befähigung des Leibwächters angeht … ich weiß rein zufällig, Qhuinn, dass du – abgesehen von John – der beste Kämpfer der gesamten Trainingsklasse warst. Du bist hochgefährlich im Nahkampf, ein großartiger Schütze«, an dieser Stelle wurde der Tonfall des Königs ironisch, »und dass du nicht ungeschickt mit dem Messer bist, wissen wir ja alle.«

Qhuinn spürte ein merkwürdiges Rauschen in sich, als

hätte sich der Nebel gelichtet und einen unverhofften Pfad aus der Wildnis enthüllt. Er legte die Hand auf Johns Arm, um sein Gleichgewicht nicht zu verlieren, auch wenn er dadurch wirkte wie ein amtlich bestätigtes Weichei.

»Eine Sache gibt es aber noch«, sagte der König. »Von einem Ahstrux Nohtrum wird erwartet, dass er sein Leben für den opfert, den er beschützt. Wenn es mal wirklich ernst wird, dann muss er den tödlichen Hieb einstecken. Ach ja, außerdem ist das eine Verpflichtung auf Lebenszeit, solange ich nichts Gegenteiliges verfüge. Ich bin der Einzige, der hier einen Entlassungsschein ausstellen kann, kapiert?«

Qhuinns Mund sprach ganz von alleine. »Natürlich. Auf jeden Fall.«

Wrath lächelte und griff nach der Schachtel, die Beth ihm gebracht hatte. Darin lag ein dicker Bogen Papier, geschmückt mit einem goldenen Siegel mit roten und schwarzen Seidenbändern. »Na, so was, seht euch das an.«

Lässig schleuderte er das hochoffiziell wirkende Dokument auf den Schreibtisch.

Qhuinn und John beugten sich gemeinsam vor. In der Alten Sprache verkündete das Schreiben, dass …

»Shit«, hauchte Qhuinn, dann hob er ruckartig den Kopf und sah Beth an. »Verzeihung, ich wollte nicht fluchen.«

Sie lächelte und küsste ihren *Hellren* auf den Scheitel. »Ist schon okay. Ich bin Schlimmeres gewohnt.«

»Seht euch das Datum an«, forderte Wrath sie auf.

Es war rückdatiert … das Dokument war um zwei Monate rückdatiert. Dem Pergament zufolge hatte Qhuinn, Sohn des Lohstrong, seit Ende Juni in seiner Funktion als *Ahstrux Nohtrum* des John Matthew, Sohn des Darius, Sohn des Marklon, gehandelt.

»Ich bin wirklich eine totale Niete, was diesen Papierkram angeht«, meinte Wrath. »Ich hatte völlig vergessen, euch beiden zu erzählen, was los ist. Mein Fehler. Das heißt jetzt natürlich, dass du, John, verantwortlich für die finanzielle Entschädigung bist, weil der Beschützte alle Schulden, die aus seinem Schutz resultieren, begleichen muss.«

Sofort erwiderte John: *Ich zahle* –

»Nein, Moment mal«, unterbrach Qhuinn. »So viel Geld hat er doch gar nicht –«

»Dein Kumpel hat momentan ungefähr vierzig Millionen auf der hohen Kante, also mach dir mal keine Sorgen.«

Qhuinn drehte sich zu John um. »Was? Warum hast du denn dann im Büro gearbeitet, um dir ein bisschen Taschengeld für Klamotten zu verdienen?«

Auf wen soll ich den Scheck ausstellen?, fragte John, ohne ihn zu beachten.

»Lashs Eltern. Beth als Finanzmanagerin der Bruderschaft wird dir sagen, von welchem Konto du es nehmen kannst, richtig *Lielan?*« Wrath drückte die Hand der Königin und lächelte sie an. Als er sich wieder Qhuinn und John zuwandte, war der liebevolle Gesichtsausdruck verschwunden. »Qhuinn zieht auf der Stelle hier im Haus ein, und er bekommt ein Gehalt von fünfundsiebzigtausend pro Jahr, das John bezahlen wird. Und Qhuinn, das Trainingsprogramm ist für dich selbstverständlich gestorben, aber das heißt nicht, dass die Brüder und ich nicht … ach, du weißt schon, hier und da mal ein kleines Sparring mit dir veranstalten, nur damit du nichts verlernst. Denn wir kümmern uns um unsere Leute. Und du gehörst jetzt zu uns.«

Qhuinn holte tief Luft. Und noch mal. Und dann … »Ich muss … ich muss mich setzen.«

Wie betäubt taumelte er zu einem der hellblauen Sofas. Alle starrten ihn an, als wollten sie ihm entweder eine Papiertüte gegen das Hyperventilieren oder ein Taschentuch reichen. Er legte die Hand auf die Operationsnarbe, in der

Hoffnung, es sähe aus, als machte ihm die Verletzung zu schaffen, nicht seine Gefühle.

Das Blöde war nur … er bekam nicht genug Luft. Was genau da in seinen Mund strömte, konnte er nicht sagen, aber jedenfalls half es nicht wirklich, um den Schwindel aus seinem Kopf oder das brennende Gefühl aus seinem Brustkorb zu vertreiben.

Seltsamerweise kam nicht John zu ihm und kniete sich vor ihn hin. Auch nicht Beth. Es war Wrath. Der König tauchte plötzlich in seinem Gesichtsfeld auf, die dunkle Sonnenbrille und die brutale Miene im krassen Gegensatz zu seiner sanften Stimme stehend.

»Leg deinen Kopf zwischen die Knie, mein Sohn.« Die Hand des Königs landete auf seiner Schulter und drückte ihn nach unten. »Komm, mach schon.«

Qhuinn gehorchte und fing plötzlich an, so heftig zu zittern, dass er zu Boden gefallen wäre, wenn Wraths riesige Pranke ihn nicht festgehalten hätte.

Er würde nicht weinen. Er weigerte sich, eine einzige Träne fließen zu lassen. Stattdessen keuchte er und zitterte, und der kalte Schweiß brach ihm aus.

Ganz leise, so dass nur Wrath ihn hören konnte, flüsterte er: »Ich dachte … ich wäre … ganz allein.«

»Aber nein«, antwortete Wrath ebenso leise. »Wie ich schon sagte, du gehörst jetzt zu uns, verstehst du mich?«

Qhuinn hob die Augen. »Aber ich bin ein Niemand.«

»Ganz im Gegenteil.« Langsam schüttelte der König den Kopf. »Du hast Johns Ehre gerettet. Deshalb gehörst du jetzt zur Familie, mein Sohn.«

Qhuinn ließ den Blick zu Beth und John wandern, die dicht nebeneinanderstanden. Durch die unvergossenen Tränen hindurch erkannte er die Ähnlichkeit in ihren dunklen Haaren und den tiefblauen Augen.

Familie …

Endlich drückte Qhuinn sein Rückgrat durch, kam auf die Füße und richtete sich zu seiner vollen Größe auf. Er strich sein Hemd glatt, dann seine Haare und trat vollkommen gefasst zu John.

Mit gestrafften Schultern streckte er seinem Freund die Hand entgegen. »Ich würde mein Leben für dich geben. Mit oder ohne dieses Stück Papier.«

Als die Worte über seine Lippen kamen, wurde ihm bewusst, dass es die ersten waren, die er je als erwachsener Mann gesagt hatte, der erste Schwur, den er je abgelegt hatte. Und er hätte keinen Besseren gewusst, dem gegenüber er ihn aussprechen wollte. Außer vielleicht Blay.

John blickte nach unten, dann umschloss er die Hand, die ihm angeboten wurde, mit festem, starkem Griff. Sie umarmten sich nicht, und sie sprachen auch nicht.

Und ich für dich, formte John mit den Lippen. *Und ich … für dich.*

»Du kannst mir Fragen über Phury stellen, wenn du willst. Wenn du damit fertig bist.«

Cormia richtete sich über der weißen Kerze, die sie eben angezündet hatte, auf, und blickte sich über die Schulter. Bella lag auf dem Rücken in dem großen Bett, ihre schmale, blasse Hand ruhte auf dem rundlichen Bauch.

»Ehrlich, mach nur«, wiederholte sie mit einem zarten Lächeln. »Das lenkt mich ab. Und genau das kann ich jetzt gut gebrauchen.«

Cormia blies das Streichholz aus. »Woher weißt du, dass ich an ihn denke?«

»Du hast das, was ich eine »Männerstirn« nenne. Nämlich ein Stirnrunzeln, das man hat, wenn man an seinen Mann denkt und ihm entweder einen kapitalen Tritt in den

Hintern versetzen oder ihn so fest umarmen will, dass er keine Luft mehr bekommt.«

»Der Primal ist nicht mein.« Cormia nahm die goldene Räucherpfanne und ließ sie dreimal um die Kerze kreisen. Der Singsang, den sie dazu anstimmte, war leise, aber nachdrücklich. Er rief die Jungfrau der Schrift an und bat sie, über Bella und ihr Kleines zu wachen.

»Er liebt mich nicht«, sagte Bella. »Nicht richtig.«

Cormia stellte das Pfännchen auf einen Tisch in der Ostecke des Zimmers und vergewisserte sich erneut, dass die drei Kerzen kräftig brannten.

Vergangenheit, Gegenwart, Zukunft.

»Hast du mich gehört? Er liebt mich nicht.«

Cormia kniff die Augen zu. »Ich glaube, darin täuschst du dich.«

»Er glaubt nur, dass er mich liebt.«

»Bei allem Respekt –«

»Begehrst du ihn?«

Cormia errötete, als sie an das dachte, was im Kino zwischen ihnen passiert war. Wieder spürte sie ihn auf sich … wie sein Mund sich auf ihrer Brust bewegt hatte, und die Macht, die es ihr gegeben hatte, sein Geschlecht in ihrer Hand zu halten …

Bella lachte leise. »Ich nehme diese Röte mal als Ja.«

»Gütigste Jungfrau, ich weiß nicht, was ich sagen soll.«

»Setz dich zu mir.« Bella klopfte auf die Bettkante. »Ich möchte dir von ihm erzählen. Und warum ich mir so sicher bin, dass er nicht in mich verliebt ist.«

Cormia wusste, wenn sie sich jetzt dorthin begab und sich anhörte, warum der Primal unmöglich so empfinden konnte, wie sie es glaubte, dann würde sie sich nur noch mehr an ihn verlieren.

Also eilte sie selbstredend ans Bett und setzte sich neben Bella.

»Phury ist ein guter Mann. Ein großartiger Mann. Er liebt sehr tief, aber das heißt nicht, dass er in jeden verliebt ist, der ihm etwas bedeutet. Wenn ihr zwei euch nur ein wenig Zeit lasst –«

»Ich kehre bald zurück.«

Bellas Augenbrauen schnellten hoch. »Auf die Andere Seite? Warum?«

»Ich war lange hier.« Zu erzählen, dass sie abserviert worden war, war zu schwer. Besonders Bella gegenüber. Ich war … lange genug hier.«

Bella machte einen traurigen Eindruck. »Wird Phury dann auch gehen?«

»Das weiß ich nicht.«

»Tja, dann müsste er für die Kämpfe zurückkommen.«

»Äh … genau.« Ganz eindeutig wusste Bella noch gar nicht, dass er der Bruderschaft nicht mehr angehörte, und jetzt war kaum der richtige Zeitpunkt, um sie mit unangenehmen Nachrichten zu erschrecken.

Bella strich sich geistesabwesend über den Bauch. »Hat dir mal jemand erzählt, warum Phury der Primal geworden ist? Ich meine, statt Vishous.«

»Nein, ich wusste nicht einmal, dass es einen Wechsel gegeben hatte, bis der Primal zu mir in den Tempel kam.«

»Vishous hat sich ungefähr um die Zeit, als das alles passiert ist, in Jane verliebt. Phury wollte nicht, dass die beiden sich trennen müssen, also ist er eingesprungen.« Bella schüttelte den Kopf. »So ist Phury eben, er stellt seine Wünsche immer hinter die anderer. Immer. Das ist sein Wesen.«

»Ich weiß. Deshalb bewundere ich ihn so sehr. Wo ich herkomme …« Cormia suchte nach den passenden Worten. »Für die Auserwählten ist Selbstlosigkeit die höchste aller Tugenden. Wir dienen dem Volk der Vampire und der Jungfrau der Schrift, und indem wir das tun, stellen wir freudig das Ganze an oberste Stelle, vor uns selbst. Es ist von höchstem Wert, sich selbst für das allgemeine Wohl zu opfern, für das, was wichtiger ist als das Ich. Der Primal tut das. Ich glaube, das ist …«

»Das ist …?«

»Das ist der Grund, weshalb ich solchen Respekt für ihn empfinde. Das und sein … sein …«

Bella lachte kehlig. »Sein wacher Verstand, richtig? Es hat auf keinen Fall etwas mit den gelben Augen oder seinen tollen Haaren zu tun, oder?«

Cormia fand, wenn die Röte auf ihren Wangen schon einmal für sich gesprochen hatte, konnte sie das auch wieder tun.

»Du musst nicht antworten«, sagte Bella lächelnd. »Er ist ein ganz besonderer Mann. Aber noch einmal zurück zur Selbstlosigkeit: Wenn man zu viel Zeit damit verbringt, sich nach außen hin zu orientieren, dann verliert man sich selbst. Deshalb mache ich mir Sorgen um ihn. Und deshalb weiß ich, dass er mich nicht wirklich liebt. Er glaubt, ich hätte seinen Zwillingsbruder auf eine Weise gerettet, wie er es nicht vermocht hat. Was er empfindet, ist Dankbarkeit. Grenzenlose Dankbarkeit und Verklärung. Aber keine wahre Liebe.«

»Woher weißt du das?«

Ein kurzes Zögern folgte. »Frag ihn mal nach seinen Beziehungen zu Frauen. Dann wirst du es schon verstehen.«

»War er schon oft verliebt?« Sie wappnete sich innerlich für die Antwort.

»Nein – ganz eindeutig Nein.« Bellas Hand beschrieb nun Kreisbewegungen auf ihrem Bauch. »Das geht mich zwar nichts an, aber ich erzähle es dir trotzdem. Abgesehen von meinem *Hellren* gibt es keinen Mann, den ich mehr wertschätze als Phury, und dich mag ich auch sehr. Wenn er weiter hier wohnt, hoffe ich, dass du auch bleibst. Mir gefällt, wie du ihn ansiehst. Und mir gefällt außerordentlich, wie er dich ansieht.«

»Er hat mich übergangen.«

Bella hob den Kopf. »Was?«

»Ich bin nicht mehr die Erste Partnerin.«

»Ver… flucht noch mal.«

»Deshalb sollte ich wirklich zurück ins Heiligtum gehen. Und sei es nur, um es für diejenige leichter zu machen, durch die er mich zu ersetzen wünscht.«

Sie sagte das Richtige, doch sie glaubte nicht aufrichtig daran. Und ihre Gefühle drückten sich in ihrer Stimme aus. Selbst sie konnte es hören.

Komisch, die Fähigkeit, etwas anderes zu sagen, als sie dachte, hatte sie im Laufe ihres Lebens auf der Anderen Seite vervollkommnet. Als sie noch drüben gelebt hatte, war ihr das Lügen so leicht gefallen wie das Tragen der weißen Robe, das Hochstecken ihrer Haare auf die vorgeschriebene Art und Weise und das Aufsagen zeremonieller Texte.

Jetzt fiel es ihr schwer.

»Nimm es mir nicht übel«, sagte Bella, »aber mein innerer Blödsinnsdetektor schlägt gerade heftig aus.«

»Blödsinns … detektor?«

»Du lügst mich an. Hör mal, darf ich dir einen guten Rat aufdrängen?«

»Aber sicher.«

»Lass dich nicht von diesem Auserwählten-Ding völlig verschlingen. Wenn du wirklich an das glaubst, was man dir beigebracht hat, dann von mir aus. Aber wenn du merkst, dass du ständig gegen eine innere Stimme ankämpfen musst, dann bist du am falschen Ort. Eine gute Lügnerin zu sein, ist keine Tugend.«

Genau das war es doch, dachte Cormia. Genau das hatte sie immer tun müssen. Lügen.

Bella schob die Kissen hoch und richtete sich etwas auf. »Ich weiß nicht, wie viel du über mich gehört hast, aber ich habe einen Bruder, Rehvenge. Er ist ein sturer Kerl, schon immer gewesen, aber ich liebe ihn, und wir stehen uns sehr nahe. Mein Vater starb, als ich vier war, und Rehv hat damals die Aufgabe des Familienoberhaupts übernommen. Rehv hat sich großartig um meine Mutter und mich gekümmert, aber er war auch wahnsinnig herrschsüchtig, und irgendwann zog ich aus meinem Elternhaus aus. Ich musste einfach ... Er hat mich in den Wahnsinn getrieben. Du hättest uns streiten hören sollen. Rehv hat es gut gemeint, aber er ist vom alten Schlag, sehr traditionell, und das bedeutete, er wollte alle Entscheidungen für mich treffen.«

»Das klingt dennoch nach einem Mann von Wert.«

»Aber ja, unbedingt. Nur – nach fünfundzwanzig Jahren unter seiner Fuchtel war ich nur noch seine Schwester, nicht mehr ich, wie immer das auch klingen mag.« Bella nahm Cormias Hand. »Das Beste, was ich je für mich getan habe, war wegzugehen und mich selbst kennen zu lernen.« Ein gequälter Ausdruck stahl sich in ihren Blick. »Es war nicht einfach, und es hatte ... Konsequenzen. Aber selbst nach allem, was ich durchmachen musste, empfehle ich dir dringend, herauszufinden, wer du bist. Ich meine, weißt du überhaupt, wer du wirklich bist?«

»Ich bin eine Auserwählte.«

»Und was noch?«

»Das ist ... alles.«

Bella drückte ihre Hand kurz. »Denk ein bisschen über dich selbst nach, Cormia, und fang klein an. Was ist deine Lieblingsfarbe? Was isst du gern? Stehst du gern früh auf? Was macht dich froh? Was traurig?«

Cormia betrachtete das Räucherpfännchen und dachte an all die Gebete, die sie kannte, Gebete, die jede Eventualität abdeckten. Sie hatte ein komplettes spirituelles Repertoire zur Verfügung, bestehend nicht nur aus Worten, sondern auch aus Handlungen.

Und das war es auch schon so ungefähr. Oder?

Sie begegnete Bellas Blick. »Ich weiß … dass ich lavendelfarbene Teerosen mag. Und ich baue gern Dinge in meinem Kopf.«

Bella lächelte und verbarg dann ein Gähnen hinter ihrem Handrücken. »Das, meine liebe Freundin, ist ein guter Anfang. Wie wär's, wenn wir jetzt noch den Rest von *Project Runway* anschauen? Wenn der Fernseher läuft, fühlst du dich weniger unbehaglich, falls du dich in deinen Kopf zurückziehen möchtest, obwohl du bei mir bist. Und Fritz braucht sicher noch zwanzig Minuten, bis er das Essen bringt.«

Cormia lehnte sich neben ihrer … Freundin zurück. Nicht ihre Schwester, ihre … Freundin. »Danke, Bella. Danke.«

»Gern geschehen. Und dieses Räucherwerk ist toll. Sehr beruhigend.«

Bella richtete die Fernbedienung auf den Flachbildschirm und drückte ein paar Knöpfe, woraufhin Tim Gunn im Nähzimmer auftauchte, das silberne Haar so ordentlich wie ein gebügeltes Stück Stoff. Vor ihm schüttelte eine der Designerinnen den Kopf und betrachtete ihr halb zusammengestecktes Kleid.

»Danke«, sagte Cormia noch einmal, ohne den Kopf zu wenden.

Bella streckte nur ihre Hand aus und drückte Cormias Finger, und beide konzentrierten sich auf den Fernseher.

3

Lash torkelte mit blutigen Händen aus dem Haus seiner Eltern. Seine Knie waren wie aus Gummi, sein Schritt wackelig. Als er über seine eigenen Füße stolperte, sah er an sich herunter. O Gott, das Zeug war auf seinem Shirt und auf seinen Stiefeln.

Mr D sprang aus dem Focus. »Sind Sie verletzt?«

Lash konnte nur mühsam sprechen und kaum aufrecht stehen. »Es hat … so viel länger gedauert, als ich dachte.«

»Ist ja gut, Sir, jetzt steigen Sie erst mal ein.«

Lash gestattete dem kleinen Kerl, ihn zur Beifahrertür zu führen und ihm ins Auto zu helfen.

»Was haben Sie denn da in der Hand, Sir –«

Lash schob den *Lesser* beiseite, beugte sich vor und würgte ein paarmal. Etwas Schwarzes, Öliges kam aus seinem Mund und tropfte ihm über das Kinn. Er wischte es ab und betrachtete es.

Kein Blut. Zumindest nicht von der normalen Sorte … »Ich habe sie umgebracht«, sagte er heiser.

Der *Lesser* kniete sich vor ihn hin. »Aber natürlich, Ihr Papa wird sehr stolz auf Sie sein. Diese Bastarde sind nicht Ihre Zukunft. Wir sind Ihre Zukunft.«

Lash bemühte sich, die Bilder aus seinem Kopf zu verbannen. »Meine Mutter hat am lautesten geschrien. Als sie mit angesehen hat, wie ich meinen Vater getötet habe.«

»Nicht Ihren Vater. Nicht Ihre Mutter. Tiere. Diese Wesen da drin waren Tiere. Das ist so, als ob man ein Reh überfährt … oder genauso, wie eine Ratte zu erschlagen, verstehen Sie? Ungeziefer.« Der Jäger schüttelte den Kopf. »Die haben nicht zu Ihnen gehört. Das dachten Sie nur.«

Lash sah auf seine Hände. Das Messer lag in einer Hand. Eine Kette in der anderen. »So viel Blut.«

»Ja, die bluten tierisch, diese Vampire.«

Ein langes Schweigen entstand. Eines, das ungefähr ein Jahr dauerte.

»Sagen Sie mal, Sir, gibt es hier so eine Art Swimmingpool?« Als Lash nickte, fragte der *Lesser:* »Hinter dem Haus?« Wieder bestätigte Lash. »Alles klar, dann wollen wir Sie mal bisschen waschen. Im Kofferraum liegen noch frische Klamotten, die können Sie dann anziehen.«

Ehe Lash wusste, wie ihm geschah, stand er im Umkleidehäuschen unter der Dusche, wusch sich die Überreste seiner Eltern von der Haut und starrte in den roten Kreisel, der den Abfluss hinunter verschwand. Er spülte auch das Messer und die Kette ab, und als er wieder herausstieg und sich abtrocknete, legte er sich zuerst die Edelstahlglieder um den Hals.

Zwei Anhänger baumelten daran – einer war die letzte Hundemarke seines Rottweilers, der andere der Nachweis über die letzte Tollwutimpfung.

Danach zog er sich rasch wieder an, zog die Brieftasche seines Vaters aus der besudelten Hose, die er vorher getragen hatte, und steckte sie in die saubere, die Mr D für ihn besorgt hatte. Die Stiefel musste er anbehalten, aber die Flecken wurden schon braun, sahen weniger rot aus, was das Ganze erträglicher machte.

Als er aus dem Umkleidehäuschen trat, fand er den kleinen Vampirjäger auf einem der Glastische neben den Liegestühlen sitzend.

Der *Lesser* hüpfte herunter. »Soll ich jetzt Verstärkung rufen?«

Lash betrachtete das herrschaftliche Haus. Auf der Fahrt hierher hatte er vorgehabt, den Kasten zu plündern. Alles mitzunehmen, was irgendeinen Wert hatte. Ein ganzes Heer von jenen einzusetzen, die Omega ihm als seine Truppen beschrieben hatte, um alles einzusacken, was nicht niet- und nagelfest war.

Das schien ihm der Conan-Weg zu sein. Die perfekte, laute und deutliche Verkündung seines neuen Status. Man vernichtete seine Feinde nicht nur, man nahm auch ihre Pferde, verbrannte ihre Hütten und lauschte den Klagen ihrer Frauen …

Das Blöde war nur: er wusste, was in diesem Haus war. Mit den Leichen seiner Eltern und der *Doggen* darin stand er vor einem Mausoleum; und die Vorstellung, es zu entweihen, eine Horde *Lesser* hineinzuschicken, um es zu schänden, war einfach zu falsch.

»Ich will hier weg.«

»Dann kommen wir später zurück?«

»Bring mich einfach hier weg, verflucht noch mal.«

»Wie Sie meinen.«

»Richtige Antwort.«

Wie ein alter Mann lief Lash um das Haus herum, die Augen starr geradeaus gerichtet, den Blick auf die Fenster krampfhaft vermeidend.

Ein Hühnchen hatte gerade im Ofen geschmort, als er die *Doggen* in der Küche abgeschlachtet hatte, und nachdem er den letzten der Diener erledigt hatte, warf er einen Blick in den Herd. Das Hühnchen war gerade fertig.

Er hatte die schmale Schublade aufgezogen und zwei rotweiß gestreifte Ofenhandschuhe herausgeholt. Dann hatte er den Herd ausgemacht und den Bräter oben auf die Gasbrenner gestellt. Das Fleisch war goldbraun und mit Maisbrot gefüllt. Die Innereien lagen auch in der Form, um der Soße mehr Geschmack zu verleihen.

Auch die Kartoffeln, die auf dem Herd köchelten, hatte er vom Herd genommen.

»Bring mich hier weg«, sagte er und stieg ins Auto. Er musste seine Beine mit den Händen in den Fußraum des Wagens setzen.

Einen Augenblick später heulte der Nähmaschinenmotor des Focus auf, und sie fuhren aus der Einfahrt. In der dichten Stille der Schrottkarre zog Lash die Brieftasche seines Vaters aus der neuen Cargohose, klappte sie auf und blätterte durch die Karten. ATM, Visa, Schwarze AmEx …

»Wohin möchten Sie?«, fragte Mr D, als sie die Route 22 erreichten.

»Weiß ich nicht.«

Mr D warf ihm einen Seitenblick zu. »Ich hab meinen Cousin umgebracht. Als ich sechzehn war. Er war ein Arschloch, und es hat Spaß gemacht, es zu tun, und es war auch richtig. Aber hinterher hab ich mich mies gefühlt. Sie müssen sich also nicht blöd vorkommen, wenn Sie irgendwie ein schlechtes Gewissen haben.«

Dass jemand auch nur ansatzweise wusste, was er gerade durchmachte, nahm der ganzen Sache etwas von ihrer Alptraumhaftigkeit. »Ich fühle mich … tot.«

»Das geht vorbei.«

»Nein … ich werde mich niemals mehr – ach, verflucht, halt einfach das Maul und fahr, okay?«

Lash zog die letzte Karte heraus, als sie rechts auf die Route 22 einbogen. Es war der gefälschte Führerschein seines Vaters. Beim Anblick des Fotos drehte sich ihm der Magen um. »Anhalten!«

Der Focus schlingerte auf den Seitenstreifen. Während ein riesiger SUV an ihnen vorbeirauschte, riss Lash die Tür auf und würgte noch mehr schwarzes Zeug auf den Boden.

Er war verloren. Vollkommen verloren.

Was zum Teufel hatte er gerade getan? Wer war er?

»Ich weiß, wohin ich Sie bringe«, sagte Mr D. »Machen Sie einfach die Tür zu, ich weiß was, wo's Ihnen besser gehen wird.«

Von mir aus, dachte Lash. In diesem Moment hätte er von einer Schüssel Cornflakes einen Rat angenommen. »Scheißegal, nur weg von hier.«

Der Focus machte einen U-Turn und raste Richtung Innenstadt. Sie hatten schon einige Kilometer hinter sich, als Lash den kleinen *Lesser* fragte: »Wohin fahren wir?«

»Einen Ort, wo Sie mal verschnaufen können. Vertrauen Sie mir.«

Lash sah aus dem Fenster und kam sich wie ein totaler Schlappschwanz vor. Er räusperte sich. »Schick die Truppen ins Haus. Sie sollen alles mitnehmen, was sie in die Finger kriegen.«

»Jawohl, Sir.«

Als Z den Escalade in die Einfahrt des Tudor-Anwesens steuerte, in dem Lash und seine Eltern wohnten, runzelte Phury die Stirn und löste den Sicherheitsgurt. Was zum Henker …?

Die Haustür ragte weit geöffnet in die Sommernacht, das Licht des Kronleuchters in der Eingangshalle warf einen goldenen Schein auf die Veranda und die beiden akkurat gestutzten Buchsbäume, die zu beiden Seiten des Eingangs standen.

Hier stimmte etwas überhaupt nicht. Bei einem stinknormalen Bungalow mit Blumenkübeln auf der Terrasse und Gartenzwergen im Beet erwartete man vielleicht, dass die Tür schlampig offen hing. Oder auch bei einem Bauernhaus mit Fahrrädern vor der Garage und Kreidezeichnungen auf dem Bürgersteig. Oder bei einem Bauwagen mit kaputten Fenstern und klapprigen Plastikstühlen auf dem mit Unkraut überwucherten Rasen.

Aber bei Tudorgotik in gepflegten Parkanlagen sah es einfach völlig verkehrt aus, wenn die hochherrschaftliche Eingangstür weit offen stand. Das war wie eine Debütantin, die dank einer Garderobenpanne ihren BH entblößte.

Phury stieg aus dem Wagen und fluchte. Der Geruch von frischem Blut und *Lessern* war ihm nur allzu vertraut.

Zsadist zückte eine seiner Pistolen, während er die Autotür schloss. »Shit.«

Es war sonnenklar, dass sie sich nicht gemütlich mit Lashs Eltern über das, was ihrem Sohn passiert war, unterhalten würden. Viel wahrscheinlicher war, dass sie auf Leichen stoßen würden.

»Ruf Butch an«, sagte Z. »Er soll kommen und die Spuren am Tatort sichern.«

Phury hielt bereits das Telefon in der Hand und wählte. »Bin schon dabei.« Als der Bruder abhob, sagte er: »Wir brauchen hier schnellstens Verstärkung. Es gab einen Überfall.«

Bevor die beiden ins Haus gingen, überprüften sie den Eingang. Das Schloss war nicht beschädigt, und die Alarmanlage tat keinen Mucks.

Was unlogisch war. Wenn ein Vampirjäger an der Tür geklingelt hätte, dann hätte ihn doch kein *Doggen* hereingelassen. Völlig ausgeschlossen. Also mussten die *Lesser* auf anderem Weg eingedrungen und durch die Vordertür wieder abgehauen sein.

Und sie waren nicht faul gewesen. Über den Orientteppich in der mit Marmor gefliesten Eingangshalle verlief eine Blutspur – und zwar keine Tropfen; es sah eher so aus, als hätte jemand eine Farbrolle benutzt.

Der rote Streifen verlief zwischen Arbeits- und Esszimmer.

Z wandte sich nach links, Phury bog rechts ins Esszimmer.

»Ich habe die Leichen gefunden«, verkündete er schroff.

Dass Z sie ebenfalls sah, merkte er an dessen Knurren: »Ach du Scheiße.«

Lashs ermordete Eltern saßen aufrecht auf Stühlen am anderen Ende des Tisches, die Schultern festgebunden, damit sie nicht nach vorn kippen konnten. Blut sickerte aus Stichwunden in ihren Brustkörben und Hälsen und sammelte sich auf dem glänzenden Fußboden zu ihren Füßen.

Kerzen brannten. Wein funkelte in den Gläsern. Auf dem Tisch zwischen den Leichen stand ein köstlich aussehendes gebratenes Hähnchen, so frisch aus dem Ofen, dass man den Duft des Fleisches noch über dem Blut riechen konnte.

Die Leichen zweier *Doggen* saßen auf zwei Stühlen links und rechts des Sideboards – die Toten warteten den Toten auf.

Phury schüttelte den Kopf. »Was willst du wetten, dass es sonst keine Leichen im Haus gibt. Sonst wären sie auch hier aufgereiht.«

Die edlen Kleider, die Lashs Eltern trugen, waren säuberlich glattgestrichen. Die dreireihige Perlenkette der Mutter hing am richtigen Platz, Krawatte und Jackett des Vaters saßen akkurat. Die Haare waren völlig zerzaust und die Wunden Rob-Zombie-mäßig, aber die blutverschmierten Klamotten machten einen makellosen Eindruck. Sie sahen aus wie zwei ziemlich morbide Barbiepuppen.

Z hämmerte mit der Faust gegen die Wand. »Diese beschissenen kranken Drecksäcke … diese verfluchten *Lesser* sind total widerlich.«

»Das kannst du laut sagen.«

»Suchen wir die restlichen Räume ab.«

In der Bibliothek und im Musikzimmer fanden sie nichts. Die Speisekammer war unberührt. Die Küche wies Spuren eines Kampfgeschehens auf, das auf zwei Tötungen hinwies, aber das war alles – es gab keine Anzeichen für einen Einbruch.

Der erste Stock war sauber, die hübschen Räume sahen mit ihren bedruckten Vorhängen, ihren Antiquitäten und ihren luxuriösen Federbetten aus, als wären sie kürzlich im *Schöner Wohnen* gewesen. Im zweiten Stock lag eine Suite, die eines Königs würdig gewesen wäre; den Lehrbüchern über Kampfkunst und Waffen sowie der Computerausrüstung nach zu urteilen war dies Lashs Reich gewesen. Alles war picobello.

Im gesamten Haus war außer den Zimmern, in denen die Morde stattgefunden hatten, nichts in Unordnung. Nichts war durchwühlt.

Sie gingen wieder nach unten, und Zsadist untersuchte rasch die Leichen, während Phury den Schaltkasten der Alarmanlage draußen neben der Garage überprüfte.

Danach ging er zurück zu seinem Zwillingsbruder. »Ich hab mich in die Anlage gehackt. Nichts wurde ausgelöst oder überbrückt, weder durch einen Code noch durch einen Stromausfall.«

»Der Mann hat keine Brieftasche bei sich«, berichtete Z, »aber die Ebel hängt noch an seinem Handgelenk. Und die Frau hat einen Diamantring am Finger und ein Paar kirschgroße Klunker in den Ohrläppchen.«

Phury stützte die Hände in die Hüften und schüttelte den Kopf. »Zwei Einbrüche, hier und in der Klinik. Beide ohne Plünderung.«

»Wenigstens wissen wir, wie sie dieses Haus gefunden haben. Ich schätze, Lash wurde entführt und so lange gefoltert, bis er gequatscht hat. So muss es gewesen sein. Er hatte bestimmt keinen Ausweis bei sich, als er aus der Klinik verschleppt wurde, also muss die Info aus seinem eigenen Mund stammen.«

Phury betrachtete die Kunst an den Wänden. »Irgendwas ist hier faul. Normalerweise würden sie plündern.«

»Aber mal angenommen, sie haben die Brieftasche des Vaters mitgenommen – die echten Vermögenswerte liegen ja mit Sicherheit auf der Bank. Wenn sie Zugang zu diesen Konten hätten, dann wäre das der sauberste Weg.«

»Aber warum das ganze Zeug hierlassen?«

»Wo seid ihr?«, hallte Rhages Stimme durch das Foyer.

»Hier drin«, rief Z.

»Wir müssen den anderen Familien der Glymera Bescheid geben«, stellte Phury fest. »Wenn Lash seine eigene Adresse verraten hat, dann weiß Gott allein, was sie sonst noch aus ihm rausgeholt haben. Das könnte nie dagewesene Folgen haben.«

Butch und Rhage traten ins Zimmer. Der Ex-Cop war fassungslos. »Mist, das versetzt mich direkt zurück in die Mordkommission.«

»Mann …« Hollywood seufzte.

»Wissen wir, wie sie hier reingekommen sind?«, fragte Butch und lief um den Tisch herum.

»Nein, aber lasst uns noch mal das Haus absuchen«, meinte Phury. »Ich kann nicht glauben, dass sie einfach so durch die Haustür marschiert sind.«

Als die vier oben in Lashs Zimmer ankamen, schüttelten sie alle die Köpfe.

Phury sah sich in dem Raum um und zermarterte sich das Gehirn. »Wir müssen die anderen warnen.«

»Nun sieh mal einer an«, murmelte Z und deutete mit dem Kopf auf ein Fenster.

Unten vor dem Haus hielt ein Wagen. Dann noch einer. Und ein dritter.

»Da hast du deinen Plünderungstrupp«, sagte er.

»Wichser«, stieß Rhage mit einem grimmigen Grinsen aus. »Aber immerhin gutes Timing, das muss man ihnen lassen – ich muss mir mein Abendessen abtrainieren.«

»Und es wäre verdammt unhöflich, sie nicht gleich an der Tür willkommen zu heißen«, brummte Butch.

Instinktiv griff Phury in den Mantel, doch dann fiel ihm wieder ein, dass darunter keine Pistolen oder Dolche steckten.

Den Bruchteil einer Sekunde lang waren alle verlegen, und keiner sah ihn an, deshalb sagte er: »Ich gehe zurück zum Anwesen und kontaktiere die anderen Familien der Glymera. Außerdem gebe ich Wrath Bescheid, was hier los ist.«

Die drei nickten und liefen zur Treppe.

Als sie die Stufen herunterdonnerten, um die *Lesser* freundlich zu begrüßen, sah sich Phury ein letztes Mal in dem Zimmer um und dachte sich, dass er gern bei den anderen wäre und die Mistkerle umbringen würde, die das getan hatten.

Der Zauberer schlüpfte in seinen Kopf. *Sie wollen deshalb nicht mehr mit dir kämpfen, weil sie dir nicht über den Weg trauen können. Soldaten haben nicht so gern jemanden im Rücken, in den sie kein Vertrauen haben.*

Kapier's endlich, mein Freund, du bist auf dieser Seite am Ende. Die Frage ist nur, wie lange es dauert, bis du es dir auch mit den Auserwählten verdirbst?

Schon wollte Phury sich dematerialisieren, da runzelte er die Stirn.

An der Kommode gegenüber entdeckte er einen Fleck auf einem der Messinggriffe an den Schubladen.

Er ging hin und betrachtete ihn näher. Dunkelbraun … das war getrocknetes Blut.

Er zog die oberste Schublade auf und fand blutige Fingerabdrücke auf den Gegenständen: die Angeber-Armbanduhr, die Lash vor seiner Transition getragen hatte, wies Flecken auf, genau wie eine Diamantkette und ein schwerer Diamantohrstecker. Irgendetwas war ganz offensichtlich hier herausgeholt worden, aber warum sollte ein *Lesser* so teure Sachen zurücklassen? Schwer vorstellbar, was noch wertvoller sein sollte als diese ganzen Diamanten und trotzdem in diese kleine Schublade gepasst hätte.

Phury ließ den Blick über den Laptop und den iPod schweifen … und die Dutzenden weiterer Schubladen im Raum, im Schreibtisch und im Sekretär und im Nachttisch. Alle geschlossen.

»Du musst abhauen.«

Phury drehte sich um. Z stand mit gezogener Waffe im Türrahmen.

»Verzieh dich hier Phury. Du bist nicht bewaffnet.«

»Ich könnte mich aber bewaffnen.« Auf dem Tisch lagen mehrere Messer auf den Lehrbüchern. »Kein Problem.«

»Geh.« Z fletschte die Fänge. »Du bist hier keine Hilfe.«

Die ersten Kampfgeräusche drangen als Abfolge von Grunzern und gebellten Flüchen über die Treppe nach oben.

Als sein Zwillingsbruder sich aufmachte, um ihr Volk zu verteidigen, blickte Phury ihm nach. Dann dematerialisierte er sich aus Lashs Zimmer direkt aufs Anwesen. Sein Ziel war das Trainingszentrum.

4

»Du musst dich ausruhen«, sagte Cormia, als Bella wieder gähnte.

Fritz hatte gerade ihr Essen abgeräumt. Bella hatte ein Steak und Kartoffelpüree und zum Nachtisch Pfefferminzeis mit Schokostückchen verspeist. Cormia hatte nur Kartoffeln gegessen … und etwas Eis.

Und sie hatte die M&Ms köstlich gefunden …

Bella kuschelte sich noch tiefer in ihre Kissen. »Wahrscheinlich hast du Recht. Ich bin müde. Vielleicht können wir später weiter fernsehen?«

»Sehr gern.« Cormia rutschte vom Bett. »Brauchst du noch etwas?«

»Nein.« Bellas Augen klappten zu. »Ach, bevor du gehst: Woraus sind diese Kerzen gemacht? Sie haben eine so unglaublich besänftigende Wirkung.«

Sie wirkte schrecklich blass auf dem großen weißen Kissen. »Aus heiligen Dingen von der Anderen Seite. Geweihte, heilende Zutaten. Kräuter und Blumen, gemischt mit einem Bindemittel, das Wasser aus dem Brunnen der Jungfrau der Schrift enthält.«

»Wusste ich doch, dass es etwas Besonderes ist.«

»Ruf mich jederzeit, ich bleibe in der Nähe«, sagte Cormia eifrig.

»Das ist gut.«

Cormia tapste aus dem Zimmer und zog die Tür ganz leise hinter sich zu.

»Madame?«

Sie sah sich um. »Fritz? Ich dachte, du wärst mit dem Tablett in die Küche gegangen.«

»War ich auch.« Er hob den Strauß hoch, den er in der Hand hielt. »Ich musste diese hier in eine Vase stellen.«

»Was für hübsche Blumen.«

»Sie sind für das Wohnzimmer im ersten Stock.« Er zupfte eine lavendelfarbene Rose heraus und streckte sie ihr entgegen. »Für Euch, Herrin.«

»O, Danke.« Sie hielt sich die zarte Blüte unter die Nase. »Wie wunderschön.«

Cormia schrak zusammen, weil sie etwas an ihrem Bein spürte.

»Ach, hallo Boo.« Sie bückte sich und strich mit der Hand über den seidigen, elastischen Rücken des schwarzen Katers.

Das Tier schnurrte und drückte sich an sie, sein überraschend kräftiger Körper brachte sie ins Schwanken.

»Magst du gern Rosen?«, fragte sie und bot ihm die Blüte an.

Boo schüttelte den Kopf und stupste ihre freie Hand an, um mehr Aufmerksamkeit einzufordern.

»Ich liebe diese Katze.«

»Und er liebt Euch«, sagte Fritz, dann stockte er. »Herrin, wenn ich …«

»Was ist denn?«

»Mein Herr Phury ist unten im Büro des Trainingszentrums, und ich glaube, er könnte etwas Gesellschaft gebrauchen. Vielleicht würdet Ihr –«

Der Kater stieß ein lautes Miauen aus, trottete auf die große Freitreppe zu und wedelte mit dem Schwanz. Hätte er Arme und Hände gehabt, dann hätte er wahrscheinlich unten in die Eingangshalle gezeigt.

Der Butler lachte. »Ich glaube, Seine Lordschaft Boo ist einverstanden.«

Wieder miaute die Katze.

Cormia umschloss den Rosenstängel fester und stand auf. Vielleicht war das gut. Sie musste dem Primal mitteilen, dass sie fortging. »Ich würde ihn gern aufsuchen, aber bist du sicher, dass jetzt der passende –«

»Aber ja, aber ja! Ich bringe Euch zu ihm.«

Der Butler lief rasch in das Wohnzimmer und stellte die Blumen ab. Auf dem Rückweg war sein Schritt federnd, und ein Leuchten lag auf seinem Gesicht, als hätte er einen willkommenen Auftrag zu erledigen.

»Kommt, kommt. Gehen wir hinunter, Herrin.«

Mit einem erneuten Miauen lief Boo voran, die Treppe hinunter und nach links, dann zu einer versteckten Tür. Der Butler tippte einen Code in ein Tastenfeld ein und öffnete eine – wie man nun sehen konnte – fünfzehn Zentimeter dicke Stahlplatte. Cormia folgte Fritz einige Stufen hinab … und fand sich in einem Tunnel wieder, der sich in beide Richtungen schier endlos zu erstrecken schien.

Sie sah sich um und zog den Ausschnitt ihrer Robe enger zusammen. Es war merkwürdig, in einem so weiten Raum ein Gefühl von Enge zu spüren, doch ganz unvermittelt wurde ihr bewusst, dass sie sich unter der Erde befand und gefangen war.

»Der Code lautet übrigens 1914«, erzählte der Butler,

als er die Stahltür wieder fest verschloss und sich vergewisserte, dass der Alarm eingeschaltet war. »Das war das Jahr, in dem dieses Haus erbaut wurde. Man muss ihn bei allen Türen unterwegs eintippen. Der Tunnel besteht aus Beton und Stahl und ist an allen Endpunkten versiegelt. Und alles wird von Kameras überwacht. Hier« – er deutete auf die Decke – »zum Beispiel. Ihr seid hier so sicher wie auf dem gesamten Anwesen oder im Haus selbst.«

»Danke.« Sie lächelte. »Ich fühlte mich kurz ... etwas verunsichert.«

»Das ist nur zu verständlich, Madame.« Boo rieb sich an ihrem Bein, als wollte er ihre Hand nehmen und sie beruhigend drücken.

»Hier entlang.« Der Butler schlurfte weiter, sein runzliges Gesicht strahlte. »Mein Herr Phury wird begeistert sein, Euch zu sehen.«

Cormia hielt sich an ihrer Rose fest und lief ihm hinterher. Sie versuchte, sich passende Abschiedsworte zurechtzulegen, und musste feststellen, dass ihr dabei die Tränen in die Augen stiegen.

Anfangs hatte sie sich gegen ihr Schicksal zur Wehr gesetzt – dagegen, Erste Partnerin zu werden. Doch nun, da sie bekam, was sie sich gewünscht hatte, betrauerte sie den Verlust, der mit ihrer neuen Freiheit einherging.

Oben in der Halle mit den Statuen öffnete John eine Tür und knipste das Licht an.

Qhuinn betrat das Zimmer so vorsichtig, als fürchtete er, Matsch an den Schuhsohlen zu haben. »Nicht übel.«

Ich bin nebenan, erklärte John.

Beide Handys klingelten praktisch gleichzeitig, die SMS kam von Phury: *Unterricht fällt in der kommenden Woche aus. Weitere Informationen bitte auf gesicherter Website nachlesen.*

John schüttelte den Kopf. Der Unterricht abgesagt. Die Klinik überfallen. Lash entführt … und sehr wahrscheinlich gefoltert. Die Nachwirkungen des Vorfalls im Umkleideraum hörten einfach nicht auf.

Ein Unglück … ein Unglück kam definitiv nicht allein.

»Kein Unterricht mehr, was«, murmelte Qhuinn und machte sich etwas zu betont an seiner Reisetasche zu schaffen. »Für niemanden mehr.«

Wir müssen uns mit Blay kurzschließen, meinte John. *Ich kapiere gar nicht, warum er sich die ganze Nacht über noch nicht gemeldet hat. Vielleicht sollten wir bei ihm vorbeischauen?*

Qhuinn trat an eines der bis zum Boden reichenden Fenster und zog den schweren Vorhang zurück. »Ich glaube nicht, dass er mich so bald sehen will. Und ich weiß, dass du hinter meinem Rücken *Warum* fragst. Glaub mir einfach. Er wird unbedingt Abstand halten wollen.«

John schüttelte den Kopf und schickte Blaylock eine SMS: *Später ZeroSum? Gibt Neuigkeiten in Sachen Q.*

»Er wird antworten, dass er nicht kommen kann. Vorausgesetzt, du fragst ihn gerade, ob er sich mit uns treffen will.«

Qhuinn blickte sich über die Schulter, als das Handy piepte. Blays Antwort lautete: *Kann heute nicht, Familienkram. Melde mich.*

John steckte das Telefon in die Tasche. *Was ist denn passiert?*

»Nichts. Alles. Ich weiß auch nicht –«

Das schwere Klopfen an der Tür stammte eindeutig von einer Faust in der Größe eines Kopfes.

»Ja?«, rief Qhuinn.

Wrath kam herein. Der König wirkte noch finsterer als vorher, so als wären noch weitere schlechte Nachrichten bei der Bruderschaft eingetrudelt. In der Hand hielt er eine schwarze Metallkiste und ein paar Lederbänder.

Beides hob er hoch und sah Qhuinn eindringlich an. »Es versteht sich wohl von selbst, dass du mit dem hier keinen Blödsinn anstellst, oder?«

»Äh, sicher. Was ist es denn?«

»Deine beiden neuen besten Freunde.« Der König stellte die Kiste aufs Bett, ließ die Schlösser aufschnappen und hob den Deckel.

»Wow.«

Wow, machte auch John.

»Gern geschehen.«

In der Kiste lagen, in grauer Eierkartonpolsterung, zwei tödliche Heckler & Koch, fünfundvierzig Millimeter Selbstlader. Nachdem er die Kammer der einen überprüft hatte, überreichte Wrath Qhuinn die schwarze Waffe mit dem Griff voran.

»V wird dir einen Ausweis in der Alten Sprache basteln. Wenn's mal kritisch wird, zeigst du ihn vor, und wer auch immer dir auf den Sack geht, wird sich mit mir auseinandersetzen müssen. Fritz bestellt dir genug Munition, um einen Trupp Marines vor Neid erblassen zu lassen.« Der König warf Qhuinn die Lederbänder hin, die sich als Brustgeschirr herausstellten. »Du bist niemals unbewaffnet, wenn du mit ihm unterwegs bist. Nicht mal in diesem Haus. Haben wir uns verstanden? So läuft die Sache.«

Als Qhuinn die Pistole in der Hand wog, rechnete John fest damit, dass sein Kumpel einen Scherz über gut geladene Kanonen machen würde, doch stattdessen sagte er: »Ich möchte freien Zugang zum Schießstand. Ich werde dreimal die Woche dort trainieren. Minimum.«

Wraths Mundwinkel zuckte auf einer Seite. »Wir werden das Ding nach dir benennen, wie wär's damit?«

John kam sich vor wie ein Voyeur, wie er so zwischen den beiden stand und kein Wort sagte. Gleichzeitig war er fasziniert von Qhuinns Wandlung. Keine Spur mehr von dem ewigen Witzbold. Er war voll und ganz bei der Sache, plötzlich viel härter drauf als seine harten Klamotten.

Qhuinn deutete auf eine Tür. »Führt die in sein Schlafzimmer?«

»Exakt.«

»Schönen Abend, die Damen.«

Vishous kam hereinspaziert, und Qhuinns Augen waren nicht die einzigen, die aufflackerten. In den Händen hielt der Bruder ein Stück schwere Kette mit einer Plakette an einem Ende, eine Zange und eine Angelköderkiste.

»Hinsetzen, Kleiner«, sagte V.

»Nur zu.« Wrath deutete mit dem Kopf aufs Bett. »Zeit, dich an die Kette legen zu lassen – auf der Plakette ist Johns Wappen eingeprägt. Außerdem wirst du tätowiert. Das hier gilt lebenslänglich, wie ich schon sagte.«

Wortlos setzte Qhuinn sich, und V stellte sich hinter ihn, legte ihm die schwere Kette um den Hals und bog das offene Glied zu. Das Medaillon hing knapp unter seinem Schlüsselbein.

»Das kommt nur ab, wenn du tot bist oder gefeuert wirst.« V klopfte Qhuinn auf die Schulter. »Übrigens – falls du tatsächlich gefeuert werden solltest, dann kriegst du dein Entlassungsschreiben in Form einer Guillotine. So kriegen wir dann auch die Kette wieder ab. Falls du allerdings einfach so stirbst, schneiden wir eines der Stahlglieder auf. Leichen schänden ist irgendwie geschmacklos. Und jetzt zu deinem Tattoo.«

Qhuinn machte Anstalten, sein Shirt auszuziehen. »Ich wollte schon immer eins –«

»Das kannst du anbehalten.« Als er den Deckel der Köderkiste aufklappte und eine Tätowiernadel herausholte, schob Qhuinn den Ärmel bis zur Schulter hoch. »Nein, deinen Arm kann ich auch nicht brauchen.«

Qhuinn sah ihn fragend an, und Vishous stöpselte das Kabel ein und zog Latexhandschuhe an. Er öffnete ein kleines schwarzes Glas und ein kleines rotes und einen großen Behälter mit einer durchsichtigen Flüssigkeit.

»Dreh dich mit dem Gesicht zu mir.« Der Bruder holte ein Stück weißen Stoff und ein Sterilisierungspäckchen heraus, während Qhuinn sich herumdrehte und die Hände auf die Knie legte. »Kopf hoch.«

Auf sein *Gesicht?*, dachte John, während V Qhuinns obere Wangenpartie abwischte.

Qhuinn zuckte nicht mit der Wimper. Nicht einmal, als die surrende Nadel näher kam.

John versuchte, zu erkennen, was da gezeichnet wurde, es gelang ihm aber nicht. Seltsam, dass Vishous Rot benutzte. Er hatte mal gehört, dass nur Schwarz erlaubt war –

Shit, dachte John, als V den Blick wieder freigab.

Es war eine einzelne rote Träne, schwarz umrandet.

Wrath erhob das Wort. »Das symbolisiert, dass du bereit bist, dein eigenes Blut für John zu vergießen. Und teilt außerdem jedem unmissverständlich mit, was für eine Stellung du innehast. Wenn John stirbt, wird sie mit schwarzer Tinte gefüllt, als Zeichen dafür, dass du einer bedeutenden Persönlichkeit ehrenhaft gedient hast. Sollte etwas nicht klappen, wird sie mit einem X durchgestrichen, um deine Schande dem ganzen Volk zu verkünden.«

Qhuinn stand auf und ging zum Spiegel. »Das gefällt mir.«

»Dann ist ja gut«, bemerkte V trocken, als er zu ihm trat und ihm etwas Salbe auf die Tinte strich.

»Kannst du noch eins für mich machen?«

V warf Wrath einen Blick zu, dann zuckte er die Achseln. »Was denn?«

Qhuinn deutete auf seinen Nacken. »Ich möchte *18.*

August 2008 in der Alten Sprache hier stehen haben. Und nicht zu klein.«

Das heutige Datum, dachte John.

V nickte. »Okay, das kann ich machen. Muss aber schwarz sein. Rot ist nur für besondere Tattoos da.«

»Ja, in Ordnung.« Qhuinn ging zurück zum Bett und setzte sich im Schneidersitz auf die Kante. Dann senkte er den Kopf und entblößte sein Genick. »Und die Zahl bitte ausschreiben.«

»Das wird fett.«

»Genau.«

V lachte. »Du gefällst mir, ehrlich. Und jetzt halt deine Kette hoch, damit ich anfangen kann.«

Es ging relativ schnell, die Nadel heulte wie ein Motor, mal höher, mal leiser, höher, leiser. V setzte noch einen kunstvollen Schnörkel unter die Worte, so dass das Tattoo aussah wie eine Plakette.

Dieses Mal stand John hinter V und beobachtete den gesamten Vorgang. Die drei Zeilen Text sahen klasse aus, und da Qhuinn einen so langen Hals hatte und sein Haar immer kurz trug, würde man sie immer gut sehen können.

John wollte auch ein Tattoo. Aber was für ein Motiv?

»Das wär's«, sagte V, als er die Haut mit dem ursprünglich weißen Tuch abwischte, das inzwischen völlig fleckig war.

»Danke«, sagte Qhuinn, als V mehr von der Salbe auftrug. Die Tinte leuchtete auf seiner goldenen Haut. »Vielen Dank.«

»Du hast es ja noch gar nicht gesehen. Vielleicht hab ich ja Vollidiot draufgeschrieben.«

»Ach was. Ich würde nie an dir zweifeln.« Qhuinn grinste den Bruder an.

Vishous lächelte kaum merklich, sein hartes Gesicht mit den Tätowierungen drückte Anerkennung aus. »Auf jeden

Fall zuckst du nicht. Wer zuckt, hat verloren. Wer stillhält, wird belohnt.«

V klatschte Qhuinn ab, dann packte er seine Sachen zusammen und ging, während Qhuinn ins Badezimmer ging und mit dem Handspiegel die Arbeit des Bruders inspizierte.

Es sieht großartig aus, zeigte John hinter ihm. *Echt großartig.*

»Genau, was ich wollte«, murmelte Qhuinn.

Als die beiden zurück ins Schlafzimmer kamen, steckte Wrath die Hand in seine Gesäßtasche und zog einen Autoschlüssel hervor, den er Qhuinn überreichte. »Die gehören zum Mercedes. Wenn du mit John irgendwohin willst, dann nimmst du den, bis wir dir einen anderen fahrbaren Untersatz besorgt haben. Der Wagen ist kugelsicher und schneller als alles andere auf der Straße.«

»Kann ich ihn trotzdem noch ins *ZeroSum* mitnehmen?«

»Er ist kein Gefangener.«

John stampfte mit dem Fuß auf. *Und außerdem bin ich kein kleines Mädchen.*

Wrath stieß ein bellendes Lachen aus. »Hab ich auch nie behauptet. John, du gibst ihm die Passwörter für alle Türen und den Tunnel und die Tore.«

»Was ist mit dem Unterricht?«, wollte Qhuinn noch wissen. »Wenn es wieder losgeht – begleite ich John dann, obwohl ich selbst rausgeflogen bin?«

Wrath ging zur Tür und zögerte. »Darüber zerbrechen wir uns den Kopf, wenn es so weit ist. Die Zukunft ist momentan eher unklar. Wie üblich.«

Nachdem der König gegangen war, dachte John wieder an Blay. Ihr Freund hätte wirklich dabei sein sollen.

Ich würde gern ins ZeroSum fahren.

»Warum? Weil du glaubst, das lockt Blay vor die Tür?«

Qhuinn ging zu dem Metallkoffer und lud die andere Waffe, es zischte und klickte leise, als er das Magazin einschob.

Du musst mir erzählen, was los ist. Und zwar jetzt.

Qhuinn zog das Halfter über und steckte sich die Waffen unter die Achseln. Er sah … stark aus. Tödlich. Mit seinem kurzen Haar und den Piercings im Ohr und dem Tattoo unter dem blauen Auge – hätte John den Kerl nicht gekannt, hätte er schwören können, dass er vor einem Black-Dagger-Bruder stand.

Was ist zwischen dir und Blay vorgefallen?

»Ich hab mich von ihm abgenabelt, und das ziemlich brutal.«

Großer Gott … Warum?

»Ich war auf dem Weg in den Knast wegen Mordes, schon vergessen? Er wäre doch vor Sorge um mich völlig krank geworden. Das hätte sein Leben ruiniert. Besser, er hasst mich, als den Rest seiner Tage einsam zu sein.«

Nimm's mir nicht übel, aber bedeutest du ihm wirklich so viel?

Qhuinns verschiedenfarbige Augen sahen John unverwandt an. »Ja. Das tue ich. Und frag bloß nicht weiter nach.«

John erkannte eine Grenze, wenn er sie vor sich sah: Im übertragenen Sinne war er gerade vor eine mit Stacheldraht umwickelte Betonmauer gerannt.

Ich möchte trotzdem ins ZeroSum, und ich möchte ihm trotzdem die Gelegenheit geben, uns zu treffen.

Qhuinn zog eine leichte Jacke aus seiner Tasche und schien kurz nachzudenken. Als er sich wieder zu John umdrehte, war sein typisches Klugscheißergrinsen wieder an Ort und Stelle. »Dein Wunsch ist mir Befehl, mein Prinz.«

Nenn mich nicht so.

Im Gehen tippte John eine SMS an Blay ein. Er hoffte, er würde sich später noch sehen lassen. Vielleicht würde er nachgeben, wenn sie nicht lockerließen?

»Wie soll ich dich denn dann nennen?«, fragte Qhuinn und sprang voraus, um die Tür mit einer übertriebenen Verbeugung aufzumachen. »Euer Gnaden?«

Jetzt hör schon auf mit dem Quatsch.

»Wie wäre es mit dem guten, alten ›Meister‹?« Als John ihm nur einen finsteren Blick über die Schulter zuwarf, zuckte Qhuinn die Achseln. »Bitte. Bleibe ich eben bei Blödmann. Aber dann beklag dich auch nicht, du hattest die Wahl.«

5

Zwei Dinge liebte die Glymera mehr als alles andere: rauschende Feste und rauschende Beerdigungen.

Der Mord an Lashs Eltern hatte ihnen beides beschert.

Phury saß am Computer im Büro des Trainingszentrums, einen stechenden Kopfschmerz unmittelbar hinter dem linken Augapfel. Es fühlte sich an, als bearbeitete der Zauberer seinen Sehnerv mit einem Eispickel.

Um genau zu sein, ist es ein Bohrer, mein Freund, sagte der Zauberer.

Richtig, dachte Phury. *Das ist es.*

Soll das Sarkasmus darstellen?, fragte der Zauberer. *Ach, so ist das. Dein Plan war es, ein total kaputter Junkie und eine Enttäuschung für deine Brüder zu werden, und jetzt, wo du das geschafft hast, wirst du frech. Weißt du was – vielleicht solltest du ein Seminar abhalten: In zehn idiotensicheren Schritten zum totalen, hoffnungslosen Versager, von Phury, Sohn des Ahgony.*

Soll ich schon mal loslegen? Fangen wir ganz von vorne an: Geboren werden.

Phury stützte die Ellbogen rechts und links des Laptops auf und rieb sich die Schläfen. Er gab sich alle Mühe, in der realen Welt verhaftet zu bleiben, anstatt auf den Knochenfriedhof des Zauberers abzudriften.

Der Computerbildschirm vor seiner Nase leuchtete, und während er darauf starrte, dachte er über den ganzen Blödsinn nach, der im allgemeinen E-Mail-Account der Bruderschaft eintrudelte. Die Glymera wollte es einfach nicht kapieren. In der Nachricht, die er herausgeschickt hatte, stand alles über die Angriffe, und er hatte die Aristokratie dazu gedrängt, Caldwell zu verlassen und sich in ihre sicheren Unterschlupfe zurückzuziehen. Um keine Panik auszulösen, hatte er es vorsichtig formuliert, doch offensichtlich war er dabei nicht deutlich genug geworden.

Obwohl man doch glauben sollte, dass die Tötung des Leahdyre und seiner *Shellan* in ihrem eigenen Heim ausreichen würde.

Gütige Jungfrau, in den letzten beiden Nächten hatte es so viel Tod von der Hand der Gesellschaft der *Lesser* gegeben … und in Anbetracht der Reaktion der Glymera würde noch mehr folgen. Schon bald.

Lash kannte den Wohnort jeder einzelnen adligen Familie, weshalb zu befürchten stand, dass ein nicht unerheblicher Teil der Glymera von der Entdeckung bedroht war. Und der arme Junge musste noch nicht mal jede Adresse selbst verraten. Wenn die *Lesser* erst in einige der Häuser eingedrungen waren, würden sie Hinweise auf so viele weitere finden – Adressbücher, Einladungen, Termine für Versammlungen. Lashs Informationen würden sich ausbreiten wie ein Erdbeben, das einen gesamten Landstrich sprengt.

Aber ging die Glymera vernünftig mit der Bedrohung um? Nein.

Laut der E-Mail, die er gerade vom Schatzmeister des

Princeps-Rats erhalten hatte, wollten die Idioten nicht ihre Verstecke aufsuchen. Sondern sie mussten unbedingt diesen »niederschmetternden Verlust eines solch bedeutenden, respektablen Paares« betrauern, indem sie noch eine Party schmissen.

Zweifelsohne um den Machtkampf um die Nachfolge des Leahdyre einzuläuten.

Und abschließend hatte der Schatzmeister noch ein paar Sätzchen darüber angehängt, dass der Rat der Glymera die Schuld einzutreiben gedenke, die Lashs Familie aufgrund von Qhuinns Tat zustehe.

Waren das nicht großmütige Leute. Nicht dass sie das Geld für sich wollten, um … beispielsweise … einen neuen Leahdyre gebührend zu feiern. O nein, Gott bewahre. Sie wollten nur »exemplarisch gewährleisten, dass böse Taten zuverlässig bestraft werden«.

Aber sicher doch.

Nur gut, dass Qhuinn ihnen nicht mehr ausgeliefert war. Wenn auch Wraths Ernennung des Jungen zu Johns Ahstrux Nohtrum ein Schock gewesen war. Ein kühner Schachzug, zumal er rückwirkend stattgefunden hatte. Und um was genau für einen Kampf hatte es sich gehandelt, den Qhuinn auf unangemessene Weise beendet hatte? Es musste mehr hinter dem Vorfall in der Dusche stecken, etwas, das unter Verschluss gehalten wurde. Sonst passte das alles nicht zusammen.

Die Glymera würde erfahren, dass Wrath Qhuinn schützte, und eines Tages würde sich die Sache bestimmt noch als Bumerang erweisen. Trotzdem war Phury froh, dass sich alles so aufgelöst hatte. John, Blay und Qhuinn waren die Sahnehäubchen der Trainingsklasse gewesen, und Lash … Lash hatte von Anfang an Ärger gemacht.

Qhuinn mochte ja verschiedenfarbige Augen haben,

aber Lash war der mit dem Defekt. Irgendwas an dem Jungen war schon immer merkwürdig gewesen.

Ein Piepen verkündete, dass eine weitere Nachricht eingegangen war. Dieses Mal von der rechten Hand des verstorbenen Leahdyre. Und wer hätte das gedacht, der Bursche sprach sich dafür aus, »deutlich Stellung gegen diese tragischen Verluste zu beziehen, die aber dennoch letztendlich nur eine geringe Gefahr für unsere Sicherheit bedeuten. Das Beste in Zeiten wie diesen ist es, zusammenzukommen und die angemessenen Trauerrituale für die Dahingeschiedenen abzuhalten …«

Das war mal wirklich dämlich. Jeder bei halbwegs klarem Verstand würde seine protzigen Koffer packen und sich schleunigst aus dem Staub machen, bis die Wogen sich wieder geglättet hatten. Aber nein, die Herren und Damen holten lieber ihre Gamaschen und Handschuhe aus dem Schrank und taten, als gäbe es das gute alte britische Empire noch, mit ihren schwarzen Klamotten und den zeremoniellen Beileidsformeln. Er konnte ihre gewählten, verlogenen, teilnahmsvollen Kommentare schon hören, die sie einander um die Ohren hauten, während noch mehr Kanapees von uniformierten *Doggen* herumgereicht wurden und eine höfliche Schlacht um die politische Herrschaft tobte.

Er hoffte nur, sie kämen noch rechtzeitig zu Sinnen, denn selbst wenn sie ihm auf die Nerven gingen, wünschte er ihnen doch nicht den Tod an den Hals. Wrath konnte versuchen, ihnen den Befehl zum Verlassen der Stadt zu geben, aber sehr wahrscheinlich würden sie dann erst recht bockig reagieren. Der König und die Adligen standen nicht gerade auf freundschaftlichem Fuß miteinander. Sie waren ja kaum Verbündete.

Eine weitere E-Mail traf ein, ungefähr im selben Ton. *Wir bleiben und schmeißen eine Party.*

Mann, er brauchte einen Joint.

Und er brauchte …

Die Schranktür schwang auf, und Cormia trat durch die Geheimtür. In ihrer eleganten Hand lag eine lavendelfarbene Rose, auf ihrem Gesicht ein anmutig distanzierter Ausdruck.

»Cormia?«, sagte er und kam sich sofort albern vor. Als hätte sie ihren Namen in der Zwischenzeit in Trixie oder Irene geändert. »Ist irgendwas?«

»Ich wollte Euch nicht stören. Fritz schlug vor …« Sie drehte sich um, als rechnete sie damit, den Butler hinter sich stehen zu sehen. »Äh … er hat mich hergebracht.«

Phury stand auf. Gut möglich, dass der Butler dadurch seine unpassende Unterbrechung von vergangener Nacht wiedergutmachen wollte. Was für ein Held der *Doggen* doch war. »Das freut mich.«

Na ja, »freuen« war vielleicht nicht ganz das richtige Wort. Dummerweise wurde der Wunsch nach einem Joint gerade von dem Drang nach einer anderen Sache, die man mit dem Mund macht, abgelöst. Wobei Saugen dabei trotzdem eine Rolle spielen würde.

Schon wieder kam eine E-Mail an, und der Computer gab Laut. Beide sahen auf den Bildschirm.

»Wenn Ihr Arbeit zu erledigen habt, kann ich auch gehen –«

»Nein, nein.« Die Glymera war wie eine Backsteinmauer, und da er ohnehin schon Kopfweh hatte, gab es keinen Grund, sich weiter den Schädel an ihrem Starrsinn einzurennen. Das Tragische war, dass er nichts weiter unternehmen konnte, bis sich der nächste schlimme Vorfall ereignete, und er wieder ein Rundschreiben …

Aber das würde er ja dann nicht mehr schicken. Er hatte sich dieses Mal nur darum gekümmert, weil alle anderen verfügbaren Hände mit ihren Dolchen beschäftigt waren.

»Wie geht es dir?«, fragte er, um seine Grübeleien zu beenden. Und weil die Antwort sehr wichtig war.

Cormia blickte sich im Büro um. »Ich hätte nie vermutet, dass hier unten so etwas ist.«

»Möchtest du dich einmal umsehen?«

Sie zögerte und streckte die vollkommene lavendelfarbene Rose aus ... die dieselbe Farbe hatte wie das Armband von John Matthew. »Ich glaube, meine Blume braucht etwas zu trinken.«

»Das kann ich regeln.« Er zog eine Flasche stilles Mineralwasser aus einem Großpack, drehte den Deckel ab, nahm einen Schluck, um den Pegel zu senken, und stellte sie dann auf den Schreibtisch. »Hier drin ist mehr als genug, um sie bei Laune zu halten.«

Er beobachtete Cormias Hände, als sie die Rose in die Behelfsvase steckte. Sie waren so hübsch und blass und ... er wollte sie auf seiner Haut spüren.

Überall.

Phury zupfte sein Hemd heraus, als er aufstand und um den Schreibtisch herumlief, und zog es sorgfältig vor seiner Hose herunter. Er hasste nachlässige Kleidung, aber besser schlampig aussehen, als riskieren, dass sie seine Erregung bemerkte.

Und er war erregt. Total. Er hatte so eine Ahnung, dass das ab jetzt in ihrer Gegenwart immer so wäre: Gestern Nacht in ihrer Hand zu kommen, hatte irgendwie alles verändert.

Er hielt ihr die Tür zum Flur auf. »Komm, ich zeig dir unser Trainingszentrum.«

Sie folgte ihm aus dem Büro, und er führte sie überall herum, erzählte, was in der Turnhalle und im Ausrüstungsraum und im Sanitätszimmer und auf dem Schießstand so gemacht wurde. Sie war interessiert, schwieg aber weitgehend, und er wurde das Gefühl nicht los, dass sie ihm etwas zu sagen hatte.

Was, konnte er sich schon denken.

Sie würde zurück auf die Andere Seite gehen.

Vor dem Umkleideraum blieb er stehen. »Hier können sich die Jungs duschen und umziehen. Die Unterrichtsräume sind dort hinten.«

Verdammt, er wollte nicht, dass sie ging. Aber was erwartete er denn von ihr? Sie hatte hier keine Rolle mehr zu erfüllen.

Du erfüllst hier selber keine Rolle mehr, ließ sich der Zauberer vernehmen.

»Komm, ich zeige dir ein Klassenzimmer«, sagte er, um die Sache in die Länge zu ziehen.

Er führte sie in den Raum, in dem er unterrichtete, und verspürte einen merkwürdigen Stolz, ihr zu zeigen, wo er arbeitete.

Gearbeitet hatte.

»Was ist das alles?«, fragte sie und deutete auf die Tafel, die mit Zahlen bedeckt war.

»Ach ... das ...« Rasch trat er zur Tafel und wischte die Berechnung der Opferzahlen für die Explosion einer Bombe in der Innenstadt von Caldwell ab.

Sie verschränkte die Arme vor der Brust, doch es sah mehr aus, als ob sie sich festhielte, als wie eine Geste der Abwehr. »Glaubt Ihr, ich wüsste nicht, was die Bruderschaft tut?«

»Deshalb muss ich dich nicht unbedingt daran erinnern.«

»Werdet Ihr der Bruderschaft wieder beitreten?«

Er erstarrte und dachte: *Bella muss es ihr erzählt haben.* »Ich wusste nicht, dass du davon gehört hast, dass ich draußen bin.«

»Verzeiht, es geht mich nichts –«

»Nein, das macht nichts ... und nein, ich glaube, meine

Tage als Kämpfer sind vorüber.« Er blickte sich über die Schulter und war wieder einmal fassungslos, wie vollkommen sie aussah, an einem der Pulte lehnend, die Arme ineinander verschränkt. »Hättest du etwas dagegen, wenn ich dich zeichne?«

Sie errötete. »Ich denke nicht ... also, wenn Ihr es wünscht. Muss ich dafür etwas tun?«

»Bleib einfach nur so stehen.« Er legte den Schwamm wieder oben auf die Tafelkante und nahm ein Stück Kreide. »Obwohl – könntest du dein Haar lösen?«

Als sie nicht antwortete, sah er sich wieder um und stellte zu seiner Überraschung fest, dass sie bereits die goldenen Nadeln aus der Frisur zog. Eine nach der anderen fielen blonde Strähnen herab und umrahmten ihr Gesicht, ihren Hals, ihre Schultern.

Selbst unter dem stumpfen Licht der Neonlampen strahlte ihr Haar.

»Setz dich auf den Tisch«, forderte er sie mit heiserer Stimme auf. »Bitte.«

Sie gehorchte und schlug die Beine übereinander ... und! – gütige Jungfrau – ihre Robe fiel auseinander und klaffte bis zum Oberschenkel auf. Als sie Anstalten machte, sie wieder zusammenzuziehen, flüsterte er: »Lass es so.«

Ihre Hände verharrten und stützten sich dann flach auf die Tischplatte. »Ist das gut so?«

»Nicht bewegen.«

Phury ließ sich viel Zeit. Die Kreide verwandelte sich in seine Hände, die über ihren Körper strichen, an ihrem Hals und der Wölbung ihrer Brüste und dem Schwung ihrer Hüfte und den langen, glatten Beinen verweilten. Er liebkoste sie, während er ihr Bild auf die Tafel übertrug. Die Kreide machte ein leise kratzendes Geräusch.

Oder vielleicht war das auch sein Atem.

»Ihr könnt das sehr gut«, sagte sie irgendwann.

Er war zu beschäftigt, um ihr zu antworten, zu vertieft darin, sich innerlich auszumalen, was er mit ihr machen wollte, wenn er fertig war.

Nach einer Ewigkeit, die nur einen Moment dauerte, trat er zurück und inspizierte sein Werk. Vollkommenheit. Das Bild zeigte Cormia, aber auch noch mehr – wobei die Zeichnung einen sexuellen Unterton hatte, den selbst sie nicht übersehen konnte. Er wollte sie nicht schockieren, doch er hätte daran nichts ändern können. Der Unterton lag in jeder Linie ihres Körpers und ihrer Pose und ihres Gesichts. Sie war das weibliche sexuelle Ideal. Wenigstens für ihn.

»Fertig«, sagte er rau.

»Bin das ich?«

»So sehe ich dich.«

Ein langes Schweigen entstand. Dann sagte sie mit einer Art Erstaunen: »Ihr findet mich schön.«

Er fuhr mit dem Finger die Umrisse nach, die er gezeichnet hatte. »Ja. Das stimmt.« Die Stille dehnte den Abstand zwischen ihnen aus, beide wurden verlegen. »Tja, dann …«, sagte er. »Wir können das nicht so auf der Tafel lassen –«

»Bitte! Nein!«, bat sie und streckte die Hand aus. »ich möchte mich noch ein wenig länger ansehen. Bitte.«

Na gut. Schön. Wie sie meinte. Inzwischen hätte sie seinem Herz zu schlagen verbieten können, und das Organ hätte fröhlich gehorcht. Sie war seine Schaltzentrale geworden, die Herrin seines Körpers, und was auch immer sie ihm befahl, würde er tun oder sagen. Ohne Fragen zu stellen. Egal mit welchen Mitteln.

In seinem Hinterkopf wusste er, dass all das typisch für einen gebundenen Vampir war: Die Frau befahl und damit Schluss. Nur, dass er sich eigentlich nicht an sie hatte binden können. Oder?

»Es ist so schön«, murmelte sie, die grünen Augen auf die Tafel gerichtet.

Er wandte sich zu ihr um. »Das bist du, Cormia. Du bist so.«

Ihre Augen flackerten auf, und plötzlich schloss sie den Schlitz in ihrer Robe, als wäre sie verlegen.

»Bitte nicht«, flüsterte er, ihre Worte wiederholend. »Ich möchte dich noch ein wenig länger ansehen. Bitte.«

Die Spannung zwischen ihnen wuchs, sie pulsierte geradezu.

»Entschuldige.« Er war verärgert über sich. »Ich wollte nicht, dass du dich –«

Ihre Hände lockerten ihren Griff, und der üppige weiße Stoff fiel so gehorsam zur Seite, dass er ihn am liebsten getätschelt und ihm einen Knochen gegeben hätte.

»Dein Duft ist so stark«, sagte sie mit tiefer Stimme.

»Ja.« Er legte die Kreide weg und atmete ein, roch Jasmin. »Genau wie deiner.«

»Ihr möchtet mich küssen, oder?«

Er nickte. »Ja, das möchte ich.«

»Ihr habt Euer Hemd aus der Hose gezogen. Warum?«

»Ich bin steif. Ich wurde sofort steif, als du ins Büro gekommen bist.«

Sie zischte, ihre Augen wanderten über seine Brust und hinunter zu seinen Hüften. Als ihre Lippen sich teilten, wusste er genau, an was sie dachte: Wie er in ihrer Hand gekommen war.

»Es ist erstaunlich«, meinte sie leise. »Wenn ich in Eurer Nähe bin, hat nichts anderes mehr Bedeutung. Nur noch …«

Er trat dicht vor sie. »Ich weiß.«

Sie blickte auf. »Werdet Ihr mich küssen?«

»Wenn du mich lässt.«

»Das sollten wir nicht tun.« Ihre Hände legten sich auf seine Brust, doch sie stieß ihn nicht fort, sondern umklammerte sein Hemd wie eine Rettungsleine. »Das sollten wir nicht.«

»Stimmt.« Er strich ihr eine Strähne hinter das Ohr. Sein verzweifelter Wunsch, irgendwie – egal wie – in sie einzudringen, verursachte einen Kurzschluss in seinem Großhirn. Er spürte nur noch seine vegetative Mitte, die Grundbedürfnisse eines Mannes. »Aber das kann ganz privat sein, Cormia. Nur du und ich.«

»Privat … privat gefällt mir.« Sie reckte ihr Kinn, bot ihm dar, was er wollte.

»Mir auch«, knurrte er und sank auf die Knie.

Sie wirkte verwirrt. »Ich dachte, Ihr wolltet mich küssen …«

»Das will ich auch.« Er legte die Handflächen um ihre Knöchel und strich damit über ihre Waden. »Das will ich unbedingt.«

»Aber warum –«

Sanft spreizte er ihre Beine, und die Robe fiel gänzlich zur Seite und enthüllte ihm alles: Ihre Hüften und ihre Oberschenkel und den kleinen Schlitz, nach dem er so lechzte.

Phury leckte sich die Lippen, als er die Hände über die Innenseiten ihrer Beine wandern ließ und sie langsam, unerbittlich immer weiter auseinanderschob. Mit einem sinnlichen Seufzen beugte sie sich nach hinten, um ihm mehr Raum zu geben, zeigte ihm unmissverständlich, dass sie mit allem einverstanden war, ebenso bereit war wie er selbst.

»Leg dich zurück«, bat er. »Leg dich zurück und streck dich aus.«

Himmel … sie war so glatt wie Seide und bog sich zurück, bis sie auf dem Tisch lag.

»So?«

»Ja … genau so.«

Mit der Handfläche strich er ihr über ein Bein und legte sich den Fuß auf die Schulter. Die Küsse begannen auf ihrer Wade und folgten dem Pfad, den seine Hände liebkosten, höher und höher. Auf Höhe ihres Oberschenkels hielt er inne und vergewisserte sich, dass sie sich noch gut fühlte. Sie beobachtete ihn mit riesigen grünen Augen, die Finger an den Lippen; ihr Atem ging keuchend.

»Willst du das wirklich?«, fragte er leise krächzend. »Denn wenn ich erst angefangen habe, wird es schwer sein, aufzuhören, und ich möchte dir keine Angst machen.«

»Was werdet Ihr mit mir machen?«

»Dasselbe, was du letzte Nacht mit deiner Hand bei mir gemacht hast. Nur dass ich es mit dem Mund machen werde.«

Sie stöhnte und verdrehte die Augen. »O, gütige Jungfrau …«

»Heißt das ja?«

»Ja.«

Er griff nach der Schleife der Robe. »Ich werde mich um dich kümmern. Vertrau mir.«

Und ja, genau das würde er tun, das wusste er. Tief drinnen wusste er mit absoluter Gewissheit, dass er ihr Lust bereiten würde, obwohl er das noch nie vorher getan hatte.

Er löste die Schleife und teilte die Robe.

Ihr Körper lag entblößt vor ihm, von ihren hohen, festen Brüsten über den flachen Bauch bis hin zu den hübschen Lippen ihres Geschlechts. Als ihre Hand nach unten wanderte und sie sie auf den Hügel ihrer Scham legte, wurde sie zu genau dem Bild, das er tags zuvor gezeichnet hatte, unglaublich sinnlich und weiblich und machtvoll … nur dass sie aus Fleisch und Blut war.

»Jesus … Christus.« Seine Fänge stachen in seine Mundhöhle und erinnerten ihn daran, dass er sich schon länger nicht genährt hatte. Ein Geräusch stieg seine Kehle hinauf, das gleichzeitig fordernd und bittend war, er war nicht sicher, wie viel von dem Stöhnen durch ihr Geschlecht, und wie viel durch ihr Blut ausgelöst wurde.

Wobei die Unterscheidung eigentlich kaum eine Rolle spielte.

»Cormia ... ich brauche dich.«

Die Art und Weise, wie sie ihre Beine weiter spreizte, war das schönste Geschenk, das er je bekommen hatte: Als sie sich noch etwas weiter öffnete, konnte er das rosa Zentrum sehen, auf das er es abgesehen hatte. Es glitzerte bereits.

Das würde er noch verstärken.

Mit einem Knurren senkte er ruckartig den Kopf und legte seinen Mund auf sie, zielte direkt auf das Herz ihres Unterleibs.

Beide schrien sie auf. Ihre Hände bohrten sich in sein Haar, und er umfasste ihre Schenkel noch fester und drängte sich noch tiefer in sie hinein. Sie fühlte sich so warm auf seinen Lippen an, warm und feucht, und er machte sie noch wärmer und feuchter, indem er ihr Geschlecht mit der Zunge küsste. Sie stöhnte auf, und der Instinkt überrollte sie beide; er leckte sie, und sie ließ die Hüften kreisen.

Mein Gott, die Geräusche waren unglaublich.

Der Geschmack genauso.

Sein Blick fiel auf ihren Bauch und ihre Brüste, und er musste einfach ihre kleinen Nippel berühren. Sanft kniff er sie und strich dann weich mit dem Daumen darüber.

Als sie sich aufbäumte, hatte er beinahe einen Orgasmus, es war einfach zu viel.

»Beweg deine Hüften schneller«, flüsterte er. »Bitte ... mein Gott, ja, reib dich an mir.«

Ihr Becken begann eine stoßende Bewegung, er streckte

die Zunge aus und ließ sie darauf reiten, wie sie wollte, ließ sie sich an seinem Fleisch selbst Lust bereiten. Das allerdings hielt er nicht lange aus. Er musste noch näher an sie heran. Er hielt ihre Hüften fest und drückte das Gesicht vom Kinn bis zur Nase gegen sie, bis er nur noch sie schmeckte und roch und kannte.

Und dann wurde es Zeit, ernst zu machen.

Er hob den Kopf etwas und begann ein drängendes Lecken an der Oberseite ihres Geschlechts, ihr Keuchen sagte ihm, dass er die richtige Stelle gefunden hatte. Als sie immer drängender mit den Hüften stieß, tastete er nach ihrer Hand, um ihr ein Gefühl von Sicherheit zu geben. Sie krallte die Finger so fest hinein, dass ihre Nägel Spuren hinterlassen würden, und das war einfach fantastisch. Er wollte diese Halbmonde auch in seinem Rücken … und seinem Hintern, wenn er in sie hineinpumpte.

Er wollte überall auf ihr sein, in ihr sein.

Er wollte sie kennzeichnen.

Cormia wusste, dass ihr Körper genau das tat, was der des Primals in der Nacht zuvor getan hatte. Der Sturm, der sich zusammenbraute, und das Drängen, das sie empfand, und die Hitze, die in ihr brüllte, verrieten ihr, dass sie dort war, wo er gewesen war.

An der Kante.

Der Primal war gigantisch zwischen ihren Beinen, seine breiten Schultern dehnten sie weit. Sein wunderbares buntes Haar lag auf ihren Schenkeln ausgebreitet, und sein Mund lag auf ihrer Mitte. Lippen trafen auf Lippen, glatte Zunge traf auf feuchten Schoß. Alles kam ihr so herrlich und so erschreckend und so unausweichlich vor … und der einzige Grund, warum sie nicht völlig überwältigt wurde, war seine Hand auf ihrer.

Diese Berührung war besser als jedes beruhigende Wort hätte sein können – hauptsächlich weil er, wenn er es auszusprechen versuchte, mit dem aufhören müsste, was er gerade tat, und das wäre schlichtweg ein Verbrechen gewesen.

Gerade als sie glaubte, in ihre Einzelteile zu zersplittern, überrollte sie eine Woge der Energie, hob sie hoch und brachte sie fort an einen anderen Ort, während ihr Körper rhythmisch zuckte. All diese wunderbare Anspannung löste sich auf einen Schlag, das Gefühl war so befriedigend, dass ihr die Tränen in die Augen traten, und sie rief etwas – oder vielleicht war es auch nichts, nur eine Entladung ihres Atems.

Als es vorbei war, hob der Primal den Kopf, seine Zunge strich ein letztes Mal träge nach oben, bevor sie ihre Mitte freigab.

»Alles in Ordnung?«, fragte er mit wilden gelben Augen.

Sie machte den Mund auf, um zu sprechen. Es kam nichts Zusammenhängendes heraus, also nickte sie.

Der Primal leckte sich langsam und genießerisch die Lippen, die Spitzen seiner Fänge blitzten hervor … und wurden sogar noch länger, als er ihren Hals betrachtete.

Sie neigte den Kopf zur Seite, bot ihm ihre Ader an, weil es das Natürlichste auf der Welt war.

»Nehmt von mir«, sagte sie.

Seine Augen flackerten auf, er schob sich auf ihrem Körper hoch, küsste ihren Bauch und verharrte kurz bei einer ihrer Brustwarzen, um sich eingehend mit ihr zu befassen. Und dann spürte sie seine Fänge über ihrem Hals. »Bist du ganz sicher?«

»Ja – o Gott!«

Er stieß so fest und tief zu, und so blitzschnell … genau wie sie es sich ausgemalt hatte. Er war ein Bruder, der das benötigte, was sie alle am Leben erhielt, und sie war kein zerbrechliches Wesen. Sie gab, und er nahm, und eine weitere Woge dieser wilden Anspannung baute sich in ihrem Inneren auf.

Sie rutschte auf dem Tisch herum und spreizte die Beine. »Nehmt mich. Während Ihr von mir trinkt … seid in mir.«

Ohne sich von ihrem Hals zu lösen, knurrte er gefährlich und fummelte an seiner Hose herum. Die Gürtelschnalle knallte gegen den Tisch. Grob zog er sie an die Kante vor, legte die Hände um ihre Knie und öffnete sie weit.

Sie spürte ein heißes, hartes Tasten –

Doch dann hörte er auf.

Das Saugen verebbte zu einem sanften Lecken und dann zu kleinen Küssen. Schließlich wurde er reglos, nur sein Atem war zu spüren. Sie konnte immer noch den Sex in seinem Blut wittern, konnte immer noch seinen dunklen Duft riechen, konnte immer noch das Bedürfnis nach ihrem Blut fühlen, doch er rührte sich nicht mehr, obwohl sie bereit war, von ihm genommen zu werden.

Nun ließ er ihre Beine los, senkte sie sachte auf den Boden und zog sie hoch, barg seinen Kopf an ihrer Schulter.

Sie hielt ihn sanft in den Armen, sein Körper hing im Gleichgewicht zwischen Fußboden und Tisch, damit er sie nicht zerdrückte.

»Geht es Euch gut?«, flüsterte sie in sein Ohr.

Sein Kopf bewegte sich vor und zurück und drängte sich noch näher an sie heran. »Ich muss dir etwas sagen.«

»Was quält Euch?« Sie streichelte seine Schulter. »Sprecht mit mir.«

Er sagte etwas, das sie nicht verstand. »Was?«

»Ich bin … noch Jungfrau.«

6

»Heute Nacht?«, fragte Xhex. »Du willst heute Nacht in den Norden fahren?«

Rehv nickte und wandte sich wieder den Bauplänen für seinen neuen Club zu. Die Papierbögen waren über seinen ganzen Schreibtisch ausgebreitet, die blauen Architektenentwürfe überdeckten alle anderen Unterlagen.

Nein. Das gefiel ihm alles noch gar nicht. Das Grundkonzept stimmte noch nicht – alles war zu offen. Er wollte lauter kleine Räume, in denen die Leute unbeobachtet tun konnten, was sie wollten. Er wollte zwar eine Tanzfläche haben, klar, aber keine quadratische. Es musste ungewöhnlich sein. Unheimlich. Latent bedrohlich und sehr elegant. Edgar Allan Poe und Bram Stoker und Jack the Ripper – und das alles in Chrom und mit viel schimmerndem Schwarz. Viktorianisches England trifft auf modernes Gothic.

Noch sah es aus wie jeder andere Club der Stadt.

Er schob die Pläne von sich fort und blickte auf die Uhr. »Ich muss los.«

Xhex verschränkte die Arme und baute sich vor der Tür auf.

»Und nein, darfst du nicht«, sagte er.

»Ich will mitkommen.«

»Kommt mir das irgendwie bekannt vor? Das hatten wir doch gerade erst vorgestern Nacht. Wie schon hundertmal davor. Die Antwort ist und bleibt nein.«

»Warum?«, fauchte sie. »Ich hab nie begriffen, warum. Du nimmst Trez mit.«

»Mit Trez ist es was anderes.« Rehv streifte seinen Zobelmantel über und zog die Schreibtischschublade auf. Die beiden neuen Glock Vierziger, die er sich gerade angeschafft hatte, passten perfekt in das Holster, das er unter seinem Anzug von Bottega Veneta trug.

»Ich weiß, was du machst. Mit ihr.«

Rehv erstarrte. Dann fuhr er fort, sich zu bewaffnen. »Natürlich weißt du das. Ich treffe mich mit ihr. Gebe ihr das Geld. Gehe wieder.«

»Das ist nicht alles.«

Er fletschte die Fänge. »Doch. Das ist alles.«

»Nein. Soll ich deshalb nicht dabei sein? Damit ich es nicht sehe?«

Rehv presste die Kiefer fest aufeinander und funkelte sie quer durch den Raum an. »Es gibt nichts zu sehen. Punkt.«

Xhex gab nicht häufig nach, aber jetzt war sie klug genug, ihm nicht weiter auf die Nerven zu gehen. Obwohl die Wut in ihren Augen glimmte, sagte sie: »Änderungen im Terminplan sind nicht gut. Hat sie dir einen Grund genannt?«

»Nein.« Er steuerte auf die Tür zu. »Aber es wird ganz normal sein.«

»Es ist nie normal. Das hast du nur vergessen.«

Er dachte an all die Jahre, die er diesen Mist schon mitmachte, und dass in den kommenden Jahren noch mehr davon auf ihn wartete. »Mit dem Vergessen liegst du völlig falsch. Glaub mir.«

»Sag mir eins: Wenn sie versuchen würde, dich zu verletzen, würdest du auf sie schießen?«

»Das hast du mich gerade nicht gefragt.«

Das Gesprächsthema allein reichte für ihn schon aus, um sich am liebsten die Haut abziehen und in die Reinigung schicken zu wollen. Dass Xhex ihn in einer Angelegenheit zur Rede stellte, mit der er sich selbst nicht allzu genau befassen wollte, ging ihm definitiv zu weit.

Die Wahrheit war, dass ein Teil von ihm genoss, was er einmal im Monat machte. Und diese Realität war vollkommen unerträglich, solange er sich in der Welt befand, in der er den Großteil seiner Zeit verbrachte – der Welt, die ihm das Dopamin zu bewohnen gestattete, der Welt, die vergleichsweise normal und gesund war.

Dieser kleine Abgrund in seinem Herzen war etwas, was er garantiert niemandem anvertrauen würde.

Xhex stützte die Hände in die Hüften und reckte das Kinn, ihre klassische Haltung, wenn sie sich stritten. »Ruf mich an, wenn es vorbei ist.«

»Das tue ich immer.«

Er nahm die Pläne für den Club mit, hob seine kleine Reisetasche auf und trat aus dem Büro heraus auf die Straße. Trez wartete schon im Bentley, und als er Rehv entdeckte, machte er den Fahrersitz frei.

Die Stimme des Mauren tauchte in Rehvs Kopf auf, tief und melodisch. *ICH BIN IN EINER HALBEN STUNDE DA, UM DIE UMGEBUNG AUSSZUSPÄHEN UND DIE BLOCKHÜTTE ZU DURCHSUCHEN.*

»Super.«

ICH WILL DOCH HOFFEN, DASS DU KEINE MEDIKAMENTE GENOMMEN HAST.

Rehv klopfte dem Mann auf die Schulter. »Seit einer Stunde nicht. Und ja, ich habe das Gegengift.«

GUT. FAHR VORSICHTIG, ARSCHLOCH.

»Nein. Ich nehme jeden verfügbaren Holzlaster und jedes Reh aufs Korn.«

Trez schloss die Autotür und trat zurück. Als er die Arme vor der massigen Brust verschränkte, verzog er den Mund zu einem seltenen Lächeln, die weißen Fänge leuchteten in seinem dunklen, wunderschönen Gesicht. Für den Bruchteil einer Sekunde blitzten seine Augen neongrün auf – das Maurenäquivalent zu einem Zwinkern.

Rehv startete den Wagen, er war froh, dass Trez ihm den Rücken deckte. Der Maure und sein Bruder iAm hatten einige Tricks auf Lager, die sogar für einen Symphathen eine Herausforderung darstellten. Sie waren immerhin königliche Mitglieder der s'Hisbe der Schatten.

Rehv warf einen Blick auf die Uhr des Bentley. Er war um ein Uhr morgens mit der Prinzessin verabredet. Da die Fahrt nach Norden zwei Stunden dauerte und es jetzt bereits viertel nach elf war, müsste er rasen wie ein Irrer.

Er dachte an Xhex. Woher sie das mit dem Sex wusste, wollte er gar nicht hören … er hoffte inständig, dass sie trotzdem weiterhin seinen Wunsch respektieren und ihm nicht heimlich folgen würde.

Dass sie wusste, er war nicht mehr als eine Hure, kotzte ihn an.

Einerseits konnte Phury nicht fassen, dass die Worte »Ich bin noch Jungfrau« seinen Mund verlassen hatten. Andererseits war er froh, sie gesagt zu haben.

Allerdings hatte er keine Ahnung, was Cormia darüber dachte. Sie war totenstill.

Er schob sich weit genug von ihr weg, um sein Geschlecht

zurück in die Hose zu befördern und den Reißverschluss zuziehen zu können, dann zog er ihre Robe zusammen und bedeckte ihren wunderschönen Körper.

In der Stille begann er, im Zimmer auf und ab zu tigern, von der Tür zur gegenüberliegenden Wand und zurück.

Ihre Augen folgten ihm überallhin. Großer Gott, was zum Henker dachte sie jetzt gerade?

»Ich schätze mal, das sollte keine Rolle spielen«, sagte er. »Ich weiß auch nicht, warum ich davon angefangen habe.«

»Wie ist das möglich … Verzeiht. Das ist so unangemessen –«

»Nein, es macht mir nichts aus, es zu erklären.« Er hielt inne, da er nicht wusste, wie viel sie von Zsadists Vergangenheit wusste. »Als junger Mann habe ich einen Zölibatsschwur abgelegt. Um mich stärker zu machen. Und ich bin dabei geblieben.«

Nicht so ganz, mein Freund, schaltete sich der Zauberer ein. *Erzähl ihr doch von der Hure. Erzähl ihr von der Prostituierten, die du im* ZeroSum *gekauft und auf die Toilette mitgenommen hast, und bei der du nicht konntest.*

Wie typisch für dich, immer bist du die Ausnahme. Die einzige besudelte Jungfrau des Planeten.

Vor der Zeichnung an der Tafel blieb Phury stehen. Er hatte alles kaputtgemacht.

Mit einem Stück Kreide fing er an, die Efeublätter zu zeichnen, beginnend bei ihren Füßen.

»Was macht Ihr denn?«, fragte sie. »Ihr zerstört es.«

Ach, Herzchen, antwortete der Zauberer. *Egal wie gut er im Zeichnen ist, im Zerstören ist er noch viel besser.*

Schon bald war ihr atemberaubendes Abbild von einer Decke aus Efeuranken bedeckt. Als er fertig war, trat er von der Tafel zurück. »Ich habe es einmal mit Sex probiert. Aber es hat nicht geklappt.«

»Warum nicht?«, fragte sie mit gepresster Stimme.

»Es war nicht richtig. Sie war keine gute Wahl. Ich habe es abgebrochen.«

Keine Reaktion, dann ein Rascheln, als sie vom Tisch aufstand. »Genau wie bei mir gerade.«

Er wirbelte herum. »Nein, das stimmt nicht –«

»Ihr habt es abgebrochen, oder etwa nicht? Ihr habt es vorgezogen, nicht weiterzumachen.«

»Cormia, so ist das nicht –«

»Für wen spart Ihr Euch auf?« Der Blick in ihren Augen war irrsinnig klug, als sie ihn nun ansah. »Oder sollte ich fragen: für was? Ist es die Fantasie, die Ihr von Bella habt? Hält Euch das zurück? Wenn ja, dann tun mir die Auserwählten leid. Aber wenn das Zölibat nur dazu diente, Euch abzuschotten und zu schützen, dann tut Ihr mir leid. Diese Stärke ist eine Lüge.«

Sie hatte Recht. Verflucht noch mal, sie hatte ja so Recht.

Cormia steckte ihr Haar wieder hoch und musterte ihn dabei mit der Würde einer Königin. »Ich gehe zurück ins Heiligtum. Ich wünsche Euch alles Gute.«

Als sie sich umdrehte, rannte er ihr nach. »Cormia, warte –«

Sie zog ihren Arm weg, als er nach ihr griff. »Warum sollte ich warten? Was genau wird sich ändern? Nichts. Geht und nehmt die anderen. Wenn Ihr könnt. Und wenn Ihr es nicht vermögt, müsst Ihr zurücktreten, damit ein anderer die Kraft sein kann, die unser Volk braucht.«

Sie zog die Tür hinter sich ins Schloss.

Allein im leeren Klassenzimmer, das Gelächter des Zauberers dröhnend im Ohr, schloss Phury die Augen und hatte das Gefühl, die Welt um ihn herum würde schrumpfen, bis seine Vergangenheit und seine Gegenwart und seine Zukunft ihm die Luft zum Atmen abschnürten … und ihn in eine der Statuen im überwucherten, toten Garten seiner Eltern verwandelten.

Diese Stärke ist eine Lüge …

In der Stille um ihn herum hallten ihre Worte in seinem Kopf wider und wider.

7

»Das ist doch nur eine Disco«, sagte Omegas Sohn halb kleinlaut, halb ärgerlich.

Mr D stellte den hechelnden Motor des Focus ab. »Genau. Und hier besorgen wir Ihnen, was Sie brauchen.«

Sie waren eine Zeitlang ziellos umhergefahren, weil Omegas Sohn nicht aufhören konnte, sich zu übergeben. Jetzt aber war die letzte Würgesession schon ungefähr vierzig Minuten her, weshalb Mr D davon ausging, dass sich die Lage wieder etwas beruhigt hatte. Schwer zu sagen, ob die Kotzerei von dem kam, was er getan hatte, oder noch eine Folge der Initiation war. So oder so hatte Mr D sich gut um ihn gekümmert, hatte ihm sogar den Kopf gehalten, weil der Bursche so schwach gewesen war.

Das *Screamer's* war genau der richtige Ort, um sich abzureagieren. Zwar könnte der Sohn des Bösen weder essen noch trinken, noch Sex haben, aber eines würde man hier mit Sicherheit finden: betrunkene Menschenmänner, die man als Boxsack benutzen konnte.

So müde und ausgelaugt der Sohn auch war, er hatte Energie in den Adern, Energie, die kanalisiert werden musste. Der Club und die Idioten darin waren die Pistole. Der Sohn war die Kugel.

Und eine Prügelei würde sicher anregend auf ihn wirken.

»Kommen Sie schon«, sagte Mr D und stieg aus.

»Das ist doch Müll.« Die Worte mochten stark klingen, doch der Tonfall war immer noch der eines Jungen, dessen Speicher total leer war.

»Nein.« Mr D kam um den Wagen herum zur Beifahrertür und half dem Sohn heraus. »Sie müssen mir vertrauen.«

Sie liefen über die Straße zum Club, und als der Türsteher Mr D finster ansah, drückte der dem Riesenkerl einen Fünfziger in die Hand.

»Wir sehen uns nur ein bisschen um«, sagte Mr D und führte den Sohn durch die Menge zur Theke.

In allen Räumen wummerte Hardcore-Rap, während Frauen in knappen Lederfetzen auf Schwanzpatrouille vorbeischlenderten und Männer einander böse abcheckten.

Er wusste, dass er die richtige Idee gehabt hatte, als der Sohn eine Gruppe von Collegejungs ins Visier nahm, die laut lärmten und sich scharfe Sachen aus Martini-Gläsern in den Hals schütteten.

»Ganz genau, wir gönnen uns nur eine kleine Verschnaufpause«, murmelte Mr D zufrieden.

Der Barkeeper sprach sie an. »Was wollt ihr?«

Mr D lächelte. »Gar nichts –«

»Tequila«, bestellte der Sohn.

Als der Barkeeper sich trollte, beugte sich Mr D vor. »Sie können nicht mehr essen. Und auch nicht trinken und Sex haben.«

Die hellen Augen des Sohns schnellten zur Seite. »Wie bitte? Machst du Witze?«

»Nein, Sir, so ist das eben –«

»Da scheiß ich drauf.« Als der Schnaps vor ihm abgesetzt wurde, sagte Omegas Sohn zum Kellner: »Mach mir nen Deckel auf.«

Lash kippte den Tequila, ohne den Blick von Mr D abzuwenden.

Der schüttelte den Kopf und sah sich schon mal suchend nach dem nächsten Klo um. Mannomann, als er die Nummer damals probierte, hatte er die nächste Stunde über der Schüssel gehangen, und das hatten sie heute Nacht doch wohl schon ausreichend gehabt, oder?

»Wo bleibt der nächste?«, brüllte Lash den Barkeeper an.

Mr Ds Kopf schnellte zurück. Da stand Omegas Sohn, quietschfidel, und trommelte mit den Fingern auf die Theke. Der nächste Schnaps kam. Dann der dritte.

Nachdem er den vierten bestellt hatte, wandte Lash seinen Blick Mr D zu. Aggression flackerte darin. »Also, was sollte das von wegen nichts essen und nichts trinken?«

Mr D konnte sich nicht entscheiden, ob er eine Bombe kurz vor der Explosion vor sich hatte … oder ein Wunder. Kein *Lesser* konnte Nahrung vertragen. Omegas schwarzes Blut nährte sie, und es war inkompatibel mit aller anderen Nahrung. Alles, was sie zum Überleben brauchten, waren ein paar Stunden Erholung pro Tag.

»Dann sind Sie wohl anders«, stellte er mit Respekt in der Stimme fest.

»Worauf du dich verlassen kannst«, murmelte der Sohn und bestellte einen Hamburger.

Während der Bursche aß und trank, kehrte die Farbe in seine Wangen zurück, und der weggetretene Gesichtsausdruck wich neuem Selbstvertrauen. Und während er den Hamburger und die Pommes und den ganzen Tequila in Lashs Schlund verschwinden sah, überlegte Mr D, ob der

Sohn überhaupt verblassen würde, wie es der Rest der *Lesser* tat. Ganz eindeutig galten die normalen Regeln für ihn nicht.

»Und was sollte der Mist mit *kein Sex?«*, fragte der Sohn, als er sich den Mund mit einer schwarzen Papierserviette abwischte.

»Wir sind impotent. Sie wissen schon, wir kriegen keinen –«

»Ich weiß, was das heißt, Professor.«

Der Sohn schielte zu einer blonden Braut am anderen Ende der Theke hinüber. Die Frau gehörte zu der Sorte, an die sich Mr D nie im Leben herangetraut hätte, selbst wenn er einen hochkriegen würde. Mit ihrem Playmate-Körper und ihrem Schulprinzessinnen-Gesicht war sie eindeutig nicht seine Liga. Nicht, dass sie jemanden wie ihn überhaupt bemerkt hätte.

Den Sohn allerdings bemerkte sie, und ihr Blick veranlasste Mr D, seinen neuen Boss eingehend zu betrachten. Lash sah gut aus, das musste man dem Blödmann lassen, mit seinem kurzen blonden Haar und den feinen Gesichtszügen und diesen grauen Augen. Und er hatte die Art von Körper, auf den Frauen abfuhren – groß und muskulös, der Oberkörper ein auf der Spitze stehendes Dreieck, zu allen Schandtaten bereit.

Plötzlich stellte Mr D fest, wenn er noch in der Schule wäre, dann wäre er stolz darauf, mit dem Sohn gesehen zu werden. Und sehr wahrscheinlich nicht gut Freund mit den Leuten, mit denen der Sohn abhing.

Aber das hier war nicht die Highschool, und Lash brauchte ihn. Was er auch wusste.

Die Frau gegenüber lächelte Omegas Sohn an, nahm die Kirsche aus ihrem blauen Getränk und ließ ihre rosa Zunge um die Frucht kreisen.

Man konnte sich ungefähr ausmalen, wie sie das mit zwei Eiern machte, und Mr D musste den Blick abwenden. Jawohl, wenn er noch ein Mensch wäre, dann wäre er jetzt dunkelrot angelaufen. Was Mädchen betraf, war er schon immer rot geworden.

Der Sohn rutschte von seinem Barhocker. »Kein Essen. Kein Sex. Schon klar. Warte hier, du Penner.«

Damit wandte er sich ab und steuerte auf die Frau zu.

Als Mr D allein an der Theke zurückblieb, vor sich ein leeres Schnapsglas und einen mit Ketchup und Fett verschmierten Teller, dachte er sich, dass er das wohl gut gemacht hatte. Er hatte Omegas Sohn auf andere Gedanken als das Abschlachten seiner Vampireltern bringen wollen ... nur dass das – seiner Überlegung nach – ein guter Faustkampf bewirken sollte.

Stattdessen hatte der Sohn sich anständig den Bauch vollgeschlagen und ein paar Kurze gekippt. Und würde den Abend jetzt dadurch abrunden, dass er sich die Erfahrung aus dem Gedächtnis vögelte.

Mr D schüttelte den Kopf, als der Barkeeper ihn fragte, ob er noch etwas bestellen wolle. Ein echter Jammer, dass er nicht mehr saufen konnte. Southern Comfort hatte er immer gern getrunken. Den Hamburger hätte er auch nicht verschmäht. Burger hatte er immer gern gemocht, wirklich wahr.

»Hast du was für mich, Sammy?«

Mr D blickte zur Seite. Ein großer Kerl mit gemeinem Grinsen und überdimensionalem Ego hatte sich über die Theke gehängt und sah den Barkeeper fragend an. Zu seiner schwarzen Lederjacke, auf deren Rücken ein großflächiger Adler aufgestickt war, trug er eine Jeans, die ihm drei Nummern zu groß war, und Bauarbeiterschuhe. Um den Hals hingen einige Diamantketten, und er trug eine fette Uhr.

Mr D stand nicht so auf Schmuck, aber der Schulring, den der Kerl am Finger hatte, tat es ihm an. Er war aus Gelbgold, im Gegensatz zu seinem restlichen Schmuck, und der Stein war hellblau. An den Seiten waren der Name der Highschool und das Schulmaskottchen eingraviert.

Mr D hätte auch gern einen Schulabschluss gehabt.

Jetzt kam der Barkeeper herüber. »Ja, ich hätte da was.« Er deutete mit dem Kopf auf die Gruppe junger Kerle, die dem Sohn vorhin auf den Zeiger gegangen waren. »Denen hab ich gesagt, nach wem sie Ausschau halten sollen.«

»Wunderbar.« Der Große zog etwas aus der Tasche und schüttelte dem Keeper die Hand.

Ein Scheinchen, dachte Mr D.

Daraufhin grinste der Große breit und zog seine Lederjacke glatt. Der Schulring blitzte auf. Er näherte sich der kleinen Gruppe von der Seite, dann drehte er sich um, als wollte er ihnen die Rückseite seiner Lederjacke zeigen.

Ein Gejohle und Gebrüll ertönte, dann wanderten viele Finger in viele Taschen und Hände wurden geschüttelt und wieder in Taschen gesteckt.

Nicht gerade unauffällig. Einige Leute wandten die Köpfe, und es war ziemlich offensichtlich, dass dort keine Visitenkarten ausgetauscht wurden.

Der Bursche würde es in dem Business nicht lange machen, dachte Mr D.

»Sicher, dass Sie nichts bestellen wollen?«, fragte der Barkeeper.

Mr D warf einen Blick auf die Klotür, hinter der Lash mit der Blonden verschwunden war. »Nein, danke. Ich warte nur auf meinen Freund.«

Der Barmann grinste breit. »Das kann ein Weilchen dauern, möchte ich wetten. Die sah nach einem guten Ritt aus.«

Oben in ihrem Zimmer packte Cormia all ihre Sachen zusammen … was nicht besonders viele waren.

Als sie den kleinen Stapel Kleider, Gebetsbücher und Räucherwerk betrachtete, den sie aufgehäuft hatte, fiel ihr plötzlich ein, dass sie ihre Rose unten im Büro vergessen hatte. Andererseits hätte sie die Blume ohnehin nicht mit ins Heiligtum nehmen können. Das Einzige, was von dieser Seite auf die andere gebracht werden durfte, waren Dinge von historischer Bedeutung.

Sie schielte zu ihrem neuesten – ihrem letzten – Architekturmodell aus Zahnstochern und Erbsen hinüber.

Sie war ja so eine Heuchlerin, den Primal dafür zu kritisieren, dass er Kraft in der Trennung suchte. Was machte sie denn? Diese Welt, die sie vor solche Herausforderungen stellte, mit der Absicht zu verlassen, eine Abgeschiedenheit zu finden, die noch gründlicher war als die, in der sie früher gelebt hatte.

Tränen stiegen ihr in die Augen –

Das Klopfen an der Tür war sachte.

»Einen Augenblick!«, rief sie, bemüht, sich zu fassen. Als sie schließlich die Tür öffnete, weiteten sich ihre Augen und sie zog den Kragen ihrer Robe zusammen, um die Bisswunde an ihrem Hals zu verbergen. »Schwester?«

Die Auserwählte Layla stand auf der Schwelle, so hübsch wie eh und je. »Ich grüße dich.«

»Und ich dich.«

Sie verbeugten sich sehr langsam voreinander, was einer Umarmung unter den Auserwählten so nahe kam, wie es überhaupt erlaubt war.

»Wohin gehst du?«, fragte Cormia, als sie sich wieder aufgerichtet hatten. »Wirst du den Brüdern Rhage und Vishous zu Blutdiensten sein?«

Komisch, die Förmlichkeit ihrer Worte kam ihr jetzt seltsam vor. Sie hatte sich an den eher lockeren Umgangston auf dieser Seite gewöhnt. Fühlte sich wohler damit.

»Ja, ich bin hier, um den Bruder Rhage aufzusuchen.« Sie machte eine Pause. »Und außerdem wollte ich mich nach dir erkundigen. Darf ich eintreten?«

»Aber natürlich. Sei herzlich willkommen.«

Layla kam herein und brachte ein betretenes Schweigen mit sich.

Aha, die Neuigkeit hatte sich also bis ins Heiligtum herumgesprochen, dachte Cormia. Alle Auserwählten wussten, dass sie als Erste Partnerin ausgedient hatte.

»Was ist das?«, fragte Layla und zeigte auf das Zahnstochermodell in der Ecke.

»Ach, nur ein Hobby.«

»Hobby?«

»Wenn ich ein bisschen Zeit übrig habe, dann ...« Das war jetzt ein Schuldeingeständnis. Eigentlich sollte sie beten, wenn sie sonst nichts zu tun hatte. »Jedenfalls ...«

Layla verurteilte diese Enthüllung weder durch ihre Miene noch durch irgendwelche Worte. Und doch reichte allein ihre Anwesenheit aus, dass Cormia sich schlecht fühlte.

»Also, meine Schwester«, sagte Cormia mit plötzlicher Ungeduld. »Ich schätze mal, es ist bekannt geworden, dass eine andere zur Ersten Partnerin erhoben werden soll?«

Layla ging zu den Zahnstochern und den Erbsen hinüber und strich mit ihren zarten Fingern über die Konstruktion. »Weißt du noch, damals, als du mich am Spiegelbecken gefunden hast? Da hatte ich gerade John Matthew durch die Transition geholfen.«

Cormia nickte, sie erinnerte sich an das leise Weinen der Auserwählten. »Du warst sehr aufgewühlt.«

»Und du warst so freundlich zu mir. Ich habe dich fortgeschickt, doch ich war dir so dankbar, und diesem Gefühl geschuldet möchte ich … möchte ich dir nun die gleiche Liebenswürdigkeit erweisen, die du mir damals geschenkt hast. Die Last, die wir als Auserwählte tragen, ist schwer und wird von anderen, die nicht unter uns leben, nicht immer verstanden. Wisse, dass ich – da ich einst das fühlte, was du nun fühlst – in diesem Augenblick deine Schwester im Herzen bin.«

Cormia verneigte sich tief. »Das berührt mich zutiefst.«

Sie empfand noch einige andere Dinge. Erstaunen zum Beispiel. Dass sie überhaupt über dieses Thema sprachen. Diese Offenheit war ungewöhnlich.

Layla betrachtete wieder das Modell. »Du wünschst nicht, in unseren Schoß zurückzukehren, habe ich Recht?«

Cormia wog kurz ihre Möglichkeiten ab und entschied sich dann, der Auserwählten eine Wahrheit anzuvertrauen, die sie sich kaum selbst eingestehen konnte. »Du kennst mich gut.«

»Es gab schon andere aus unseren Reihen, die einen neuen Weg gesucht haben. Die ihr Leben auf dieser Seite verbrachten. Es ist keine Schande.«

»Dessen bin ich mir nicht so sicher«, gab Cormia trocken zurück. »Schande ist wie die Roben, die wir tragen: Sie ist immer bei uns, sie kleidet uns.«

»Aber wenn du die Robe abstreifen würdest, dann wärest du von der Last befreit und hättest die freie Wahl.«

»Überbringst du mir eine Botschaft, Layla?«

»Nein. Wahrlich – wenn du zu uns zurückkehrst, werden dich deine Schwestern aus ganzem Herzen willkommen heißen. Die Directrix sagte in aller Deutlichkeit, dass dem Wechsel der Ersten Partnerin nichts Ungebührliches anhaftet. Der Primal achtet dich sehr hoch. Das hat sie gesagt.«

Cormia begann, im Zimmer herumzuwandern. »Das ist die offizielle Version, natürlich. Aber ganz ehrlich … du musst doch wissen, was die anderen in stillen Momenten denken. Es gibt nur zwei mögliche Erklärungen: Entweder hat mich der Primal nicht begehrt, oder ich habe ihn abgewiesen. Beides ist nicht hinnehmbar und gleichermaßen unerhört.«

Die darauf folgende Stille sagte ihr, dass sie die richtigen Schlüsse gezogen hatte.

Am Fenster verharrte sie und blickte hinaus auf das Schwimmbecken. Sie wusste einfach nicht, ob sie die Kraft besaß, ihre Schwestern zu verlassen. Zudem – wohin sollte sie gehen?

Sie dachte an das Heiligtum und redete sich ein, dass es auch angenehme Tage dort gegeben hatte. Zeiten, in denen sie eine Bestimmung empfand und davon zehrte, Teil eines größeren Ganzen zu sein. Und wenn sie als Schreiberin in Klausur ginge, wie sie es vorhatte, dann könnte sie den Kontakt zu anderen ganze Zyklen lang vermeiden.

Ungestörtheit schien ihr im Augenblick das Wünschenswerteste überhaupt zu sein.

»Stimmt es, dass du keine Gefühle für den Primal hegst?«, fragte Layla.

Nein. »Ja.« Cormia schüttelte den Kopf. »Ich meine, natürlich schätze ich ihn so, wie ich sollte. Auf dieselbe Art und Weise, wie du es tust. Ich werde mich für die freuen, die seine nächste Erste Partnerin sein wird.«

Offensichtlich besaß Layla keinen Blödsinnsdetektor wie Bella, denn die Lüge schwebte in der Luft, und die Auserwählte stellte keine Silbe davon in Frage; sie verbeugte sich nur, als sie die Antwort hörte.

»Darf ich dich dann etwas fragen?«, begann Layla, als sie sich wieder aufgerichtet hatte.

»Natürlich, Schwester.«

»Hat er dich gut behandelt?«

»Der Primal? Ja. Er war sehr beflissen.«

Layla trat ans Bett und nahm eines der Gebetbücher in die Hand. »Ich habe in seiner Biographie gelesen, dass er ein großer Krieger ist und seinen Zwillingsbruder vor einem grausamen Schicksal errettet hat.«

»Er ist ein großer Krieger.« Cormia betrachtete die Rosen unten im Garten. Vermutlich hatten alle Auserwählten seinen Band in der Bibliothek inzwischen gelesen. Sie wünschte nur, sie hätte es ebenfalls getan, bevor sie hierhergekommen war.

»Spricht er davon?«, hakte Layla nach.

»Wovon?«

»Wie er seinen Zwillingsbruder Zsadist aus der unrechtmäßigen Blutsklaverei gerettet hat? So verlor der Primal sein Bein.«

Cormias Kopf schnellte herum. »Wirklich? So ist das passiert?«

»Hat er dir nie davon erzählt?«

»Nein. Er ist ein sehr verschlossener Mann. Zumindest mir gegenüber.«

Diese Auskunft war ein Schock, und sie dachte an das, was sie zu ihm gesagt hatte. Dass er seine Fantasie von Bella liebte. Traf das auf sie selbst im Hinblick auf den Primal auch zu? Sie wusste so wenig über seine Vergangenheit, über das, was ihn zu dem Mann geformt hatte, der er nun war.

Ach, aber sie kannte doch seine Seele.

Und dafür liebte sie ihn.

Ein Klopfen ertönte an der Tür. Auf ihre Aufforderung hin steckte Fritz den Kopf herein.

»Verzeiht, aber der Herr ist bereit für Euch«, sagte er zu Layla.

Laylas Hände tasteten nach ihrem Haar, dann strichen sie die Robe glatt. Während Fritz sich wieder zurückzog, dachte

Cormia sich, dass ihre Schwester sich doch besondere Mühe mit ihrem –

O … nein …

»Du wirst … du gehst zu ihm? Zum Primal?«

Layla verneigte sich. »Ich soll ihn aufsuchen, ja.«

»Nicht Rhage.«

»Ihm soll ich hinterher dienen.«

Cormia wurde innerlich starr vor Kälte. Aber natürlich. Was hatte sie denn erwartet? »Dann solltest du besser gehen.«

Laylas Augen verengten sich, dann weiteten sie sich. »Schwester?«

»Geh schon. Lass den Primal besser nicht warten.« Sie wandte sich dem Fenster zu, am liebsten hätte sie laut geschrien.

»Cormia …«, flüsterte ihre Schwester. »Cormia, du empfindest etwas für ihn. Wahrlich, du empfindest sehr viel für ihn.«

»Das habe ich nie gesagt.«

»Das musst du nicht. Ich kann es in deinem Gesicht lesen und in deiner Stimme hören. Schwester, warum … warum gibst du deinen Platz frei?«

Als Cormia sich den Primal mit dem Kopf zwischen den Schenkeln ihrer Schwester ausmalte, und wie Layla sich vor Lust aufbäumte, wurde ihr schlecht. »Ich wünsche dir alles Gute. Ich hoffe, dass er eine gute Wahl trifft und sich für dich entscheidet.«

»Warum gibst du deinen Platz frei?«

»Ich wurde fallengelassen«, stieß sie hervor. »Es war nicht meine Entscheidung. Und jetzt lass bitte den Primal nicht warten. Gott bewahre, das können wir ja nicht zulassen.«

Layla wurde bleich. »Gott?«

Cormia wedelte mit der Hand. »Das ist nur so eine Redewendung, die sie hier benutzen, es hat nichts mit meinem Glauben zu tun. Und jetzt geh bitte.«

Layla schien sich nach dem spirituellen Ausrutscher kurz sammeln zu müssen. Dann wurde ihre Stimme ganz sanft. »Sei versichert, dass er nicht mich wählen wird. Und solltest du je eine Freundin –«

»Brauche ich nicht.« Cormia wandte sich ab und starrte unverwandt aus dem Fenster.

Als die Tür endlich ins Schloss fiel, fluchte sie. Dann marschierte sie quer durch den Raum und begann, hemmungslos auf ihrem Modell herumzutrampeln. Sie machte alles kaputt, zerbrach jedes einzelne Element, bis die vormalige Ordnung nur noch Chaos auf dem Teppich war.

Als nichts mehr zum Zerstören übrig war, tauften ihre Tränen den Schutthaufen, genau wie das Blut ihrer nackten Fußsohlen.

8

Im *Screamer's* in Caldwells Innenstadt machte Lash ausgiebigen Gebrauch von einer der Toiletten.

Und zwar nicht, weil er eine schöne Stange Wasser in die Schüssel stellte.

Er war bis zu den Eiern in der Blonden von der Theke vergraben und nagelte sie von hinten, während sie sich am Waschbecken festhielt. Ihr schwarzer Ledermini war bis zu den Hüften hochgeschoben, ihr Tanga zur Seite geschoben, ihr schwarzer V-Ausschnitt weit nach unten gezogen und unter die Brüste geklemmt. Sie hatte einen süßen rosa Schmetterling auf die Hüfte tätowiert, und um den Hals trug sie ein Herz an einer Kette, und beides wurde im Rhythmus seiner Stöße heftig herumgeschüttelt.

Es machte Spaß, vor allem weil er trotz ihres nuttigen Outfits den Eindruck hatte, dass diese Art von Sex nicht ihre Welt war: Sie hatte keine Implantate, der Lippenstift war nicht wischfest, und sie hatte versucht, ihm ein Kondom aufzuschwatzen.

Unmittelbar, bevor er kam, zog er seinen Schwanz aus ihr

heraus, drehte sie um und zwang sie auf die Knie. Er brüllte, als er in ihrem Mund abspritzte, und dachte sich, dass dieser kleine Scheißer Mr D Recht wider Erwarten gehabt hatte: Das war genau das, was er brauchte. Ein Gefühl von Herrschaft, eine Verbindung zu dem, was früher für ihn normal gewesen war.

Und der Sex war immer noch gut.

Sobald er fertig war, zog er den Reißverschluss wieder hoch, ohne sich darum zu kümmern, ob sie ausspuckte oder schluckte.

»Was ist mit mir?«, fragte sie und wischte sich den Mund ab.

»Was soll mit dir sein?«

»Wie bitte?«

Lash zog eine Augenbraue hoch, während er seine Frisur im Spiegel überprüfte. Hmm ... vielleicht sollte er sich die Haare wieder wachsen lassen. Den Military-Style hatte er sich nach der Transition schneiden lassen, aber eigentlich hatte er seinen Pferdeschwanz gemocht. Er hatte schöne Haare.

Gott, Kings Hundehalsband sah wirklich scharf an ihm aus –

»Hallo?«, brachte sich die Frau in Erinnerung.

Genervt sah er sie im Spiegel an. »Du erwartest doch wohl nicht ernsthaft von mir, dass ich mich dafür interessiere, ob dir einer abgeht?«

Einen Augenblick lang wirkte sie verwirrt, als wäre in der Hülle aus der Videothek die falsche DVD. »Was hast du gesagt?«

»Welchen Teil hast du denn nicht verstanden?«

Vor Empörung blinzelte sie wie ein Fisch. »Ich fass es nicht.«

Ja, ganz offensichtlich lief auf dem Bildschirm *Deep Throat* statt *Pretty Woman*.

Er blickte sich um. »Du kommst mit mir aufs Klo, lässt dir den Rock hochschieben und dich von hinten vögeln. Und dann bist du überrascht, dass du mir total egal bist? Was genau hast du denn erwartet?«

Der letzte Rest von *Ich-bin-ein-anständiges-Mädchen-das-etwas-Unanständiges-macht* verschwand aus ihrer Miene. »Deshalb musst du nicht grob werden.«

»Warum sind Zicken wie du immer überrascht?«

»Zicken?« Rechtschaffener Zorn verzerrte ihr hübsches Gesicht – und machte sie trotzdem etwas interessanter. »Du kennst mich überhaupt nicht.«

»Doch. Du bist eine Schlampe, die einen Kerl, den sie noch nie vorher gesehen hat, auf dem Klofußboden in ihren Mund spritzen lässt. Also bitte. Ich hätte mehr Respekt für eine Prostituierte. Wenigstens lässt die sich mit was anderem als Wichse bezahlen.«

»Du bist vielleicht ein Dreckschwein!«

»Und du langweilst mich.« Er streckte die Hand nach der Klinke aus, doch sie packte ihn am Arm.

»Pass bloß auf, du Arschloch. Ich kann dir tierischen Ärger machen. Weißt du, wer mein Vater ist?«

»Jemand, der dich nicht vernünftig erzogen hat?«

Ihre freie Handfläche traf ihn genau ins Gesicht. »Leck mich.«

Okay, ihre Aggression machte sie definitiv interessanter.

Als seine Fänge in seine Mundhöhle stießen, wollte er in ihren Hals beißen, als wäre sie ein Donut frisch aus der Packung. Doch genau da hämmerte jemand an die Tür und erinnerte ihn daran, dass er sich an einem öffentlichen Ort befand und sie ein Mensch war und das Saubermachen hinterher extrem lästig sein würde.

»Das wird dir noch leidtun«, zischte sie.

»Ach, ja?« Er beugte sich vor und stellte überrascht fest,

dass sie nicht zurückwich. »Du kannst mir gar nichts, Püppchen.«

»Sei dir da nicht zu sicher.«

»Du kennst ja nicht mal meinen Namen.«

Ihr Lächeln war eisig und machte sie um Jahre älter. »Ich kenne reichlich –«

Das Hämmern an der Tür begann wieder.

Bevor sie sich zu einer weiteren Ohrfeige hinreißen ließ – und er noch zurückschlug –, schlüpfte Lash aus dem Raum, nicht ohne ihr noch mit auf den Weg zu geben: »Zieh dir doch mal den Rock runter.«

Der Kerl vor der Tür warf ihm einen Blick zu und trat einen großen Schritt zur Seite. »Sorry, Mann.«

»Kein Problem.« Lash verdrehte die Augen. »Du hast der Schlampe da drin wahrscheinlich das Leben gerettet.«

Der Mann lachte. »Dumme Huren. Man hält sie nicht aus, aber erschießen kann man sie auch nicht.« Die Tür nebenan ging auf, und der Typ wandte sich ab, so dass man einen protzigen Adler auf dem Rücken seiner Lederjacke sehen konnte.

»Hübschen Vogel hast du da«, bemerkte Lash.

»Danke.«

Lash ging zurück zur Theke und nickte Mr D zu. »Zeit für den Abflug. Ich bin fertig.«

Er zog seine Brieftasche aus der Hose – und erstarrte zu Stein. Das war nicht seine. Es war die seines Vaters. Rasch nahm er einen Fünfziger heraus, dann vergrub er das Ding wieder tief in der Tasche.

Er und Mr D verließen den vollen, lauten Club, und als er auf den Bürgersteig der Trade Street trat, holte er lang und tief Luft. Lebendig. Er fühlte sich total lebendig.

Auf dem Weg zum Wagen meinte Lash: »Gib mir dein Handy. Und die Nummern von vier nicht zimperlichen Killern.«

Mr D händigte ihm sein Telefon aus und zählte einige Ziffern auf. Als Lash den Ersten anrief und ihm eine Adresse in einem edlen Stadtteil durchgab, konnte er das Misstrauen des Vampirjägers geradezu durch die Leitung hören – besonders, als der *Lesser* fragte, wer zum Henker ihn da eigentlich von Mr Ds Handy aus anrief.

Sie wussten nicht, wer er war. Seine Männer wussten nicht, wer er war.

Lash hielt Mr D sein verdammtes Telefon hin und verlangte wütend eine Bestätigung von dem Haupt-*Lesser*. Es hätte ihn nicht so überraschen dürfen, dass sie Zweifel hatten, aber das würde sich ändern. Und wie sich das ändern würde. Er würde seinen Truppen heute Nacht einige Ziele servieren, um sich glaubwürdiger zu machen, und am kommenden Morgen würde die Gesellschaft der *Lesser* ihrem Messias huldigen.

Sie würden ihm folgen oder vor ihren Schöpfer treten. Punkt.

Nachdem er und Mr D noch dreimal das Handy hin- und hergereicht hatten, befahl Lash: »Und jetzt fahr mich auf die Boone Lane, Hausnummer einundzwanzig fünfzehn.«

»Soll ich noch mehr Männer zur Unterstützung rufen?«

»Für unser nächstes Haus, ja. Aber das Erste hier ist was Persönliches.«

Sein guter alter Cousin Qhuinn würde seinen eigenen Arsch zu fressen kriegen.

Nach fünf Monaten als Primal hatte Phury sich eigentlich daran gewöhnt, sich unwohl zu fühlen. Die ganze Sache passte einfach hinten und vorne nicht zu ihm; alles in ihm sträubte sich dagegen.

Trotzdem kam ihm das Gespräch mit Layla noch falscher vor als der Rest.

Furchtbar falsch.

Während er in der Bibliothek auf sie wartete, hoffte er inständig, sie würde nicht auch die Robe fallen lassen, wie die anderen.

»Euer Gnaden?«

Er blickte über die Schulter. Die Auserwählte stand in der offenen Flügeltür des Raums, die weiße Robe reichte in üppigen Falten bis zum Boden, ihr schlanker Körper strahlte eine hoheitsvolle Anmut aus.

Sie verneigte sich tief. »Möge es Euch heute Abend wohl ergehen.«

»Danke. Euch wünsche ich dasselbe.«

Als sie sich wieder aufrichtete, trafen sich ihre Blicke. Sie hatte grüne Augen. Wie Cormia.

Shit. Er brauchte einen Joint. »Hättest du was dagegen, wenn ich mir einen anzünde?«

»Nein, selbstverständlich nicht. Hier, lasst mich Euch eine Flamme bringen.« Bevor er sie davon abhalten konnte, nahm sie ein Kristallfeuerzeug und trat auf ihn zu.

Er steckte sich den Joint zwischen die Lippen und nahm ihr das schwere Gerät aus der Hand. »Keine Umstände. Ich mach das schon selbst.«

»Natürlich, Euer Gnaden.«

Der Feuerstein knisterte, und die Flamme schnellte gelb empor, und sie trat zurück, mit den Augen den Raum abtastend. »Das erinnert mich an zu Hause«, murmelte sie.

»Inwiefern?«

»All diese Bücher.« Sie ging zu einem Regal und berührte einige der ledernen Rücken. »Ich liebe Bücher. Wäre ich nicht zur Ehros ausgebildet worden, dann hätte ich eine Schreiberin in Klausur werden wollen.«

Sie wirkte so gelassen, dachte er, und aus irgendeinem Grund machte ihn das nervös. Was bescheuert war. Bei den anderen war er sich vorgekommen wie ein Hummer im

Aquarium eines Fischrestaurants. Bei ihr war es einfach nur eine Unterhaltung zwischen zwei ganz normalen Leuten.

»Darf ich dich was fragen?«, fragte er und stieß den Rauch aus.

»Sicher.«

»Bist du aus freien Stücken hier?«

»Ja.«

Ihre Antwort klang so ruhig, dass sie wie auswendig gelernt wirkte. »Ganz sicher?«

»Ich wollte schon lange dem Primal dienen. In diesem Wunsch blieb ich stets standhaft.«

Sie machte einen absolut ernsten Eindruck ... aber etwas stimmte nicht.

Und dann begriff er. »Du glaubst nicht, dass ich dich wählen werde, oder?«

»Nein.«

»Und warum?«

Jetzt brachen die Gefühle aus ihr heraus, sie ließ den Kopf hängen, hob die Hände, verflocht die Finger ineinander. »Ich wurde hierhergebracht, um dem Herrn John Matthew bei seiner Transition beizustehen. Das tat ich auch, aber er ... wies mich zurück.«

»Wie das?«

»Nachdem er die Wandlung überstanden hatte, wusch ich ihn, aber er wies mich zurück. Ich wurde dazu ausgebildet, sexuell zu dienen und war auch bereit dazu, doch er wies mich zurück.«

Zum Henker, so genau hatte er es gar nicht wissen wollen. »Und du glaubst, das bedeutet, auch ich würde mich nicht für dich entscheiden?«

»Die Directrix bestand darauf, dass ich vor Euch erscheine, aber es geschah nur aus Achtung Euch gegenüber, um Euch alle Auserwählten zur Verfügung zu stellen. Weder sie noch ich rechnen damit, dass Ihr mich zur Ersten Partnerin erhebt.«

»Hat John Matthew gesagt, warum er nicht …?« Denn die meisten Vampire waren nach der Transition total geil auf Sex.

»Ich ging, als man mich darum bat. Das ist alles.« Ihre Augen suchten seine. »Wahrlich, John Matthew ist ein Mann von Wert. Es liegt nicht in seinem Wesen, die Mängel anderer anzusprechen.«

»Ich bin sicher, es lag nicht an –«

»Bitte. Könnten wir dieses Thema nun ruhen lassen, Euer Gnaden?«

Phury stieß mehr von dem nach Kaffee duftenden Rauch aus. »Fritz sagte, du warst oben in Cormias Zimmer. Was hast du dort gemacht?«

Sie schwieg lange. »Das war eine Angelegenheit zwischen Schwestern. Natürlich würde ich es Euch erzählen … solltet Ihr es mir befehlen.«

Er musste die stille Zurückhaltung in ihrer Stimme bewundern.

»Nein, das ist schon okay.« Er war versucht, zu fragen, wie es Cormia ging, doch die Antwort darauf kannte er bereits. Es ging ihr nicht gut. Nicht besser als ihm.

»Wünscht Ihr, dass ich gehe?«, fragte Layla. »Ich weiß, dass die Directrix zwei meiner Schwestern für Euch vorbereitet hat. Sie freuen sich darauf, herüberzukommen und Euch zu begrüßen.«

Genau wie die anderen beiden, die ihn am Abend zuvor besucht hatten. Aufgeregt. Bereit, ihm zu Gefallen zu sein. Geehrt, ihn kennenzulernen.

Phury hob den Joint wieder an die Lippen und inhalierte langsam und tief. »Du scheinst nicht so begeistert davon zu sein.«

»Davon, dass meine Schwestern Euch aufsuchen werden? Aber natürlich, ich –«

»Nein, mich kennenzulernen.«

»Im Gegenteil, ich bin begierig darauf, bei einem Mann zu sein. Dazu wurde ich ausgebildet, und ich möchte mehr, als nur als Blutquelle zu dienen. Die Brüder Rhage und Vishous benötigen nicht all meine Dienste, und es ist eine Last, ungenutzt zu bleiben …« Ihr Blick schweifte wieder zu den Büchern. »Ich fühle mich wie ein Buch im Regal, als hätte man mir die Worte zu der Geschichte meines Lebens gegeben, und doch bliebe ich ungelesen, sozusagen.«

Gott, das Gefühl kannte er ja so gut. Ihm war, als wartete er seit Ewigkeiten darauf, dass sich alles ordnete, dass das Drama ein Ende nahm, dass er tief durchatmen und sein Leben endlich beginnen konnte. Welch Ironie des Schicksals. Es klang, als hätte Layla dieses Gefühl, weil in ihrem Leben nichts passierte. Er fühlte sich ungelesen, weil schon zu viel zu lange zu viel passierte.

In beiden Fällen war das Ergebnis dasselbe.

Keiner von ihnen tat mehr, als einfach nur den Tag zu überstehen.

Och, das rührt mich aber zu Tränen, mein Freund, sagte der Zauberer ätzend.

Phury ging zum Aschenbecher und drückte den Joint aus. »Sag der Directrix, sie braucht mir keine weiteren Auserwählten mehr zu schicken.«

Laylas Kopf schnellte hoch. »Wie bitte?«

»Ich wähle dich.«

Qhuinn fuhr den schwarzen Mercedes in die Auffahrt vor Blays Elternhaus und hielt an. Sie hatten stundenlang im *ZeroSum* gewartet, immer mal wieder hatte John eine SMS geschickt. Als sie trotzdem nichts von Blay hörten, hatte John unbedingt hierherfahren wollen.

»Willst du auch, dass ich dir die Tür aufmache?«, fragte Qhuinn trocken, als er den Motor abstellte.

John sah ihn von der Seite an. *Wenn ich ja sagen würde, würdest du es tun?*

»Natürlich nicht.«

Dann will ich auf jeden Fall, dass du mir die Tür aufmachst.

»Du blöder Sack.« Qhuinn stieg aus. »Verdirbst mir den ganzen Spaß.«

John schlug seine Tür zu und schüttelte den Kopf. *Schön, dass du so manipulierlich bist.*

»Das Wort gibt es nicht.«

Seit wann bist du denn der Sprach-Papst?

Qhuinn betrachtete das Haus. Blay hätte jetzt sicher einen schlauen Kommentar beigesteuert. »Ja, ja.«

Zusammen gingen sie um das Haus herum zur Küchentür. Es war ein großer Ziegelbau im Kolonialstil, die vordere Fassade sah eher streng aus, aber die Rückseite wirkte gemütlich, mit Küchenfenstern vom Fußboden bis zur Decke und einer Treppe, über der eine einladende schmiedeeiserne Laterne hing.

Zum ersten Mal in seinem Leben klopfte Qhuinn und wartete, bis jemand öffnete.

Das muss ja echt ein heftiger Streit gewesen sein, meinte John. *Zwischen dir und Blay.*

»Ach, ich weiß nicht. Sid Vicious zum Beispiel hat sich teilweise schlechter benommen als ich.«

Blays Mutter machte die Tür auf. Sie sah aus wie immer, wie Marion Cunningham aus *Happy Days,* von den roten Haaren bis hin zum adretten Rock. Die Vampirin verkörperte alles, was rund und hübsch und freundlich war, und Qhuinn erkannte plötzlich, als er sie jetzt ansah, dass sie –

nicht sein frostiger, dürrer Stecken von einer Mutter – für ihn den Standard bildete, an dem er Frauen maß.

Mhm … es war ja schön und gut, Mädels und Jungs in Kneipen abzuchecken, aber als Partnerin für die Ewigkeit wollte er jemanden wie Blays Mutter. Eine Frau von Wert. Und er würde ihr treu bleiben bis ans Ende seiner Tage.

Vorausgesetzt, er fände eine, die ihn nähme.

Blays Mutter trat zurück, um sie hereinzulassen. »Du weißt doch, dass du nicht anklopfen musst –« Da bemerkte sie die Platinkette um Qhuinns Hals und das neue Tattoo auf seiner Wange.

Mit einem Blick auf John murmelte sie: »Also so hat der König die Sache geregelt.«

Ja, Ma'am, zeigten Johns Hände.

Sie wandte sich an Qhuinn, warf ihm die Arme um den Nacken und drückte ihn so fest, dass seine Wirbelsäule knackte. Was exakt das war, was er brauchte. Er klammerte sich an ihr fest und holte den ersten tiefen Atemzug seit Tagen.

Kaum lauter als ein Flüstern sagte sie: »Wir hätten dich hier bei uns behalten. Du hättest nicht gehen müssen.«

»Das konnte ich euch nicht antun.«

»Wir sind stärker, als du glaubst.« Sie lockerte ihre Umarmung und deutete mit dem Kopf auf die hintere Treppe. »Blay ist oben.«

Qhuinn runzelte die Stirn, als er einige Gepäckstücke neben dem Küchentisch entdeckte. »Fahrt ihr weg?«

»Wir müssen die Stadt verlassen. Die meisten der Glymera bleiben, aber nach … dem, was passiert ist, ist es zu gefährlich hier.«

»Das ist auf jeden Fall eine kluge Entscheidung.« Qhuinn schloss die Küchentür. »Fahrt ihr in den Norden?«

»Blays Vater versucht, Urlaub zu nehmen, so dass wir drei im Süden ein paar Familienbesuche machen können –«

Blay tauchte am Fuße der Treppe auf. Mit verschränkten Armen nickte er John zu. »Was läuft?«

John grüßte zurück, aber Qhuinn konnte nicht fassen, dass sein Kumpel mit keinem Wort erwähnt hatte, dass er die Stadt verließ. Wollte er einfach abhauen, ohne zu sagen, wohin er fuhr und wann er wiederkam?

Ach nein, das sagt ja genau der Richtige.

Blays Mutter drückte Qhuinns Arm und flüsterte: »Ich bin froh, dass du noch gekommen bist, bevor wir fahren.« Lauter ergänzte sie: »Also gut, der Kühlschrank ist leer und in der Speisekammer ist nichts Verderbliches mehr. Dann hole ich mal meinen Schmuck aus dem Safe.«

Großer Gott, fragte John, als sie weg war, *wie lange wollt ihr denn wegbleiben?*

»Keine Ahnung«, sagte Blay. »Eine Weile.«

In der langen Stille, die darauf folgte, sah John zwischen den beiden hin und her. Schließlich stieß er ein Schnauben aus und zeigte: *Okay, das ist doch bescheuert. Was zum Henker ist zwischen euch beiden vorgefallen?*

»Nichts.«

»Nichts.« Blay nickte über die Schulter. »Hör mal, ich muss noch packen –«

Hastig fiel Qhuinn ein: »Ja, wir müssen auch los –«

O nein, so nicht. John marschierte zur Treppe. *Wir gehen jetzt in dein Zimmer und klären das. Auf der Stelle.*

Er ging voran, und Qhuinn musste notwendigerweise – dank seines neuen Jobs – folgen; Blay kam wahrscheinlich mit, weil sein innerer Knigge nicht ertragen konnte, kein guter Gastgeber zu sein.

Oben angekommen, schloss John Blays Zimmertür hinter ihnen allen und stützte die Hände in die Hüften. Er betrachtete die beiden wie ein Vater seine aufmüpfigen Kinder vor der kaputten Ming-Vase.

Blay ging zu seinem Schrank und machte die Tür auf. Der Spiegel auf der Innenseite fing Qhuinn ein. Ihre Blicke trafen sich kurz.

»Hübsches neues Schmuckstück«, murmelte Blay mit Blick auf die Kette, die Qhuinns neue Aufgabe repräsentierte.

»Ist kein Schmuck.«

»Nein, das weiß ich. Und es freut mich für euch zwei. Ehrlich.« Er holte seinen Parka heraus … was bedeutete, dass er und seine Eltern entweder nach Süden im Sinne von *Antarktis* fuhren, oder sehr lange fortzubleiben gedachten. Bis in den Winter hinein.

John stampfte mit dem Fuß auf. *Wir haben nicht ewig Zeit. Hallo? Ihr Sackgesichter?*

»Tut mir leid«, murmelte Qhuinn an Blay gewandt. »Was ich im Tunnel gesagt habe.«

»Hast du John alles erzählt?«

»Nein.«

Blay ließ den Parka in die Reisetasche fallen und sah John an. »Er glaubt, ich liebe ihn. Im Sinne von … ich bin in ihn verliebt.«

In Zeitlupe klappte John die Kinnlade herunter.

Blay lachte kurz auf, dann erstarb das Geräusch, als würde ihm jemand die Kehle zuschnüren. »Ja, stell dir das vor. Ich und in Qhuinn verliebt – in einen Kerl, der entweder schlechte Laune hat oder blöde Sprüche ablässt und hinter allem her ist, was zwei Beine hat, und bei drei nicht auf einem Baum sitzt. Und weißt du, was das Ätzendste an der Sache ist?«

Qhuinn verspannte sich, als John nickte.

Blay sah auf seine Tasche. »Er hat Recht.«

John machte ein Gesicht, als hätte ihm jemand einen Nagel in den Fuß gehämmert.

»So ist es«, sagte Blay. »Deshalb konnte ich den Frauen nie so viel abgewinnen. Keine konnte ihm das Wasser reichen. Auch kein anderer Kerl übrigens. Das heißt also, dass ich total die Arschkarte gezogen habe, aber das ist nun wieder meine Sache und nicht eure.«

Verdammt, dachte Qhuinn. Das war offenbar die Woche der Offenbarungen.

»Es tut mir leid, Blay«, sagte er, weil er keinen Schimmer hatte, was er sonst sagen sollte.

»Ja, das kann ich mir lebhaft vorstellen. Denn das macht die ganze Situation ziemlich unangenehm, was?« Blay schlang sich die Tasche über die Schulter. »Aber alles ist gut. Ich verlasse die Stadt für ein Weilchen, und ihr zwei seid versorgt. Sehr cool. Jetzt muss ich los. Ich simse in ein paar Tagen.«

Qhuinn hätte wetten mögen, dass sich das nur auf John bezog.

Mist.

Blay wandte sich ab. »Bis dann.«

Als sein bester Freund ihm den Rücken zudrehte und zur Tür ging, öffnete Qhuinn seine nutzlosen Lippen und betete, dass die richtigen Worte herauskämen. Als nichts passierte, betete er, dass sich etwas lösen würde. Egal was –

Aus dem Erdgeschoss ertönte ein schriller Schrei.

Blays Mutter.

Die drei waren so schnell aus dem Zimmer, als wäre eine Bombe explodiert, sie schossen den Flur entlang, donnerten die Treppe hinunter. In der Küche stellten sie fest, dass der Alptraum des Krieges zu ihnen gekommen war.

Lesser. Zwei Stück. In Blays Elternhaus.

Und einer von ihnen hielt seine Mutter im Schwitzkasten.

Blay stieß einen Urschrei aus, doch Qhuinn konnte ihn gerade noch festhalten, bevor er einen Satz nach vorn machte. »Er hält ein Messer an ihre Kehle«, zischte er. »Der schlitzt sie ohne mit der Wimper zu zucken auf.«

Der *Lesser* lächelte kalt, während er Blays Mutter quer

durch die Küche und aus dem Haus schleifte, zu einem Minivan, der neben der Garage parkte.

Als John Matthew sich außer Sicht dematerialisierte, tauchte ein weiterer *Lesser* aus dem Esszimmer auf.

Qhuinn ließ Blay los und die beiden gingen zum Angriff über, knöpften sich erst den einen Jäger vor, dann einen weiteren, der durch die Hintertür hereinkam.

In dem wilden Handgemenge, das die Küche total zerlegte, betete Qhuinn, dass John sich im Inneren des Minivans materialisiert hatte und dem *Lesser* dort mit beiden Fäusten eine herzliche Begrüßung zuteil werden ließ.

Bitte lass Blays Mutter nicht von einer verirrten Kugel getroffen werden.

Als noch ein Jäger durch die Tür kam, versetzte Qhuinn dem, mit dem er sich gerade prügelte, einen Kopfstoß, zog eine seiner funkelnagelneuen Fünfundvierziger und rammte sie dem Dreckskerl unters Kinn.

Die Kugel halbierte den Kopf des Kerls, blies ihm die obere Hälfte sauber weg – was Qhuinn ausreichend Zeit verschaffte, um ihm das an seiner Hüfte steckende Messer ins Herz zu stoßen.

Plopp! Plopp! Zischschsch! Was für eine Erleichterung.

Als das bleiche Wesen in einem Blitz verschwand, hielt Qhuinn sich nicht länger damit auf, sich über seinen ersten eigenhändig getöteten *Lesser* zu freuen. Er wirbelte herum, um sich nach Blay umzusehen, und erstarrte vor Schreck. Blays Vater war in den Raum gekommen und die beiden ließen es richtig krachen. Was insofern ziemlich überraschend war, als Blays Vater von Beruf Buchhalter war.

Zeit, John unter die Arme zu greifen.

Qhuinn flitzte durch die Hintertür, und gerade, als seine Stiefel auf das Gras trafen, verriet ihm ein heller Lichtblitz aus dem Wagen, dass seine Hilfe nicht gebraucht würde.

Geschmeidig sprang John aus dem Minivan und knallte die Tür zu; dann hämmerte er auf das Seitenblech, und das Auto fuhr quietschend rückwärts. Qhuinn erhaschte einen flüchtigen Blick auf Blays Mutter, die mit weißen Fingerknöcheln am Steuer saß, als sie rückwärts aus der Einfahrt schoss.

»Alles klar, J-man?«, fragte Qhuinn. Er hoffte inständig, dass John Matthew nicht gleich in seiner ersten Nacht als Ahstrux Nohtrum getötet würde.

John hob schon die Hände, um zu antworten, da ertönte das laute Klirren von Glas.

Beide schnellten zum Haus herum. Wie im Kino flogen zwei Körper durch das Panoramafenster des Wohnzimmers. Blay war einer davon, und er landete auf dem *Lesser*, den er herausgeschleudert hatte wie eine alte Matratze. Bevor der Jäger sich von dem Aufprall erholen konnte, nahm Blay seinen Kopf zwischen die Pranken und brach ihm das Genick wie einem Hühnchen.

»Mein Vater kämpft noch im Haus!«, rief er, als Qhuinn ihm das Messer zuwarf. »Unten im Keller!«

Als John und Qhuinn losrasten, blitzte es ein drittes Mal hell auf, und dann hatte Blay sie auch schon auf der Kellertreppe eingeholt. Sie hörten neue Kampfgeräusche.

Unten angekommen, blieben sie wie angewurzelt stehen. Blays Vater stand einem *Lesser* gegenüber, in der einen Hand ein Schwert aus dem amerikanischen Bürgerkrieg, in der anderen einen Dolch.

Seine Augen hinter der Nickelbrille leuchteten wie Fackeln, und für den Bruchteil einer Sekunde flatterten sie in ihre Richtung. »Haltet euch hier raus. Der gehört mir.«

Die Sache war schneller erledigt, als man *Ninja-Daddy* sagen konnte.

Blays Vater zerlegte den *Lesser* wie einen Truthahn, dann

schickte er ihn zurück zu Omega. Als der Leuchtblitz der Vernichtung erloschen war, blickte der Vampir panisch auf.

»Deine Mutter –?«

»Ist im Auto der *Lesser* entkommen«, antwortete Qhuinn. »John hat sie befreit.«

Bei dieser Nachricht sackten sowohl Blay als auch sein Vater in sich zusammen. Da erst bemerkte Qhuinn, dass Blay aus einer Wunde an der Schulter blutete, und aus einer am Bauch und einer am Rücken und …

Sein Vater wischte sich über die Stirn. »Wir müssen unbedingt Kontakt zu ihr –«

John hielt sein Handy hoch, ein Klingeln drang aus dem Lautsprecher.

Als Blays Mutter abhob, brach ihre Stimme, was allerdings nicht an der schlechten Verbindung lag. »John? John, ist –«

»Wir sind alle hier«, sagte Blays Vater. »Fahr weiter, Liebling –«

John schüttelte den Kopf, gab ihm das Telefon und zeigte mit den Händen: *Was, wenn ein Peilsender im Wagen ist?*

Blays Vater fluchte unterdrückt. »Liebling? Fahr rechts ran. Halt an und steig aus dem Auto. Dematerialisier dich in unseren geheimen Unterschlupf, und ruf mich an, wenn du da bist.«

»Bist du ganz sicher …?«

»Schnell, mein Liebes. *Sofort.*«

Man hörte einen langsamer werdenden Motor. Ein Türenschlagen. Dann Stille.

»Liebling?« Blays Vater umklammerte das Telefon. »Liebling? O gütige Jungfrau …«

»Ich bin hier«, ertönte ihre Stimme. »Hier in Sicherheit.«

Alle atmeten auf.

»Ich bin gleich bei dir.«

Noch mehr Worte wurden gesprochen, aber Qhuinn lauschte

nach Schritten auf der Treppe. Was, wenn noch mehr *Lesser* kamen? Blay war verletzt, und sein Vater sah völlig fertig aus.

»Wir müssen verschwinden«, sagte er in die Runde.

Sie gingen nach oben, trugen die Koffer ins Auto, und bevor Qhuinn bis drei zählen konnte, waren Blay und sein Vater in die Nacht verschwunden.

Alles ging so schnell. Der Angriff, der Kampf, die Flucht … der Abschied, der nicht ausgesprochen wurde. Blay stieg einfach zu seinem Vater ins Auto und fuhr mit seinem Gepäck davon. Aber was sonst sollte auch passieren? Jetzt war wohl kaum der passende Zeitpunkt für ein langwieriges Lebewohl – und das nicht nur, weil die *Lesser* vor zehn Minuten eine kleine Hausbesichtigung veranstaltet hatten.

»Wir sollten wohl auch besser los«, sagte er.

John schüttelte den Kopf. *Ich möchte hierbleiben. Es werden noch mehr kommen, wenn die, die wir erledigt haben, sich nicht zurückmelden.*

Qhuinn sah sich im Wohnzimmer um, das dank Blays Stuntman-Nummer jetzt eine Terrasse war. Es gab im Haus einiges zu plündern, und die Vorstellung, dass auch nur eine Packung Taschentücher aus Blays Besitz in die Hände der Gesellschaft der *Lesser* fallen könnte, regte ihn wahnsinnig auf.

John begann, eine SMS einzutippen. *Ich gebe Wrath Bescheid, was passiert ist, und dass wir hier abwarten wollen. Genau für so was wurden wir ausgebildet. Es wird Zeit, dass wir endlich mitmischen.*

Qhuinn war absolut seiner Meinung, aber er war sich ziemlich sicher, dass Wrath nicht einverstanden wäre.

Einen Moment später piepte Johns Handy. Er las den Text, dann verzog sich sein Mund zu einem Lächeln, und er drehte den Bildschirm nach außen.

Die SMS kam von Wrath. *Ist okay. Ruf an, wenn ihr Verstärkung braucht.*

Offenbar waren sie jetzt im Krieg angekommen.

9

Rehv parkte den Bentley vor dem südöstlichen Eingang des Black Snake State Park. Der Kiesplatz war klein und reichte nur für zehn Autos, war aber im Gegensatz zu den anderen nachts nicht versperrt, sondern durchgehend geöffnet, da von dort die Wege zu den Miethütten führten.

Als er aus dem Wagen stieg, nahm er seinen Stock mit, wenn auch nicht, weil er ihn zum Gehen brauchte. Etwa auf der Hälfte des Weges war sein Sichtfeld rot geworden, und jetzt summte sein Körper vor Leben, erwärmte sich, empfing wieder Sinneswahrnehmungen.

Bevor er den Bentley verschloss, stopfte er seinen Zobel in den Kofferraum, denn das Auto fiel schon ohne einen gut sichtbaren fünfundzwanzigtausend Dollar teuren russischen Pelzmantel genug auf. Außerdem vergewisserte er sich, dass er das Gegengift bei sich hatte und reichlich Dopamin.

Alles da.

Er klappte den Kofferraum zu, aktivierte die Alarmanlage und wandte sich der dichten Baumreihe zu, die die Außengrenze des Parks markierte. Die Birken und Eichen und Pappeln um den Parkplatz erinnerten ihn irgendwie an eine durch Absperrungen gezügelte Zuschauermenge bei einer Parade; alle standen dicht um den ordentlich aufgeschütteten Kies herum, ihre Zweige hingen über die Grenze, obwohl ihre Stämme blieben, wo sie hingehörten.

Die Nacht war, abgesehen von einer frischen, trockenen Brise, die den Herbst ankündigte, ganz still. Komisch, so weit im Norden des Staates konnte es im August schon richtig kalt werden, und in seinem jetzigen körperlichen Zustand mochte er die Kühle. Ging darin regelrecht auf.

Er steuerte auf den Hauptweg zu, vorbei an einem nicht besetzten Anmeldehäuschen. Einen halben Kilometer weiter zweigte ein Trampelpfad in den Wald ab, den er einschlug. Die Blockhütte lag noch eineinhalb Kilometer weiter im Park, und er befand sich ungefähr zweihundert Meter davon entfernt, als ein Wirbel von Laub neben seinen Füßen herhuschte. Der Schatten, der die Blätter vorwärtstrug, fühlte sich tropisch heiß um seine Knöchel an.

»Danke, Mann«, sagte er zu Trez.

WIR TREFFEN UNS DORT.

»Gut.«

Während sein Leibwächter wie Dunst über den Boden schwebte, rückte Rehv sinnloserweise seine Krawatte gerade. Sie würde ohnehin nicht mehr lange um seinen Hals hängen.

Die Lichtung, auf der die Hütte stand, schimmerte im Mondlicht, und er konnte nicht erkennen, welcher der Schatten zwischen den Bäumen Trez war. Aber genau deshalb war sein Bodyguard sein ungeheures Gewicht in Gold wert. Selbst ein Symphath konnte ihn nicht aus der Landschaft kitzeln, wenn er nicht gesehen werden wollte.

Rehv stellte sich vor die grob behauene Tür und sah sich um. Die Prinzessin war bereits hier: Um den nach außen hin idyllisch wirkenden Platz herum war eine dichte, unsichtbare Wolke der Furcht – die Art von Furcht, die Kinder empfanden, wenn sie in einer dunklen, stürmischen Nacht ein verlassenes Haus betrachteten. Es war die Symphathen-Version eines *Mhis,* und es stellte sicher, dass die beiden nicht von Menschen gestört würden. Oder von irgendwelchen anderen Tieren.

Es überraschte Rehv nicht, dass sie früh gekommen war. Er konnte nie voraussehen, ob sie zu spät, zu früh oder pünktlich kommen würde, und deshalb war er immer auf alles gefasst, egal, wann sie sich blicken ließ.

Die Tür der Blockhütte öffnete sich mit dem vertrauten Knarren. Da das Geräusch direkt ins Gänsehautzentrum seines Gehirns kroch, überdeckte er seine Emotionen mit dem Bild eines sonnigen Strands, den er einmal im Fernsehen gesehen hatte.

Aus der Finsternis in der hinteren Ecke des offenen Raums drangen akzentuierte Worte schwer und tief zu ihm herüber: »Immer machst du das. Bringt mich ins Grübeln, was du vor deiner Geliebten verbirgst.«

Von ihm aus konnte sie das Raten gern fortsetzen. Er würde sie nicht in seinen Kopf lassen. Abgesehen davon, dass der Selbstschutz unerlässlich war, trieb es sie in den Wahnsinn, von ihm ausgeschlossen zu werden, was ihn wiederum vor Zufriedenheit zum Leuchten brachte wie einen verfluchten Scheinwerfer.

Während er die Tür schloss, nahm er sich vor, heute Nacht den verschmähten Romantiker zu spielen. Sie würde von ihm erwarten, dass er verunsichert über die Terminverschiebung war, und sie würde ihm die Information so lange vorenthalten, wie sie nur konnte. Doch Charme funktionierte sogar bei Symphathen – wenn auch natürlich auf eine kaputte, indirekte Art. Sie wusste, dass er sie hasste, und dass es ihn einiges kostete, so zu tun, als wäre er in sie verliebt. Dass er sich wand und mit den Zähnen knirschte, während er ihr gleichzeitig schöne Lügen auftischte, würde ihr schmeicheln, nicht die Lügen selbst.

»Wie ich dich vermisst habe«, sagte er mit tiefer, bemühter Stimme.

Seine Finger tasteten nach der Krawatte, die er gerade zurechtgezogen hatte, und lösten langsam den Knoten. Ihre Reaktion folgte unmittelbar: Die Augen blitzten auf wie Rubine vor einem offenen Feuer, und sie gab sich keine Mühe, es zu verbergen. Sie wusste, dass ihn das anwiderte.

»Du hast mich vermisst? Aber natürlich hast du das.« Ihre Stimme war die einer Schlange, jedes S wurde von einem trägen Ausatmen getragen. »Wie sehr denn?«

Rehv behielt die Strandszene in seinem Kopf, nagelte sie quasi auf sein Großhirn, um die Prinzessin aus sich fernzuhalten. »Bis zur Raserei.«

Jetzt stellte er seinen Stock in die Ecke, zog die Jacke aus und öffnete den obersten Knopf seines Hemds … und den nächsten … den nächsten, bis er die Zipfel aus der Hose ziehen musste, um die letzten zu erreichen. Als er sanft die Schultern schüttelte, um die Seide zu Boden sinken zu lassen, zischte die Prinzessin deutlich vernehmbar, und sein Schwanz wurde hart.

Er hasste sie, und er hasste den Sex, liebte aber das Wissen, diese Macht über sie zu besitzen. Ihre Schwäche gab ihm einen sexuellen Kick, der einer echten Anziehung verdammt nahe kam. Weswegen er auch einen hochbekam, obwohl seine Haut kribbelte, als wäre er in eine Decke aus Würmern gewickelt.

»Lass die Sachen an«, befahl sie scharf.

»Nein.« Er zog sich immer aus, wenn er es wollte, nicht, wenn sie es sagte. Das verlangte sein Stolz.

»Lass die Klamotten an, du Hure.«

»Nein.« Er öffnete den Gürtel und zog ihn aus den Schlaufen, das geschmeidige Leder schnalzte in der Luft. Dann ließ er ihn genauso achtlos wie das Hemd zu Boden fallen.

»Die Kleider bleiben an …« Ihre Worte verwehten, da ihre Widerstandskraft nachließ. Was genau seine Absicht war.

Bedächtig legte er die Hand um sich, dann zog er den Reißverschluss herunter, öffnete die Schnalle und ließ die Hose rasch auf den rauen Boden sinken. Seine Erektion ragte senkrecht hervor und fasste ihre Beziehung zueinander relativ treffend zusammen. Er war irrsinnig wütend auf sie, er hasste sich selbst, und er verabscheute den Umstand, dass Trez das alles von draußen mit ansah.

Mit dem Ergebnis, dass sein Schwanz steinhart war und an der Spitze glitzerte.

Für Symphathen war ein Ausflug in die Geisteskrankheit besser als jeder Kaufrausch bei Agent Provocateur, und genau deshalb funktionierte die ganze Sache. Er konnte ihr diesen kranken Scheiß geben. Und noch etwas anderes konnte er ihr geben. Sie gierte nach dem sexuellen Kampf, den sie miteinander ausfochten. Die Vereinigung zweier Symphathen war wie eine Schachpartie, die in einen Austausch von Körperflüssigkeiten mündete. Sie brauchte die fleischliche Schinderei und Tortur, die nur seine Vampirseite ihr geben konnte.

»Fass dich an«, hauchte sie. »Fass dich für mich an.«

Er tat nicht, worum sie ihn gebeten hatte. Mit einem Knurren schleuderte er seine Schuhe von sich und trat von dem Kleiderhaufen weg. Während er auf sie zutrat, war er sich des Bildes, das er abgab, sehr bewusst – hart und schwer. In der Mitte der Hütte blieb er stehen, ein Streifen Mondlicht strömte durch das Fenster und wanderte über die Flächen seines Körpers.

Er gab es nur äußerst ungern zu, aber auch er gierte nach diesem miesen Dreck zwischen ihnen beiden. Es waren die einzigen Momente in seinem Leben, in denen er sein konnte, wer er wirklich war, in denen er die Leute, die um ihn herum waren, nicht anlügen musste. Die hässliche Wahrheit war, dass ein Teil von ihm diese widerwärtige, verzerrte Beziehung brauchte, und dass ihn das – mehr noch als die Bedrohung ihm und Xhex gegenüber – Monat für Monat wieder hierherbrachte.

Er war sich nicht sicher, ob die Prinzessin von seiner Schwäche wusste. Er gab sich immer große Mühe, sich nicht in die Karten schauen zu lassen, aber bei einem Symphath wusste man nie, was er oder sie so alles mitbekam. Was natürlich das ganze Taktieren noch viel interessanter machte, weil der Einsatz höher war.

»Ich dachte, wir fangen heute Nacht mit einer kleinen Show an«, sagte er und drehte sich um. Mit dem Rücken zu ihr begann er, sich selbst zu befriedigen, nahm seinen Schwanz in eine große Hand und streichelte ihn.

»Langweilig«, sagte sie atemlos.

»Lügnerin.« Er drückte die Spitze seiner Erektion so fest, dass sich ihm ein Keuchen entrang.

Bei dem Geräusch stöhnte die Prinzessin auf, sein Schmerz zog sie noch tiefer in dieses Spiel herein. Als er den Blick nach unten auf das, was er tat, richtete, empfand er eine kurze, verstörende Entfremdung, als wäre es ein fremder Schwanz und eine fremde Hand, die ihn auf und ab rieb. Andererseits war genau diese Distanz vom Akt als solchem notwendig, war der einzige Weg, wie sein nicht verderbtes Vampirwesen mit dieser Sache klarkam. Der anständige Teil von ihm war nicht anwesend. Er hängte ihn neben der Tür an den Haken, wenn er eintrat.

Das hier war das Reich des Sündenfressers.

»Was tust du«, stöhnte sie.

»Ich streichle mich. Grob. Das Mondlicht sieht gut aus auf meinem Schwanz. Ich bin feucht.«

Sie sog hörbar die Luft ein. »Dreh dich um. Sofort.«

»Nein.«

Obwohl sie kein Geräusch machte, wusste er, dass sie in diesem Augenblick auf ihn zulief, und der Triumph löschte die Verfremdung aus. Er lebte dafür, sie zu brechen. Das war wie Heroin in seinen Adern, diese Macht, die ihn durchströmte. Ja, hinterher würde er sich ekelhaft beschmutzt fühlen, und klar, er hatte Alpträume wegen dieser Treffen, aber im Augenblick kam er ernsthaft auf Touren.

Im Schutz der Schatten kam die Prinzessin näher, und er wusste genau, wann sie entdeckte, was er trieb, denn sie stöhnte noch lauter, nicht einmal ihre Symphathen-Beherrschung war stark genug, um ihre Reaktion zu verhehlen.

»Wenn du mich anschaust« – wieder quetschte er die Spitze seines Schwanzes so fest, dass er lila anlief und er den Rücken vor Schmerz durchdrücken musste – »will ich dich auch sehen.«

Sie trat ins Mondlicht, und einen Moment lang kam er aus dem Takt.

Die Prinzessin trug ein leuchtend rotes Gewand, die Rubine an ihrem Hals leuchteten vor ihrer papierweißen Haut. Ihr schwarzblaues Haar war auf dem Kopf aufgetürmt, ihre Augen und Lippen von derselben Farbe wie die blutroten Steine um ihre Kehle. An ihren Ohrläppchen hingen zwei Albinoskorpione an ihren Stacheln und beobachteten ihn.

Sie war abscheulich schön. Ein aufrecht stehendes Reptil mit hypnotischen Augen.

Die Arme hatte sie vor der Taille verschränkt und in die bodenlangen Ärmel ihres Kleides gesteckt, doch nun ließ sie sie sinken, aber er vermied, ihre Hände anzusehen. Sie widerten ihn zu sehr an, und wenn sein Blick darauf fiele, wäre er seine Erektion los.

Um erregt zu bleiben, legte er die Handfläche unter seine Eier und zog sie hoch, so dass sie seinen Schwanz umrahmten. Als er beide Teile seines Geschlechts wieder fallen ließ, wippten sie vor Manneskraft auf und ab.

Sie wollte so vieles an ihm betrachten, dass ihre Augen nicht wussten, wohin. Als sie über seinen Oberkörper wanderten, verweilten sie auf den beiden roten Sternen, die seine Brustmuskeln zierten. Vampire glaubten, sie wären nur Schmuck, doch für einen Symphathen waren sie Nachweis seines königlichen Geblüts und der beiden Morde, die er begangen hatte: Vatermord verdiente einen Stern, im Gegensatz zum Muttermord, der durch Kreise gekennzeichnet wurde. Rote Tinte bedeutete, dass man ein Mitglied der königlichen Familie war.

Die Prinzessin entledigte sich ihres Gewands, und darunter war ihr Körper von einem roten Seidennetz bedeckt, das sich in ihre Haut grub. Typisch für das weitgehend geschlechtslose Erscheinungsbild ihrer Art waren ihre Brüste klein und die Hüften extrem schmal. Das einzig sichere Anzeichen dafür, dass sie eine Frau war, bildete der winzige Schlitz zwischen ihren Beinen. Die Männer waren ebenso androgyn, mit ihrem langen Haar, das sie wie die Frauen hochgesteckt trugen, und ihren identischen Gewändern. Rehv hatte noch nie einen Symphathen-Mann nackt gesehen, dem Himmel sei Dank, aber er ging davon aus, dass ihre Schwänze dieselbe kleine Anomalie aufwiesen wie seiner.

Welche Freude.

Seine Anomalie war natürlich ein weiterer Grund, warum er die Prinzessin gern vögelte. Er wusste, dass es für sie am Ende schmerzhaft war.

»Ich werde dich jetzt berühren«, sagte sie und trat auf ihn zu. »Hure.«

Rehv stählte sich innerlich, als ihre Hand sich um seine Erektion schloss, doch er gestattete ihr nur einen Augenblick Körperkontakt. Dann trat er ruckartig zurück und entzog seinen Schwanz ihrem Griff.

»Willst du unsere Beziehung beenden?«, fragte er gedehnt, er hasste die Worte, die er sprach. »Hast du mich deshalb neulich versetzt? Wird dir der Mist hier zu langweilig?«

Sie folgte ihm, was er gewusst hatte. »Ach, komm schon, du bist doch mein Spielzeug. Ich würde dich schrecklich vermissen.«

»Aha.«

Als sie ihn dieses Mal wieder packte, bohrte sie ihm die Nägel in den Schaft. Er verbiss sich das Schmerzensstöhnen, indem er die Schultern anspannte, bis ihm fast die Schlüsselbeine brachen.

»Also hast du dich gefragt, wo ich war?«, flüsterte sie ganz dicht an ihn gelehnt. Ihr Mund strich über seine Kehle, die Berührung der Lippen verbrannte seine Haut. Der Lippenstift, den sie trug, bestand aus zerstoßenen Chilischoten, sorgfältig so bemessen, dass er stechend schmerzte. »Du hast dir Sorgen um mich gemacht. Dich nach mir gesehnt.«

»Ja, genau«, sagte er, weil eine Lüge sie anmachen würde.

»Das wusste ich.« Die Prinzessin sank auf die Knie und beugte sich vor. Sobald ihre Lippen mit der Spitze seines Schwanzes in Berührung kamen, zogen sich seine Eier unter der brennenden Empfindung zusammen wie Fäuste. »Frag.«

»Was soll ich fragen? Ob du mir einen bläst oder warum du den Termin verschoben hast?«

»Ich finde, du müsstest um beides betteln.« Sie drückte seine Erektion hoch auf seinen Bauch, dann schlängelte ihre Zunge heraus und neckte den Stachel an der Wurzel seines Geschlechts. Dieser Stachel war der Teil an ihm, den sie am liebsten mochte; er hakte sich fest, wenn er kam, und hielt sie miteinander verbunden. Er selbst hasste das Ding, aber verdammt noch mal – es fühlte sich gut an, wenn jemand daran rumspielte, trotz des Schmerzes, der von dem Zeug auf ihren Lippen ausging.

»Frag.« Sie ließ seinen Schwanz zurückfallen und nahm ihn tief in den Mund.

»Ach, verflucht, blas mir einen«, stöhnte er.

Und das tat sie. Sie öffnete ihre Kehle und nahm so viel von ihm auf, wie sie konnte. Es war großartig, obwohl es brannte wie die Hölle. Um ihr den Chanel-No-Alptraum-Lippenstift heimzuzahlen, hielt er sie an den Haaren fest und stieß seine Hüften nach vorn, bis sie würgen musste.

Im Gegenzug stach sie einen ihrer Fingernägel so tief in seinen Stachel, dass er blutete. Er schrie auf, Tränen schossen ihm in die Augen. Als eine auf seine Wange rollte, lächelte sie, zweifellos gefiel ihr die rote Farbe auf seinem Gesicht.

»Du wirst bitte sagen«, erklärte sie. »Wenn du mich nach der Erklärung fragst.«

Er war versucht, zu antworten, dass sie darauf lange warten könnte, doch stattdessen wiederholte er den Stoß in ihren Mund, und sie wiederholte das Stechen, und so ging es hin und her, bis sie beide keuchten.

Sein Geschlecht brannte inzwischen wie Feuer, tobte vor Hitze, pochte vor Verlangen, in ihren widerlichen Mund zu kommen.

»Frag mich, warum«, verlangte sie. »Frag mich, warum ich nicht aufgetaucht bin.«

Er schüttelte den Kopf. »Nein … du wirst es mir erzählen, wenn du Lust dazu hast. Aber was ich dich fragen werde, ist, ob du einfach nur unsere Zeit hier vergeudest, oder ob du es mich zu Ende bringen lässt?«

Sie stand vom Fußboden auf, ging zum Fenster und stützte sich mit den grauenhaften Händen auf dem Sims ab. »Du darfst kommen. Aber nur in mir.«

Das machte sie immer, die Schlampe. Immer in ihr.

Und immer am Fenster. Obwohl sie nicht mit Sicherheit wissen konnte, dass er Verstärkung dabeihatte, ahnte sie ganz offensichtlich, dass sie beobachtet wurden. Und wenn sie vor der Glasscheibe vögelten, wäre sein Wachposten gezwungen, zuzuschauen.

»Du sollst es in mir zu Ende bringen, verflucht.«

Die Prinzessin drückte den Rücken durch und hob ihren Hintern. Das Netz, das sie am Körper hatte, verlief über ihre Beine bis zwischen die Oberschenkel, und er müsste einen Teil davon zerreißen, um in sie einzudringen. Weshalb sie es auch trug. Wenn ihr Lippenstift schon schlimm war, dann war das Gewebe auf ihrem Körper der Horror.

Rehvenge stellte sich hinter sie und griff mit den Zeige- und Mittelfingern beider Hände in die groben Maschen auf ihrem unteren Rücken. Mit einem Ruck riss er das Netz von ihrem Hintern und ihrem Geschlecht ab.

Sie war geschwollen und glänzend und bettelte um ihn.

Mit einem Blick über die Schulter entblößte sie lächelnd strahlend weiße, vollkommene Zähne. »Ich bin hungrig. Ich habe mich für dich aufgespart. Wie immer.«

Er konnte sein Zusammenzucken nicht verbergen. Die Vorstellung, dass er ihr einziger Liebhaber war, konnte er nicht ertragen – es wäre so viel besser gewesen, zu einer

Mannschaft von Männern zu gehören, damit das, was zwischen ihnen geschah, keinen so hohen Stellenwert mehr besaß. Außerdem verursachte ihm die Gleichheit Übelkeit. Denn auch er hatte keine andere Geliebte.

Er schob sich in ihr Geschlecht hinein, drückte sie nach vorn, bis ihr Kopf gegen die Scheibe knallte. Dann hielt er ihre Hüften fest und glitt langsam wieder hinaus. Ihre Beine erbebten in mehreren Wellen, und es widerte ihn an, dass er ihr gab, was sie wollte. Deshalb stieß er träge wieder hinein, verharrte aber auf halbem Weg, damit sie ihn nicht ganz bekam.

Ihre roten Augen sprühten Funken, als sie sich umwandte. »Mehr, wenn du so freundlich wärst.«

»Warum bist du nicht gekommen, meine hübsche Schlampe?«

»Warum hältst du nicht die Klappe und machst voran?«

Rehv beugte sich herunter und strich ihr mit den Fängen über die Schulter. Das Seidennetz war mit Skorpiongift getränkt, und er spürte sofort eine Taubheit in den Lippen. Das miese Zeug würde nach dem Ficken überall auf seinen Händen und seinem Körper kleben, so dass er sich in seinem Unterschlupf so schnell wie möglich abduschen musste. Was nicht schnell genug wäre. Er würde krank davon werden, wie immer. Da sie eine Vollblutsymphathin war, machte ihr das Gift nichts aus; für sie war es wie Parfüm. Für sein Vampirwesen, das besonders anfällig war, war es pures Gift.

Ganz langsam zog er seinen Schwanz heraus und schob sich wieder ein paar Zentimeter hinein. Er wusste, dass er sie an der Angel hatte, als ihre dreiknöcheligen Finger sich in das alte, verwitterte Holz der Fensterbank krallten.

Gott, diese Hände, mit ihren drei Gelenken und den rot

wachsenden Fingernägeln … wie aus einem Horrorfilm, die Art von Fingern, die sich um die Sargkante schlossen, bevor der Untote herauskam und den Guten umbrachte.

»Sag … mir … warum … du Schlampe …« Er unterstrich die Worte durch seinen Rhythmus. »Sonst kommt keiner von uns zum Zug.«

Mein Gott, er hasste und liebte das, sie beide mühten sich ab, die Machtposition zu behalten, beide waren wütend über die Zugeständnisse, die sie machen mussten. Die Prinzessin kotzte es an, dass sie um ihn hatte herumlaufen müssen, um ihm beim Wichsen zuzusehen, und er verabscheute es, was er mit ihrem Körper machte, und sie wollte ihm nicht sagen, warum sie zwei Nächte zu spät kam, aber sie wusste, sie müsste es, wenn sie kommen wollte …

Und immer weiter, immer weiter drehte sich das Karussell.

»Sag es mir«, knurrte er.

»Dein Onkel erstarkt.«

»Ist das so.« Er belohnte sie mit einer raschen, groben Penetration, und sie keuchte. »Und warum das?«

»Vor zwei Nächten …« Ihr Atem ging keuchend, ihre Wirbelsäule wand sich, um ihn so tief wie nur irgend möglich in sich aufzunehmen. »Wurde er gekrönt.«

Rehv kam aus dem Takt. *Shit.* Ein Wechsel in der Führung war nicht gut. Die Symphathen mochten ja in der Kolonie festsitzen, isoliert von der realen Welt, aber jegliche politische Instabilität dort bedrohte das kostbare bisschen Kontrolle, das man über sie hatte.

»Wir brauchen dich«, sagte sie und griff hinter sich, um ihre Nägel in seinen Hintern zu versenken. »Um das zu tun, was du am besten kannst.«

Auf gar keinen beschissenen Fall.

Er hatte bereits genug Verwandte umgebracht.

Sie warf einen Blick über die Schulter, und der Skorpion in ihrem Ohr starrte ihn unverwandt an, seine dürren Beine ruderten, reckten sich nach ihm. »Ich hab dir erzählt, warum. Also mach jetzt weiter.«

Rehv verbannte seinen Verstand in die hinterste Ecke, konzentrierte sich auf die Strandszene und ließ seinen Körper einfach machen. Unter seinem hämmernden Rhythmus bekam die Prinzessin ihren Orgasmus, ihr Unterleib umkrampfte ihn pulsierend, als steckte sein Schwanz in einem Schraubstock.

Was wiederum sein Geschlecht dazu veranlasste, ihr Inneres festzuhalten und sie anzufüllen.

Er zog sich heraus, sobald er konnte, und begann seine Rutschpartie in die Hölle. Jetzt schon konnte er die Wirkung des Gifts von diesem verfluchten Netzstoff fühlen. Sein Körper kribbelte von Kopf bis Fuß, die Nervenenden in seiner Haut blitzten in Schmerzenskrämpfen auf. Und das war erst der Anfang, es würde noch schlimmer werden.

Die Prinzessin richtete sich auf und ging zu ihrem Gewand. Aus einer verborgenen Tasche holte sie einen breiten Streifen roter Seide, und ohne den Blick von ihm abzuwenden, zog sie sich das Tuch zwischen den Beinen durch und knüpfte es mit raffinierten Schleifen fest.

Ihre Rubinaugen glänzten vor Befriedigung, während sie aufpasste, dass ihr kein Tropfen von ihm entfleuchte.

Er hasste das, und sie wusste es, weshalb sie sich auch niemals beklagte, wenn er sich so schnell herauszog. Er wollte sie am liebsten in ein Bad aus Bleiche tauchen, das wusste sie genau, und sie abrubbeln, bis der Sex von ihr abgewaschen war, als hätte er nie stattgefunden.

»Wo ist mein Zehnt?«, fragte sie, während sie ihr Gewand überzog.

Er sah inzwischen schon doppelt von dem Gift, ging zu

seiner Jacke und holte eine kleine Samttasche heraus. Er warf sie ihr zu, und sie fing sie auf.

Darin waren zweihundertfünfzigtausend Dollar in Rubinen. Geschliffen. Fertig, um eingefasst zu werden.

»Du musst nach Hause kommen.«

Er war zu müde, um das Spiel mitzuspielen. »Diese Kolonie ist nicht mein Zuhause.«

»Falsch. Sehr falsch. Aber eines Tages kommst du schon. Das garantiere ich dir.« Damit löste sie sich in Luft auf.

Rehv sackte in sich zusammen, legte die Handflächen auf die Hüttenwand, während eine schwarze Woge der Erschöpfung ihn durchströmte.

Als die Tür geöffnet wurde, richtete er sich auf und hob seine Hose auf. Trez sagte kein Wort, kam einfach nur zu ihm und hielt ihn fest.

So miserabel er sich auch jetzt schon fühlte – er zog sich selbst seine Kleider an. Das war wichtig für ihn. Das tat er immer selbst.

Als das Jackett wieder saß und die Krawatte um seinen Hals geknotet war und der Stock in seiner Hand lag, hob sein bester Freund und Leibwächter ihn auf und trug ihn wie ein Kind zurück zum Auto.

10

Stress war wie Luft in einem Ballon: Zu viel Druck, zu viel Ärger, zu viele schlechte Nachrichten … und die Geburtstagsparty endete in einem Knall.

Phury riss seine Nachttischschublade auf, obwohl er sie gerade erst wieder zugeschoben hatte. »Shit.«

Wo zum Henker war sein ganzer roter Rauch?

Er zog die fast leere Tüte aus seiner Brusttasche. Das reichte kaum für eine dünne Kippe. Was bedeutete, er fuhr besser schleunigst ins *ZeroSum,* bevor der Reverend für heute Nacht zumachte.

Er zog sich eine leichte Jacke über, um die volle Tüte Rauch auf dem Rückweg besser verstecken zu können, dann trabte er die große Freitreppe hinunter. Unten in der Eingangshalle angekommen, schwirrte ihm schon der Kopf, schwoll förmlich an, weil der Zauberer mal wieder die Top-Ten-Gründe aufzählte, warum Phury, Sohn des Ahgony, ein Totalversager war.

Nummer zehn: Schafft es, sich aus der Bruderschaft werfen

zu lassen. Nummer neun: Drogensüchtig. Nummer acht: Prügelt sich mit Zwillingsbruder, während es dessen schwangerer Shellan schlechtgeht. Nummer sieben: Drogensüchtig. Nummer sechs: Jagt die Frau, mit der er zusammen sein will, durch total bescheuertes Verhalten in die Flucht. Nummer fünf: Lügt, um seine Drogensucht zu verheimlichen.

Oder fiel das schon unter neun und sieben?

Nummer vier: Lässt Eltern im Stich. Nummer drei: Drogensüchtig. Nummer zwei: Verliebt sich in oben erwähnte in die Flucht geschlagene Frau –

Shit.

Shit.

Shit.

Hatte er sich in Cormia verliebt? Wie? Wann?

Der Zauberer mischte sich wieder ein. Vergiss es einfach, mein Freund. Wir müssen noch die Liste fertig machen. Los doch. Also … ich glaube, als Nummer eins sagen wir Drogensüchtig, was meinst du?

»Was hast du vor?«, ertönte Wraths Stimme von oben wie das personifizierte schlechte Gewissen, und Phury erstarrte, die Hand auf der Türklinke.

»Was du vorhast?«

Och, nichts Besonderes, dachte Phury, ohne sich umzudrehen. *Nur mal schnell den Verstand verlieren.*

»Bisschen durch die Gegend fahren«, sagte er und hielt den Autoschlüssel über den Kopf.

Die Lüge fiel ihm in diesem Moment überhaupt nicht schwer. Er wollte einfach nur, dass ihn alle in Ruhe ließen. Wenn er seinen roten Rauch hatte, wenn er wieder ruhig und sein Kopf keine Rohrbombe kurz vor dem Explodieren mehr war, dann konnte er sich wieder unterhalten.

Er hörte Wraths Stiefel auf den Treppenstufen wie den Countdown zu einer mörderischen Gardinenpredigt. Phury drehte sich zu ihm um, brodelnde Wut machte sich in seiner Brust breit.

Und wer hätte das gedacht – Wrath war auch nicht gerade in Kuschelstimmung. Seine Augenbrauen waren hinter der Sonnenbrille verschwunden, die Fänge lang ausgefahren, der Körper steif vor Anspannung.

Ganz offensichtlich hatte es weitere schlechte Neuigkeiten gegeben.

»Was ist jetzt wieder los?«, stieß Phury zwischen den Zähnen hervor. Wann zum Henker würde dieser verfluchte Sturm endlich zum Leben anderer Leute weiterziehen?

»Vier Familien der Glymera wurden heute Nacht überfallen, es gab keine Überlebenden. Qhuinn muss ich etwas Furchtbares mitteilen, aber ich kann weder ihn noch John Matthew auf ihrem Beobachtungsposten in Blaylocks Haus erreichen.«

»Soll ich vorbeifahren?«

»Nein, du sollst deinen Hintern ins Heiligtum verfrachten und gefälligst endlich deine Pflicht tun«, fauchte Wrath. »Wir brauchen mehr Brüder, und du hast eingewilligt, der Primal zu sein, also hör endlich auf, die Sache vor dir herzuschieben.«

Phurys Fänge kribbelten, aber er riss sich zusammen. »Ich habe eine andere Erste Partnerin ausgewählt. Sie wird gerade vorbereitet, und morgen bei Einbruch der Nacht gehe ich zu ihr.«

Wraths Augenbrauen schnellten nach oben. Dann nickte er einmal. »Okay. Gut. Also, hast du Blaylocks Telefonnummer? Ich werde den Burschen hinschicken. Alle Brüder sind beschäftigt, und ich will nicht, dass Qhuinn am Telefon erfährt, was ich ihm zu sagen habe.«

»Ich kann doch –«

»Gar nichts kannst du«, gab der König zurück. »Selbst

wenn du noch ein Mitglied der Bruderschaft wärst – ich kann mir bei dem ganzen Mist im Moment unmöglich erlauben, den Primal unseres Volkes zu verlieren, das kommt überhaupt nicht in Frage. Und jetzt gib mir schon Blaylocks verdammte Telefonnummer.«

Phury zählte die Ziffern auf, nickte zum Abschied und lief durch den Vorraum nach draußen. Es war ihm egal, dass er Wrath erzählt hatte, er wollte durch die Gegend fahren; er ließ den BMW auf dem Hof stehen und dematerialisierte sich in die Innenstadt.

Wrath wusste sowieso, dass er gelogen hatte. Und es gab auch keinen Grund, den Ausflug ins *ZeroSum* länger als nötig auszudehnen, indem er mit dem Auto fuhr, nur um eine Lüge zu decken, die ihnen beiden nur zu bewusst war.

Im VIP-Bereich bewachte iAm die Tür zu Rehvenges Büro. Der Maure schien nicht überrascht, ihn zu sehen, aber andererseits war es auch generell schwer, einen der beiden privaten Leibwächter Rehvs zu überraschen.

»Der Boss ist nicht da; willst du was kaufen?«, fragte iAm.

Phury nickte und wurde hereingebeten. Rally, der Handlanger, rannte los, nachdem Phury zweimal seine Handfläche geöffnet hatte.

iAm lehnte mit der Hüfte gegen Rehvenges Schreibtisch und sah ihn einfach nur an, die schwarzen Augen unbeteiligt, ruhig. Sein Bruder Trez war der Hitzkopf, weshalb Phury schon immer gedacht hatte, dass es iAm war, vor dem man sich in Acht nehmen musste.

Wobei das vermutlich so war, als ob man sich zwischen zwei Pistolen zu entscheiden hätte: eher ein gradueller Unterschied.

»Ein guter Rat«, sagte der Maure.

»Danke, ich verzichte.«

»Pech. Steig nicht auf das härtere Zeug um, mein Freund.«

»Keine Ahnung, wovon du redest.«

»Blödsinn.«

Rally kam durch die verborgene Tür in der Ecke, und sobald Phury all die getrockneten Blätter in der durchsichtigen Plastiktüte erblickte, sank sein Blutdruck, und sein Puls normalisierte sich. Er händigte seine tausend Dollar aus und machte sich schleunigst aus dem Staub, um sich in seinem Zimmer zu verkriechen und sich endlich dem Rauchen zu widmen.

Auf dem Weg zum Seitenausgang sah er Xhex neben der Theke stehen. Ihr Blick sank auf seinen in der Manteltasche vergrabenen Arm, dann runzelte sie die Stirn und sagte lautlos: *Verdammt.*

Als sie auf ihn zumarschiert kam, hatte er den abstrusen Eindruck, sie wollte ihm sein Dope wieder abnehmen, und das ging ja gar nicht. Er hatte Bares dafür hingelegt und einen fairen Preis bezahlt. Es gab keinen Grund für die Sicherheitschefin, sich mit ihm anzulegen.

Rasch schlüpfte er durch die Tür und dematerialisierte sich. Er hatte keinen blassen Schimmer, was los war, und es interessierte ihn auch nicht. Er hatte, was er brauchte, und ging nach Hause.

Nachdem er in einem Gewimmel von Molekülen zurück aufs Anwesen der Bruderschaft gereist war, musste er an diesen Fixer in der Sackgasse denken – den, der seinen Dealer aufgeschlitzt und dann auch noch die Taschen durchwühlt hatte, während das Blut in Strömen floss.

Phury versuchte, sich einzubilden, dass er nicht so war. Versuchte, die Verzweiflung der letzten zwanzig Minuten nicht als Vorstufe dessen zu betrachten, was der Junkie mit dem Klappmesser getan hatte.

Doch die Wahrheit war, dass sich niemand in Sicherheit wähnen konnte, der sich zwischen einen Süchtigen und seinen Stoff stellte.

Als John sich in Blaylocks Garten umsah, hatte er das Gefühl, er hätte das schon tausendmal getan. Dieses Warten, dieses Lauern … dieses Raubtierverhalten – es war wie seine zweite Natur. Was völlig verrückt war.

Nein, meldete sich eine innere Stimme. *Alles völlig normal. Du kommst bloß jetzt erst dahinter.*

Neben ihm verhielt sich Qhuinn erstaunlich ruhig. Sonst zappelte der Typ ununterbrochen rum, klopfte mit den Füßen auf den Boden, rannte hin und her, und plapperte dummes Zeug. Nicht heute Nacht, nicht auf seinem Posten im Gartengeißblatt.

Ja, gut, sie versteckten sich in einem Strauch Gartengeißblatt. Nicht ganz so männlich, wie hinter einer Gruppe majestätischer Eichen zu stehen, aber die Deckung war effektiver, und außerdem gab es neben Blays Hintertür nichts Besseres.

John sah auf die Uhr. Sie warteten hier schon mindestens ein oder zwei Stunden. Irgendwann vor Tagesanbruch müssten sie zurück, was wirklich ätzend war. Er war hier, um zu kämpfen. Er war bereit, zu kämpfen.

Er wollte unbedingt noch einen *Lesser* in die Finger kriegen, um sich abzureagieren.

Blöderweise gab es weit und breit nichts als eine gelegentliche Spätsommerbrise, um ihn vom Dröhnen der Grillen abzulenken.

Ich wusste das von Blay nicht, meinte John ohne besonderen Grund. *Wie lange weißt du schon, dass … du weißt schon, dass es ihm so geht?*

Jetzt trommelte Qhuinn mit den Fingern auf seinen

Oberschenkel. »Mehr oder weniger von Anfang an … was schon ziemlich lange her ist.«

Wow, dachte, John. Bei den ganzen Geheimnissen, die gerade ans Licht kamen, war ihm fast zumute, als erlebten sie alle ihre Transition noch einmal neu.

Und wie ihre Körper sich von Grund auf verändert hatten, würden die drei auch innerlich nie mehr so sein, wie sie es früher waren.

»Blay hat seine Gefühle versteckt«, murmelte Qhuinn. »Dabei ging es nicht einmal um Sex. Ich meine, ich hab kein Problem mit Kerlen, besonders nicht, wenn auch Mädels dabei sind.« Qhuinn lachte. »Du siehst so schockiert aus. Wusstest du nicht, dass ich so drauf bin?«

Tja … also … ich meine …

Großer Gott, er war sich ja schon früher immer rettungslos unbedarft vorgekommen angesichts Qhuinns … was auch immer … aber jetzt fühlte er sich total ahnungslos.

»Hör mal, wenn dir das peinlich ist –«

Nein, darum geht es nicht. So überrascht bin ich jetzt auch wieder nicht. Ich meine, du hast schon alle möglichen Leute mit aufs Klo …

»Ja, genau. Ich lass die Dinge einfach passieren, weißt du. Alles kann, nichts muss.« Qhuinn rieb sich die Stirn. »Aber ich hab nicht vor, ewig so zu bleiben.«

Nein?

»Eines Tages möchte ich eine *Shellan.* Bis es so weit ist, nehme ich aber alles mit. Dabei merke ich, dass ich lebe.«

John dachte darüber nach. *Ich möchte auch eine Frau. Es ist nur ziemlich hart, weil …*

Qhuinn sah ihn nicht an, nickte aber verständnisvoll – was gut war. Komisch, auf gewisse Weise war es jetzt, wo sein Freund genau wusste, warum manche Sachen für ihn so schwierig waren, viel einfacher, über alles Mögliche zu reden.

»Ich hab gesehen, wie du Xhex ansiehst.«

John wurde dunkelrot. *Ähm …*

»Ist doch in Ordnung. Ich meine, Wahnsinn … sie ist scharf ohne Ende. Zum Teil, weil sie einem Kerl so verdammt viel Angst einjagen kann. Die verfüttert dir dein eigenes Gebiss, wenn du dich schlecht benimmst.« Qhuinn zuckte die Achseln. »Aber meinst du nicht, du solltest dir vielleicht für den Anfang jemanden suchen, der … ich weiß auch nicht, ein bisschen *weicher* ist?«

Man kann sich nicht aussuchen, von wem man sich angezogen fühlt.

»Amen.«

Plötzlich hörten sie jemanden um das Haus herumkommen, und beide waren hellwach, hoben die Läufe ihrer Pistolen und schwenkten sie gen Osten.

»Ich bin's«, rief Blay. »Nicht schießen.«

John trat aus dem Gartengeißblatt heraus. *Ich dachte, du wärst bei deinen Eltern?*

Blay sah Qhuinn eindringlich an. »Die Bruderschaft hat versucht, dich zu erreichen.«

»Warum siehst du mich so an?« Qhuinn senkte die Waffe.

»Sie möchten, dass du zu ihnen aufs Anwesen kommst.«

Warum denn, zeigte John, obwohl Blays Blick immer noch an Qhuinn klebte. *Wrath hat gesagt, wir können hierbleiben –*

»Was gibt es für Neuigkeiten«, fragte Qhuinn gepresst. »Du hast doch Neuigkeiten, oder?«

»Wrath möchte –«

»Meine Familie wurde überfallen.« Qhuinns Kiefer trat hervor. »Stimmt doch.«

»Wrath will –«

»Vergiss Wrath. Mach den Mund auf!«

Blays Augen schnellten kurz zu John und zurück zu seinem Freund. »Deine Eltern und deine Schwester sind tot. Dein Bruder wird vermisst.«

Qhuinn keuchte pfeifend auf, als hätte ihm jemand in den Bauch getreten. John und Blay streckten beide die Arme nach ihm aus, doch er entzog sich ihnen und trat zurück.

Blay schüttelte den Kopf. »Es tut mir so leid.«

Doch Qhuinn antwortete nicht. Es war, als hätte er seine Muttersprache vergessen.

Als Blay erneut die Hand ausstreckte und Qhuinn einfach nur einen weiteren Schritt zurück machte, sagte er: »Jetzt hör mal, Wrath hat mich angerufen, weil er euch beide nicht erreichen konnte. Er hat mich gebeten, euch zurück zum Haus zu bringen. Die Glymera verschwindet vorübergehend von der Bildfläche.«

Gehen wir zum Auto, sagte John zu Qhuinn.

»Ich nicht.«

»Qhuinn –«

Qhuinn –

Qhuinns Stimme bebte von den Gefühlen, die sein Gesicht partout nicht preisgeben wollte. »Scheiß auf alles. Scheiß –«

In Blays Haus ging ein Licht an, und Qhuinns Kopf wirbelte herum. Durch das Küchenfenster sahen sie klar und deutlich einen *Lesser* hereinkommen.

Qhuinn war nicht aufzuhalten. Mit Überschallgeschwindigkeit raste er durch die Hintertür ins Haus, die Waffe gezückt. Und er bremste auch drinnen nicht ab. Er hielt dem Jäger die Heckler & Koch vor die Nase und drückte immer wieder ab, bis er den Kerl an die Wand geklebt hatte.

Selbst, als der *Lesser* in sich zusammensackte und schwarz blutete, schoss Qhuinn noch weiter, bis die Tapete hinter dem Untoten aussah wie ein Gemälde von Jackson Pollock.

Blay und John folgten ihm, und John schlang einen Arm um den Hals seines Freundes. Er zerrte Qhuinn zurück, hielt aber gleichzeitig die Pistolenhand fest, für den Fall, dass sein Freund sich umdrehen und schießen wollte.

Ein weiterer *Lesser* trampelte in die Küche, und Blay stellte sich dem bleichen Bastard mit einem Küchenmesser entgegen. Aus dem Nichts zog der Vampirjäger ein Schnappmesser, und die beiden umkreisten einander. Blay war unruhig, sein großer Körper bereit zum Kampf, die Augen scharf. Allerdings blutete er noch aus den Wunden, die er sich vorher zugezogen hatte, und sein Gesicht war weiß und ausgezehrt nach allem, was passiert war.

Trotz Johns Klammergriff hob Qhuinn seine Pistole.

John schüttelte den Kopf, doch Qhuinn zischte: »Lass mich los. Sofort.«

Seine Stimme war so eindringlich, dass John gehorchte.

Qhuinn setzte dem Kerl mit Perfektion eine Kugel genau zwischen die Augen, der *Lesser* kippte um wie ein Sandsack.

»Was soll das?«, schimpfte Blay. »Das war meiner.«

»Ich sehe mir nicht an, wie du aufgeschlitzt wirst. Darüber gibt's keine Diskussion.«

Blay zeigte mit einem zittrigen Finger auf Qhuinn. »Mach das nie wieder.«

»Ich habe heute Nacht Leute verloren, die ich nicht ausstehen konnte. Ich werde niemanden verlieren, der mir tatsächlich etwas bedeutet.«

»Ich brauche dich nicht als Held –«

John trat zwischen die beiden. *Nach Hause,* zeigte er, *auf der Stelle.*

»Es könnten noch mehr kommen –«

»Wahrscheinlich kommen noch mehr –«

Alle drei verstummten, als Blays Handy piepte.

»Das ist Wrath.« Blays Finger flogen über die Tasten. »Er will unbedingt, dass wir nach Hause kommen. Und John, check mal dein Handy. Ich glaube, es funktioniert nicht.«

John zog das Gerät aus der Tasche. Es war mausetot, aber jetzt blieb keine Zeit, der Sache auf den Grund zu gehen. Vielleicht war es während des Kampfes kaputtgegangen?

Hauen wir ab.

Qhuinn zog ein Tranchiermesser aus dem Holzblock und stach beide *Lesser* zurück zu Omega.

Eilig verrammelten sie das Haus, so gut sie konnten, aktivierten die Alarmanlage und setzten sich in Fritz' Mercedes. Qhuinn fuhr, Blay und John hockten auf dem Rücksitz.

Auf der Route 22 fuhr Qhuinn die Trennscheibe hinter der Fahrerkabine hoch. »Wenn wir zum Anwesen der Bruderschaft fahren, dann darfst du nicht wissen, wo es ist, Blay.«

Was natürlich nur zum Teil der Grund für die Abschottung war. Qhuinn wollte allein sein. Das brauchte er immer, wenn er neben der Spur war, und deshalb spielte John auch freiwillig die Miss Daisy.

In der dichten Finsternis des Rücksitzes warf John einen Seitenblick auf Blay. Sein Kumpel lehnte sich in den Ledersitz, als wöge sein Kopf so viel wie ein Motorblock, und seine Augen schienen geradezu im Kopf versunken zu sein. Er sah ungefähr einhundert Jahre alt aus.

Nach menschlicher Berechnung.

John dachte daran, wie sein Freund erst vor wenigen Nächten im Klamottenladen die Hemden durchforstet und hin und wieder eins zur Begutachtung in die Luft gehalten hatte. Jetzt kam es ihm vor, als wäre der rothaarige Junge in dem Geschäft ein entfernter, jüngerer Cousin dieses Mannes hier gewesen, jemand von gleichem Aussehen und gleicher Statur, der aber sonst nichts mit ihm gemein hatte.

John tippte seinem Freund auf den Unterarm. *Du musst dich von Doc Jane untersuchen lassen.*

Blay sah an seinem weißen Hemd herunter und wirkte beinahe überrascht über die Blutflecke. »Ach, das hat meine Mutter gemeint. Es tut aber nicht weh.«

Gut.

Blay wandte sich ab und sah aus dem Fenster, obwohl die Scheiben so stark verdunkelt waren, dass man nichts erkennen konnte. »Mein Vater meinte, ich könnte bleiben. Um zu kämpfen.«

John pfiff leise, um auf sich aufmerksam zu machen. *Ich hatte ja keine Ahnung, dass dein Vater so lässig mit dem Schwert umgehen kann.*

»Er war Soldat, bevor er meine Mutter traf. Sie hat ihn dazu gebracht, damit aufzuhören.« Blay rubbelte an dem Hemd herum, obwohl das Blut längst in die Fasern eingesickert war. »Sie hatten einen Riesenstreit, als Wrath anrief und mich bat, euch beide zu suchen. Mom macht sich Sorgen, dass ich umgebracht werde; Dad möchte, dass ich mich als Mann von Wert erweise, wenn ich gebraucht werde. So sieht's aus.«

Und was willst du?

Blays Augen flatterten über die Trennscheibe und dann hastig wieder zum Rücksitz. »Ich will kämpfen.«

John lehnte sich zurück. *Gut.*

Nach langem Schweigen meinte Blay: »John?«

John drehte den Kopf langsam zur Seite, er fühlte sich so erschöpft, wie Blay aussah.

Was, formten seine Lippen, weil er nicht die Kraft hatte, mit den Händen zu sprechen.

»Möchtest du immer noch mit mir befreundet sein? Obwohl ich schwul bin?«

John runzelte die Stirn. Dann setzte er sich auf, ballte

eine Faust und donnerte seinem Kumpel einen Schlag gegen die Schulter.

»Aua! Was soll denn –«

Warum sollte ich nicht mit dir befreundet sein wollen? Mal abgesehen davon, dass du ein blöder Idiot bist, weil du die Frage gestellt hast.

Blay rieb sich die schmerzende Stelle. »Sorry. Ich wusste nicht, ob das was ändert oder – mach das nicht noch mal! Ich hab da eine Schnittwunde.«

John ließ sich wieder in den Sitz fallen. Schon wollte er wieder *dämlicher Trottel* oder so was in der Art sagen, da fiel ihm ein, dass er sich nach dem Vorfall in der Dusche genau dieselben Gedanken gemacht hatte.

Also sah er seinen Freund an. *Für mich ändert das überhaupt nichts.*

Blay holte tief Luft. »Meine Eltern wissen es noch nicht. Du und Qhuinn, ihr seid die Einzigen.«

Wenn du es ihnen oder wem auch immer sagst, stehen wir beide voll hinter dir. Immer.

Die Frage, die John nicht zu stellen wagte, musste wohl in seinen Augen zu lesen gewesen sein, denn Blay legte ihm eine Hand auf die Schulter.

»Nein. Überhaupt nicht. Ich glaube nicht, dass irgendetwas meine Meinung von dir ändern könnte.«

Beide stießen simultan ein Seufzen aus und schlossen gleichzeitig die Augen. Den restlichen Weg nach Hause sprach keiner mehr ein Wort.

Lash saß auf dem Beifahrersitz des Focus und hatte so eine frustrierende Ahnung, dass die Gesellschaft der *Lesser* trotz der von ihm veranlassten Überfälle auf die Häuser der Aristokratie immer noch nicht kapiert hatte, was los war. Die *Lesser* nahmen nur Befehle von Mr D entgegen, nicht von ihm.

Verflucht, sie wussten ja noch nicht einmal, dass er überhaupt existierte.

Er schielte zu Mr D rüber, dessen Hände lässig auf dem Lenkrad lagen. Am liebsten hätte er den Burschen einfach nur so aus Boshaftigkeit kaltgemacht, aber verstandesmäßig wusste er, dass er ihn lebendig brauchte, als Sprachrohr – zumindest, bis er dem Rest seiner Truppen beweisen konnte, wer er war.

Truppen. Er liebte dieses Wort.

Seine war das einzige, das noch besser war.

Vielleicht sollte er eine Uniform entwerfen, die er dann tragen konnte. Wie von einem General oder so.

Verdient hätte er das auf jeden Fall, in Anbetracht seiner Strategie. Er war schlicht und ergreifend ein Genie – und dass er gegen die Bruderschaft einsetzte, was sie ihm selbst beigebracht hatte, war ziemlich glorreich.

Seit Jahrhunderten knabberte die Gesellschaft der *Lesser* nur am Rande an der Vampirbevölkerung. Da sie über wenig Intelligenz verfügten und ihre Streitmacht unkoordiniert war, hatte ihr Adlersuchsystem nur wenig Erfolg gezeigt.

Er jedoch dachte in größeren Dimensionen, und er verfügte über die nötigen Kenntnisse, seine Pläne auch in die Tat umzusetzen.

Der sinnvollste Weg, die Vampire zu eliminieren, war ihren kollektiven Willen zu brechen, und der erste Schritt in diese Richtung musste die Destabilisierung der Vampirgesellschaft sein. Die Oberhäupter von vier der sechs Gründerfamilien der Glymera waren ausgelöscht worden. Zwei waren noch übrig, und wenn sie erst aus dem Weg geräumt waren, dann konnten die *Lesser* mit dem Rest der Aristokratie anfangen. Wenn die Glymera angegriffen und dezimiert wurde, dann würde sich das, was vom Rat der Princeps noch übrig war, an

Wrath als ihren König wenden. Widerstreitende Fraktionen würden sich bilden. Machtkämpfe würden ausbrechen. Und Wrath – als Anführer aller Vampire mit Unruhen, Angriffen auf seine Autorität und einem tobenden Krieg konfrontiert – würden zunehmend Fehleinschätzungen unterlaufen. Was die Vampirgesellschaft noch weiter schwächen würde.

Die Konsequenzen wären nicht rein politisch. Je mehr Plünderungen, desto weniger Zehnt würde an die Bruderschaft abgeführt, da die Privatvermögen als Besteuerungsgrundlage schrumpfen würden. Weniger Aristokraten bedeuteten weniger Jobs für normale Leute, was wiederum innerhalb der unteren Schichten finanzielle Notlagen und eine schwindende Unterstützung des Königs verursachen würde. So würde ein Teufelskreis beginnen, der unausweichlich zur Folge hätte, dass Wrath abgesetzt, getötet oder zur ohnmächtigen Galionsfigur degradiert würde – und dazu, dass das ohnehin labile soziale Gefüge der Vampire noch weiter in die Brüche ging. Wenn dann alles in Trümmern lag, würde Lash auf den Plan treten und zusammenfegen, was noch übrig war.

Das Einzige, was noch effektiver funktionieren würde, wäre eine Vampirpest.

Bisher ging sein Plan auf. Diese erste Nacht verlief größtenteils erfolgreich. Wirklich schade, dass dieser kleine Pisser Qhuinn nicht zu Hause gewesen war, als seine Eltern überfallen wurden – er hätte seinen Cousin mit Freuden umgebracht –, aber bei der Gelegenheit hatte er etwas Interessantes erfahren. Auf dem Schreibtisch seines Onkels hatte ein Dokument gelegen, das Qhuinn aus der Familie verstieß. Was bedeutete, dass diese arme, kleine Missgeburt irgendwo auf freiem Fuß war – wenn auch offensichtlich nicht bei Blay, denn dessen Elternhaus war ebenfalls attackiert worden.

Ja, wirklich ätzend, dass Qhuinn nicht zu Hause gewesen war. Aber wenigstens hatten sie seinen Bruder lebendig geschnappt. Das würde ein echter Spaß werden.

Es hatte eine Reihe von Verlusten für die Gesellschaft der *Lesser* gegeben, vor allem in Blays und Lashs eigenem Elternhaus, aber im Großen und Ganzen standen die Dinge ausgezeichnet für Lash.

Jetzt den Schwung nicht zu verlieren, war allerdings von entscheidender Bedeutung. Die Glymera würde mit fliegenden Fahnen in ihre sicheren Unterschlupfe flüchten. Von einigen wusste er zwar grob, wo sie sich befanden, aber die meisten lagen weiter nördlich, was hieß, dass seine Männer erst dorthin reisen müssten. Um das Töten voranzutreiben, mussten möglichst viele Adressen hier in der Stadt erledigt werden.

Landkarten. Sie brauchten Landkarten.

Bei diesem Gedanken knurrte Lashs Magen vernehmlich.

Sie brauchten Landkarten und Essen.

»Halt mal hier an der Tanke«, bellte er.

Mr D konnte nicht mehr schnell genug reagieren, also wendete er und fuhr zurück.

»Ich brauch was zu beißen«, erklärte Lash. »Und Landkarten für –«

Gegenüber leuchtete das Blaulicht eines Streifenwagens des Caldwell Police Department auf, und Lash fluchte.

Wenn der Bulle das unerlaubte Wendemanöver mitbekommen hatte, steckten sie in der Klemme. Im Kofferraum lagen Waffen und Munition. Blutige Klamotten. Brieftaschen, Armbanduhren und der Schmuck toter Vampire.

Na super. Ganz toll. Der Cop hatte offenbar keine akute Snack-Pause eingelegt, da er genau auf sie zuraste.

»Leck mich doch.« Lash sah Mr D an, als der am Straßenrand anhielt. »Sag mir, dass du einen gültigen Führerschein dabeihast.«

»Aber sicher doch.« Mr D kurbelte das Fenster herunter, als einer der Freunde und Helfer von Caldwell an die Scheibe trat. »Schönen guten Abend, Officer. Sie wollen sicher meinen Führerschein sehen.«

»Den Fahrzeugschein auch.« Der Polizist beugte sich in den Wagen und zog dann eine Grimasse, als gefiele ihm der Geruch darin nicht.

Ach, klar doch. Das Talkum.

Lash lehnte sich zurück, während Mr D völlig entspannt im Handschuhfach wühlte. Als er ein Stück Papier hervorzog, warf Lash einen schnellen Blick auf den Fahrzeugschein. Sah tatsächlich echt aus. Mit Wappen des Staates New York, ausgestellt auf Richard Delano unter der Adresse 1583 Tenth Street, Wohnung 4F.

Mr D reichte die Papiere durchs Fenster. »Ich weiß, ich hätte dort nicht wenden dürfen, Sir. Wir wollten uns nur was zu essen holen und hatten die Abfahrt verpasst.«

Lash starrte Mr D voller Bewunderung für dessen Schauspieltalent an. D zeigte genau die richtige Kombination aus schlechtem Gewissen, aufrichtiger Entschuldigung und stinknormalem Durchschnittsbürger, wie er so aus dem Fahrersitz zu dem Bullen aufsah. Mann, er sah geradezu aus, als gehörte sein Bild auf eine Cornflakes-Packung, er brabbelte vor sich hin und warf mit dem Wort *Sir* um sich, als wäre es das Amen in der Kirche. Sah durch und durch gesund aus. Voller Vitamine und Ballaststoffe. Vollgestopft mit lebenswichtigen, guten alten amerikanischen Nährstoffen.

Der Beamte inspizierte die Ausweise und gab sie zurück. Als er mit seiner Taschenlampe ins Wageninnere leuchtete, sagte er: »Beim nächsten Mal unterlassen Sie bitte –«

Er runzelte die Stirn und betrachtete Lash.

Seine gelangweilte, desinteressierte Haltung verflüchtigte sich in Sekundenbruchteilen. Er hielt sich das Mikro an seinem Kragen vor den Mund und bat um Verstärkung, dann sagte er: »Ich muss Sie bitten, aus dem Wagen zu steigen, Sir.«

»Wer, ich?«, fragte Lash. Verflucht, er hatte keinen Ausweis dabei. »Warum denn?«

»Bitte steigen Sie aus, Sir.«

»Erst, wenn Sie mir sagen, warum.«

Der Kegel der Taschenlampe fiel auf die Hundemarke um Lashs Hals. »Wir haben vor etwa einer Stunde eine Anzeige von einer weiblichen Person im *Screamer's* erhalten. Es ging um einen weißen Mann, knapp zwei Meter groß, blondes, kurzes Haar, der ein Hundehalsband trägt. Deshalb muss ich Sie bitten, aus dem Auto zu steigen.«

»Worum ging es bei der Anzeige?«

»Sexuelle Nötigung.« Ein weiterer Streifenwagen hielt vor ihnen und fuhr dann rückwärts dicht vor die Scheinwerfer des Focus. »Bitte steigen Sie jetzt aus dem Wagen, Sir.«

Diese Schlampe aus der Kneipe war zu den Cops gegangen? Sie hatte doch drum gebettelt! »Nein.«

»Wenn Sie nicht aussteigen, dann muss ich Gewalt anwenden.«

»Steigen Sie schon aus«, raunte Mr D.

Der zweite Polizist kam um den Wagen herum und zog Lashs Tür auf. »Aussteigen, Sir.«

Das konnte doch wohl überhaupt nicht wahr sein. Diese beschissenen idiotischen Menschen! Er war Omegas Sohn, zum Henker. Er gehorchte keinen Vampirregeln, und erst recht keinen, die sich der Homo sapiens ausgedacht hatte.

»Sir?«, sagte der Polizist.

»Wie wär's, wenn Sie sich Ihren Elektroschocker in den Arsch schieben?«

Der Beamte beugte sich herunter und fasste ihn am Arm. »Ich verhafte Sie wegen sexueller Nötigung. Alles, was Sie sagen, kann und wird vor Gericht gegen Sie verwendet werden. Wenn Sie sich keinen Anwalt leisten können –«

»Das ist doch wohl nicht euer Ernst –«

»– wird Ihnen einer gestellt. Haben Sie Ihre Rechte verstanden –«

»Loslassen –«

»– die ich Ihnen gerade erklärt habe?«

Sie mussten Lash zu zweit aus dem Auto schleifen, und dummerweise hatte sich inzwischen eine Zuschauermenge versammelt. *Verdammt.* Natürlich konnte er diesen beiden Männern locker die Arme abreißen und sie ihnen in den Hals stecken, aber er konnte hier keine Szene machen. Zu viele Zeugen.

»Sir, haben Sie diese Rechte verstanden?« Das wurde gesagt, während Lash im Kreis gedreht und mit dem Gesicht voran auf die Motorhaube gedrückt wurde. Die Handschellen klickten.

Lash sah durch die Windschutzscheibe Mr D an, dessen Gesicht jetzt nicht mehr brav und gesetzestreu wirkte. Vielmehr hatte er die Augen zu Schlitzen verengt, und man konnte nur hoffen, dass er sich den Kopf nach einem Ausweg aus dieser Misere zerbrach.

»Sir? Haben Sie Ihre Rechte verstanden?«

»Ja«, stieß Lash hervor. »Ich hab's kapiert.«

Der Polizist zu seiner Linken beugte sich vor. »Übrigens, wir hängen noch eine Anzeige wegen Widerstands gegen die Staatsgewalt dran. Und die kleine Blonde war erst siebzehn.«

11

Hinter dem großen Haus der Bruderschaft flogen Cormias zerschrammte Füße förmlich über das kurze Gras. Sie rannte, um sich zu verlieren, rannte in der Hoffnung, Klarheit zu erlangen, rannte, weil sie nirgendwohin wollte und auch nicht mehr länger bleiben konnte, wo sie war.

Ihr Atem ging stoßweise – ein, aus – und ihre Beine brannten. Die Arme wurden taub und sie rannte immer weiter, entlang der Mauer auf den Waldrand zu, dann wieder zurück in den Garten.

Layla und der Primal. Layla liegt bei dem Primal. Layla liegt nackt beim Primal.

Sie rannte schneller.

Er würde Layla wählen. Er fühlte sich unwohl in seiner Rolle, deshalb würde er sich für die eine Schwester entscheiden, die er früher schon gesehen hatte und die seinen Brüdern diskret und anmutig diente. Er würde sich für das Vertraute entscheiden.

Er würde Layla wählen.

Ohne Vorwarnung gaben Cormias Beine nach, und sie brach erschöpft zusammen.

Als sie sich wieder so weit erholt hatte, dass sie den Kopf heben konnte, legte sie immer noch keuchend die Stirn in Falten. Sie war auf einem seltsam trockenen Rasenstück gelandet, einem unvollkommenen Rund von etwa zwei Metern Durchmesser. Es war, als wäre hier etwas verbrannt worden und der Boden müsste sich erst wieder erholen.

Wie passend, in mehr als einer Hinsicht.

Sie drehte sich auf den Rücken und betrachtete den Nachthimmel. Ihre Oberschenkel brannten, genau wie ihre Lungen, aber das wahre Feuer loderte in ihrem Kopf. Sie gehörte nicht auf diese Seite. Und sie konnte die Vorstellung nicht ertragen, zurück ins Heiligtum zu gehen.

Sie war wie die Sommerluft, die sich zwischen dem grünen Grasboden und dem mit Sternen übersäten Himmel dort oben ausdehnte. Sie war weder hier noch dort … und sie war unsichtbar.

Nun stand sie auf und lief langsam zurück zur Terrasse. Lichter brannten in den Fenstern des Hauses, und als sie sich umsah, stellte sie fest, dass sie die Farben dieser Welt bei Nacht vermissen würde: Das Rot und Rosa und Gelb und Lila der Teerosen war gedämpft, als wären die Blüten schüchtern. Im Inneren der Bibliothek sahen die tiefroten Vorhänge aus wie mühsam gezähmtes Feuer, und das Billardzimmer in seinem lebendigen, dunklen Grün war wie aus Smaragden gemacht.

So schön. Es war alles so schön, dieses Fest für die Augen.

Um ihre Abreise noch etwas länger hinauszuzögern, ging sie zum Schwimmbecken.

Das schwarze Wasser lag verführerisch vor ihr, seine glänzende Oberfläche lockte sie mit dem Glitzern des Mondlichts auf sanften Wogen.

Sie ließ ihre Robe fallen und tauchte in die weiche Dunkelheit, durchbrach die Wasserdecke, sank tief hinunter und blieb dort, bewegte sich mit kräftigen Zügen durch das Nass.

Als sie am anderen Ende ankam, gewann sie mit jedem tiefen Luftzug, den sie machte, Entschlossenheit. Sie würde Fritz Bescheid geben, dass sie fortging, und ihn bitten, es Bella auszurichten. Dann würde sie ins Heiligtum gehen und um eine Audienz bei der Directrix Amalya nachsuchen – in der sie ihren Wunsch, als Schreiberin in Klausur gehen zu wollen, vortragen würde.

Sie wusste, dass es zu ihren Pflichten als Schreiberin gehören würde, über die Nachkommen des Primals Buch zu führen, doch es war besser im Reich der Buchstaben mit ihnen zu tun haben, als Legionen von Sprösslingen mit buntem Haar und hübschen gelben Augen unmittelbar vor sich zu sehen.

Und es würde Nachwuchs geben. Obwohl sie seine Kraft in Frage gestellt hatte, würde der Primal seine Aufgabe erfüllen. Er kämpfte jetzt noch heftiger mit seiner Rolle, doch sein Pflichtbewusstsein würde die Oberhand über seine Bedenken gewinnen.

Bella hatte ja so Recht mit ihrer Einschätzung.

»Na, wen haben wir denn da.«

Cormia verschluckte sich und blickte direkt auf ein Paar gigantische Stiefel mit Stahlkappen. Erschrocken ließ sie den Blick an einem langen, schlanken Männerkörper in dem, was man hier Jeans nannte, emporwandern.

»Wer bist du denn?«, fragte er und ging in die Hocke, die Stimme weich und warm. Seine Augen waren faszinierend – tiefliegend und ungleichfarbig, umrahmt von Wimpern in der Farbe seines dichten schwarzen Haares.

Bevor sie etwas erwidern konnte, trat John Matthew hinter ihn und pfiff laut, um ihn auf sich aufmerksam zu machen. Der Mann am Rand des Schwimmbeckens blickte sich über die Schulter, und John schüttelte den Kopf, seine Finger flogen hektisch durch die Luft.

»O … Mist, Verzeihung.« Der Dunkelhaarige erhob sich zu seiner vollen Höhe und hob die Hände, als wollte er sich selbst zurückpfeifen. »Ich wusste nicht, wer du bist.«

Ein weiterer Vampir kam durch die Bibliothekstür aus dem Haus. Dieser Rothaarige hatte Blutflecke auf dem Hemd und wirkte ziemlich erschöpft.

Das waren Soldaten, die mit John zusammen kämpften, dachte sie. Junge Soldaten.

»Wer bist du?«, fragte sie den mit den eigenartigen, schönen Augen.

»Qhuinn. Ich gehöre zu ihm.« Sein Daumen zeigte auf John Matthew. »Der Rothaarige ist –«

»Blaylock«, unterbrach ihn der andere scharf. »Ich heiße Blaylock.«

»Ich schwimme nur ein bisschen«, sagte sie.

»Das sehe ich.« Qhuinns Lächeln war jetzt freundlich, nicht mehr sexuell.

Dennoch fühlte er sich von ihr angezogen. Das spürte sie. Und in diesem Moment erkannte sie, dass sie auf dem Pfad, den sie gerade einschlug, für immer unberührt bleiben würde. Als Klausurschreiberin würde sie nie zu jenen gehören, die der Primal aufsuchte.

Also würde dieser Sturm, der auf so herrliche Art und Weise in ihr entfacht worden war, sich nie wieder aufstauen und entladen.

Niemals.

Die Unendlichkeit der vor ihr liegenden Lebensjahre breitete sich vor ihr aus und rief plötzlich eine tiefe Verzweiflung hervor, und die Schwingungen dieser Bitterkeit trugen sie durch das warme Wasser hin zur Leiter. Sie umfasste die Griffe und zog sich hoch, spürte die kühle Luft auf ihrem Körper und wusste ganz genau, dass alle drei Soldaten sie anblickten.

Das Wissen bedrückte und ermutigte sie zugleich. Das war das letzte Mal, dass ein Mann ihren Körper sehen würde, und der Gedanke, dass sie alles, was an ihr weiblich war, für immer wegsperren würde, war schwer. Doch sie würde mit keinem anderen als dem Primal zusammen sein, und sie konnte nicht ertragen, ihn mit all ihren Schwestern zu teilen. Also war dies hier das Ende.

In wenigen Augenblicken würde sie ihre Robe um sich schlingen und von etwas Abschied nehmen, was sie nie richtig besessen hatte.

Sie würde sich nicht für ihre Nacktheit entschuldigen oder ihren Körper verbergen, wenn sie aus der sanften Umarmung des Wassers trat.

Phury materialisierte sich im Garten hinter dem Haus der Bruderschaft, weil er keine Lust hatte, jemandem zu begegnen. So, wie er gerade drauf war, wollte er nicht riskieren, durch den Vordereingang –

Seine Füße stockten, sein Herzschlag stockte, sein Atem stockte.

Cormia stieg aus dem Schwimmbecken, von ihrer herrlichen weiblichen Gestalt tropfte das Wasser herunter … während drei frisch gewandelte Vampire ungefähr drei Meter von ihr entfernt mit bis zum Bauchnabel herunterhängenden Zungen auf dem Rasen standen.

O … zum Henker … nein.

Der gebundene Vampir in ihm brach sich Bahn wie eine wilde Bestie, befreite sich gewaltsam aus den Lügen, die er sich selbst über seine Gefühle eingeredet hatte, brüllte aus der Höhle seines Herzens heraus, beraubte ihn jeder zivilisierten Faser im Leib.

Er wusste nur noch, dass seine Frau nackt war und fremde, begehrliche Blick auf sich zog.

Alles andere war egal.

Bevor er noch selbst kapierte, was eigentlich vorging, stieß Phury ein Knurren aus, das durch die Luft hallte wie ein Donnerschlag. Die Augen von John Matthew und seinen Freunden schnellten zu ihm herum, und dann zogen sich alle drei synchron zurück. Und zwar mit Höchstgeschwindigkeit. Als stünde der Pool in Flammen.

Cormia hingegen sah gar nicht in seine Richtung. Sie beeilte sich auch nicht, sich zu bedecken. Sondern hob in aller Seelenruhe ihre Robe auf und streifte sie mit trotziger Miene über die Schultern.

Was ihn erst recht zur Raserei trieb. »Komm ins Haus«, befahl er ihr. »Sofort.«

Ihre Stimme war so gleichmütig wie ihr Blick. »Und wenn ich nicht möchte?«

»Dann werfe ich dich über die Schulter und trage dich rein.« Phury wandte sich an die Jungs. »Das ist privat. Geht euch nichts an. Also verzieht euch, wenn ihr wisst, was gut für euch ist. *Hopp.*«

Das Trio zögerte noch, bis Cormia schließlich sagte: »Ist schon in Ordnung. Macht euch keine Sorgen.«

Sie drehten sich um; dennoch hatte Phury das Gefühl, sie würden nicht weit weggehen. Aber Cormia musste nicht beschützt werden. Gebundene Vampire stellten eine tödliche Gefahr für jeden dar – außer für ihre Partnerin. Er war außer Kontrolle, das schon, aber sie hielt dennoch die Fernbedienung in der Hand.

Und er hatte so eine Vermutung, dass sie das wusste.

Gemächlich wrang Cormia sich die Haare aus. »Warum wollt Ihr, dass ich ins Haus gehe?«

»Gehst du allein oder willst du getragen werden?«

»Ich habe gefragt, warum.«

»Weil du in mein Schlafzimmer gehst.« Die Worte verließen seine Lippen mit einem zischenden Atemzug.

»Euer Schlafzimmer? Meint Ihr nicht etwa meines? Denn aus Eurem habt Ihr mich vor fünf Monaten fortgeschickt.«

Sein Schwanz brüllte wie eine Bestie, schrie danach, herausgelassen zu werden, um in sie einzudringen. Seine Erregung war nicht zu leugnen: Sein Zug stand auf dem Gleis. Das Ticket war abgestempelt. Die Fahrt hatte schon begonnen.

Und für Cormia war es nicht anders.

Phury trat näher an sie heran. Ihr Körper brodelte vor Hitze, er konnte es auf seiner eigenen Haut spüren, und ihr Jasminduft war so schwer wie sein Blut.

Er zeigte ihr seine Fänge und fauchte wie eine Katze. »Wir gehen in mein Zimmer.«

»Aber ich habe keinen Grund, in Euer Zimmer zu gehen.«

»O doch. Und wie du den hast.«

Sie warf ihren Zopf lässig über die Schulter. »Nein, ich fürchte nicht.«

Damit wandte sie ihm den Rücken zu und schlenderte ins Haus.

Er folgte ihr wie einer Beute, heftete sich an ihre Fersen, ging ihr durch die Bibliothek über die große Freitreppe bis zu ihrem Zimmer nach.

Sie öffnete die Tür einen Spalt und schlüpfte hinein.

Doch bevor sie ihn aussperren konnte, knallte er seine Hand auf das Holz und drängte sich mit hinein. Er war derjenige, der die Tür zumachte. Und verschloss.

»Zieh deine Robe aus.«

»Warum?«

»Weil ich sie sonst in Fetzen reiße.«

Sie hob das Kinn, ließ aber gleichzeitig die Lider sinken, so dass sie – obwohl sie zu ihm aufblicken musste – trotzdem auf ihn herabsah. »Warum sollte ich mich entkleiden?«

Im Brustton seines geballten Revierinstinktes knurrte er: »Ich werde dich kennzeichnen.«

»Ach ja? Aber Euch ist doch bewusst, dass das grundlos wäre.«

»Ganz im Gegenteil.«

»Ihr wolltet mich bisher nicht.«

»Blödsinn.«

»Ihr habt mich mit der anderen Frau verglichen, mit der Ihr vergeblich versucht habt, zusammen zu sein.«

»Und du hast mich nicht ausreden lassen. Sie war eine Hure, die ich nur aus einem einzigen Grund gekauft habe – um mich entjungfern zu lassen. Das war keine Frau, die ich begehrte. Es war ganz anders als bei dir.« Er atmete ihren Duft ein und stieß ihn mit einem Schnurren wieder aus. »Sie war nicht du.«

»Und doch habt Ihr Euch für Layla entschieden, oder etwa nicht?« Als er keine Antwort gab, spazierte sie ins Badezimmer und stellte die Dusche an. »Genauso war es doch. Für Layla als Erste Partnerin.«

»Es geht hier nicht um sie«, sagte er.

»Wie kann es nicht um sie gehen? Die Auserwählten sind ein Ganzes, und ich bin immer noch eine von ihnen.« Cormia wandte sich zu ihm um und ließ die Robe fallen. »Oder etwa nicht?«

Phurys Schwanz knallte von innen gegen den Reißverschluss. Ihr Körper leuchtete förmlich unter dem Deckenlicht, ihre Brüste waren straff und spitz, die Oberschenkel leicht gespreizt.

Sie stieg in die Dusche, und er beobachtete, wie ihr Rücken sich durchbog, während sie sich die Haare wusch. Mit jeder ihrer Bewegungen kam ihm noch mehr von dem kläglichen verbliebenen Rest zivilisierter Tünche abhanden. Irgendwo ganz tief in seinem Kopf wusste er, dass er besser gehen sollte, weil er im Begriff stand, eine ohnehin komplizierte Situation absolut unhaltbar zu machen. Doch sein Körper hatte die Nahrung gefunden, die er zum Überleben brauchte.

Und in der Sekunde, in der sie aus dieser verfluchten Dusche kam, würde er sie mit Haut und Haaren verschlingen.

12

Ja, sie würde ihn lassen.

Als Cormia sich den Seifenschaum aus dem Haar spülte, wusste sie, dass sie unter dem Primal liegen würde, sobald sie aus der Dusche trat.

Sie würde zulassen, dass er sie nahm. Und währenddessen würde sie auch ihn nehmen.

Schluss mit *beinahe* und *fast* und *vielleicht.* Schluss mit dem bizarren Schicksal, in dem sie beide gefangen waren. Schluss damit, zu tun, was man ihr sagte.

Sie wollte ihn. Sie würde ihn haben.

Zur Hölle mit ihren Schwestern. Er gehörte ihr.

Aber nur für heute Nacht, mahnte eine innere Stimme.

»Leck mich«, sagte sie zu der Marmorwand.

Sie knallte den Wasserhahn nach links und warf die Tür auf. Als das Wasser abrupt aufhörte, zu fließen, stellte sie sich dem Primal.

Er war nackt. Erigiert. Die Fänge voll ausgefahren.

Das Brüllen, das er ausstieß, war das eines Löwen, und als

der Klang von dem ganzen Marmor im Badezimmer widerhallte, wurde sie noch feuchter zwischen den Beinen.

Er kam auf sie zu, und sie wehrte sich nicht, als er sie um die Taille fasste und von den Füßen hob. Er war nicht sanft, doch sie wollte es nicht sanft – und um sicherzugehen, dass er das auch wusste, biss sie ihn in die Schulter.

Wieder brüllte er und warf sie auf das Bett. Ihr Körper prallte von der Matratze ab. Zweimal. Sie warf sich auf den Bauch und krabbelte los, nur um es ihm schwerer zu machen. Sie hatte nicht die Absicht, ihn zurückzuweisen, aber verdammt noch mal – er würde sie schon einfangen müssen.

Der Primal warf sich auf ihren Rücken und hielt ihr die Hände über dem Kopf fest. Sie versuchte, sich unter ihm umzudrehen, doch er spreizte ihre Beine mit den Knien und presste sie mit den Hüften auf das Bett. Seine Erektion glitt nach unten und tastete nach ihr, so dass sie sich aufbäumte.

Er ließ ihr nur eben genug Raum, um den Kopf zu drehen und ihn anzusehen.

Dann küsste er sie. Fordernd und lang. Und sie erwiderte den Kuss. Sie hatte genug von der Auserwähltentradition der Unterwerfung.

Mit einem Ruck zog er sich zurück, rutschte etwas zur Seite und …

Cormia stöhnte auf, als er mit einem einzigen geschmeidigen Stoß in ihren Körper eindrang. Und dann war keine Zeit mehr zum Reden oder Nachdenken oder dazu, auf einen Schmerz zu warten, denn seine Hüften wurden zu einer eigenen Triebkraft. Es fühlte sich so gut an, so richtig, alles – vom Geruch nach dunklen Gewürzen und seinem Gewicht bis hin zu seinem Haar auf ihrem Gesicht und den Seufzern, die ihnen beiden durch die geöffneten Lippen drangen.

Als seine Stöße tiefer wurden, spreizte sie die Beine noch weiter und begegnete seinem Rhythmus mit ihren eigenen Hüften.

Tränen stiegen ihr in die Augen, doch sie dachte überhaupt nicht darüber nach, ließ sich von seiner unerbittlichen Dynamik forttragen, ein Feuerknoten bildete sich an der Stelle, an der er in sie hineinstieß, bis sie glaubte, bei lebendigem Leib zu verbrennen – und das nicht im Geringsten schlimm fand.

Sie kamen gleichzeitig zum Höhepunkt, und mitten in ihrem eigenen Orgasmus erhaschte sie über die Schulter einen Blick auf ihn – den Kopf zurückgeworfen, die Kiefer fest zusammengepresst, die kräftigen Muskeln in seinen Armen durch die glatte Haut hervortretend. Doch dann war sie zu versunken, um noch irgendetwas zu sehen, als ihr eigener Körper sich zusammenzog und wieder löste, zog und sich löste. Der gierige Druck an seinem Geschlecht ließ ihn aufstöhnen und zucken, sie wand die Kennzeichnung geradezu aus ihm heraus.

Und dann war es vorbei.

Hinterher dachte sie an die Sommergewitter, die hin und wieder über das Haus zogen. Wenn sie vorüber waren, wurde die Stille noch viel dichter in der Folge des Sturms, den sie entfesselt hatten. Das hier war ganz genauso. Als ihre Körper wieder ruhig wurden, und ihr Atem gleichmäßiger ging und ihr Herzschlag sich verlangsamte, konnte man sich in dieser nun widerhallenden Stille nur schwer an das heftige, laute Drängen erinnern, das eben hier geherrscht hatte.

Sie beobachtete, wie zunächst Bestürzung, dann bitteres Entsetzen seinen entschlossenen Kennzeichnungstrieb ablösten.

Was hatte sie denn erwartet? Dass dieser Tanz ihrer Körper ihn dazu bringen würde, seinem Status als Primal abzuschwören, seinen Eid zu brechen und sie zu seiner einzig wahren *Shellan* zu erklären? Dass er überglücklich darüber wäre, unmittelbar vor ihrer Abreise einem leidenschaftlichen Impuls folgend das mit ihr getan zu haben, was sie schon vor Monaten mit Ehrfurcht und Bedacht hätten vollenden sollen?

»Bitte geht von mir herunter«, sagte sie mit erstickter Stimme.

Phury konnte nicht begreifen, was er getan hatte, und doch hatte er den Beweis vor Augen. Cormias schlanker Körper lag unter seinem schweren, ihre Wangen waren nass vor Tränen, und an ihren Handgelenken waren Druckstellen.

Er hatte ihr die Unschuld von hinten geraubt, als wäre sie ein Hund. Hatte sie festgehalten und unterworfen, weil er stärker als sie war. War ohne Rücksicht auf den Schmerz, den sie mit Sicherheit gespürt hatte, in sie eingedrungen.

»Bitte geht von mir herunter.« Ihre Worte klangen zittrig, und das Wort bitte gab ihm vollends den Rest. Sie konnte es nur als Bitte formulieren, da sie restlos bezwungen war.

Er löste sich aus ihr und stand vom Bett auf, taumelnd wie ein Betrunkener.

Cormia drehte sich auf die Seite und zog die Beine dicht an ihren Körper. Ihr Rückgrat wirkte so verletzlich, die zarte Knochensäule zerbrechlich unter ihrer blassen Haut.

»Es tut mir leid.« Mein Gott, diese Worte waren so hohl.

»Bitte geht einfach.«

So wie er sich ihr bereits aufgezwungen hatte, war es nun von größter Bedeutung, ihrer Bitte Folge zu leisten. Obwohl sie nun allein zu lassen das Letzte war, was er wollte.

Phury ging ins Badezimmer, zog sich seine Kleider an und lief zur Tür. »Wir müssen später reden –«

»Es gibt kein Später. Ich werde darum ersuchen, als

Schreiberin in Klausur leben zu dürfen. Dann werde ich Eure Geschichte aufzeichnen, aber nicht daran teilhaben.«

»Cormia, nein.«

Sie sah ihn über die Schulter hinweg an. »Das ist der Platz, an den ich gehöre.«

Ihr Kopf sank wieder auf das Kissen.

»Geht«, sagte sie. »Bitte.«

Er nahm nicht bewusst wahr, wie er durch ihre Tür schritt oder seine eigene Schwelle überquerte. Er stellte nur irgendwann später fest, dass er zurück in seinem Zimmer war, auf der Bettkante saß und einen Joint rauchte. In der Stille zitterten seine Hände, und sein Herz war ein kaputtes Metronom, und sein Fuß klopfte auf den Fußboden.

Der Zauberer hockte mitten in Phurys Kopf, sein schwarzes Gewand flatterte im Wind, seine Silhouette zeichnete sich schroff vor dem weiten grauen Horizont ab. In der Handfläche hielt er einen Schädel.

Dessen Augen gelb waren.

Ich hab dir doch gesagt, du würdest ihr wehtun. Ich hab's dir gesagt.

Phury betrachtete die fest gedrehte Rolle roten Rauchs in seiner Hand und versuchte, etwas anderes als Zerstörung zu erkennen. Es gelang ihm nicht. Er war ein wildes Tier gewesen.

Ich hab dir gesagt, was passieren würde. Ich hatte Recht. Von Anfang an hatte ich Recht. Und übrigens, deine Geburt war nicht der Fluch. Es lag nicht daran, dass du nach deinem Zwillingsbruder geboren wurdest. Du *bist der Fluch. Ob nun fünf Kinder auf die Welt gekommen wären oder gar keins – das Resultat für alle Lebensläufe um dich herum wäre dasselbe gewesen.*

Er tastete nach der Fernbedienung und stellte die Anlage an, aber sobald Puccinis köstliche, wunderschöne Töne den Raum durchströmten, füllten sich seine Augen mit Tränen.

So herrlich war die Musik, und so unerträglich die magische Stimme Luciano Pavarottis im Gegensatz zu dem Grunzen, das er ausgestoßen hatte, als er auf Cormia lag.

Er hatte sie festgehalten. Ihre Arme umklammert. Sie von hinten bestiegen –

Du bist der Fluch.

Während die Stimme des Zauberers weiterhin auf ihn eindrosch, spürte er sich erneut vom Efeu der Vergangenheit umrankt, alles, worin er versagt, was er nicht geleistet hatte, alle Vorsicht, um die er sich bemüht und die er doch verfehlt hatte ... und nun gab es noch eine neue Ebene. Cormias Ebene.

Er hörte den letzten pfeifenden Atemzug seines Vaters. Und das Knistern des in Flammen aufgehenden Körpers seiner Mutter. Und die Wut seines Zwillingsbruders über seine Rettung.

Das Schlimmste aber war Cormias Stimme: *Bitte geht von mir herunter.*

Phury hielt sich die Ohren zu, obwohl das überhaupt nichts nutzte.

Du bist der Fluch.

Mit einem Aufstöhnen presste er sich die Handflächen so fest gegen den Schädel, dass seine Arme bebten.

Gefällt dir die Wahrheit nicht?, höhnte der Zauberer. *Gefällt dir meine Stimme nicht? Du weißt ja, was du dagegen tun kannst.*

Der Zauberer ließ den Totenkopf auf das Gewirr von Knochen zu seinen Füßen fallen. *Du weißt, wie es geht.*

Verzweifelt rauchte Phury weiter, zu Tode verängstigt von all dem, was in seinem Kopf war.

Der Joint konnte nicht annähernd den Selbsthass oder die Stimmen betäuben.

Der Zauberer stellte seinen schwarzen Stiefel mit den Klauen auf den gelbäugigen Schädel. *Du weißt, was du zu tun hast.*

13

Weit oben im Norden in den Adirondacks, tief in einer Höhle im Black Snake State Park, konnte der Vampir, der vor zwei Tagen im Morgengrauen zusammengebrochen war, nicht begreifen, warum er von der Sonne beschienen wurde, ohne in Flammen aufzugehen. Oder war er etwa bereits im Schleier?

Nein … das konnte nicht der Schleier sein. Die Schmerzen und Qualen in seinem Körper und das Kreischen in seinem Kopf waren dem, was er auf Erden empfunden hatte, viel zu ähnlich.

Doch was war mit der Sonne? Er badete in ihrem warmen Schein, und doch war er am Leben.

O Mann, wenn dieser ganze Quatsch mit Vampiren und Tageslicht überhaupt nicht stimmte, dann lag ihr gesamtes Volk völlig daneben.

Aber Moment mal – war er nicht in einer Höhle? Warum also konnten ihn die Strahlen erreichen?

»Iss das«, sagte der Sonnenschein.

Okay, für den extrem unwahrscheinlichen Fall, dass er tatsächlich noch am Leben sein sollte, halluzinierte er ganz eindeutig. Denn was ihm da vor die Nase gehalten wurde, sah aus wie ein Big Mac, und das war nun wirklich ausgeschlossen.

Außer, er wäre wirklich tot und der Schleier hätte goldene Bögen statt goldener Tore?

»Pass mal auf«, sagte der Sonnenschein, »falls dein Hirn vergessen haben sollte, wie man isst: Mach einfach deinen Schnabel auf. Ich stopf dir das Ding hinein und dann warten wir ab, ob deine Beißerchen noch wissen, was zu tun ist.«

Der Vampir teilte die Lippen, weil der Geruch des Fleischs seinen Magen aufweckte und ihn sabbern ließ wie einen Hund. Als ihm der Hamburger in den Mund geschoben wurde, schalteten seine Kiefer auf Autopilot und klappten fest zusammen.

Er riss einen großen Bissen ab und stöhnte. Einen kurzen Augenblick lang verdrängte der kribbelnde Beifall seiner Geschmacksnerven all seine Leiden, selbst die seelischen. Das Schlucken rang ihm noch ein Wimmern ab.

»Nimm noch mehr«, sagte der Sonnenschein und drückte ihm den Burger wieder gegen die Lippen.

Er aß alles auf. Und ein paar Pommes, die zwar nur lauwarm, aber nichtsdestotrotz ein Gottesgeschenk waren. Dann wurde sein Kopf angehoben und er schlürfte ein bisschen leicht verwässerte Cola.

»Der nächste McD ist dreißig Kilometer weg von hier«, sagte der Sonnenschein, als wollte er das Schweigen durchbrechen. »Deshalb ist das alles nicht mehr wirklich heiß.«

Der Vampir wollte mehr.

»Nur keine Sorge, es gibt noch einen Nachschlag. Mund auf.«

Noch ein Big Mac. Mehr Pommes. Mehr Cola.

»Ich hab getan, was ich konnte, aber du brauchst Blut«, erklärte ihm der Sonnenschein, als wäre er ein Kind. »Und du musst nach Hause.«

Als der Vampir den Kopf schüttelte, bemerkte er, dass er auf dem Rücken lag, ein flacher Stein diente als sein Kopfkissen, der Erdboden als Matratze. Allerdings war das nicht dieselbe Höhle wie vorher. Diese roch anders. Sie roch nach … frischer Luft, frischer Frühlingsluft.

Andererseits … vielleicht war das der Geruch des Sonnenscheins?

»Doch, du musst nach Hause.«

»Nein …«

»Tja, dann haben wir beide ein Problem, du und ich«, murmelte der Sonnenschein. Man hörte ein Rascheln, als ging jemand in die Hocke. »Du bist der Gefallen, den ich schulde.«

Der Vampir runzelte die Stirn, atmete mühsam ein und krächzte: »Gehe nirgendwohin. Kein Gefallen.«

»Du wirst hier nicht gefragt, Kumpel. Ich auch nicht.« Der Sonnenschein schüttelte offenbar den Kopf, denn die verwischten Schatten, die er in der Höhle zeichnete, waberten wie Wellen. »Leider, leider muss ich deinen Hintern dorthin zurück verfrachten, wo du hingehörst.«

»Du hast mit mir nichts zu schaffen.«

»In einer perfekten Welt hättest du Recht. Blöderweise ist dies aber nicht der Himmel. Beileibe nicht.«

Der Vampir war ganz seiner Meinung, aber die Sache mit dem *nach Hause gehen* kam nicht in Frage. Als die Energie aus dem Essen in ihn einsickerte, fand er die Kraft, sich aufzusetzen, die Augen zu reiben und –

Er starrte den Sonnenschein an. »Ach du … gütige Jungfrau.«

Der Sonnenschein nickte finster. »Ja, ungefähr so geht's mir auch. Also, die Lage ist folgende: Wir können das auf die harte oder auf die leichte Tour machen. Kannst du dir aussuchen. Wobei ich darauf hinweisen möchte, dass es mir mehr Mühe bereiten würde, dein Zuhause ohne deine Hilfe ausfindig zu machen, und das würde mir auf die Nüsse gehen.«

»Ich gehe nicht zurück. Niemals.«

Der Sonnenschein strich sich mit der Hand durch sein langes blond-schwarzes Haar. Goldene Ringe funkelten an seinen Fingern und flimmerten in seinen Ohren, leuchteten von seiner Nase und glitzerten um seinen kräftigen Hals. Leuchtend weiße, pupillenlose Augen blitzten stinksauer auf, der glänzende blaue Ring um die mondartigen Iris schimmerte dunkel.

»Also gut. Auf die harte Tour. Sag gute Nacht, Gracie.«

Als alles schwarz wurde, hörte der Vampir den gefallenen Engel Lassiter sagen: »Blöder Arsch.«

14

»Hast du Phurys Gesicht gesehen?«, fragte Blay.

John blickte ihn über die Herdinsel in der Küche hinweg an und nickte zustimmend. Seine beiden Freunde und er zogen sich ein Erleichterungsbier rein. In Überschallgeschwindigkeit.

Er hatte noch nie so einen Blick bei einem Vampir gesehen. Noch nie.

»So sieht also ein gebundener Vampir aus, hör mir auf«, sagte Qhuinn, ging zum Kühlschrank und holte noch drei Flaschen heraus.

Blay nahm das Bier, das ihm angeboten wurde, zuckte zusammen und hielt sich die Schulter.

John machte seine Flasche auf und nahm einen tiefen Zug. Dann stellte er sie auf dem Tisch ab und zeigte mit den Händen: *Ich mache mir Sorgen um Cormia.*

»Er wird ihr nichts tun.« Qhuinn setzte sich an den Tisch. »Ganz sicher nicht. Uns hätte er ein frühes Grab geschaufelt, aber ihr nicht.«

John warf einen Blick ins Esszimmer. *Es wurden Türen geknallt. Laut.*

»Na ja, hier wohnen eine Menge Leute im Haus …« Qhuinn sah sich um, als müsste er im Kopf eine Matheaufgabe lösen. »Einschließlich uns dreien. Also kein Wunder.«

John stand auf. *Ich muss nachsehen. Ich … ihr wisst schon, ich unterbreche bestimmt nichts. Ich will mich nur vergewissern, dass alles im grünen Bereich ist.*

»Ich komme mit.« Qhuinn machte Anstalten, sich wieder zu erheben.

Nein, du bleibst hier. Und ehe du rumnervst: Leck mich. Das ist mein Zuhause, und ich brauche nicht die ganze Zeit ein Kindermädchen.

»Okay, okay, ist ja gut.« Qhuinns Blick schweifte zu Blay. »Dann gehen wir ins Trainingszentrum runter. Kommst du nach?«

»Warum gehen wir ins Trainingszentrum?«, fragte Blay, ohne seinen Freund anzusehen.

»Weil du immer noch blutest und weil dort unten ein Behandlungsraum ist.«

Qhuinn sah Blay durchdringend an; Blay sah sein Bier durchdringend an.

»Sag mir doch einfach, wo das ist«, murmelte Blay.

»Und wie willst du deinen Rücken verarzten?«

Blay nahm einen langen Schluck. »Schon gut. Aber ich will erst mein Bier austrinken. Und ich brauche was zu essen. Ich bin am Verhungern.«

»Okay. Was willst du?«

Die beiden waren total steif im Umgang miteinander, kein persönliches Wort fiel zwischen ihnen.

Ich komme dann nach, sagte John und wandte sich ab. Mann, dass die zwei nicht miteinander klarkamen, stellte irgendwie die gesamte Weltordnung auf den Kopf. Es war einfach nicht richtig.

John lief durchs Esszimmer, und als er oben am Treppenabsatz angekommen war, rannte er praktisch schon. Er roch roten Rauch und hörte Opernmusik aus Phurys Zimmer – wohl kaum die richtige Begleitmusik für krassen Sex. Vielleicht war nach einem Streit einfach jeder in sein Zimmer gegangen?

John schlich sich vor Cormias Tür und horchte. Nichts. Obwohl die Luft, die hinaus in den Flur drang, von einem üppigen Blütenduft begleitet wurde.

Es konnte ja nicht schaden, kurz nach Cormia zu sehen, also hob John die Hand und klopfte leise an die Tür. Als keine Antwort kam, pfiff er.

»John?«, fragte ihre Stimme.

Er machte die Tür auf, weil er annahm, er –

John erstarrte zu Stein.

Cormia lag quer über ihrem Bett zwischen zerknüllten Laken und Decken. Sie lag nackt da, mit dem Rücken zur Tür, und da war Blut … auf der Innenseite ihrer Schenkel.

Sie hob den Kopf und blickte über die Schulter, dann bedeckte sie sich hastig. »Gütigste Jungfrau!«

Während sie die Decke bis ans Kinn zog, stand John immer noch wie zur Salzsäule erstarrt da. Sein Gehirn versuchte krampfhaft, den Anblick zu verarbeiten.

Er hatte ihr wehgetan. Phury hatte ihr wehgetan.

Cormia schüttelte den Kopf. »Ach … verdammt.«

John blinzelte, blinzelte wieder … nur um sich selbst als Halbwüchsigen in einem schmutzigen Treppenhaus zu sehen, nachdem das, was man ihm angetan hatte, vorbei gewesen war.

Auf seinen Oberschenkeln war auch Zeug gewesen.

Etwas in seiner Miene musste sie irrsinnig erschreckt haben, denn sie streckte die Arme nach ihm aus. »John … o, John, nein … alles in Ordnung … wirklich, glaub mir, es ist –«

John drehte sich um und ging ruhig durch die Tür hinaus.

»John!«

Damals, als er noch klein und hilflos war, hatte er keine Vergeltung an seinem Angreifer üben können. Jetzt aber, da er die drei Meter zu Phurys Tür stapfte, war er in der Lage, etwas an seiner Vergangenheit und Cormias Gegenwart zu ändern. Jetzt war er groß und stark genug. Jetzt konnte er für jemanden eintreten, der der Gnade eines viel Stärkeren ausgeliefert gewesen war.

»John! Nein!« Cormia rannte aus ihrem Zimmer.

John klopfte nicht. O nein, kein Klopfen. In diesem Augenblick waren seine Fäuste nicht für Holz bestimmt. Sie waren für Fleisch bestimmt.

Er warf Phurys Tür auf und fand den Bruder mit einem Joint zwischen den Lippen auf der Bettkante sitzend vor. Ihre Blicke trafen sich, in Phurys Miene spiegelten sich Schuldbewusstsein, Schmerz und Reue.

Was die Angelegenheit besiegelte.

Mit einem lautlosen Brüllen stürzte John quer durch den Raum, und Phury unternahm absolut gar nichts, um den Angriff zu verhindern. Der Bruder ergab sich fast bereitwillig der Attacke, ließ sich auf die Matratze fallen, während John ihn auf den Mund und die Augen und den Kiefer schlug, wieder und wieder.

Jemand schrie. Eine Frau.

Leute kamen angerannt.

Gebrüll ertönte. Viel Gebrüll.

»Was zum *Henker* ist hier los?«, donnerte Wrath.

John hörte nichts von alledem. Er konzentrierte sich ausschließlich darauf, Phury windelweich zu prügeln. Der Bruder war nicht länger sein Lehrer oder sein Freund, er war ein Rohling und ein Vergewaltiger.

Blut rann auf das Laken.

Was ja wohl nur fair war.

Schließlich gelang es jemandem – Rhage, es war Rhage – John wegzuzerren, und Cormia rannte zu Phury. Doch der hielt sie auf Abstand und drehte sich weg.

»Zur Hölle«, schimpfte Wrath. »Können wir uns alle mal kurz entspannen?«

Die Oper im Hintergrund passte so überhaupt nicht zu dem Szenario: Ihre majestätische Schönheit stand in krassem Widerspruch zu Phurys zerschlagenem Gesicht, Johns bebender Wut und Cormias Tränen.

Wrath knöpfte sich John vor. »Was zum Henker ist mit dir los?«

»Ich hatte es verdient.« Phury wischte sich die blutige Lippe ab. »Ich hatte das und noch Schlimmeres verdient.«

Wraths Kopf schnellte zum Bett herum. »Was?«

»Nein, hat er nicht«, mischte sich Cormia ein, den Kragen ihrer Robe fest um ihren Hals haltend. »Es war einvernehmlich.«

»Nein, war es nicht.« Phury schüttelte den Kopf. »War es nicht.«

Der König kniff die Augen zusammen. Mit tiefer, gepresster Stimme sagte er zu der Auserwählten: »Was war einvernehmlich?«

Während die versammelte Mannschaft im Raum von einem zum anderen blickte, ließ John Phury nicht aus den Augen. Sollte Rhage seinen Griff lockern, würde er sich wieder auf den Bruder stürzen. Ihm war egal, wer hier alles herumstand.

Phury setzte sich langsam auf, zuckte zusammen, sein Gesicht begann bereits, anzuschwellen. »Lüg nicht, Cormia.«

»Das stimmt nicht«, fauchte sie. »Der Primal hat nichts Falsches getan –«

»Blödsinn, Cormia! Ich habe dich gewaltsam genommen –«

»Hast du nicht –«

Jemand mischte sich in den Streit ein. Und noch jemand. Selbst John machte mit und formte mit den Lippen wüste Beschimpfungen gegen Phury, während er sich weiter gegen Rhages Gewicht stemmte.

Wrath griff sich den schweren Kristallaschenbecher vom Sekretär und schleuderte ihn an die Wand. Er zersplitterte in tausend Scherben und hinterließ eine Delle in der Größe eines Kinderkopfs im Putz.

»Der Nächste, der hier noch einen verdammten Mucks von sich gibt, fliegt hinterher, kapiert?«

Alle wurden still. Und blieben es auch.

»Du« – Wrath zeigte auf John – »verziehst dich hier, während ich das regle.«

John schüttelte den Kopf, ohne sich um den Aschenbecher zu kümmern. Er wollte bleiben. Er musste bleiben. Jemand musste Cormia doch –

Cormia trat zu ihm und nahm seine Hand, drückte sie fest. »Du bist ein Mann von Wert, und ich weiß, dass du glaubst, du würdest meine Ehre beschützen. Aber schau mir in die Augen und erkenne darin die Wahrheit.«

John musterte Cormias Gesicht. Es lag eine Traurigkeit darin, aber sie war von der schmerzlichen Art; der Art, die man empfand, wenn man unglücklich war. Außerdem sah er in ihrer Miene Entschlossenheit und unverhüllte Kraft.

Keine Angst. Keine erstickte Verzweiflung. Keine furchtbare Scham.

Sie fühlte sich nicht, wie er sich danach gefühlt hatte.

»Geh«, sagte sie sanft. »Alles ist gut. Ehrlich.«

John blickte zu Wrath, der nickte. »Ich weiß nicht, was du gesehen hast, aber ich werde herausfinden, was passiert ist. Lass mich das regeln, mein Sohn. Ich kümmere mich um sie. Und jetzt alle raus hier.«

John drückte Cormias Hand und verließ mit Rhage und den anderen den Raum. Sobald er draußen war, wurde die Tür geschlossen, und er vernahm leise Stimmen.

Er ging nicht weit weg. Konnte er nicht. Er schaffte es gerade mal bis vor Wraths Arbeitszimmer, bis seine Knie sich eine Auszeit nahmen und er auf einen der antiken Stühle sank, die im Flur verstreut standen. Nachdem er jedem glaubhaft versichert hatte, dass er okay sei, ließ er den Kopf hängen und atmete langsam.

Die Vergangenheit stand ihm deutlich vor Augen, wiederbelebt durch den Blitzschlag, der ihn vorhin in Cormias Zimmer getroffen hatte.

Die Augen zu schließen, half nichts. Sich gut zuzureden half ebenfalls nicht.

Während er noch mühsam darum kämpfte, sich wieder in den Griff zu kriegen, fiel ihm ein, dass es Wochen her war, seit er zuletzt mit Zsadist im Wald spazieren gegangen war. Je weiter Bellas Schwangerschaft fortgeschritten und je problematischer sie geworden war, desto seltener waren seine und Zs nächtliche, schweigende Ausflüge geworden.

Jetzt könnte er einen brauchen.

Er hob den Kopf und überlegte, ob Zsadist überhaupt im Haus war. Wahrscheinlich nicht, da er das Drama in Phurys Zimmer eben verpasst hatte. In Anbetracht all der tödlichen Überfälle heute Nacht hatte der Bruder mit Sicherheit genug um die Ohren.

John stand auf und ging in sein Zimmer. Er schloss sich ein, streckte sich auf dem Bett aus und simste Qhuinn und Blay, dass er sich aufs Ohr hauen würde. Sie würden die

Nachricht erhalten, sobald sie wieder aus dem Tunnel kamen.

Er starrte an die Decke und dachte nach … über die Zahl drei. Ein Unglück kam niemals allein, und seiner Erfahrung nach waren es immer drei. Und es ging nicht immer um den Tod.

Drei Mal war er im vergangenen Jahr ausgerastet. Drei Mal war ihm der Geduldsfaden gerissen, und er hatte jemanden angegriffen.

Zweimal Lash. Einmal Phury.

Du bist labil, sagte eine Stimme.

Das schon, aber er hatte seine Gründe gehabt, und es waren immer gute Gründe gewesen. Beim ersten Mal hatte Lash Qhuinn nicht in Ruhe gelassen. Beim zweiten Mal hatte Lash es mehr als verdient gehabt. Und dieses dritte Mal … die Indizien hatten für sich gesprochen, und was für ein Mann wäre er, würde er eine Frau in diesem Zustand entdecken und nicht zur Tat schreiten?

Du bist labil.

Er schloss die Augen, versuchte aber, nicht an das Treppenhaus in dem verwahrlosten Mietshaus zu denken, wo er damals allein gelebt hatte. Er versuchte, nicht an den Klang dieser Stiefel auf den Stufen zu denken. Er versuchte, nicht an den alten Schimmel und den frischen Urin und das von Schweiß durchsetzte Aftershave zu denken, das ihm in die Nase gekrochen war, als geschah, was man ihm angetan hatte …

Er konnte die Erinnerungen nicht abschütteln. Besonders nicht die Gerüche.

Der Schimmel war an der Wand gewesen, gegen die er mit dem Gesicht voran gedrückt worden war. Der Urin war sein eigener gewesen und ihm an den Innenseiten der Schenkel bis auf die brutal heruntergerissene Hose gelaufen. Das schweißige Aftershave war das seines Angreifers gewesen.

Die Szene war für ihn so lebendig wie der Ort, an dem er sich jetzt gerade befand. Er spürte seinen Körper von damals genauso deutlich wie seinen jetzigen, sah das Treppenhaus so klar vor sich wie sein eigenes Zimmer. Alles war noch da, ganz frisch, und es schien für dieses grauenhafte Erlebnis kein Verfallsdatum zu geben.

Man brauchte keinen Doktor in Psychologie, um zu verstehen, dass sein Jähzorn in dem wurzelte, was er in sich verschlossen hielt.

Zum ersten Mal in seinem Leben wollte er mit jemandem sprechen.

Nein … das stimmte so nicht ganz.

Er wollte denjenigen zurückhaben, der ihn verstand. Er wollte seinen Vater.

Nach Johns Muhammad-Ali-Nummer fühlte sich Phurys Gesicht an, als wäre es gegrillt und zusätzlich getreten worden. »Hör mal, Wrath … sei nicht böse auf John.«

»Es war ein Missverständnis«, sagte Cormia zum König. »Weiter nichts.«

»Was zum Teufel ist zwischen euch vorgefallen?«, wollte Wrath wissen.

»Nichts«, erwiderte Cormia. »Absolut gar nichts.«

Das kaufte ihr der König allerdings nicht ab, was wiederum bewies, dass der furchtlose Anführer der Vampire kein totaler Trottel war; aber im Augenblick fehlte Phury einfach die Kraft, sich herumzustreiten. Er tupfte sich einfach unablässig den geschundenen Mund mit dem Unterarm ab, während Wrath weitersprach und Cormia ihn verteidigte. Warum auch immer.

Wraths Augen funkelten böse hinter der Sonnenbrille. »Muss ich erst noch mehr Sachen an die Wand schmeißen, bevor ihr beiden endlich mal aufhört, mir totalen Blödsinn zu erzählen? Von wegen es war nichts. John ist ein Hitzkopf, aber er ist kein –«

Cormia fiel dem König ins Wort. »John hat falsch interpretiert, was er gesehen hat.«

»Was hat er denn gesehen?«

»Nichts. Ich sage, es war nichts, und deshalb ist es auch so.«

Wrath musterte sie von Kopf bis Fuß, als suchte er nach Verletzungen. Dann wandte er sich Phury zu. »Was hast du mir zu sagen?«

Phury schüttelte den Kopf. »Sie hat Unrecht. John hat nichts falsch –«

Cormias Tonfall war schneidend. »Der Primal hüllt sich unnötigerweise in Selbstvorwürfe. Meine Ehre wurde auf keine Art und Weise verletzt, und ich glaube doch, dass ich das zu entscheiden habe, oder etwa nicht?«

Nach einer kleinen Pause neigte der König den Kopf. »Wie du wünschst.«

»Danke, Eure Hoheit.« Sie verneigte sich tief. »Und jetzt werde ich gehen.«

»Soll ich Fritz mit etwas Essen schicken –«

»Nein. Ich gehe auf die Andere Seite. Ich kehre nach Hause zurück.« Wieder verbeugte sie sich, und dabei rutschte das vom Duschen noch feuchte Haar über ihre Schulter und streifte den Fußboden. »Ich wünsche Euch beiden alles erdenklich Gute und entbiete dem Rest dieses Haushalts die besten Grüße. Eure Majestät.« Sie verneigte sich vor Wrath. »Euer Gnaden.«

Als sie sich vor Phury verbeugte, sprang er vom Bett auf und rannte panisch auf sie zu … doch sie löste sich einfach in Luft auf, bevor er sie erreichen konnte.

Fort. Einfach so.

»Würdest du mich bitte entschuldigen«, sagte er zu Wrath. Es klang nicht wie eine Bitte, aber das war ihm völlig egal.

»Ich glaube nicht, dass du jetzt allein sein solltest«, wandte Wrath düster ein.

Es entspann sich ein kurzes Gespräch, ein Hin und Her, das Wrath schließlich auf gewisse Weise überzeugt haben musste, denn der König ging.

Als er weg war, blieb Phury reglos wie eine Statue mitten in seinem Zimmer stehen und starrte die Delle im Putz an, die der Aschenbecher hinterlassen hatte. Innerlich krümmte er sich, doch äußerlich war er vollkommen starr: Der erstickende Efeu wuchs unter seiner Haut, nicht darauf.

Mit einer raschen Augenbewegung sah er auf die Uhr. Nur noch eine Stunde bis zum Morgengrauen.

Als er ins Badezimmer ging, um sich hastig zu waschen, wusste er, dass er sich jetzt beeilen musste.

15

Die Polizeiwache von Caldwell hatte zwei unterschiedliche Gesichter: den Vordereingang auf der Tenth Street mit den Stufen, wo die Fernsehteams den ganzen Quatsch drehten, den man in den Abendnachrichten sah; und die Hintertür mit den Eisengittern, wo die Drecksarbeit erledigt wurde. In Wahrheit sah die Seite von der Tenth Street nur wenig besser aus, weil das Gebäude aus den 1960ern wie das Profil einer alternden, hässlichen Frau war: Es gab keine guten Seiten.

Der Streifenwagen, auf dessen Rücksitz Lash saß, hielt direkt am Hintereingang.

Wie zum Henker war er hier gelandet?

Der Bulle, der ihn verhaftet hatte, machte die Tür von außen auf. »Bitte steigen Sie aus dem Wagen.«

Lash sah den Kerl an, dann schwang er seine Beine herum. Wunschträume, dem Mann die Kehle aufzureißen und seine Halsader in einen Springbrunnen zu verwandeln, konnte er nicht zurückdrängen.

»Hier entlang, Sir.«

»Kein Problem.«

An der Art, wie die Hand des Polizisten nach seinem Pistolengriff tastete, obwohl sie sich unter voller Beobachtung der gesamten Besatzung befanden, merkte Lash, dass er den Mann total nervös machte.

Lash wurde durch eine Tür und über einen Linoleumflur geführt, der aussah, als wäre er seit dem Bau der Polizeiwache nicht mehr renoviert worden. Vor einer Plexiglasscheibe, die so dick wie ein Arm war, blieben sie stehen. Der Polizist sagte etwas in eine runde Metallscheibe an der Wand.

Die Frau auf der anderen Seite der Scheibe wirkte ganz geschäftig in ihrer marineblauen Uniform und ungefähr so attraktiv wie ihr männlicher Kollege.

Doch sie erledigte den Papierkram schnell. Als sie befand, sie hätte genug Formulare zum Ausfüllen zusammengerafft, schob sie dem Polizisten neben Lash den Stapel unter dem Fenster durch zu und nickte. Die Tür neben ihnen stieß ein *Piiieeep* und ein dumpfes Klackern aus, und dann folgte ein weiterer total ramponierter Linoleumboden, der in einen kleinen Raum mit Bank, Stuhl und Tisch mündete.

Nachdem sie sich gesetzt hatten, holte der Beamte einen Kuli heraus und klickte die Miene heraus. »Wie lautet Ihr voller Name?«

»Larry Owen«, sagte Lash. »Wie ich Ihrem Kollegen schon gesagt habe.«

Der Mann beugte sich über seine Formulare. »Adresse?«

»Fünfzehn dreiundachtzig Tenth Street, Wohnung vier F momentan.« Er dachte sich, er könnte genauso gut die Adresse angeben, die auf dem Fahrzeugschein des Focus stand. Mr D würde den gefälschten Führerschein vorbeibringen, den Lash benutzt hatte, als er noch bei seinen Eltern wohnte, aber er konnte sich nicht genau erinnern, was darauf stand.

»Haben Sie irgendein Dokument, das beweist, dass Sie dort wohnen?«

»Nicht dabei. Aber mein Freund bringt mir nachher meinen Ausweis.«

»Geburtsdatum?«

»Wann krieg ich meinen Anruf?«

»In einer Minute. Geburtsdatum?«

»Dreizehnter Oktober 1981.« Zumindest glaubte er, dass das auf dem gefälschten Führerschein stand.

Der Beamte stellte ein Stempelkissen auf den Tisch, stand auf und öffnete eine der Handschellen. »Ich brauche jetzt Ihre Fingerabdrücke.«

Na, viel Glück damit, dachte Lash.

Widerstandslos ließ er den Mann seine Hand nach vorn ziehen, eine Fingerspitze über die Tinte rollen und dann auf ein weißes Papier mit zehn in zwei Reihen angeordneten Kästchen drücken.

Der Polizist runzelte die Stirn und versuchte einen anderen Finger. »Da kommt nichts.«

»Ich hab mich als Kind verbrannt.«

»Aber klar doch.« Er probierte es noch ein paarmal, gab dann auf und steckte Lashs freie Hand wieder in die Handschelle zurück. »Rüber zur Kamera.«

Lash ging durch den Raum und stand still, während ein Blitzlicht vor seinem Gesicht aufleuchtete. »Ich will meinen Anruf.«

»Den bekommen Sie schon.«

»Wie hoch ist meine Kaution?«

»Das weiß ich noch nicht.«

»Wann komme ich raus?«

»Sobald der Richter die Kaution festsetzt und Sie bezahlen. Wahrscheinlich heute Nachmittag.«

Nun wurden Lashs Hände vor ihm mit den Handschellen gefesselt und ein Telefon vor ihn geschoben. Der Beamte drückte auf Lautsprecher und wählte Mr Ds Handynummer, die Lash ihm vorsagte.

Als der *Lesser* abhob, trat der Cop zurück.

Lash verschwendete keine Zeit. »Bring mir meine Brieftasche. Sie ist in meiner Jacke auf dem Rücksitz. Kaution wurde noch nicht festgesetzt, aber treib so schnell wie möglich Bargeld auf.«

»Wann soll ich kommen?«

»Bring den Ausweis sofort. Danach hängt es davon ab, wann der Richter die Kaution festlegt.« Er sah den Beamten an. »Kann ich ihn noch mal anrufen, um ihm zu sagen, wann er mich abholen soll?«

»Nein, aber er kann bei uns anrufen, um zu erfahren, in welchem Gefängnis Sie sind und auch, wann Sie entlassen werden.«

»Hast du das gehört?«

»Jawohl«, sagte Mr D, der durch den Lautsprecher ziemlich blechern klang.

»Macht weiter mit der Arbeit.«

»Machen wir.«

Zehn Minuten später saß Lash in einer Zelle.

Der große Raum war ganz klassisch, mit den Gitterstäben an der Frontseite und dem Edelstahlklo und dem Waschbecken in der Ecke. Als er sich mit dem Rücken zur Wand auf die Bank setzte, checkten ihn fünf Typen ab. Zwei waren eindeutig Junkies, weil sie fettig wie Speckstreifen glänzten und sich ganz offensichtlich früher am Abend das Gehirn gebrutzelt hatten. Die anderen drei waren seine Baustelle, wenn sie auch nur Menschen waren: ein Kerl mit massigen

Bizeps und einem guten Dutzend Gefängnistattoos in der gegenüberliegenden Ecke, weit weg von allen anderen; ein Gangmitglied mit einem blauen, um den Kopf gebundenen Tuch, der vor den Gitterstäben einen auf Tiger im Käfig machte; und ein glatzköpfiger Spinner, der neben der Zellentür lehnte.

Natürlich kriegten die Junkies gar nicht mit, dass ihr Grüppchen Zuwachs bekommen hatte, aber die anderen inspizierten ihn wie Hunde eine Lammkeule beim Metzger.

Lash dachte an die vielen *Lesser*, die sie heute Nacht verloren hatten.

»Hey, Arschloch«, sagte er zu dem Knacki, »hat dein Freund dir die Tattoos gemacht? Oder war der zu beschäftigt damit, dich in den Arsch zu ficken?«

Der Bursche verengte die Augen. »Was hast du zu mir gesagt?«

Das Gangmitglied schüttelte den Kopf. »Du bist wohl nicht mehr ganz dicht, du weißes Jüngelchen.«

Der Glatzkopf lachte wie ein Mixer, hoch und schnell.

Wer hätte gedacht, dass neue Mitglieder zu rekrutieren so einfach wäre, dachte Lash.

Phury dematerialisierte sich nicht ins *ZeroSum*. Er entschied sich für das *Screamer's*.

Da die Nacht sich dem Ende zuneigte, gab es keine Warteschlange mehr vor dem Club, also spazierte er einfach durch die Tür und zur Theke. Hardcore-Rap wummerte aus den Lautsprechern, der klägliche Rest der Partygäste klammerte sich krampfhaft an seinen Getränken fest und hing in dunklen Ecken übereinander, zu voll, um noch Sex zu haben.

Der Barkeeper kam an. »Es gibt gerade die letzte Runde.«

»Sapphire Martini.«

Kurz darauf stellte der Mann das Glas auf einer Serviette ab. »Das macht zwölf Dollar.«

Phury schob einen Fünfziger über die schwarze Theke und ließ die Hand darauf liegen. »Ich bin auf der Suche nach etwas. Und ich meine nicht das Wechselgeld.«

Der Barkeeper sah den grünen Schein an. »Was soll's denn sein?«

»Ich steh auf Schnee.«

Der Kerl sah sich im Raum um. »Tja, das hier ist ein Club, keine Skipiste.«

»Und ich trage kein Dunkelblau. Nie.«

Jetzt musterte der Kellner Phury von Kopf bis Fuß. »Bei deinen teuren Klamotten ... könntest du alles tragen.«

»Dunkelblau kann ich nicht leiden.«

»Bist du von außerhalb?«

»Könnte man sagen.«

»Dein Gesicht sieht furchtbar aus.«

»Na so was. Ist mir noch gar nicht aufgefallen.«

Der Barkeeper schwieg einen Moment. »Siehst du den Typen da hinten? Mit dem Adler auf der Jacke? Der kann dir vielleicht weiterhelfen. Vielleicht. Ich kenne ihn nicht.«

»Natürlich nicht.«

Phury ließ den Fünfziger und den Martini auf der Theke und lief zielstrebig durch die ausgedünnte, bedröhnte Menge.

Unmittelbar bevor er in Reichweite kam, schlenderte der fragliche Kerl davon, durch die Seitentür nach draußen.

Phury folgte ihm auf die Straße, und als er an der Luft war, blitzte in seinem Kopf etwas auf, was er aber ignorierte. Er war nur an einer Sache interessiert ... war so in sich verkapselt, dass sogar die Stimme des Zauberers weg war.

»Entschuldigung«, sagte er.

Der Dealer drehte sich auf dem Absatz um und musterte ihn mit dem gleichen Blick wie der Barkeeper vorher. »Ich kenne dich nicht.«

»Nein. Aber du kennst meine Freunde.«

»Ach nein.« Als Phury mit ein paar Hundertdollarscheinen wedelte, lächelte der Kerl. »Ah, *diese* Freunde. Was suchst du denn?«

»H.«

»Perfektes Timing. Ich bin fast ausverkauft.« Der Stein im Highschool-Ring des Mannes leuchtete blau, als er eine Hand in die Tasche steckte.

Den Bruchteil einer Sekunde sah Phury den Dealer und den Fixer in der Sackgasse vor sich, die beiden, die er und der *Lesser* damals überrascht hatten. Komisch, dieser Vorfall hatte die steile Talfahrt ausgelöst, der Abhang hatte ihn genau hierhergeführt, in diesen Augenblick, auf diese Straße ... wo ein kleiner weißer Umschlag voller Heroin in seiner Hand landete.

»Ich bin fast jede Nacht hier.« Der Dealer deutete mit dem Kopf auf den Club.

Lichtkegel trafen sie aus allen Richtungen – dank der zivilen Streifenwagen, die an beiden Enden der Straße parkten.

»Hände hoch!«, brüllte jemand.

Phury sah dem Dealer in die panischen Augen und spürte weder Mitleid noch Komplizenschaft. »Ich muss los. Bis dann.«

Er löschte die Erinnerung an sich aus den vier Polizisten mit den gezogenen Pistolen und aus dem Dealer mit der entsetzten Miene und dematerialisierte sich mit seinem Kauf.

16

Qhuinn ging voran durch den Tunnel, der unterirdisch vom Haus der Bruderschaft ins Büro des Trainingszentrums führte. Blay hielt sich hinter ihm, das einzige Geräusch, das man hörte, waren ihre Stiefel. Ihre gemeinsame Mahlzeit war genauso verlaufen – nur Besteckklappern und ein gelegentliches *Kann ich mal das Salz haben?*

Die Konversationsdürre beim Essen war nur von dem Platzregen eines heftigen Dramas im oberen Stock unterbrochen worden. Als sie das Gebrüll hörten, hatten sie beide ihre Gabeln weggelegt und waren in die Eingangshalle gerannt, doch Rhage hatte über die Brüstung nach unten geschaut und den Kopf geschüttelt; sie sollten sich raushalten.

Was okay war. Sie beide hatten reichlich eigenen Mist um die Ohren.

Als sie vor der Tür ankamen, die in den Büroschrank führte, tippte Qhuinn die Ziffern 1914 ein, so dass Blay sie sehen konnte.

»Das Jahr, in dem das Haus gebaut wurde, hat man mir gesagt.« Sie traten durch den Schrank und kamen neben dem Schreibtisch heraus. »Ich hatte mich immer gewundert, wie sie hierherkamen.«

Blay stieß ein Geräusch aus, das alles von »Ich auch« bis zu »Du kannst mich mal kreuzweise, du miese Ratte« heißen konnte.

Der Weg zum Sanitätsraum war nicht besonders schwer zu finden, und sobald sie in der Turnhalle waren, versuchte Blay, Qhuinn abzuhängen.

»Du kannst jetzt wieder gehen«, sagte er, sobald sie vor der Tür mit der Aufschrift AUSRÜSTUNG/PHYSIOTHERAPIE standen. »Ich kümmere mich selbst um die Wunde am Rücken.«

»Die ist zwischen deinen Schulterblättern.«

Blay legte die Hand auf die Klinke und machte wieder dieses Geräusch in der Kehle. Und dieses Mal hieß es garantiert nicht *Ich auch.*

»Sei vernünftig«, meinte Qhuinn.

Blays Blick war starr geradeaus gerichtet. Nach einem kurzen Moment öffnete er die Tür. »Wasch dir erst die Hände. Bevor du mich anfasst, will ich, dass du dir die Hände wäschst.«

Sie gingen hinein, und Blay steuerte sofort auf die Liege zu, auf der Qhuinn vorletzte Nacht operiert worden war.

»Wir wechseln uns ja schön ab hier«, sagte Qhuinn und blickte sich in dem gefliesten Raum mit den Edelstahlschränken und der medizinischen Einrichtung um.

Blay setzte sich auf den Tisch, schälte sich aus seinem Hemd und zuckte zusammen, als er die noch kaum geschlossenen blutenden Wunden auf seiner Brust sah. »Shit.«

Qhuinn stieß einen langen lautlosen Seufzer aus und betrachtete seinen Freund. Sein Kopf hing tief herab, während er seine Verletzungen inspizierte, und er sah wunderschön aus mit seinen breiten Schultern, den straffen Brustmuskeln, den von Muskelsträngen durchzogenen Armen. Was ihn allerdings noch viel anziehender machte, war seine kühle Reserviertheit.

Man fragte sich unwillkürlich, was sich wohl unter all dieser Zurückhaltung verbarg.

Qhuinn spielte die Krankenschwester, suchte Mullbinden, Klebeband und antiseptische Spülung aus den Schränken zusammen, legte alles auf ein Tablett und flitzte damit zum Behandlungstisch.

Dann stellte er sich vor das Edelstahlwaschbecken und drückte das Pedal, um das Wasser anzustellen.

Beim Händewaschen sagte er leise: »Wenn ich könnte, würde ich.«

»Wie bitte?«

Qhuinn quetschte etwas Seife in seine Hand und schäumte sich bis zu den Ellbogen ein. Was total übertrieben war, aber wenn Blay ihn ultrasauber haben wollte, dann bitte schön. »Wenn ich einen Mann auf diese Art lieben könnte, dann wärst du es.«

»Wenn ich's mir recht überlege, dann mach ich das hier doch lieber allein, und zum Teufel mit meinen Rücken.«

»Ich meine es ernst.« Qhuinn ließ das Pedal los und schüttelte die Hände über dem Waschbecken aus. »Glaubst du, ich hätte noch nie darüber nachgedacht? Mit dir zusammen zu sein, meine ich. Und nicht nur beim Sex.«

»Ehrlich?«, flüsterte Blay.

Qhuinn trocknete sich die Hände mit einem Stapel blauer Papierhandtücher ab und nahm eins mit, als er zu Blay ging. »Ja. Halt dir das hier unter die Wunden.«

Blay gehorchte, und Qhuinn quetschte etwas Spülung auf die Schnittwunde auf dem Brustbein.

»Ich wusste nicht – verdammte *Scheiße!*«

»Brennt ein bisschen, was?« Qhuinn ging um den Tisch herum, um sich Blays Rücken anzusehen. »Achtung, jetzt kommt der andere. Der ist noch tiefer.«

Qhuinn hielt ein Papiertuch unter den Schnitt am Rücken und wusch die Verletzung mit etwas aus, das wie Sagrotan roch. Blay zischte und krümmte sich. »Es ist gleich vorbei.«

»Das sagst du doch zu allen –« Blay biss sich auf die Zunge.

»Nein, das sage ich zu niemandem. Die nehmen mich, wie ich bin. Wenn sie damit nicht klarkommen, ist das ihr Problem.«

Qhuinn riss ein Päckchen sterilen Wundverband auf und presste das weiße Gewebe auf die Wunde zwischen Blays Schulterblättern. »Ich hab sogar viel über uns nachgedacht … aber langfristig sehe ich mich mit einer Frau. Ich kann das nicht erklären. So ist es einfach.«

Blays Brustkorb dehnte sich aus und zog sich wieder zusammen. »Vielleicht, weil du nicht noch einen Defekt brauchen kannst?«

Qhuinn runzelte die Stirn. »Nein.«

»Bist du dir da ganz sicher?«

»Hör mal, wenn es mich interessieren würde, was andere Leute denken, glaubst du, ich würde dann tun, was ich schon längst tue?« Er kam wieder nach vorn und betupfte die Wunde auf Blays Brust, dann wandte er sich dem Schnitt auf der Schulter zu. »Außerdem ist meine Familie tot. Wen soll ich denn jetzt noch beeindrucken?«

»Warum warst du so grausam?«, fragte Blay mit würdevoller Stimme. »Bei mir zu Hause im Tunnel.«

Qhuinn nahm eine Tube Breitbandantibiotikum und stellte sich wieder vor den Rücken seines Freundes. »Ich war mir ziemlich sicher, dass ich nicht zurückkommen würde, und ich wollte nicht, dass du meinetwegen dein Leben ruinierst. Dachte, es wäre besser für dich, mich zu hassen als mich zu vermissen.«

Blay musste aufrichtig lachen, und der Klang tat gut. »Du bist so arrogant.«

»Ach was. Aber es stimmt doch, oder?« Qhuinn strich die milchige Salbe auf die Schnittwunde. »So wäre es doch gewesen.«

Als er wieder vor ihn trat, hob Blay den Kopf. Ihre Blicke trafen sich, und Qhuinn legte seinem Freund die Hand auf die Wange.

Sanft mit dem Daumen hin und her reibend flüsterte er: »Ich möchte, dass du mit jemandem zusammen bist, der deiner würdig ist. Der dich anständig behandelt. Nur für dich da ist. Das bin ich nicht. Selbst wenn ich mich mit einer Frau niederlassen würde … ich rede mir gern ein, dass ich bei nur einer bleiben könnte, aber tief drinnen glaube ich nicht wirklich daran.«

Die Sehnsucht in den blauen Augen, die ihn ansahen, brach ihm das Herz. Total. Und er konnte sich nicht vorstellen, was Blay in ihm sah, das ihn so besonders machte.

»Was stimmt denn nicht mit dir«, flüsterte er, »dass ich dir so viel bedeute?«

Blays trauriges Lächeln machte ihn um eine Million Jahre älter, verlieh seinem Gesicht ein Wissen, das man nur haben konnte, wenn einen das Leben schon diverse Mal in die Eier getreten hatte. »Was stimmt mit *dir* nicht, dass du das nicht begreifen kannst?«

»In dem Punkt bleiben wir wohl unterschiedlicher Meinung.«

»Versprichst du mir was?«

»Alles.«

»Verlass mich, wenn du willst, aber nicht zu meinem eigenen Besten. Ich bin kein Kind, und ich gehe nicht so leicht kaputt, und was ich empfinde, geht dich verflucht noch mal nichts an.«

»Ich dachte, ich würde das Richtige tun.«

»Hast du aber nicht. Also, versprichst du es?«

Qhuinn atmete hörbar aus. »Na schön, versprochen. Wenn du schwörst, dass du dir einen richtigen Mann suchst, abgemacht?«

»Du bist für mich ein richtiger Mann.«

»Schwör es. Sonst zieh ich wieder die Einsamer-Wolf-Nummer ab. Ich möchte, dass du offen für jemanden bist, den du wirklich haben kannst.«

Blays Hand umschloss Qhuinns Handgelenk und drückte es, um den Pakt beiderseitig zu besiegeln. »Na gut … abgemacht. Aber ein Mann wird es auf jeden Fall sein. Ich hab's mit Frauen probiert, und es fühlt sich einfach nicht richtig an.«

»Hauptsache, du bist glücklich. Tu, was dich glücklich macht.«

Die Spannung zwischen ihnen löste sich allmählich, und Qhuinn schlang die Arme um seinen Freund und hielt ihn fest an sich gedrückt, versuchte, seinen Kummer aufzusaugen, wünschte sich, es gäbe einen anderen Weg für sie.

»Ich schätze mal, es ist besser so«, murmelte Blay in seine Schulter. »Du kannst nicht kochen.«

»Siehst du? Ich bin gar nicht der Märchenprinz.«

Qhuinn hätte schwören können, dass Blay flüsterte: »Doch, bist du schon.« Aber ganz sicher war er sich nicht.

Sie lösten sich voneinander, sahen einander in die Augen … und etwas verschob sich. In der Stille des leeren Trainingszentrums, in der ausgedehnten Zweisamkeit des Augenblicks veränderte sich etwas.

»Nur ein Mal«, sagte Blay leise. »Tu es nur ein Mal. Damit ich weiß, wie es ist.«

Qhuinn schüttelte den Kopf. »Nein … ich glaube nicht …«

»Doch.«

Nach einem kurzen Zögern legte Qhuinn beide Hände um Blays kräftigen Hals und umfasste seinen Kiefer. »Bist du dir sicher?«

Als Blay nickte, neigte Qhuinn den Kopf seines Freundes zur Seite und hielt ihn fest, während er sich langsam näherte. Unmittelbar bevor ihre Lippen sich berührten, flatterten Blays Wimpern nach unten, und er erbebte und –

O, es war süß. Blays Lippen waren unglaublich süß und weich.

Die Zunge hätte vermutlich nicht dazugehören sollen, aber es ließ sich nicht vermeiden. Qhuinn leckte zaghaft, dann ließ er sich tief fallen, schlang die Arme um Blay und hielt ihn mit aller Kraft. Als er schließlich den Kopf wieder hob, verrieten ihm Blays Augen, dass er alles zwischen ihnen zulassen würde. Absolut alles.

Sie konnten diesen Funken zwischen sich weitertragen, bis sie beide nackt waren, und Qhuinn mit seinem Freund tat, was er am besten konnte.

Doch dann wäre danach nichts mehr, wie es einmal war, und das hielt ihn davon ab, obwohl er plötzlich genau dasselbe wollte wie Blay. »Du bist mir viel zu wichtig«, sagte er mit rauer Stimme. »Du bist zu gut für die Art von Sex, die ich normalerweise habe.«

Blays Blick hing an Qhuinns Mund. »Jetzt in diesem Augenblick bin ich da völlig anderer Meinung.«

Als Qhuinn ihn losließ und einen Schritt zurück machte, stellte er fest, dass er gerade zum ersten und einzigen Mal jemanden zurückgewiesen hatte. »Ich habe aber Recht. Ausnahmsweise habe ich verdammt noch mal Recht.«

Blay holte tief Luft, dann stützte er die Arme auf dem Tisch ab und sammelte sich wieder. Er lachte kurz auf. »Ich kann meine Füße und meine Hände nicht spüren.«

»Ich würde sie ja abrubbeln, aber …«

Blays Blick unter seinen Wimpern hervor war so verflucht sexy. »Dann wärst du in Versuchung, noch was anderes von mir abzurubbeln?«

Qhuinn grinste. »Penner.«

»Von mir aus. Dann sei doch so.« Blay streckte die Hand nach der Wundspülung aus, tupfte sich etwas davon auf die Brust und deckte die Stelle dann mit Mull ab. »Verbindest du mir den Rücken?«

»Klar.«

Während er den Schnitt verpflasterte, stellte sich Qhuinn vor, wie jemand Blays Haut berührte … ihn streichelte, das Sehnen linderte, das ein Mann zwischen seinen Beinen bekam.

»Eine Sache noch«, murmelte Qhuinn.

»Was?«

Die Stimme, die aus seiner Kehle drang, war anders als alles, was er je von sich gehört hatte. »Wenn dir ein Kerl das Herz bricht oder dich mies behandelt, dann reiße ich ihn mit bloßen Händen in Stücke und lass seine kaputten, blutigen Überreste in der Sonne verschmoren.«

Blays Gelächter grollte über die gefliesten Wände. »Aber natürlich wirst du –«

»Ich meine das todernst.«

Blays blaue Augen blickten über seine Schulter.

»Wenn jemand es wagt, dir wehzutun«, knurrte Qhuinn in der Alten Sprache, *»dann werde ich ihn pfählen und seinen Leib zerstören.«*

In seinem geräumigen Sommerhaus in den Adirondacks versuchte Rehvenge verzweifelt, sich wieder aufzuwärmen.

In einen dicken Frotteebademantel gewickelt und mit einer Nerzdecke zugedeckt lag er ausgestreckt auf einer Couch, nur zwei Meter von den Flammen eines knisternden Feuers entfernt.

Dieser Raum gehörte zu seinen Lieblingszimmern in dem riesigen, scheunenähnlichen Haus; mit seiner viktorianischen Einrichtung in Granatrot, Gold und Tiefblau entsprach er häufig seiner Stimmung. Komisch, er hatte immer gedacht, dass ein Hund gut neben dem massigen Steinkamin aussehen würde. Ein Retriever oder so was. Genau, vielleicht würde er sich einen Hund holen. Bella hatte Hunde immer gemocht. Ihre Mutter allerdings nicht, deshalb hatte es in ihrem Haus in Caldwell nie einen gegeben.

Rehv runzelte die Stirn und dachte an seine Mutter, die sich derzeit in einem anderen ihrer Häuser etwa zweihundert Kilometer entfernt aufhielt. Sie hatte sich von Bellas Entführung noch nicht wieder erholt. Das würde sie wahrscheinlich niemals. Selbst nach all den Monaten wollte sie nicht zurück in die Stadt – wobei dieser Entschluss in Anbetracht der Vorfälle in Caldwell keine so schlechte Sache war.

Sie würde in dem Haus sterben, in dem sie jetzt gerade war, dachte er. Wahrscheinlich innerhalb der nächsten paar Jahre. Das Alter hatte sie eingeholt, ihre biologische Uhr hatte zum Endspurt angesetzt, ihr Haar war schon weiß geworden.

»Ich hab noch Holz geholt«, sagte Trez, als er mit einem Armvoll Scheite zurückkam. Der Maure ging zum Kamin, schob den Wandschirm beiseite und stocherte in der Glut, bis sie noch heller loderte.

Was ziemlich krass war für August.

Aber das hier war August in den Adirondacks. Außerdem hatte er eine doppelte Dosis Dopamin intus, weshalb er ungefähr die gleiche Sinneswahrnehmung und Kerntemperatur hatte wie versteinertes Holz.

Trez stellte den Wandschirm wieder hin und blickte über die Schulter zu Rehv. »Deine Lippen sind blau. Soll ich dir Kaffee machen?«

»Du bist mein Leibwächter, kein Butler.«

»Und wie viele Leute genau stehen hier mit Silbertabletts rum?«

»Ich geh selbst.« Rehv wollte sich aufsetzen, aber sein Magen protestierte heftig. »Verdammt.«

»Leg dich wieder hin, sonst schlag ich dich k. o.«

Als sein Freund gegangen war, sank Rehv wieder in die Kissen. Die Nachwirkungen dessen, was er mit der Prinzessin machte, waren ätzend. Einfach nur ätzend. Er wollte einfach nur alles vergessen, wenigstens bis zum nächsten Monat. Blöderweise lief die Episode aber als Endlosschleife in seinem Kopf ab. Wieder und wieder sah er vor sich, was er heute Nacht in der Blockhütte getan hatte, sah sich selbst wichsen, um die Prinzessin zu verführen, und sie dann am Fensterbrett vögeln.

Variationen dieser Perversionen stellten nun schon – wie lang sein Sexleben dar? *Dreck* …

Er sinnierte kurz, wie es wohl wäre, etwas für jemanden zu empfinden, aber diesen Wunschtraum schob er schnell wieder beiseite. Die einzige Möglichkeit für ihn, Sex zu haben, war seine Medikamente abzusetzen – deshalb konnte er nur mit einer Symphathin Sex haben, und für eine dieser Frauen würde er sich niemals erwärmen. Klar, er und Xhex hatten es ausprobiert, aber das war eine Katastrophe gewesen, in vielerlei Hinsicht.

Ein Kaffeebecher wurde ihm unter die Nase gehalten. »Trink das.«

Er streckte die Hand danach aus und sagte: »Danke –«

»Verdammt, Mann, wie siehst du denn aus?«

Rasch steckte Rehv den schlimmen Arm unter die Decke und nahm den anderen. »Wie gesagt, Danke.«

»Deshalb also hat Xhex dich in die Klinik geschickt.« Trez pflanzte sich in einen dunkelroten Sessel. »Und nein, ich warte nicht auf deine Bestätigung meiner Vermutung. Es ist unübersehbar.«

Als Trez die Beine übereinanderschlug, sah er aus wie der perfekte Gentleman, ein wahres Beispiel königlicher Abstammung: Obwohl er eine schwarze Cargohose, Springerstiefel und ein enges Shirt trug, und mit Leichtigkeit in der Lage war, einem Mann den Kopf abzureißen und als Fußball zu benutzen, hätte man schwören können, dass er nur einen Abstecher zum Schrank von Hermelinumhang und Krone entfernt war.

Was übrigens auch tatsächlich so war.

»Der Kaffee ist gut«, murmelte Rehv.

»Aber Waffelnbacken kann ich nicht. Was macht das Gegengift?«

»Ganz toll.«

»Das heißt, dir ist immer noch schlecht.«

»Du solltest Symphath sein.«

»Ich arbeite mit zweien von der Sorte zusammen. Das reicht dicke, vielen Dank auch.«

Rehv lächelte und nahm einen weiteren tiefen Schluck Kaffee. Wahrscheinlich verbrannte er sich den Mund, dem Dampf aus der Tasse nach zu urteilen, aber er spürte überhaupt nichts.

Andererseits war ihm Trez' starrer schwarzer Blick nur allzu bewusst. Was bedeutete, dass der Maure gleich etwas sagen würde, was Rehv nicht gefiele. Anders als die meisten Leute sah einen der Kerl direkt an, wenn er einem etwas Unerfreuliches mitzuteilen hatte.

Rehv verdrehte die Augen. »Jetzt bring's schon hinter dich, du meine Güte.«

»Es geht dir jedes Mal hinterher noch schlechter, wenn du bei ihr warst.«

Das stimmte. Damals, als alles anfing, konnte er im Anschluss sofort wieder zur Arbeit gehen. Nach ein paar Jahren hatte er sich danach kurz hinlegen müssen. Später brauchte er ein paar Stunden Schlaf. Inzwischen lag er satte vierundzwanzig Stunden flach. Das Problem war, dass er inzwischen eine Allergie gegen das Gift hatte. Klar, das Gegengift, das Trez ihm hinterher reinjagte, verhinderte einen allergischen Schock, aber er erholte sich nicht mehr so gut davon.

Vielleicht würde er sich eines Tages gar nicht mehr erholen.

Als er an all die Medikamente dachte, die er regelmäßig brauchte, dachte er: *Mit den besten Empfehlungen Ihrer Pharmaindustrie.*

Trez blickte ihn immer noch unverwandt an, also nahm er noch einen Schluck und sagte: »Die Sache mit ihr zu beenden, steht nicht zur Debatte.«

»Aber du könntest dich aus Caldwell absetzen. Dir einen neuen Wohnort suchen. Wenn sie nicht weiß, wo du zu finden bist, kann sie dich schlecht ausliefern.«

»Wenn ich die Stadt verließe, würde sie sich meine Mutter schnappen. Die wegen Bella und dem Baby auf keinen Fall woanders hinwill.«

»Das wird dich noch umbringen.«

»Sie ist zu abhängig davon, um das zu riskieren.«

»Dann musst du ihr sagen, sie soll den Quatsch mit dem Skorpiongift lassen. Ich verstehe, warum du stark wirken willst, aber sie wird bald einen Kadaver vögeln, wenn sie nicht damit aufhört.«

»Würde mich nicht wundern, wenn sie das auch noch anturnt.«

Hinter Trez breitete sich ein schönes Leuchten am Horizont aus.

»Verdammt, ist es schon so spät?« Rehv tastete nach der Fernbedienung, um die Stahlrollläden herunterzulassen.

Doch das war nicht die Sonne. Wenigstens nicht die Sonne, die üblicherweise über den Himmel zog.

Eine Lichtgestalt kam gemütlich über den Rasen auf das Haus zugeschlendert.

Rehvenge fiel nur eine einzige Sache ein, die so einen Effekt erzielen konnte.

»Ist ja verflucht noch mal fantastisch«, raunte er und setzte sich auf. »Mann, ist diese Nacht nicht bald mal vorbei?«

Trez war bereits auf den Beinen. »Soll ich ihn reinlassen?«

»Von mir aus. Sonst würde er sowieso einfach durch die Scheibe laufen.«

Der Maure schob eine der Terrassentüren auf und trat zurück, als Lassiter hereinkam. Sein gleitender Gang wirkte geschmeidig und träge und unverschämt.

»Lange nicht gesehen«, sagte der Engel.

»Nicht lange genug.«

»Immer ein guter Gastgeber, hm?.«

»Hör mal, Glühwürmchen.« Rehv blinzelte heftig. »Was dagegen, wenn du deine Diskokugel ein bisschen dimmst?«

Das helle Leuchten ließ nach, bis Lassiter schließlich normal in Erscheinung trat. Also, normal für jemanden mit einem amtlichen Piercing-Fetisch und dem Bestreben, als Goldreserve für ein ganzes Land herhalten zu können.

Trez machte die Tür zu und baute sich davor auf wie eine Mauer, seine Miene sagte klar und deutlich: *Wenn du mir blöd kommst, trete ich dir in den Hintern, Engel oder nicht.*

»Was führt dich in mein Haus«, fragte Rehv, den Kaffeebecher mit beiden Händen umschließend, um die Wärme in sich aufzunehmen.

»Ich habe ein Problem.«

»Deine Persönlichkeit kann ich nicht reparieren, tut mir leid.«

Lassiter lachte, das Geräusch klang durch das Haus wie Kirchenglocken. »Macht nichts. Ich mag mich so, wie ich bin, vielen Dank.«

»Gegen Wahnvorstellungen bin ich auch machtlos.«

»Ich brauche eine Adresse.«

»Sehe ich aus wie ein Telefonbuch?«

»Offen gestanden siehst du total beschissen aus.«

»Du immer mit deinen Komplimenten.« Rehv trank den Kaffee leer. »Wie kommst du auf die Idee, dass ich dir helfen würde?«

»Tja.«

»Was dagegen, noch ein paar Verben und Substantive einzustreuen? Ich verstehe nur Bahnhof.«

Lassiter wurde ernst, seine ätherische Schönheit verlor das übliche großkotzige Grinsen. »Ich bin in offizieller Mission hier.«

Rehvenge runzelte die Stirn. »Nichts für ungut, aber ich dachte, dein Chef hat dich gefeuert.«

»Ich habe noch einen letzten Versuch, ein braver Junge zu werden.« Der Engel sah eindringlich auf den Kaffeebecher in Rehvs Händen. »Wenn du mir hilfst, kann ich dir auch einen Gefallen tun.«

»So, so.«

Als Lassiter versuchte, einen Schritt nach vorn zu machen, klebte Trez an ihm wie Farbe. »O nein, das lässt du schön bleiben.«

»Ich heile ihn. Wenn ich ihn berühren darf, werde ich ihn heilen.«

Trez' Augenbrauen sanken herab, und er machte den Mund auf, als wollte er dem Engel raten, sich selbst zu heilen, indem er sich ganz schnell hier verpisste.

»Warte«, sagte Rehv da.

Mann, er fühlte sich so müde und erledigt und elend, er konnte sich kaum vorstellen, dass sich das bis zum Einbruch der Nacht ändern würde. Morgen in einer Woche.

»Um welche Adresse geht es denn?«

»Die der Bruderschaft.«

»Ha. Selbst wenn ich die kennen würde – und das tue ich nicht – könnte ich sie dir nicht geben.«

»Ich habe etwas, was sie verloren haben.«

Rehv wollte schon wieder lachen, da zündete plötzlich seine Symphathen-Hälfte. Der Engel war ein Penner, aber er sah total ernst aus. Konnte das etwa stimmen? Könnte er am Ende –

»Ja, habe ich«, sagte Lassiter. »Hilfst du mir jetzt, ihnen zu helfen? Und als Gegenleistung kümmere ich mich um dein kleines Problem.«

»Und was für ein Problem soll das sein?«

»Die multiresistente Infektion an deinem Arm. Und die Tatsache, dass du spätestens bei deiner übernächsten Begegnung mit diesem Skorpiongift einen allergischen Schock kriegst.« Lassiter schüttelte den Kopf. »Ich werde keine Fragen stellen. Weder zum einen noch zum anderen.«

»Geht's dir gut? Normalerweise bist du neugieriger.«

»Hey, wenn du gern darüber reden –«

»Schon gut. Tob dich ruhig aus.« Rehv streckte seinen durchlöcherten Arm aus. »Ich werde sehen, was ich tun kann, aber ich kann nichts versprechen.«

Lassiter warf Trez ein Lächeln zu. »Also, Großer, machst du dich mal kurz locker und trittst beiseite? Denn dein Boss hier hat eingewilligt –«

»Er ist nicht mein Boss.«

»Ich bin nicht sein Boss.«

Lassiter legte den Kopf schief. »Dann eben dein Kollege. Gehst du jetzt freundlicherweise mal aus dem Weg?«

Trez fletschte seine Fänge und knallte zweimal die Kiefer aufeinander – wie man in Schattenkreisen jemandem mitteilte, dass er auf einem sehr schmalen Grat auf einem sehr hohen Berg wandelte. Aber er trat zurück.

Lassiter kam näher, sein Leuchten wurde wieder heller.

Rehv sah dem Kerl in die silbernen, pupillenlosen Augen. »Wenn du mich reinlegst, zerlegt Trez dich, bis man deine Verpackung nicht mal mehr mit Gaffer-Tape zusammenflicken kann. Du weißt, was er ist.«

»Ich weiß, aber er vergeudet seine Muskelkraft. Ich kann den Rechtschaffenen keinen Schaden zufügen, du bist also in Sicherheit.«

Rehv stieß ein bellendes Lachen aus. »Dann sollte er sich lieber weiter Sorgen machen.«

Als Lassiter den Arm ausstreckte und mit ihm in Berührung kam, spürte Rehv eine Art Stromschlag in seinen Arm züngeln, der ihm die Luft nahm. Eine wundersame Heilung ergoss sich in ihn, er erschauerte und legte sich zurück in sein Nest aus Decken. O mein Gott … Seine Erschöpfung ließ nach. Was bedeutete, dass der Schmerz, den er nicht fühlte, abebbte.

Mit seiner hinreißenden Stimme murmelte Lassiter: »Du brauchst dir überhaupt keine Sorgen zu machen. Die Rechtschaffenen mögen nicht immer recht handeln, aber ihre Seelen bleiben rein. Du bist in deinem Kern unbefleckt. Jetzt schließ deine Augen, du taube Nuss, ich werde gleich aufflackern wie ein Lagerfeuer.«

Rehv kniff die Augen zusammen und wandte den Kopf ab, als ein Schwall reinster Energie durch seinen Körper knallte. Es war wie ein Orgasmus auf Steroiden, ein gigantischer Schub, der ihn forttrug, ihn aufsplitterte, bis er in einem Sternenregen wieder herabschwebte.

Als er wieder in seinen Körper zurückkehrte, seufzte er lang und tief.

Lassiter ließ ihn los und rieb sich die Hand an der tief sitzenden Jeans, die er trug. »Und jetzt zu dem, was ich von dir brauche.«

»Es wird nicht einfach, sie zu finden.«

»Erzähl mir was Neues.«

»Ich muss mich zuerst davon überzeugen, dass du ihn wirklich hast.«

»Er ist nicht gerade bester Laune.«

»Kein Wunder, bei deiner Gesellschaft. Aber ich mach keine Welle, ehe ich ihn nicht mit eigenen Augen gesehen habe.«

Eine kurze Pause folgte. Und dann neigte Lassiter den Kopf. »Schön. Ich komme bei Einbruch der Nacht zurück und bringe dich zu ihm.«

»Geht klar, Engel. Geht klar.«

17

Unmittelbar vor dem Morgengrauen ging Phury in sein Zimmer und packte eine Sporttasche mit seiner Trainingsausrüstung, Handtuch, iPod, Wasserflasche … und Drogenzubehör einschließlich einem Löffel, einem Feuerzeug, einer Spritze, einem Gürtel und seiner Tüte rotem Rauch.

Dann ging er aus dem Zimmer und mit energischem Schritt in den Flur mit den Statuen. Er wollte nicht zu nahe bei Bella und Z sein, deshalb wählte er ein leeres Gästezimmer näher an der großen Freitreppe. Als er durch die Tür geschlüpft war, hätte er sich beinahe doch noch einen anderen Raum gesucht: Die Wände waren in zartem Lavendel gestrichen, genau die Farbe, die Cormia so gut gefiel.

Stimmen von *Doggen,* die draußen im Flur vorbeigingen, veranlassten ihn zum Bleiben.

Er ging ins Badezimmer, machte auch diese Tür zu und dimmte das Licht, bis es schwach glühte wie ein Kaminfeuer. Als die Rollläden für den Tag herunterratterten, setzte er sich mit dem Rücken zur Wanne auf den Marmorfußboden und holte alles aus der Tasche, was er brauchte.

Die Realität dessen, was zu tun er im Begriff stand, kam ihm seltsamerweise ganz normal vor.

Es war ein bisschen, wie in kaltes Wasser zu springen. Wenn der erste Schock mal verdaut war, gewöhnte man sich daran.

Und die Stille in seinem Kopf ermutigte ihn. Seit er diesen Weg eingeschlagen hatte, hatte der Zauberer kein Sterbenswörtchen mehr gesagt.

Phurys Hände zitterten nicht, als er etwas weißes Pulver in einen Silberlöffel klopfte und einen Tropfen Wasser aus seiner Flasche hinzufügte. Ruhig klappte er den Deckel seines Feuerzeugs auf, riss eine Flamme an und hielt sie unter die Mischung.

Geistesabwesend bemerkte er, dass der Löffel das Maiglöckchenmuster von Gorham hatte. Aus dem neunzehnten Jahrhundert.

Nachdem der Brei aufgekocht war, legte er den Löffel auf den Fußboden, zog die Spritze auf und tastete nach seinem Gürtel. Er streckte den linken Arm aus, fädelte das Leder durch die goldene Schnalle, zog fest und klemmte sich das Ende unter dem Arm fest.

Seine Venen traten in der Armbeuge hervor und er betastete sie probeweise. Er wählte die dickste aus, dann runzelte er die Stirn.

Das Zeug in der Spritze war braun.

Einen kurzen Moment geriet er in Panik. Braun war keine gute Farbe.

Dann schüttelte er den Kopf, um ihn freizubekommen, durchstach seine Vene mit der Nadel und zog an dem Kolben, um sich zu vergewissern, dass er richtig drin war. Als er etwas Rotes sah, drückte er ihn mit dem Daumen ganz nach unten, leerte den Spritzeninhalt in seinen Arm und lockerte den Gürtel.

Die Wirkung trat viel schneller ein, als er es sich vorgestellt hatte. In der einen Sekunde ließ er den Arm sinken, in der nächsten wurde ihm wahnsinnig schlecht, und er krabbelte in einer bizarren, hektischen Zeitlupenbewegung zum Klo.

Dieses Zeug war definitiv kein roter Rauch. Da gab es keine sanfte Lockerung, kein höfliches Klopfen an der Tür, bevor die Droge ins Gehirn eintrat. Das war ein Überfall mit einem Rammbock und Munition aus allen Rohren, und während er sich übergab, musste er sich selbst daran erinnern, dass er bekommen hatte, was er wollte.

Ganz dumpf, im Hintergrund seines Bewusstseins, hörte er den Zauberer lachen ... hörte die meckernde Befriedigung seiner Sucht einsetzen, selbst noch als das Heroin seinen Körper und Geist vollständig übernahm.

Als er ohnmächtig wurde, noch während er sich übergab, erkannte er, dass man ihn reingelegt hatte: Anstatt den Zauberer zu töten, blieb er jetzt allein mit der Ödnis und ihrem Meister zurück.

Toll hingekriegt, mein Freund ... das hast du wirklich ganz toll hingekriegt.

Verdammt, jetzt erkannte er es – diese ganzen Knochen in der Ödnis waren die Überreste der Süchtigen, die der Zauberer mit seinem Gerede in den Tod getrieben hatte. Und Phurys Schädel lag ganz vorne in der Mitte, das jüngste Opfer. Aber mit Sicherheit nicht das letzte.

»Natürlich«, sagte die Auserwählte Amalya. »Natürlich wird dir gestattet, in Klausur zu gehen ... wenn es das ist, was du dir wirklich wünschst?«

Cormia nickte und ermahnte sich dann, dass sie zurück

im Heiligtum war, zurück im Reich der Verneigungen. Sie verbeugte sich und murmelte: »Danke.«

Als sie sich wieder aufrichtete, blickte sie sich in den Gemächern der Directrix um. Die beiden Räume waren in der Tradition der Auserwählten dekoriert, was bedeutete, dass es überhaupt keine Deko gab. Alles war schlicht, spartanisch und weiß. Der einzige Unterschied zu den Räumen der übrigen Auserwählten war, dass Amalya Sitzgelegenheiten für Audienzen mit ihren Schwestern hatte.

Alles war so weiß, dachte Cormia. So … weiß. Und die Stühle, auf denen sie saßen, hatten harte Rückenlehnen und keine Polsterung.

»Du kommst zur rechten Zeit«, fuhr die Directrix fort. »Die letzte verbleibende Klausurschreiberin, Selena, hat ihr Amt mit der Ankunft des Primals niedergelegt. Die Jungfrau der Schrift ließ sie gern ihre Pflichten abtreten, in Anbetracht unserer veränderten Umstände. Allerdings hat sich niemand gemeldet, um sie zu ersetzen.«

»Ich möchte vorschlagen, dass ich auch die Aufgabe der Geschichtsschreiberin übernehme.«

»Das wäre sehr großzügig von dir. Es würde die anderen für den Primal freistellen.« Eine Zeitlang sprach keine von beiden. »Sollen wir fortfahren?«

Als Cormia nickte und sich auf den Boden kniete, entzündete die Directrix etwas Räucherwerk und vollzog die Zeremonie der Klausur.

Danach erhob Cormia sich und trat an eine ausgesparte Fläche in der Mauer, die sie inzwischen ein Fenster genannt hätte.

Auf der gegenüberliegenden Seite des weißen Geländes des Heiligtums sah sie den Tempel der Schreiberinnen. Er war mit den Privatgemächern der Jungfrau der Schrift verbunden und hatte keine Fenster. Innerhalb seiner weißen

Mauern würde niemand außer ihr selbst sein. Sie und unzählige Rollen Pergament und fässerweise blutrote Tinte und die künftige Geschichte ihres Volkes, die sie nur als Betrachterin aufzuzeichnen hatte, nicht aber als Teilnehmerin.

»Ich kann das nicht tun«, sagte sie.

»Entschuldige, was hast du –«

Sie hörten ein Klopfen am Türrahmen. »Herein«, rief Amalya.

Eine ihrer Schwestern kam herein und verneigte sich tief. »Die Auserwählte Layla hat ihre Bäder zur Vorbereitung auf seine Hoheit, den Primal, beendet.«

»Ah, gut.« Amalya nahm eine der Räucherschalen. »Dann bringen wir sie in seinen Tempel, und im Anschluss werde ich ihn auf diese Seite rufen.«

»Wie du wünschst.« Mit gebeugtem Kopf zog sich die Auserwählte zurück, und Cormia erhaschte ein erwartungsfrohes Lächeln auf ihrem Gesicht.

Wahrscheinlich hoffte sie, als Nächste für einen Ausflug in den Tempel an der Reihe zu sein.

»Würdest du mich entschuldigen?«, bat Cormia. Ihr Herz schlug unregelmäßig, wie ein Instrument, das seinen Takt nicht finden konnte. »Ich werde mich in den Tempel der Schreiberinnen zurückziehen.«

»Aber natürlich.« Unversehens wurde Amalyas Blick durchdringend. »Bist du dir ganz sicher, Schwester?«

»Ja. Und das ist ein herrlicher Tag für uns alle. Ich werde ihn gewissenhaft aufzeichnen.«

»Ich lasse dir deine Mahlzeiten bringen.«

»Ja. Danke.«

»Cormia … ich bin für dich da, solltest du einen Rat brauchen. Auf persönlicher Ebene.«

Cormia verneigte sich und eilte fort, ohne Umwege begab sie sich in den massiven weißen Tempel, der ab jetzt ihr Zuhause sein würde.

Als sie das schwere Tor hinter sich schloss, wurde sie von einer dichten, pechschwarzen Finsternis umhüllt. Ihrem Willen gehorchend flackerten Kerzen in den vier Ecken des hohen Raums auf, und in ihrem Schein betrachtete sie die sechs weißen Schreibpulte mit ihren auf Gebrauch wartenden weißen Federkielen, ihren blutroten Tintenfässern und ihren Kristallschalen voll sehenden Wassers. Auf dem Fußboden standen Körbe mit Bündeln von Pergament, aufgerollt und mit weißen Bändern verschnürt, bereit, die Chronik ihres Volkes aufzunehmen.

An der gegenüberliegenden Wand standen drei einfache Stockbetten, jedes davon mit einem einzigen blütenreinen Kissen und präzise gefaltetem Laken ausgestattet. Keine weiteren Decken lagen am Fußende der Betten, da die Temperatur zu vollkommen war, um zusätzliche Wärme erforderlich zu machen. Seitlich hing ein Vorhang, der einen Baderaum abtrennte.

Rechter Hand lag eine verzierte Silbertür, die in die Privatbibliothek der Jungfrau der Schrift führte. Die Klausurschreiberinnen waren die Einzigen, in deren Feder Ihre Heiligkeit ihr persönliches Tagebuch diktierte, und wenn sie gerufen wurden, benutzten sie diese Tür, um die ihnen gewährte Audienz wahrzunehmen.

Der Schlitz in der Mitte dieser Pforte diente dazu, sowohl von Klausur- wie auch von Geschichtsschreiberinnen verfasste Pergamente während des Bearbeitungsvorgangs hin und her zu reichen. Die Jungfrau der Schrift las und genehmigte oder überarbeitete jede Aufzeichnung so lange, bis sie ihre Zustimmung fand. War ein Pergament abschließend angenommen, wurde es entweder auf Größe beschnitten und mit den anderen Seiten zusammen zu einem der

Folianten in der Bibliothek gebunden oder gerollt und im heiligen Archiv der Jungfrau der Schrift deponiert.

Cormia ging zu einem der Pulte und setzte sich auf den Hocker davor.

Die Stille und die Abgeschiedenheit waren so aufwühlend wie eine dicht gedrängte Menschenmenge, und sie wusste nicht, wie lange sie dort saß und sich bemühte, ihre Fassung wiederzugewinnen.

Sie war überzeugt gewesen, das tun zu können – überzeugt, dass die Klausur die einzig funktionierende Lösung für sie wäre. Doch jetzt schrie alles in ihr danach, hier herauszukommen.

Vielleicht brauchte sie etwas, auf das sie sich konzentrieren konnte.

Sie nahm den Federkiel in die Hand und öffnete das Tintenfass vor sich. Um sich aufzuwärmen, schrieb sie einige einfache Zeichen in der Alten Sprache nieder.

Lange hielt sie das allerdings nicht durch.

Die Buchstaben wurden zu geometrischen Figuren. Die Figuren wurden zu Kästchenreihen. Die Kästchen wurden zu … Bauplänen.

Im Haus der Bruderschaft hob John den Kopf vom Kissen, als er ein Klopfen an seiner Tür hörte. Er rutschte vom Bett, ging zur Tür und machte auf. Draußen standen Qhuinn und Blay Seite an Seite, Schulter an Schulter, genau wie immer.

Wenigstens eine Sache hatte sich wieder eingerenkt.

»Wir brauchen ein Zimmer für Blay«, sagte Qhuinn. »Hast du eine Ahnung, wo wir ihn hinstecken können?«

»Und ich sollte bei Einbruch der Dunkelheit ein paar von meinen Sachen holen«, ergänzte Blaylock. »Was bedeutet, dass wir noch mal zu mir nach Hause müssen.«

Kein Problem, zeigte John.

Qhuinn wohnte in dem an seinen angrenzenden Raum, also ging er einen Raum weiter und öffnete die Tür zu einem zart lavendelfarbenen Gästezimmer.

Wir können es neu streichen lassen, sagte John, *wenn dir das zu mädchenhaft ist.*

Blay lachte. »Ja, ich weiß noch nicht, ob ich das aushalte.«

Sein Freund ging zum Bett und setzte sich probeweise auf die Matratze, während John die Flügeltür zum Bad aufstieß –

Phury lag bewusstlos mit dem Kopf neben der Toilette. Sein großer Körper war schlaff, sein Gesicht so bleich wie Kerzenwachs. Zu seinen Füßen lagen eine Nadel, ein Löffel und ein Gürtel.

»Ach du Scheiße«, Qhuinns Fluch prallte von dem cremeweißen Marmor ab.

John wirbelte herum. *Hol Jane. Sofort. Sie ist wahrscheinlich bei Vishous in der Höhle.*

Qhuinn raste los, während John sich auf den Boden kniete und Phury auf die Seite drehte. Die Lippen des Bruders waren blau, aber nicht von Johns Schlägen. Er atmete nicht. Offenbar schon länger nicht mehr.

Wie durch ein Wunder tauchte Jane buchstäblich eine Sekunde später mit Qhuinn in der Tür auf. »Ich war gerade auf dem Weg zu Bella – was zur Hölle ….«

Sie kam angerannt und überprüfte in Lichtgeschwindigkeit Phurys Vitalfunktionen. Dann klappte sie ihre Arzttasche auf und holte eine Spritze und eine Ampulle heraus.

»Lebt er noch?«

Alle vier wandten die Köpfe zur Badezimmertür. Dort stand Zsadist, breitbeinig, das vernarbte Gesicht bleich.

»Lebt er …?« Zs Augen wanderten zu dem Spritzbesteck, das neben der Wanne auf dem Boden lag.

»Bring ihn um Himmels willen hier raus«, zischte Jane John zu. »Auf der Stelle. Er braucht das nicht zu sehen.«

Was John in ihren Augen las, ließ ihm das Blut in den Adern gefrieren: Sie war sich nicht sicher, ob sie Phury zurückholen konnte.

Halb unter Schock stand er auf und trat neben Z.

»Ich bleibe hier«, sagte Zsadist.

»O nein.« Jane hielt die aufgezogene Spritze hoch und drückte kurz auf den Kolben. Als ein dünner Faden irgendeiner Flüssigkeit aus der Spitze schoss, wandte sie sich wieder Phurys schlaffem Körper zu. »Qhuinn, du bleibst bei mir. Blaylock, schaff die beiden hier raus und mach die Tür zu.«

Zsadist öffnete den Mund, doch John schüttelte nur den Kopf.

Mit einer ganz eigenartigen Ruhe stellte er sich dicht vor das Gesicht des Bruders, legte seine Hände auf Zs Arme und schob ihn rückwärts aus dem Badezimmer.

In benommenem Schweigen ließ Z sich aus dem Raum führen.

Blay zog die Tür zu und baute sich vor den beiden auf, um ihnen den Weg zu versperren.

Zs erschütterter Blick hing unverwandt an John.

Und John konnte nichts anderes tun, als ihn zu erwidern.

»Er kann nicht fort sein«, sagte Zsadist heiser. »Er kann einfach nicht …«

18

»Was meinst du mit *arbeiten?«*, fragte der Kerl mit den Gefängnistattoos.

Lash stützte die Ellbogen auf die Knie und sah seinem neuen besten Freund in die Augen. Wie sie beide von großmäuliger Pöbelei auf Kuschelkurs gekommen waren, war ein Paradebeispiel für die Macht der Verführung. Zuerst schlug man frontal zu. Dann zeigte man Respekt. Dann sprach man über Geld.

Die anderen beiden – das Gangmitglied, das *Diego RIP* über dem Schlüsselbein eintätowiert hatte, und Mr Sauber mit dem blankpolierten Schädel und den Springerstiefeln – hatten sich angepirscht und lauschten jetzt auch. Was ebenfalls zu Lashs Strategie gehörte: Krall dir den Härtesten, und die anderen kommen von allein.

Lash lächelte. »Ich suche noch Verstärkung.«

In den Augen des Knackis leuchtete Bereitschaft zu den miesesten Schandtaten. »Hast du ne Kneipe?«

»Nein.« Lash warf dem Gangmitglied einen Blick zu. »Man könnte wohl sagen, es geht um ein Territorium.«

Der Typ mit dem Kopftuch nickte, als würde er sämtliche Regeln dieses Brettspiels in- und auswendig kennen.

Der Knacki ließ die Muskeln in seinen Armen spielen. »Wie kommst du auf die Idee, dass ich mit dir Geschäfte machen würde? Ich kenn dich ja gar nicht.«

Lash lehnte sich mit den Schultern an die Wand. »Dachte nur, du würdest vielleicht gern ein bisschen Kohle machen. Aber wenn ich da falsch liege – sorry, mein Fehler.«

Er schloss die Augen, als wollte er ein Nickerchen machen, da hörte er Stimmen und klappte die Lider wieder hoch. Ein Beamter brachte einen weiteren Straftäter in ihre Zelle.

Na, sieh mal einer an. Der Typ mit der Adlerjacke aus dem *Screamer's.*

Der Neuankömmling wurde eingeschlossen, und die drei harten Kerle spulten wieder ihre finstere *Pass-bloß-auf*-Nummer ab. Einer der Junkies hob den Kopf und lächelte unfreundlich, als würde er den Neuen in geschäftlicher Funktion kennen.

Interessant. Dann war der Typ also ein Dealer.

Adlermann musterte die Truppe und nickte Lash zu, bevor er sich ans andere Ende der Bank setzte. Er wirkte eher genervt als eingeschüchtert.

Der Knacki beugte sich näher zu Lash. »Ich hab nicht gesagt, dass ich kein Interesse hätte.«

Lash drehte nur die Augen in seine Richtung. »Wo finde ich dich, um die Einzelheiten zu klären?«

»Kennst du *Buss's Bikes?*«

»Das ist doch die Harley-Werkstatt auf der Tremont, oder?«

»Genau. Gehört meinem Bruder und mir.«

»Dann kennst du ja noch mehr Leute, die mir helfen können.«

»Vielleicht. Vielleicht auch nicht.«

»Wie heißt du?«

Der Knacki verengte die Augen. Dann deutete er auf die Abbildung einer Harley Low Rider auf seinem Arm. »Nenn mich Low.«

Diego RIP begann, mit der Fußspitze auf den Boden zu klopfen, als wollte er auch was sagen, aber Lash war nicht bereit, bei den Gangs und den Glatzen einzusteigen. Noch nicht. Erst mal klein anfangen, sicherheitshalber. Er würde probehalber ein paar Biker in den *Lesser*-Topf werfen. Wenn das klappte, würde er sich weiter umsehen. Sich vielleicht sogar noch mal einlochen lassen, um ins Gespräch zu kommen.

»Owens«, rief ein Bulle von der Tür.

»Bis die Tage«, sagte Lash zu Low. Er nickte Diego, der Glatze und dem Dealer zu und überließ die Fixer ihrer Unterhaltung mit dem Fußboden.

Draußen wartete er, während ein Polizist ihn vollquatschte: »Das sind die Anklagen gegen Sie«, »Das hier ist die Nummer des Pflichtverteidigungsbüros – da müssen Sie anrufen, falls Sie einen Anwalt zugeteilt bekommen wollen«, »Ihr Gerichtstermin ist in sechs Wochen«, »Wenn Sie nicht erscheinen, verfällt die Kaution und es wird ein Haftbefehl ausgestellt«, bla, bla, bla …

Er kritzelte ein paarmal den Namen Larry Owens auf ein paar Papiere, dann führte man ihn in den Flur, über den er vor acht Stunden in Handschellen angekommen war. Am Ende des Linoleumabschnitts wartete Mr D auf einem schäbigen Plastikstuhl, und als er aufstand, wirkte er erleichtert.

»Wir besorgen was zu Essen«, sagte Lash, als sie auf den Ausgang zuliefen.

»Jawohl, Sir.«

Zu beschäftigt mit dem ganzen Kram, den er regeln musste, stapfte Lash einfach – ohne einen Gedanken an die Uhrzeit zu verschwenden – aus dem Gebäude nach draußen. Als der Sonnenschein ihn mitten im Gesicht traf, machte er brüllend einen Satz nach hinten und prallte gegen Mr D, hielt sich die Arme vor das Gesicht und taumelte rückwärts.

Mr D hielt ihn an den Oberarmen fest. »Was –«

»Die Sonne!« Lash war schon beinahe wieder durch die Tür, als ihm auffiel … dass nichts passierte. Er verwandelte sich nicht in einen Feuerball, kein grausamer Flammentod wartete auf ihn.

Er blieb stehen – und drehte sich herum, um zum ersten Mal in seinem Leben das Gesicht in die Sonne zu halten. »Sie ist so hell.« Er schirmte seine Augen mit dem Unterarm ab.

»Sie dürfen nicht direkt reinschauen.«

»Sie ist … warm.«

Fassungslos ließ er sich mit dem Rücken gegen die Steinfassade fallen. Die Strahlen trafen ihn ungehindert, strömten durch seine Haut und in die Muskeln.

Noch nie zuvor hatte er Menschen beneidet; aber wenn er gewusst hätte, wie sich das anfühlte, dann hätte er es die ganze Zeit getan.

»Alles klar?«, fragte Mr D.

»Ja … ja, alles super.« Er schloss die Augen und atmete einfach nur ein und aus. »Meine Eltern haben mich nie rausgelassen. Obwohl ein Prätrans eigentlich kein Problem mit Sonnenlicht haben sollte, aber Mom und Dad wollten das nicht riskieren.«

»Ich kann mir ein Leben ohne Sonne gar nicht vorstellen.«

Lash konnte das ab sofort auch nicht mehr.

Er reckte das Kinn, schloss die Augen einen Moment lang … und schwor, seinem Vater zu danken, wenn er ihm das nächste Mal begegnete.

Das war einfach fantastisch.

Phury wachte mit einem brennenden, ekelhaften Geschmack im Mund auf. Um genau zu sein war der Geschmack sogar überall, als hätte jemand die Innenseite seiner Haut mit Backofenreiniger eingesprüht.

Seine Augen waren zugeklebt. Der Magen ein einziger Bleiklumpen. Die Lungen blähten sich mit der Begeisterung zweier Kiffer nach einer Grateful-Dead-Orgie. Und an vorderster Front der Tatenlosigkeit stand sein Gehirn, das offenbar nicht mit dem Rest seines Körpers wiederbelebt worden war.

Wobei – sein Brustkorb kam ihm auch vor wie ein Geschäft nach Feierabend. Aber nein, sein Herz musste wohl noch schlagen, denn … das musste es doch, oder? Sonst könnte er ja gerade nicht nachdenken.

Das Bild einer grauen Ödnis schob sich vor sein geistiges Auge, als Silhouette erkannte er den Zauberer vor dem weiten grauen Horizont.

Willkommen zurück, Sonnenschein, sagte der Zauberer. *Das war doch ein Heidenspaß. Wann wiederholen wir das?*

Wiederholen was, überlegte Phury.

Der Zauberer lachte. *Ach, wie schnell die lustigen Zeiten in Vergessenheit geraten.*

Phury stöhnte und hörte jemanden neben sich.

»Cormia«, krächzte er.

»Nein.«

Diese Stimme, diese tiefe, männliche Stimme. So ähnlich wie die, die aus seinem eigenen Mund kam. Identisch, um genau zu sein.

Zsadist war bei ihm.

Als Phury den Kopf drehte, schwappte sein Gehirn in seinem Kopf herum. Sein Schädel war ein Aquarium mit Wasser und Pflanzen und einer kleinen Schatztruhe mit Luftblasen, aber ohne Flossenträger. Nichts, was tatsächlich lebte.

Z sah schlimmer aus, als Phury ihn je zuvor erlebt hatte, unter seinen Augen lagen dunkle Ringe, die Lippen waren zu einem Strich verzogen, die Narbe überdeutlich sichtbar.

»Ich habe von dir geträumt«, sagte Phury. Mein Gott, seine Stimme war nur ein Krächzen. »Du hast für mich gesungen.«

Z schüttelte langsam den Kopf. »Das war ich nicht. Ich singe nicht mehr.«

»Wo ist sie?«, fragte Phury.

»Cormia? Im Heiligtum.«

»Ach ja ...« Stimmte ja. Er hatte sie dorthin getrieben, nachdem er Sex mit ihr gehabt hatte. Und dann hatte er ... Sich. Einen. Schuss. Gesetzt. »O mein Gott.«

Diese fröhliche kleine Erkenntnis stellte seinen Blick scharf, und er sah sich um.

Alles was er sah – überall – war eine zarte Lavendelfarbe, und er dachte an Cormia, wie sie in ihrem weißen Gewand mit der Rose in der Hand in das Büro gekommen war. Die Rose war immer noch dort, fiel ihm ein. Sie hatte sie vergessen.

»Willst du was trinken?«

Phury wandte sich wieder seinem Zwillingsbruder zu. Er sah aus, wie er sich fühlte – völlig erschöpft und leer.

»Ich bin müde«, murmelte Phury.

Z stand auf und brachte ihm ein Glas. »Heb mal den Kopf.«

Phury gehorchte, obwohl der Wasserspiegel in seinem Kopfaquarium dadurch in Schieflage geriet und überzulaufen drohte. Er nahm einen Schluck aus dem Glas, das Zsadist ihm an die Lippen hielt, dann noch einen, und dann schluckte er mit verzweifeltem Durst.

Als das Glas leer war, ließ er den Kopf zurück aufs Kissen fallen. »Danke.«

»Mehr?«

»Nein.«

Zsadist stellte das Glas auf den Nachttisch und setzte sich dann wieder auf den lavendelfarbenen Stuhl, die Arme verschränkt, das Kinn fast auf der Brust ruhend.

Er hat abgenommen, dachte Phury. Seine Wangenknochen traten schon wieder hervor.

»Ich hatte keine Erinnerung«, begann Z leise.

»Woran?«

»Dich. Sie. Du weißt schon, woher ich kam, bevor ich gestohlen und verkauft wurde.«

Ob es am Wasser lag oder an dem, was Z gerade gesagt hatte – Phury war plötzlich bei vollem Bewusstsein. »Wie solltest du dich auch an unsere Eltern erinnern … an unser Haus. Du warst ein Säugling.«

»Ich erinnere mich an die Kinderfrau. Zumindest an eine Szene. Sie tauchte ihren Daumen in Marmelade und ließ mich daran nuckeln. Das ist schon alles. Das Nächste, was ich weiß, ist, dass ich auf dem Podest stand und all diese Leute mich ansahen.« Z runzelte die Stirn. »Ich wuchs als Küchenhilfe auf. Ich habe viel Geschirr gespült, viel Gemüse geputzt, Bier für die Soldaten geholt. Sie waren gut zu mir. Dieser Teil war … okay.« Z rieb sich die Augen. »Erzähl mal, wie es für dich war. Das Aufwachsen.«

»Einsam.« Nein, das klang egoistisch. »Ich meinte –«

»Ich war auch einsam. Ich hatte das Gefühl, dass mir etwas fehlte, aber ich wusste nicht, was. Ich war die Hälfte eines Ganzen, doch da war nur ich.«

»Genauso ging es mir auch. Nur dass ich wusste, was fehlte.« Das *Du* blieb unausgesprochen.

Zs Stimme wurde tonlos. »Über das, was nach meiner Wandlung passiert ist, möchte ich nicht sprechen.«

»Musst du auch nicht.«

Zsadist nickte und schien sich in sich selbst zurückzuziehen. In der darauf folgenden Stille konnte Phury sich nicht annähernd vorstellen, an was er sich erinnerte. Den Schmerz und die Erniedrigung und die Wut.

»Weißt du noch, bevor wir uns der Bruderschaft anschlossen«, murmelte Z, »bin ich für drei Wochen abgehauen. Wir waren immer noch im Alten Land, aber du hattest keinen Schimmer, wo ich war.«

»Ja.«

»Ich habe sie getötet. Die Herrin.«

Phury blinzelte, überrascht von dem Eingeständnis dessen, was alle immer vermutet hatten. »Dann war es also nicht ihr Mann.«

»Nein. Er war zwar gewalttätig, aber ich bin derjenige, der es getan hat. Weißt du, sie hatte sich einen neuen Blutsklaven genommen. Ihn in diesen Käfig gesteckt ...« Zs Stimme schwankte, wurde dann wieder unerschütterlich fest. »Ich konnte doch nicht zulassen, dass sie noch jemandem das antat. Ich ging also zurück ... fand ihn ... Verflucht, er war nackt und saß in derselben Ecke, in der ich immer ...«

Phury hielt den Atem an, genau das hatte er immer erfahren wollen und sich gleichzeitig davor gefürchtet. Seltsam, dass sie nun dieses Gespräch führten.

»In der du immer was?«

»Hockte. Ich hockte immer in dieser Ecke, wenn ich nicht gerade ... Also, von dort aus konnte ich wenigstens sehen, was auf mich zukam. Der Junge saß da mit angezogenen Knien und dem Rücken zur Wand. Ganz genau wie ich. Er war jung. So jung, gerade erst durch die Transition gegangen. Er hatte hellbraune Augen ... und darin lag Todesangst. Er dachte, ich käme seinetwegen. Du weißt schon ... seinetwegen. Zuerst konnte ich nicht sprechen, und das machte ihm noch mehr Angst. Er zitterte ... er zitterte so heftig, dass seine Zähne klapperten, und ich weiß noch, wie seine Fingerknöchel aussahen. Er klammerte sich an seine dürren Waden, und die Knöchel platzten beinahe durch die Haut.«

Phury biss die Zähne aufeinander, er erinnerte sich genau daran, wie er Zsadist gerettet hatte, sah ihn deutlich vor sich, mitten in der Zelle nackt auf das Bettpodest gekettet. Z hatte keine Angst gehabt. Er war zu oft und zu lange missbraucht worden, um sich noch vor etwas zu fürchten, was man ihm antun könnte.

Zsadist räusperte sich. »Ich sagte zu dem Jungen ... ich erzählte ihm, dass ich ihn dort herausholen würde. Zuerst glaubte er mir nicht. Erst als ich die Ärmel meiner Jacke hochschob und ihm meine Handgelenke zeigte, glaubte er mir. Nachdem er meine Sklavenfesseln gesehen hatte, brauchte ich kein Wort mehr zu sagen. Er war sofort dabei.« Z holte tief Luft. »Sie fand uns, während ich ihn durch das Untergeschoss der Burg führte. Er konnte nicht gut laufen, ich schätze mal, weil er am Tag zuvor ... zu tun gehabt hatte. Ich musste ihn tragen. Jedenfalls begegnete sie uns ... und ehe sie noch die Wachen rufen konnte, erledigte ich es. Dieser Junge ... er sah zu, wie ich ihr das Genick brach und sie auf den Boden fallen ließ. Dann schnitt ich ihr den Kopf ab, weil ... weißt du, keiner von uns beiden konnte wirklich glauben, dass sie tot war. Verdammt, Mann, ich steckte da in diesem Kaninchenbau von unterirdischen Gängen, wo wir jederzeit geschnappt werden konnten, und ich konnte mich nicht rühren. Starrte sie einfach nur an. Der Junge fragte mich, ob sie wahrhaftig tot sei. Ich sagte, ich wisse es nicht. Sie bewegte sich nicht, aber wie konnte ich sicher sein?

Er sah zu mir auf, und ich werde niemals den Klang seiner Stimme vergessen. ›Sie wird zurückkommen. Sie kommt immer zurück.‹ Ich kam zu dem Schluss, dass er und ich schon genug Probleme hatten, ohne uns auch noch um ihre Rückkehr Sorgen zu machen. Also hab ich ihr den Kopf abgeschnitten, und der Junge trug ihn an den Haaren, während ich einen Weg nach draußen für uns suchte.« Zsadist rieb sich über das Gesicht. »Ich wusste nicht, was ich mit dem Jungen anfangen sollte, nachdem ich ihn befreit hatte. Deshalb war ich damals drei Wochen unterwegs. Ich brachte ihn bis an die Südspitze Italiens, so weit weg wie nur irgend möglich. Da lebte damals eine Familie, die Vishous aus seiner Zeit bei diesem Kaufmann in Venedig kannte. Sie brauchten Hilfe im Haushalt und waren freundlich und gut. Sie nahmen ihn als bezahlten Diener bei sich auf. Als ich das letzte Mal vor ungefähr zehn Jahren von ihm hörte, hatte er gerade das zweite Baby mit seiner *Shellan* bekommen.«

»Du hast ihn gerettet.«

»Ihn da rauszuholen, hat ihn nicht gerettet.« Zsadist wandte den Blick zu Phury. »Genau darum geht es. Es gibt keine Rettung für ihn. Es gibt keine Rettung für mich. Ich weiß, dass du immer noch darauf wartest, dass du dafür lebst. Aber … es wird nie passieren. Verstehst du, ich kann dir nicht danken, weil ich … so sehr ich Bella und mein Leben heute liebe … immer noch dorthin zurückgehe. Ich kann nicht anders. Ich erlebe es immer noch jeden Tag.«

»Aber –«

»Nein, lass mich zu Ende reden. Diese ganze Drogensache bei dir … Du hast nicht versagt. Denn bei einer unmöglichen Aufgabe kann man nicht versagen.«

Phury spürte eine heiße Träne im Augenwinkel. »Ich will es doch nur in Ordnung bringen.«

»Das weiß ich. Aber es war nie in Ordnung, und das wird es auch nie sein, und dafür brauchst du dich nicht umzubringen. Ich bin doch angekommen.«

In Zsadists Miene lag kein Versprechen auf Zufriedenheit. Keine Aussicht auf Glück. Das Fehlen mordgierigen Wahnsinns war schon mal ein Fortschritt, aber die Abwesenheit jeglicher nachhaltiger Freude am Leben bot kaum Anlass zum Feiern.

»Ich dachte, Bella hätte dich gerettet.«

»Sie hat viel getan. Aber im Augenblick, so wie die Schwangerschaft verläuft …«

Er musste den Satz nicht beenden. Es gab keine passenden Worte, um den Grauen des *Was, wenn* auszudrücken. Und Z war fest davon überzeugt, sie zu verlieren, erkannte Phury jetzt. Er war zu dem Schluss gekommen, dass die Liebe seines Lebens sterben würde.

Kein Wunder, dass er nicht gerade mit Dankbarkeit über seine Rettung um sich warf.

Jetzt fuhr Z fort: »Den Schädel der Herrin habe ich diese ganzen Jahre über nicht aus einer Art kranker Anhänglichkeit behalten. Ich brauchte ihn gegen die Alpträume, in denen sie mich holen kam. Das Erste, was ich nach dem Aufwachen immer tat, war mich zu überzeugen, dass sie immer noch tot ist.«

»Das kann ich verstehen –«

»Willst du wissen, was in den vergangenen ein, zwei Monaten passiert ist?«

»Ja.«

»Ich wache auf und bekomme Panik, ob du noch am Leben bist.« Z schüttelte den Kopf. »Bei Bella muss ich nur unter der Decke neben mir tasten und ihren warmen Körper spüren. Aber bei dir kann ich das nicht … und ich glaube, mein Unterbewusstsein ist sich sicher, dass ihr wahrscheinlich beide in einem Jahr nicht mehr da sein werdet.«

»Das tut mir so leid … Mist …« Phury legte sich die Hände vors Gesicht. »Es tut mir leid.«

»Ich finde, du solltest gehen. Ins Heiligtum. Dort bist du sicherer. Wenn du hierbleibst, schaffst du vielleicht nicht mal mehr ein Jahr. Du musst gehen.«

»Ich weiß nicht, ob das nötig –«

»Lass mich etwas deutlicher werden. Wir hatten eine Versammlung.«

Phury ließ die Hände sinken. »Was für eine Versammlung.«

»Eine hinter verschlossenen Türen. Wrath und ich und die Bruderschaft. Der einzige Weg für dich, hierzubleiben, ist ein Entzug. Und keiner glaubt, dass du das machen wirst.«

Phury runzelte die Stirn. »Ich wusste nicht, dass es Selbsthilfegruppen für Vampire gibt.«

»Gibt es auch nicht, aber es gibt welche für Menschen, die abends stattfinden. Das hab ich im Netz recherchiert. Aber das ist jetzt auch egal. Denn selbst wenn du dich dazu bereit erklären würdest, glaubt keiner, dass du das wirklich durchziehst, und ich … ich würde dir auch nicht glauben.«

Dagegen war schwer etwas einzuwenden, nachdem er sich hier im Haus einen Schuss gesetzt hatte.

Bei dem Gedanken an einen Entzug bekam Phury schwitzige Hände. »Du hast Rehv gesagt, er darf mir keinen roten Rauch mehr verkaufen, stimmt's?« Weshalb auch Xhex neulich hinter ihm her gewesen war, als er sich Nachschub besorgt hatte.

»Ja, stimmt. Und ich weiß, dass er dir das H nicht verkauft hat. Auf dem Päckchen war ein Adler aufgedruckt. Auf seinen ist ein roter Stern.«

»Wenn ich ins Heiligtum gehe, woher willst du wissen, dass ich nicht weiter Drogen nehme?«

»Weiß ich nicht.« Z stand auf. »Aber dann muss ich es nicht mit ansehen. Und auch die anderen nicht.«

»Du bist so verdammt ruhig«, murmelte Phury, beinahe wie in Gedanken.

»Ich habe dich tot neben einer Kloschüssel liegen sehen, und ich habe die letzten acht Stunden über dir gewacht und mir den Kopf zerbrochen, was ich tun kann. Ich bin erschöpft und meine Nerven liegen blank, und wenn du nicht mitmachst, dann wollen wir alle nichts mehr mit dir zu tun haben.«

Zsadist wandte sich ab und ging langsam zur Tür.

»Zsadist.« Z blieb stehen, ohne sich umzudrehen. »Ich werde dir nicht danken. Das heißt wohl, dass wir quitt sind.«

»Geht in Ordnung.«

Als die Tür ins Schloss fiel, hatte Phury den seltsamen, zusammenhangslosen Gedanken, dass es vermutlich unangebracht war, über all das nachzudenken, was gerade gesagt worden war.

Denn wenn Zsadist nicht mehr sang, hatte die Welt einen Schatz verloren.

19

Am entgegengesetzten Ende des Anwesens, ungefähr zwölf Meter unter der Erdoberfläche, saß John am Schreibtisch des Büros im Trainingszentrum und starrte den Computer vor sich an. Er hatte das Gefühl, etwas tun zu müssen, um sich sein Geld zu verdienen, aber da der Unterricht auf unbestimmte Zeit ausgesetzt worden war, gab es nicht sonderlich viel Papierkram zu erledigen.

Er mochte Papierkram, weswegen er auch seinen Job mochte. Normalerweise verbrachte er seine Zeit damit, Noten einzutragen, Trainingsverletzungen in Dateien einzupflegen und den Fortschritt im Lehrplan festzuhalten. Es war schön, Ordnung in das Chaos zu bringen, alles dort zu haben, wo es hingehörte.

Er sah auf die Uhr. Blay und Qhuinn trainierten an den Gewichten und würden bestimmt noch mindestens eine halbe Stunde dort bleiben.

Was tun … was tun …

Einer Eingebung folgend suchte er im Datenverzeichnis des Rechners und fand einen Ordner mit dem Namen *Jüngste Vorfälle.* Darin öffnete er Phurys Bericht über den Angriff auf Lashs Elternhaus.

Großer Gott. Die Leichen der Eltern waren um den Esstisch gruppiert worden, waren aus dem Wohnzimmer, wo sie umgebracht worden waren, extra dorthin getragen worden. Sonst war im ganzen Haus nichts angefasst worden, außer einer Schublade in Lashs Zimmer, und Phury hatte am Rand notiert: *Persönliche Gegenstände? Aber von welchem Wert, da Schmuck noch da?*

John rief die Berichte über die anderen überfallenen Familien auf. Qhuinns. Blays. Drei weitere Klassenkameraden. Fünf weitere Aristokraten. Die Zahl der Todesopfer betrug insgesamt neunundzwanzig, einschließlich *Doggen.* Und die Plünderungen waren erheblich gewesen.

Den Berichten zufolge war es die erfolgreichste Überfallserie seit dem Angriff auf Wraths Familiensitz im Alten Land gewesen.

John versuchte, sich vorzustellen, was man Lash angetan haben musste, um ihm diese Adressen zu entlocken. Er war ein Wichser gewesen, aber für die *Lesser* hatte er nie etwas übriggehabt.

Gefoltert. Er musste tot sein.

Ohne besonderen Grund sah sich John Lashs Computerakte an. Phury – oder sonst jemand – hatte bereits eine Todeserklärung ausgefüllt. *Name: Lash, Sohn des Ibix, Sohn des Ibixes, Sohn des Thornsrae. Geburtsdatum: 3. März 1983. Sterbedatum: wahrscheinlich August 2008. Alter zum Todeszeitpunkt: 25. Todesursache: Unbekannt, vermutl. von Hand der Gesellschaft der* Lesser. *Sterbliche Überrest übergeben an: k. A.*

Die Akte war sehr dick. Lash hatte eine Menge Disziplinarverfahren gehabt, nicht nur wegen der Vorfälle im Trainingsprogramm, sondern auch wegen der Vorkommnisse in Häusern und anderen Aufenthaltsorten der Glymera. Es war überraschend, alles hier aufgelistet zu sehen, so geheimnistuerisch wie die Aristokratie Verfehlungen normalerweise behandelte; aber andererseits hatte die Bruderschaft für die Aufnahme ins Trainingsprogramm die umfangreiche Offenlegung der persönlichen Vergangenheit des Anwärters zur Bedingung gemacht.

Auch die Geburtsurkunde war eingescannt worden. Name: *Lash, Sohn des Ibix, Sohn des Ibixes, Sohn des Thornsrae. Zeitpunkt der Geburt: 3. März 1983, 1:14. Mutter: Rayelle, Blutstochter des Soldaten Nellshon. Bestätigung der Lebendgeburt unterzeichnet von: Havers, Sohn des Havers, Dr. med. Aus der Klinik entlassen am: 3. März 1983.*

Zu merkwürdig, dass der Kerl jetzt weg war.

Das Telefon klingelte und schreckte ihn auf. Als John den Hörer abnahm, pfiff er, und Vs Stimme sagte: »Zehn Minuten. Wraths Arbeitszimmer. Versammlung. Bring die anderen beiden mit.«

Dann war die Leitung wieder tot.

Nach einem kurzen Schlucken rannte John in den Kraftraum und holte Qhuinn und Blay. Beide machten die gleichen großen Augen wie John, und dann rannten sie alle drei ins Haus rüber, obwohl Qhuinn und Blay noch ihre Trainingsklamotten trugen.

Oben in der zartblauen Bude des Königs war die gesamte Bruderschaft versammelt. Die versammelten Brüder überwältigten durch ihre bloße Masse alles, was darin zierlich und ordentlich war: Rhage wickelte neben dem Kamin einen Lolli aus, dem lila Papier nach Geschmacksrichtung Traube. Vishous und Butch saßen nebeneinander auf einem antiken Sofa, um dessen schlanke Füßchen man sich ernsthafte Sorgen machen musste. Wrath hatte hinter dem Schreibtisch Stellung bezogen. Z stand in der hinteren

Ecke, die Arme vor der Brust verschränkt, die Augen starr in die Mitte des Raums gerichtet.

John schloss die Tür und blieb stehen. Qhuinn und Blay taten es ihm nach, alle drei hielten sich ganz dicht am Rand.

»Der Stand der Dinge ist folgender«, begann Wrath und legte seine schweren Stiefel auf die von Papier übersäte Schreibtischplatte. »Die Oberhäupter von fünf der Gründungsfamilien sind tot. Der überwiegende Teil der noch verbliebenen Glymera befindet sich an der Ostküste verstreut und in sicheren Unterschlupfen. Endlich. Insgesamt sind weit über zwanzig Opfer zu beklagen. Es gab zwar schon ein oder zwei Massaker in unserer Geschichte, aber so schwer wurden wir noch nie getroffen.«

»Sie hätten schneller abhauen sollen«, murmelte V. »Diese verdammten Narren wollten ja nicht hören.«

»Stimmt, aber haben wir was anderes von ihnen erwartet? Also, so sieht es aus. Wir müssen mit einer negativen Reaktion seitens des Princeps-Rats rechnen, wahrscheinlich in Form einer Proklamation gegen mich. Ich tippe, dass sie versuchen werden, einen Bürgerkrieg anzuzetteln. Klar, solange ich noch am Leben bin, kann kein anderer König werden, aber sie könnten es mir verflucht schwer machen, vernünftig zu regieren und den Laden zusammenzuhalten.« Als die Brüder alle möglichen schmutzigen Bemerkungen vor sich hin murmelten, hielt Wrath eine Hand hoch. »Die gute Nachricht ist: Sie haben Organisationsprobleme, was uns etwas Zeit verschafft. Die Satzung des Princeps-Rats sieht vor, dass er physisch in Caldwell anwesend sein und seine Versammlungen hier abhalten muss. Diese Regel wurde vor ein paar Jahrhunderten eingeführt, um zu verhindern, dass die Machtbasis abwandert. Da keiner der Beteiligten momentan in der Stadt ist, und es – hallo-ho – 1790, als die derzeitige Satzung aufgestellt wurde, noch keine Konferenzschaltungen gab, können sie keine Versammlung einberufen, um ihre Statuten zu ändern oder einen neuen Leahdyre zu wählen, solange sie nicht ihre adeligen Hintern hierherbewegen, zumindest für einen Abend. Nach den ganzen Toten wird das ein Weilchen dauern, aber wir sprechen hier eher von Wochen als von Monaten.«

Rhage biss in seinen Lolli, das Krachen hallte durch den Raum. »Haben wir eine Ahnung, was bisher noch nicht überfallen wurde?«

Wrath deutete auf die Schreibtischkante. »Da liegen Kopien für alle.«

Rhage ging hin, holte den Stapel und teilte die Listen aus … selbst Qhuinn und John und Blay bekamen eine.

Rasch überflog John die Tabelle. In der ersten Spalte stand jeweils ein Name, in der zweiten eine Adresse, in der dritten eine Schätzung der Anzahl von Bewohnern und *Doggen* pro Haus. Dann folgte ein Näherungswert des Vermögens im Haushalt, basierend auf den Steuereinnahmen. Und schließlich, ob die Familie den Wohnsitz geräumt hatte oder nicht, und in welchem Ausmaß Plünderungen stattgefunden hatten.

»Ich möchte, dass ihr die Liste derer, von denen wir noch nichts gehört haben, unter euch aufteilt«, erklärte Wrath. »Sollte sich in einem der Häuser noch jemand aufhalten, bringt ihr sie da weg, und wenn ihr sie an den Haaren rausschleifen müsst. John, du und Qhuinn geht mit Z zusammen. Blay, du schließt dich Rhage an. Noch Fragen?«

Warum genau John sich dabei ertappte, den hässlichen avocadogrünen Sessel anzustarren, der hinter Wraths Schreibtisch stand, hätte er auch nicht sagen können. Das abartige Möbel gehörte Tohr.

Beziehungsweise: hatte ihm gehört.

Es wäre so schön gewesen, wenn Tohr ihn mit der Liste in der Hand hätte sehen können, bereit, loszuziehen und ihre Leute zu verteidigen.

»Also gut«, sagte Wrath. »Und jetzt verpisst euch hier und tut, was ihr tun müsst.«

Auf der anderen Seite, im Tempel der Schreiberinnen, rollte Cormia das Pergament, auf dem sie Häuser und Gebäude skizziert hatte, zusammen und legte es neben ihren Hocker auf den Boden. Sie hatte keine Ahnung, was sie damit anstellen sollte. Verbrennen vielleicht? Papierkörbe existierten nicht im Heiligtum.

Als sie eine Kristallschale mit Wasser aus dem Brunnen der Jungfrau der Schrift vor sich schob, musste sie an die denken, in der Fritz ihr die Erbsen gebracht hatte. Sie vermisste dieses Hobby jetzt schon. Vermisste den Butler. Vermisste …

Den Primal.

Entschlossen legte sie die Handflächen um die Schüssel und begann, das Kristallglas zu reiben, wodurch sie ein Kräuseln des Wassers hervorrief, das den Kerzenschein einfing. Die Wärme ihrer Hände und die bedächtigen Bewegungen schufen Wirbel, und aus den sanften Wogen stieg die Vision genau dessen auf, was sie sehen wollte. Als das Bild deutlich war, hörte sie auf, das Wasser aufzuwühlen, und ließ die Oberfläche glatt werden, um zu beobachten und im Anschluss beschreiben zu können.

Es war der Primal, und er war gekleidet wie in der Nacht, als er sie oben am Treppenabsatz getroffen und angestarrt hatte, als hätte er sie seit einer Woche nicht gesehen. Aber er befand sich nicht im Haus der Bruderschaft. Er rannte einen Korridor entlang, der mit Blut und schwarzen Fußabdrücken verschmiert war. Leichen lagen beiderseits zusammengekrümmt auf dem Fußboden, die Überreste von Vampiren, die noch Augenblicke zuvor gelebt hatten.

Sie beobachtete, wie der Primal ein kleines Grüppchen verängstigter Frauen und Männer in einen Vorratsraum sperrte. Sie sah sein Gesicht, als er sie einschloss, las die Furcht und den Kummer und die Wut in seiner Miene.

Er hatte alles gegeben, um sie zu retten, um sie in Sicherheit zu bringen, sich um sie zu kümmern.

Als das Bild verblasste, legte sie wieder die Handflächen um die Schüssel. Wenn sie das Vorgefallene erst einmal betrachtet hatte, konnte sie es erneut abrufen, und sie sah sich Phurys Handlungen noch einmal an. Und noch einmal.

Es war wie der Film, den sie auf der anderen Seite gesehen hatte, nur dass dies hier real war; das hier war tatsächlich geschehene Vergangenheit, keine konstruierte, ausgedachte Gegenwart.

Und dann gab es noch andere Dinge zu sehen, Szenen, die in Zusammenhang mit dem Primal und der Bruderschaft standen. Ach, das Grauen der Morde, der Leichen in verschwenderisch eingerichteten Häusern ... die Toten waren zu zahlreich, es überstieg ihr Begriffsvermögen. Eins nach dem anderen sah sie die Gesichter derer, die von den *Lessern* umgebracht worden waren. Und dann waren da die Brüder im Kampf, ihre Zahl so gering, dass John und Blay und Qhuinn zu früh in den Krieg gezwungen wurden.

Wenn das so weiterging, dachte sie, würden die *Lesser* gewinnen ...

Sie runzelte die Stirn und beugte sich tiefer über die Schüssel.

Auf der Wasseroberfläche sah sie einen blonden *Lesser*, was nicht weiter ungewöhnlich war ... doch er hatte Fänge.

Ein Klopfen ertönte, und Cormia schrak zusammen, so dass das Bild verschwand.

Eine gedämpfte Stimme war von der anderen Seite der Tempelpforte zu hören. »Meine Schwester?«

Es war Selena, Cormias Vorgängerin.

»Sei gegrüßt«, rief Cormia.

»Deine Mahlzeit, meine Schwester.« Man hörte ein Schaben, als das Tablett durch eine Klappe geschoben wurde. »Möge sie dir munden.«

»Danke.«

»Wünschst du etwas von mir zu erfahren?«

»Nein. Ich danke dir.«

»Ich komme später das Tablett abholen.« Die Aufregung in der Stimme der Auserwählten hob sich um ungefähr eine Oktave. »Nach seiner Ankunft.«

Cormia senkte den Kopf, dann fiel ihr wieder ein, dass ihre Schwester sie nicht sehen konnte. »Wie du wünschst.«

Selena ging, zweifellos, um sich für den Primal vorzubereiten.

Cormia beugte sich wieder über ihr Pult und blickte von außen auf die Schüssel, statt hinein. Welch zerbrechlicher Gegenstand, so dünn, nur der Fuß war schwer und massiv. Die Kante des Kristalls war messerscharf.

Sie konnte nicht genau sagen, wie lange sie so verharrte. Doch endlich schüttelte sie sich aus ihrer Benommenheit und zwang ihre Hände wieder um die Schüssel.

Als das Bild des Primals erneut an die Oberfläche trat, war sie nicht überrascht –

Sie war *zu Tode erschrocken.*

Er lag ausgestreckt auf einem Marmorfußboden, bewusstlos neben einer Toilette. Als sie schon aufspringen wollte, um – nur die Jungfrau mochte wissen, was –, zu unternehmen, veränderte sich das Bild. Er lag in einem Bett, einem zart lavendelfarbenen Bett.

Er wandte den Kopf, blickte sie direkt aus dem Wasser heraus an und fragte: »Cormia?«

O gütigste Jungfrau der Schrift, bei diesem Klang wollte sie weinen.

»Cormia?«

Sie sprang auf die Füße. Der Primal stand in der Tür des Tempels, ganz in Weiß gekleidet, das Amulett um den Hals.

»Wahrlich …« Sie konnte nicht weitersprechen. Am liebsten wäre sie losgerannt und hätte ihm die Arme um den Hals geschlungen und ihn festgehalten. Sie hatte ihn tot gesehen. Sie hatte ihn …

»Warum bist du hier?«, fragte er und sah sich in dem kargen Raum um. »Ganz allein.«

»Ich bin in Klausur gegangen.« Sie räusperte sich. »Wie ich es angekündigt habe.«

»Dann darf ich eigentlich nicht hier sein?«

»Ihr seid der Primal. Ihr dürft überall sein.«

Während er durch den Raum wanderte, drängten in ihr so viele Fragen nach einer Antwort, von denen sie keine zu stellen das Recht besaß.

Er blickte sie von der Seite an. »Niemand sonst darf hier herein?«

»Nur eine Schwester, die ebenfalls in Klausur ist. Wobei die Directrix kommen darf, falls ich es ihr gestatte.«

»Warum ist die Klausur notwendig?«

»Zusätzlich zur Aufzeichnung der allgemeinen Geschichte unseres Volkes sehen wir … sehe ich die Dinge, die die Jungfrau der Schrift … geheim zu halten wünscht.« Sie wusste, was der Primal dachte, als er die gelben Augen verengte. »Ja, ich habe gesehen, was Ihr getan habt. In diesem Badezimmer.«

Der Fluch, den er ausstieß, hallte in dem hohen weißen Raum wider.

»Geht es Euch gut?«, fragte sie.

»Ja. Alles bestens.« Er verschränkte die Arme vor der Brust. »Wird es dir hier gutgehen? So ganz allein?«

»Ja.«

Er sah sie an. Lange und eindringlich. Der Kummer stand in

sein Gesicht geschrieben, in die tiefen Furchen von Schmerz und Reue eingegraben.

»Ihr habt mir nicht wehgetan«, sagte sie. »Als wir zusammen waren, habt Ihr mir nicht wehgetan. Ich weiß, dass Ihr das glaubt, aber es stimmt nicht.«

»Ich wünschte … alles wäre anders.«

Cormia lachte traurig und murmelte ohne nachzudenken: »Ihr seid der Primal, ändert es.«

»Euer Gnaden?« Die Directrix erschien in der offenen Tür, sie wirkte verwirrt. »Was um alles in der Welt tut Ihr hier?«

»Cormia besuchen.«

»Aha, aber …« Amalya riss sich sichtlich zusammen, als fiele ihr gerade wieder ein, dass der Primal hingehen konnte, wo immer er wollte, und besuchen, wen immer er wünschte. Die Klausur erlegte allen außer ihm Beschränkungen auf. »Aber selbstverständlich, Euer Gnaden. Äh … die Auserwählte Layla wäre für Euch bereit und wartet in Eurem Tempel.«

Cormia blickte in die Kristallschüssel vor sich. Da die Auserwählten auf dieser Seite sehr kurze Fruchtbarkeitszyklen hatten, war es sehr wahrscheinlich, dass Layla entweder fruchtbar war oder es bald sein würde. Ohne Zweifel wäre schon bald eine Schwangerschaft aufzuzeichnen.

»Es wird Zeit für Euch«, sagte sie und blickte zum Primal auf.

Sein Blick bohrte sich geradezu in sie hinein. »Cormia –«

»Euer Gnaden?«, unterbracht die Directrix.

Mit harter Stimme sagte er über die Schulter hinweg: »Ich komme, wenn ich so weit bin, verdammt noch mal.«

»O, bitte vergebt mir, Euer Gnaden, ich wollte nicht –«

»Schon gut«, versetzte er müde. »Sag ihr einfach … ich komme gleich.«

Rasch zog sich die Directrix zurück, und die Tür fiel zu.

Dann heftete der Primal die Augen wieder auf Cormia. Und kam mit ernstem Gesichtsausdruck auf sie zu.

Als er vor ihr auf die Knie sank, war sie entsetzt. »Euer Gnaden, Ihr solltet nicht –«

»Phury. Du wirst mich Phury nennen. Niemals ›Euer Gnaden‹ oder ›Primal‹. Ab sofort möchte ich nur noch meinen richtigen Namen von dir hören, und kein ›Ihr‹ mehr.«

»Aber –«

»Kein Aber.«

Cormia schüttelte den Kopf. »Gut, aber du solltest nicht auf den Knien liegen. Niemals.«

»Vor dir sollte ich immer auf den Knien liegen.« Er legte seine Hände sachte auf ihre Arme. »Vor dir … sollte ich mich immer verneigen.« Er betrachtete ihr Gesicht, ihr Haar. »Hör mir zu, Cormia, du musst etwas wissen.«

Als sie den Blick auf ihn senkte, waren seine Augen plötzlich das Wunderbarste, was sie je gesehen hatte, sie waren hypnotisch, hatten die Farbe von Zitrinen im Feuerschein. »Ja?«

»Ich liebe dich.«

Ihr Herz krampfte sich zusammen. »Was?«

»Ich liebe dich.« Er schüttelte den Kopf und ließ sich nach hinten sinken, so dass er im Schneidersitz saß. »Ach, großer Gott … ich habe alles vermasselt. Aber ich liebe dich. Ich wollte, dass du das weißt, weil … weil es wichtig ist, und weil es bedeutet, dass ich nicht bei den anderen Auserwählten liegen kann. Ich kann nicht bei ihnen sein, Cormia. Entweder du oder keine.«

Ihr Herz jubilierte. Den Bruchteil einer Sekunde flatterte es in ihrer Brust empor, getragen von einer Böe der Freude. Das hatte sie sich gewünscht, dieses Geständnis, diese Worte –

Ihr leuchtendes Glücksgefühl trübte sich, so schnell es aufgeflackert war.

Sie dachte an die Bilder der Gefallenen, der Gefolterten, der grausam Getöteten. Und daran, dass kaum noch kämpfende Brüder übrig waren. Vier. Nur vier.

Vor Jahrhunderten waren es zwanzig, dreißig gewesen.

Cormia warf einen Blick in die Schüssel vor sich und dann auf den Federkiel, den sie benutzt hatte. Es bestand die sehr reale Möglichkeit, dass in nicht allzu ferner Zukunft keine Geschichte mehr aufzuzeichnen wäre.

»Du musst zu ihr gehen, zu Layla«, sagte sie mit einer Stimme, so flach wie das Pergament, auf dem sie schreiben würde. »Und du musst zu den anderen gehen.«

»Hast du nicht gehört, was ich gesagt habe?«

»Doch, das habe ich. Aber das hier ist größer als du und ich.« Sie stand auf, denn wenn sie sich nicht bewegte, würde sie verrückt werden. »Ich bin keine Auserwählte mehr, nicht in meinem Herzen. Aber ich habe gesehen, was geschieht. Das Volk wird auf diese Weise nicht überleben.«

Der Primal rieb sich mit einer Grimasse die Augen. »Ich will dich.«

»Das weiß ich.«

»Kannst du aushalten, dass ich zu den anderen gehe? Ich bin mir nicht sicher, ob ich es kann.«

»Ich fürchte … ich kann es nicht. Deshalb habe ich das hier gewählt.« Sie machte eine Handbewegung durch den Raum. »Hier kann ich Frieden finden.«

»Aber ich darf dich doch besuchen. Oder?«

»Du bist der Primal. Du darfst alles.« Sie blieb bei einer der Kerzen stehen. Starr in die Flamme blickend fragte sie: »Warum hast du das getan?«

»Primal werden? Ich –«

»Nein, das mit der Droge. In dem Badezimmer. Du wärst beinahe gestorben.« Als keine Antwort kam, wandte sie ihm den Kopf zu. »Ich möchte wissen, warum.«

Lange Zeit schwieg er. Und dann sagte er: »Ich bin suchtkrank.«

»Suchtkrank?«

»Ja. Ich bin der Beweis dafür, dass man aus der besten Familie kommen und Geld und Status haben und trotzdem ein Junkie sein kann.« Seine gelben Augen waren brutal klar. »Und die Wahrheit ist: ich möchte ein Mann von Wert sein und dir sagen, dass ich aufhören könnte, aber ich kann mir einfach nicht sicher sein. Ich habe mir und anderen schon früher Dinge versprochen. Mein Wort … gilt bei niemandem mehr etwas, nicht einmal bei mir selbst.«

Sein Wort …

Sie dachte an Layla, die wartete, die anderen Auserwählten, die warteten, das gesamte Volk, das wartete. Auf ihn wartete.

»Phury … mein innig geliebter Phury, halte jetzt eines deiner Versprechen ein. Geh und nimm Layla und binde dich an uns. Gib uns Geschichte, die wir schreiben, leben, in der wir gedeihen können. Sei die Kraft unseres Volkes, wie es sein soll.« Als er den Mund öffnete, hielt sie die Hand hoch. »Du weißt, dass es richtig ist. Du weißt, dass ich Recht habe.«

Nach einem Augenblick der Anspannung, erhob sich Phury. Er war bleich und zittrig auf den Beinen, als er sein Gewand glattzog. »Du sollst wissen … auch wenn ich bei einer anderen liege, bist es doch in meinem Herzen du.«

Sie schloss die Augen. Ihr ganzes Leben lang hatte man ihr beigebracht, zu teilen, aber ihn zu einer anderen Frau gehen zu lassen, war wie etwas Kostbares auf den Boden zu werfen und es zu Staub zu zertreten.

»Geh in Frieden«, sagte sie sanft. »Und komm ebenso zurück. Selbst wenn ich nicht mit dir zusammen sein kann, so werde ich doch niemals deine Gesellschaft zurückweisen.«

Phury lief den Hügel hinauf zum Tempel des Primals, sein Bein fühlte sich an wie in Ketten gewickelt. Ketten und Stacheldraht.

Mein Gott, abgesehen von seiner Niedergeschlagenheit brannte sein richtiger Knöchel, als wäre er in einen Eimer Batteriesäure gestiegen. Er hätte nie gedacht, dass er mal froh wäre, nur noch einen Fuß zu haben; aber so musste er das wenigstens nicht in Stereo spüren.

Die Flügeltür zum Primalstempel war geschlossen, und als er eine Seite öffnete, schnappte er den Duft von Kräutern und Blumen auf. Er trat ein, blieb in der Vorhalle stehen, fühlte, dass Layla jenseits davon im Hauptraum war. Er wusste, sie läge dort wie Cormia einst: auf dem Bett, mit weißen Stoffbahnen von der Decke herab auf ihre Kehle fallend, so dass nur ihr Körper sichtbar war.

Unverwandt starrte er die weißen Marmorstufen an, die zu den schweren Vorhängen führten, die er beiseiteschieben würde, um zu Layla zu gelangen. Drei waren es. Drei Stufen, und dann wäre er in dem offenen Raum.

Phury drehte sich um und ließ sich auf der flachen Treppe nieder.

Sein Kopf fühlte sich komisch an, wahrscheinlich weil er seit zwölf Stunden keinen Joint geraucht hatte. Komisch … im Sinne von merkwürdig klar. Meine Güte, er war tatsächlich nüchtern. Und der Nebeneffekt dieser Klarheit war eine neue Stimme in seinem Kopf. Eine neue und andere, die nicht die des Zauberers war.

Es war … seine eigene Stimme. Zum ersten Mal seit so langer Zeit, dass er sie beinahe nicht erkannte.

Das ist falsch.

Er krümmte sich und rieb sich die verbliebene Wade. Das Brennen wanderte vom Knöchel immer höher hinauf, aber wenigstens wurde es etwas besser, wenn er den Muskel massierte.

Das ist falsch.

Er konnte sich schwerlich selbst widersprechen. Sein ganzes Leben lang hatte er für andere gelebt: seinen Zwillingsbruder. Die Bruderschaft. Das Volk der Vampire. Und die ganze Primalssache entstammte exakt demselben Drehbuch. Er hatte sein ganzes Leben lang versucht, ein Held zu sein, und jetzt opferte er nicht nur sich selbst, sondern auch noch Cormia.

Er dachte an sie in diesem Raum, allein mit den Büchern und Federkielen und all dem Pergament. Dann sah er sie wieder dicht an seinem Körper geschmiegt, warm und lebendig.

Nein, sagte seine innere Stimme, *ich werde das nicht tun.*

»Ich werde das nicht tun«, sagte er und rieb sich beide Oberschenkel.

»Euer Gnaden?« Laylas Stimme drang durch den Vorhang.

Er wollte ihr schon antworten, als das brennende Gefühl sich urplötzlich rasend schnell in seinem ganzen Körper ausbreitete, ihn überwältigte, ihn bei lebendigem Leib auffraß, jeden Zentimeter verschlang. Er stützte seine zitternden Arme auf, um nicht nach hinten zu fallen, als sein Magen sich verkrampfte.

Ein ersticktes Geräusch gurgelte in seiner Kehle empor, und dann hatte er Mühe, noch Luft zu bekommen.

»Euer Gnaden?« Laylas Stimme klang besorgt – und kam näher.

Aber er konnte nicht antworten. Unvermittelt hatte sich sein ganzer Körper in eine Schneekugel verwandelt, sein Inneres bebte und funkelte vor Schmerz.

Was zum …

Entzugserscheinungen. Er war auf Entzug, weil sein Organismus zum ersten Mal seit ungefähr zweihundert Jahren ohne roten Rauch war.

Er wusste, dass er zwei Möglichkeiten hatte: Sich zurück auf die andere Seite zu verpuffen, einen anderen Dealer als Rehvenge zu finden und das Suchtkabel weiter in der jetzigen Steckdose stecken lassen. Oder die bittere Pille zu schlucken.

Und aufhören.

Der Zauberer blinzelte vor seinem geistigen Auge, stand geisterhaft im Vordergrund seiner grauen Ödnis. *Ach, mein Freund, das schaffst du nicht. Das weißt du doch. Warum es also überhaupt probieren?*

Phury nahm sich einen Moment Zeit, um zu würgen. *Shit,* er fühlte sich, als würde er sterben. Wirklich und wahrhaftig.

Alles, was du tun musst, ist zurück in die Welt zu gehen und dir zu holen, was du brauchst. Dann fühlst du dich in null Komma nichts wieder besser. Ganz einfach. Du kannst das hier ganz einfach abstellen.

Das Zittern war so heftig, dass Phurys Zähne aufeinanderklirrten wie Eiswürfel in einem Glas.

Du kannst es abstellen. Du musst dir einfach nur einen Joint anzünden.

»Du hast mich schon mal belogen. Du hast gesagt, ich könnte dich loswerden, aber du bist immer noch da.«

Ach komm, was ist schon eine kleine Flunkerei unter Freunden?

Phury dachte an das Badezimmer und was er darin getan hatte. »Alles, das ist alles.«

Während der Zauberer allmählich sauer wurde und Phurys Körper klapperte wie ein kaputtes Schutzblech, streckte er die Beine aus, legte sich auf den kühlen Marmorfußboden der Eingangshalle und machte sich bereit für eine Reise ins Nichts.

»Mist«, sagte er, als er sich dem Entzug auslieferte. »Das wird richtig ätzend.«

20

John und Qhuinn waren nur wenige Meter hinter Zsadist, als sie sich zu dritt einem flachen, modernen Haus näherten. Es war Nummer sechs auf der Liste der noch nicht überfallenen Anwesen, und sie blieben im Schatten einiger Bäume am Rand des Rasens stehen.

John lief es kalt den Rücken herunter. Mit seiner großflächigen Eleganz hatte das Gebäude einfach zu viel Ähnlichkeit mit dem Zuhause, das er so kurze Zeit mit Tohr und Wellsie geteilt hatte.

Zsadist blickte sich über die Schulter. »Willst du hierbleiben, John?«

Als John nickte, sagte der Bruder: »Dachte ich mir schon. Ich hab auch eine Gänsehaut. Qhuinn, du bleibst bei ihm.«

Zsadist lief durch die Dunkelheit, überprüfte Fenster und Türen. Als er hinter dem Haus verschwand, schielte Qhuinn nach John.

»Warum bekommst du hier eine Gänsehaut?«

John zuckte die Achseln. *Ich hab mal in so was Ähnlichem gewohnt.*

»Wow, du hattest es aber gut als Mensch.«

Nein, das war danach.

»Ach, du meinst bei … klar.«

Gott, dieses Haus musste vom selben Architekten entworfen worden sein, denn die Fassade und die Anordnung der Räume waren im Prinzip genau gleich. Er betrachtete ein Fenster nach dem anderen und dachte an sein Zimmer. Es war dunkelblau gewesen, mit modernen Linien und einer Glasschiebetür. Der Schrank war bei seiner Ankunft leer gewesen, aber John hatte ihn schnell mit den ersten neuen Klamotten gefüllt, die er je besessen hatte.

Erinnerungen kehrten zurück, Erinnerungen an das Essen, das er am ersten Abend bei Tohr und Wellsie bekommen hatte. Mexikanisches Essen. Sie hatte Mexikanisch gekocht und alles auf dem Tisch ausgebreitet, große Platten voller Enchiladas und Quesadillas. Damals, als Prätrans, war sein Magen noch sehr empfindlich gewesen, und er wusste noch genau, wie peinlich es ihm gewesen war, nur in seinem Essen stochern zu können.

Doch dann hatte Wellsie ihm eine Schüssel weißen Reis mit Ingwersoße vor die Nase gestellt.

Als sie sich danach wieder ihm gegenüber auf ihren Stuhl setzte, hatte er geweint, hatte seinen zerbrechlichen kleinen Körper zusammengekrümmt und ihrer Freundlichkeit wegen geweint. Sein ganzes Leben lang hatte er sich anders gefühlt, und plötzlich hatte er aus heiterem Himmel jemanden gefunden, der wusste, was er brauchte, und der gütig genug war, es ihm zu geben.

So waren Eltern eben. Sie kannten einen besser als man sich selbst, und sie kümmerten sich um einen, wenn man es nicht selbst vermochte.

Zsadist kam zurück. »Leer und ungeplündert. Nächste Adresse?«

Qhuinn sah auf die Liste. »Vier fünfundzwanzig Easterly Court –«

Zs Handy klingelte leise. Er runzelte die Stirn, als er die Nummer sah, dann hielt er sich das Gerät ans Ohr. »Was ist los, Rehv?«

Johns Blick wanderte wieder zu dem Haus, schnellte dann aber zurück zu Z, als der Bruder sagte: »Was? Willst du mich verarschen? Er ist wo aufgetaucht?« Lange Pause. »Ist das dein Ernst? Ganz sicher? Hundert Prozent?« Zsadist legte auf und starrte unverwandt das Telefon an. »Ich muss nach Hause. Sofort. Wahnsinn.«

Was ist denn los?, fragte John.

»Könnt ihr beiden die nächsten drei Adressen allein checken?« Als John nickte, sah ihn der Bruder merkwürdig an. »Behalt dein Handy in Reichweite. Verstanden?«

John nickte, und Zsadist verschwand.

»Okay, was auch immer da los ist, es geht uns eindeutig nichts an.« Qhuinn faltete die Liste zusammen und steckte sie in die Hosentasche. »Sollen wir uns auf die Socken machen?«

John sah noch einmal zurück zu dem Haus. Dann sagte er: *Das mit deinen Eltern tut mir leid.*

Qhuinns Antwort ließ eine Weile auf sich warten. »Danke.«

Ich vermisse meine.

»Ich dachte, du wärst ein Waisenjunge gewesen?«

Eine Zeitlang war ich es nicht.

Ein langes Schweigen folgte, bis Qhuinn sagte: »Komm schon, John, lass uns hier abhauen. Wir müssen auf die Easterly.«

John dachte kurz nach. *Was dagegen, wenn wir unterwegs einen Stopp einlegen? Ist nicht weit.*

»Klar. Wo?«

Ich möchte zu Lashs Haus.

»Warum?«

Weiß nicht. Ich schätze mal, ich möchte mir ansehen, wo das alles hier angefangen hat. Und ich will mir sein Zimmer anschauen.

»Aber wie kommen wir rein?«

Wenn die Rollläden immer noch von der Schaltuhr gesteuert werden, dann müssten sie jetzt oben sein, und wir können uns durch die Scheiben dematerialisieren.

»Von mir aus, wenn du unbedingt willst.«

Zusammen dematerialisierten sie sich neben den Bau im Tudorstil. Tatsächlich waren die Rollläden hochgezogen, und blitzschnell standen sie im Wohnzimmer.

Der Geruch war so schlimm, dass Johns Nase sich anfühlte, als hätte jemand mit Stahlwolle darin herumgeschrubbt ….

Er hielt sich die Hand vor Mund und Nase und hustete.

»Igitt«, sagte Qhuinn und machte das Gleiche.

Die beiden sahen sich um. Teppich und Sofa waren voller Blut, die Flecke waren inzwischen getrocknet und braun.

Sie folgten den Spuren hinaus in den Flur.

»Ach du …«

John hob den Kopf. Durch den hübschen Türbogen zum Esszimmer bot sich ein Anblick wie aus einem Film von Rob Zombie. Die Leichen von Lashs Mutter und Vater saßen am wunderschön gedeckten Tisch, zweifellos auf ihren üblichen Plätzen. Ihre Gesichter hatten die Farbe von Asphalt, ein helles, stumpfes Grau, und ihre edlen Kleider waren wie die Teppiche braun verschmiert.

Da waren Fliegen.

»Mann, diese *Lesser* sind echt krank.«

John schluckte die Galle in seinem Hals herunter und näherte sich dem Tisch.

»Um Himmels willen, brauchst du davon wirklich eine Nahaufnahme?«

John spähte in den Raum und zwang sich, das Grauen zu ignorieren und sich die Einzelheiten einzuprägen. Die Platte mit dem gebratenen Huhn wies am Rand Blutspuren auf.

Der Mörder hatte sie auf den Tisch gestellt. Höchstwahrscheinlich, nachdem er die Leichen angeordnet hatte.

Gehen wir rauf in Lashs Zimmer.

Nach oben zu gehen, war total abgefahren, weil sie allein im Haus waren – aber doch nicht so ganz. Die Toten aus dem Erdgeschoss erfüllten die Luft mit etwas, das annähernd ein Geräusch war. Und ihr Geruch folgte John und Qhuinn die Treppe hinauf.

»Seine Bude ist im zweiten Stock«, sagte Qhuinn, als sie oben am Absatz ankamen.

Sie fanden Lashs Zimmer, und nach dem Schock des Wohnzimmers wirkte es so – unspektakulär. Bett. Schreibtisch. Stereoanlage. Computer. Fernseher.

Kommode.

John entdeckte die Schublade mit den blutigen Fingerabdrücken. Sie waren zu verschmiert, um zu erkennen, ob ein Spiralmuster hinterlassen worden war. Er nahm das nächstbeste T-Shirt zur Hand und zog damit die Schublade auf, weil man das immer im Fernsehen sah. Darin fanden sich noch mehr Blutspuren, ebenfalls zu verwischt, um etwas zu erkennen.

Da setzte sein Herz einen Moment aus, und er beugte sich herunter. Ein Abdruck war ganz besonders deutlich auf der Ecke einer Armbanduhrenschachtel von Jacob & Co.

Er pfiff Qhuinn zu. *Hinterlassen Lesser Fingerabdrücke?*

»Wenn sie etwas berühren, klar.«

Ich meine, hinterlassen sie richtige Abdrücke? Nicht einfach nur eine leere Fläche, sondern mit Linien und allem?

»Ja.« Qhuinn kam rüber. »Was hast du denn gefunden?«

John deutete auf die Schachtel. Auf der Ecke sah man die perfekte Nachbildung eines Daumens … ohne erkennbare Furchen. Wie der Fingerabdruck eines Vampirs aussähe.

Könntest du dir –

»Nein. Ausgeschlossen. Sie haben noch nie einen Vampir rekrutiert.«

John holte sein Handy aus der Tasche und machte ein Foto. Nach kurzer Überlegung nahm er dann die Uhrenschachtel heraus und steckte sie in die Jackentasche.

»Sind wir fertig?«, fragte Qhuinn. »Bitte sag ja.«

Ich will nur … John zögerte. *Ich brauche noch ein bisschen Zeit hier oben.*

»Okay, aber dann sehe ich mir die Zimmer im ersten Stock an. Ich kann … ich kann hier nicht bleiben.«

John nickte und fühlte sich mies. Vielleicht war es grausam von ihm gewesen, seinen Freund überhaupt hierherzubringen.

Ja, denn das hier war abgefuckt. Wenn man hier mitten zwischen Lashs ganzen Sachen stand, war es, als wäre er noch am Leben.

Am anderen Ende der Stadt saß Lash am Steuer des Focus und hatte miserable Laune. Das Auto war wirklich totaler Schrott. Obwohl er nur im Stadtverkehr unterwegs war, hatte die Karre null Beschleunigung. Von null auf dreißig in drei Tagen, du meine Güte.

»Wir müssen aufrüsten.«

Mr D auf dem Beifahrersitz inspizierte seine Pistole, die schlanken Finger flogen über die Waffe. »Ja … ähm, was das betrifft.«

»Was.«

»Ich fürchte, wir werden warten müssen, bis die Knete aus den Plünderungen reinkommt.«

»Was soll das denn heißen?«

»Ich hab mir die Kontoauszüge besorgt, die vom letzten Haupt-*Lesser*. Diesem Mr X. Lagen in seiner Blockhütte. Und die sehen nicht besonders gut aus.«

»Was genau heißt *nicht besonders gut?*«

»Tja, es ist mehr oder weniger alles weg. Ich weiß nicht, wofür und von wem. Aber es sind nur noch ungefähr fünftausend übrig.«

»Fünf? Machst du Witze?« Lash ging vom Gas. Was ungefähr so war, wie die lebenserhaltenden Maßnahmen bei einer Pflanze abzustellen.

Sie waren pleite? Wie bitte? Er war doch der Fürst der Dunkelheit oder so was in der Art. Und das Eigenkapital seiner Armee lag bei fünf Riesen?

Klar, er hatte das Geld seiner toten Eltern, aber so viel das auch war – damit konnte er keinen ganzen Krieg finanzieren.

»Mann, vergiss es ... ich fahre zurück zu meinem alten Haus. Ich hab keinen Bock mehr auf diese Blechschüssel.« O ja, ganz plötzlich war er aber so was von über diesen albernen Mami-und-Papi-Mist weg. Er brauchte ein neues Auto, und zwar schnell, und dort in der Garage stand ein nagelneuer Mercedes. Den würde er sich holen, und er hätte kein schlechtes Gewissen deswegen.

Scheiß auf den ganzen Vampirkram.

Als er allerdings rechts abbog und auf sein altes Viertel zufuhr, wurde ihm schlecht. Wobei er ja gar nicht reingehen und deshalb auch die Leichen nicht sehen müsste, vorausgesetzt, sie waren noch da, wo er sie –

Mist, der Schlüssel war im Haus.

Egal. Er musste verflucht noch mal endlich erwachsen werden.

Zehn Minuten später hielt Lash vor den Garagen und stieg aus dem Wagen. »Bring die Karre hier zum Bauernhaus. Wir treffen uns dann dort.«

»Soll ich nicht lieber hier warten?«

Lash runzelte die Stirn und betrachtete seine Hand. Der Ring, den Omega ihm vergangene Nacht gegeben hatte, wurde wärmer und begann zu leuchten.

»Sieht aus, als wollte Ihr Erzeuger was von Ihnen«, erklärte Mr D und stieg aus dem Auto.

»Ja.« Mist. »Wie funktioniert das?«

»Sie brauchen einen ungestörten Ort. Dann verhalten Sie sich ganz still, und er kommt zu Ihnen oder holt Sie ab.«

Lash blickte zu seinem Elternhaus auf und entschied, dass das schon reichen würde. »Dann sehen wir uns später beim Bauernhaus. Und danach bringst du mich zu dieser Blockhütte, in der die ganzen Unterlagen sind.«

»Jawohl, Sir.« Mr D tippte sich an die Krempe seines Cowboyhutes und setzte sich ans Steuer.

Als der Focus rückwärts über die Auffahrt jaulte, ging Lash durch die Küche ins Haus. Drinnen roch es schon schlimmer, der süßlich-ekelerregende Gestank von Tod und Verwesung war so stark, dass er beinahe wie eine Mauer wirkte.

Das hatte er getan, dachte er. Er war verantwortlich für das, was dieses schöne Haus verseuchte.

Hastig holte er sein Handy aus der Tasche, um Mr D zurückzupfeifen, zögerte dann aber und starrte auf seinen Ring. Das Gold brannte so stark, dass er überrascht war, dass sein Finger noch an Ort und Stelle war.

Sein Erzeuger. Sein *Erzeuger.*

Die Toten hier gehörten nicht zu ihm.

Er hatte das Richtige getan.

Lash lief durch die Schwingtür ins Esszimmer. Mit dem leuchtenden Ring am Finger betrachtete er die Leute, die er für seine Eltern gehalten hatte. Die Wahrheit lag in den Lügen, war es nicht so? Sein ganzes Leben lang hatte er sein echtes Wesen verstecken, das Böse in sich verschleiern müssen. Kleinere Blitzlichter seines wahren Ich waren an die Oberfläche gedrungen, das schon, aber das Innerste, das, was ihn antrieb, war verborgen geblieben.

Jetzt war er frei.

Ganz unvermittelt empfand er nichts mehr, als er das ermordete Paar musterte. Es war, als betrachtete er makabre Leinwandbilder in einem Kino, und sein Geist gestand ihnen das ihnen angemessene Gewicht zu.

Nämlich gar keins.

Er tastete nach der Hundekette um seinen Hals, und er kam sich dumm vor wegen der albernen Gefühle, die ihn dazu gebracht hatten, sie mitzunehmen. Er war versucht, sie abzureißen, aber nein ... Das Tier, an das sie ihn erinnerte, war stark und grausam und mächtig gewesen.

Also behielt er sie als Symbol, nicht aus Sentimentalität.

Mann, die Toten rochen echt schlecht.

Lash ging in den Flur und befand, dass der Marmorfußboden dort so gut wie jeder andere Platz war, um seinen wahren Vater zu empfangen. Er setzte sich hin, zog die Beine an den Körper und fühlte sich wie ein Idiot. Er schloss die Augen, konnte es kaum erwarten, das hinter sich zu bringen, und dann den Autoschlüssel –

Ein Summen verdrängte nach und nach die Stille im Haus, der Klang entströmte keiner speziellen Richtung.

Lash öffnete die Augen. Kam sein Vater her? Oder holte er ihn ab und brachte ihn fort?

Aus dem Nichts umwirbelte ihn einen Strömung, verzerrte sein Sichtfeld. Oder vielleicht verzerrte sie auch seine Umgebung. Er jedoch war mitten in dem Strudel so ruhig wie ein Fels, spürte eine eigenartige Zuversicht. Der Vater würde dem Sohn niemals ein Leid zufügen. Böse war, wer Böses tat, doch die Blutsbande zwischen ihm und seinem Erzeuger bedeuteten, er war Omega.

Und Omega würde – wenn auch nur aus Eigeninteresse – sich niemals selbst verletzen.

Gerade als Lash im Begriff stand, fortgetragen zu werden, als der Wirbel seine körperliche Gestalt beinahe verzehrt hatte, blickte er auf.

Vor ihm stand John Matthew auf den Stufen.

21

»Meine Schwester«, ertönte ein Zischen vor der Tempelpforte. »Meine Schwester.«

Cormia hob den Blick von dem Pergament, auf dem sie gerade die Rettung der Vampire in der Klinik durch den Primal aufzeichnete. »Layla?«

»Der Primal ist krank. Er ruft nach dir.«

Cormia ließ den Federkiel fallen und rannte zur Tür. Davor stand ihre Schwester mit bleichem, verzweifeltem Gesicht. »Krank?«

»Er liegt im Bett und zittert vor Kälte. Wahrlich, es geht ihm schlecht. Zuerst wollte er sich nicht von mir helfen lassen, doch ich schleppte ihn in den Tempel hinein, als er das Bewusstsein verlor.«

Cormia streifte die Kapuze ihrer Robe über. »Sind die anderen –«

»Unsere Schwestern sitzen beim Mahl. Alle. Niemand wird dich sehen.«

Cormia eilte aus dem Tempel, wurde aber von dem hellen Licht des Heiligtums geblendet. Sie nahm Laylas Hand, bis ihre Augen sich daran gewöhnt hatten, und die beiden hasteten zum Primalstempel.

Ohne Zögern schlüpfte Cormia durch die goldene Tür und riss den Vorhang beiseite.

Nur in die seidene Hose seines Heiligtumsgewands gekleidet lag der Primal auf dem Bett. Seine Haut war von einem ungesunden Schimmer und einem Schweißfilm überzogen. Von Schüttelfrost gepeinigt, wirkte sein großer Körper furchtbar zerbrechlich.

»Cormia?«, sagte er und streckte ihr eine zitternde Hand entgegen.

Sie ging zu ihm und streifte die Kapuze ab. »Ich bin hier.« Beim Klang ihrer Stimme versuchte er, sich aufzurichten, doch dann berührte sie seine Fingerspitzen und er wurde ruhig.

Gütiger, er stand in Flammen.

»Was ist mit dir?«, fragte sie und setzte sich an sein Lager.

»Ich g-g-glaube, das ist der Entzug.«

»Entzug?«

»K-k-keine … D-Drogen … k-k-keine D-D-Drogen m-m-m-mehr …«

Sie konnte kaum verstehen, was er murmelte, aber instinktiv wusste sie, dass sie ihm auf gar keinen Fall eine der selbstgedrehten Stangen anbieten sollte, die er immer rauchte.

»Kann ich irgendetwas für dich tun?« Er leckte sich über die trockenen Lippen. »Möchtest du etwas Wasser?«

»Ich gehe welches holen«, sagte Layla und lief in Richtung Bad.

»Danke, meine Schwester.« Cormia sah sich über die Schulter. »Und bring auch Lappen mit.«

»Ja.«

Als Layla hinter einem Vorhang verschwand, schloss Phury die Augen und warf seinen Kopf auf dem Kissen hin und her. Plötzlich sprach er gleichmäßiger. »Der Garten … der Garten ist voller Unkraut … o mein Gott, der Efeu … er ist überall … die Statuen sind davon überwachsen.«

Da kehrte Layla mit einem Krug und einer Schüssel und einigen weißen Waschlappen zurück, und Cormia sagte zu ihr: »Ich danke dir. Und jetzt lass uns bitte allein, Schwester.«

Eine Ahnung sagte ihr, dass alles noch viel schlimmer werden würde, und dass Phury in seinem Wahnzustand nicht von anderen gesehen werden wollte.

Layla verneigte sich. »Was soll ich den Auserwählten sagen, wenn ich beim Mahl erscheine?«

»Sag ihnen, dass er sich nach eurer Vereinigung ausruht, und dass er sich Zeit für sich selbst ausgebeten hat. Ich werde mich um ihn kümmern.«

»Wann soll ich zurückkehren?«

»Beginnt der Schlafzyklus bald?«

»Im Anschluss an die Thideh-Gebete.«

»Gut. Komm zurück, wenn alle sich zur Ruhe begeben haben. Wenn das hier andauert … dann werde ich Doc Jane von der Anderen Seite holen müssen, und du musst inzwischen auf ihn aufpassen.«

»Wen holen?«

»Eine Heilerin. Geh jetzt. Sing das Loblied seines Körpers und deines Glücks. Halte dich nicht zurück.« Cormia strich Phurys Haar nach hinten. »Je mehr du ihn preist, umso besser.«

»Wie du wünschst. Und ich werde zurückkehren.«

Cormia wartete, bis ihre Schwester weg war, dann versuchte sie, Phury etwas Wasser einzuflößen. Doch er war zu weggetreten, um etwas zu trinken, konnte die Lippen nicht still halten. Sie gab es auf, befeuchtete ein Tuch und drückte es auf sein Gesicht.

Phurys fiebrige Augen öffneten sich und hefteten sich auf sie, während sie seine Stirn abtupfte. »Der Garten ... ist voller Unkraut«, flüsterte er eindringlich. »Voller Unkraut.«

»Sch-sch ...« Erneut tauchte sie den Lappen in die Schüssel, um ihn zu kühlen. »Ist schon gut.«

Verzweifelt stöhnte er: »Nein, alles ist überwuchert. Die Statuen ... sie sind fort ... ich bin fort.«

Das Entsetzen in seinem gelben Blick gefror ihr das Blut in den Adern. Er halluzinierte, er war eindeutig nicht bei sich, aber was auch immer er sah, war für ihn sehr real – er wurde zusehends aufgeregter, sein Körper wand und krümmte sich auf dem weißen Laken.

»Der Efeu ... o Himmel, der Efeu kommt mich holen ... er ist überall auf meiner Haut ...«

»Sch-sch.« Vielleicht konnte sie das nicht allein schaffen. Vielleicht ... andererseits – wenn sein Geist krank war, dann ... »Phury, hör mir zu. Wenn der Efeu alles überwuchert, dann werden wir ihn beseitigen.«

Sein Zappeln verlangsamte sich, der Blick schärfte sich leicht. »Ja?«

Sie dachte an die Landschaftsgärtner, die sie auf der Anderen Seite beobachtet hatte. »Ja. Wir beseitigen ihn.«

»Nein ... das können wir nicht. Er wird gewinnen ... Er wird –«

Sie beugte sich tief über ihn, unmittelbar vor sein Gesicht. »Wer sagt das.«

Ihre energische Stimme schien seine Aufmerksamkeit zu erregen. »Und jetzt sag mir: Wo sollen wir anfangen, ihn zurückzuschneiden?«

Er begann, den Kopf zu schütteln, doch sie umschloss seinen Kiefer mit der Hand. »Wo sollen wir anfangen?«

Jetzt blinzelte er gehorsam. »Äh … am schlimmsten ist es auf den Statuen der vier Lebensabschnitte …«

»Gut. Dann nehmen wir uns die zuerst vor.« Sie versuchte, sich die vier Statuen vorzustellen … Kindesalter, Jugend, mittleres Alter und der Lebensabend. »Wir beginnen mit dem Kind. Welches Werkzeug werden wir benutzen?«

Der Primal schloss die Augen. »Die Heckenschere. Wir werden die Heckenschere benutzen.«

»Und was machen wir mit der Schere?«

»Der Efeu … der Efeu wuchert an den Statuen hinauf. Man kann … man kann die Gesichter schon nicht mehr erkennen. Er … erstickt die Statuen. Sie sind nicht frei … sie können nichts sehen …« Der Primal begann zu weinen. »O mein Gott. *Ich* kann nichts mehr sehen. Ich konnte noch nie … das Unkraut in diesem Garten hat mir immer schon den Blick verstellt …«

»Bleib bei mir. Hör mir zu – das werden wir ändern. Zusammen werden wir es ändern.« Cormia nahm seine Hand und presste sie sich an die Lippen. »Wir haben eine Heckenschere. Gemeinsam werden wir den Efeu abschneiden. Und wir fangen bei der Statue des Kindes an.« Phurys tiefer Atemzug, als wollte er sich an ein großes Werk machen, ermutigte sie. »Ich werde den Efeu vom Gesicht des Kindes zupfen, und du schneidest ihn ab. Kannst du mich sehen?«

»Ja …«

»Kannst du dich sehen?«

»Ja.«

»Gut. Und jetzt möchte ich, dass du das Stück Efeu abschneidest, das ich in der Hand halte. Komm.«

»Ja, das … das mache ich.«

»Und du legst das, was du abgeschnitten hast, auf den Boden zu deinen Füßen.« Sie strich ihm das Haar aus dem Gesicht. »Und jetzt noch einmal. Und noch einmal …«

»Ja.«

»Und weiter.«

»Ja.«

»Kannst du jetzt das Gesicht der Statue erkennen?«

»Ja … ja, ich kann das Gesicht des Kindes sehen …« Eine Träne rann ihm über die Wange. »Ich kann es sehen … ich kann mich darin sehen.«

In Lashs Haus auf der anderen Seite blieb John auf der Treppe stehen und überlegte, ob der Gruselfaktor des düsteren Kastens sein Gehirn kurzgeschlossen hatte.

Denn es war völlig unmöglich, dass Lash dort unten im Schneidersitz auf dem Fußboden des Flurs saß, während ein wabernder Luftstrom um ihn kreiselte.

Während John sich noch den Kopf zerbrach, was Realität war und was auf keinen Fall wirklich sein konnte, bemerkte er den süßlichen Geruch von Talkum in der Luft, so intensiv, dass er sie beinahe rosa färbte. Ekelhafterweise überdeckte er den widerlichen Duft des Todes nicht – er verstärkte den Verwesungsgestank noch. Der Grund, warum ihm von diesem Geruch schon immer schlecht geworden war, war, dass er dem Duft des Todes so ähnlich war.

In diesem Moment sah Lash auf. Er schien genauso erschrocken wie John selbst, doch dann verzog er den Mund zu einem Lächeln.

Aus dem Strudel heraus wehte seine Stimme die Stufen hinauf, sie schien aus einer größeren Entfernung als lediglich den paar Metern zwischen ihnen zu kommen.

»Na so was, John-Boy.« Das Lachen klang gleichzeitig vertraut und grotesk und hallte merkwürdig wider.

John legte die Hand um seine Waffe, hielt sie mit beiden Händen und richtete sie auf das, was dort unten war.

»Wir sehen uns bald«, sagte Lash, während er zweidimensional, zu einem bloßen Bild seiner selbst wurde. »Und ich grüße meinen Vater von dir.«

Seine Gestalt blinkte ein paarmal auf, verblasste wieder und verschwand dann gänzlich, verschlungen von dem wabernden Sog.

John ließ die Waffe sinken, dann steckte er sie ins Holster. Denn das machte man, wenn es gerade nichts zu Erschießen gab.

»John?« Qhuinns Stiefel donnerten hinter ihm auf der Treppe. »Was zum Henker machst du da?«

Keine Ahnung … ich dachte, ich hätte –

»Was?«

Lash gesehen. Genau dort unten. Ich … also, ich dachte, ich hätte ihn gesehen.

»Bleib hier.« Qhuinn zog seine Waffe und rannte an ihm vorbei, machte einen Rundgang durch das Erdgeschoss.

Langsam ging John hinunter in den Flur. Er hatte Lash doch gesehen. Oder?

Qhuinn kam zurück. »Alles im grünen Bereich. Komm, lass uns nach Hause fahren. Du siehst komisch aus. Hast du heute Nacht was gegessen? Und wenn wir schon dabei sind – wann hast du zum letzten Mal geschlafen?«

Weiß nicht.

»Na siehst du. Wir hauen ab.«

Ich hätte schwören können –

»Los jetzt.«

Als sie sich zurück in den Innenhof des Anwesens materialisierten, dachte John, dass sein Freund bestimmt Recht hatte. Vielleicht sollte er einen Happen essen und –

Sie schafften es nicht ins Haus. Genau in diesem Augenblick kam die Bruderschaft durch die prachtvolle Flügeltüre marschiert. Zusammen hatten sie genug Waffen bei sich, um als vollständige Miliz durchzugehen.

Wrath durchbohrte John und Qhuinn mit einem Blick durch seine dunkle Panoramasonnenbrille. »Ihr beiden. In den Escalade mit Rhage und Blay. Außer ihr braucht noch Munition aus dem Haus.«

Als beide die Köpfe schüttelten, dematerialisierte sich der König gemeinsam mit Vishous, Butch und Zsadist.

Vom Rücksitz des Wagens fragte John: *Was ist denn los?*

Rhage trat aufs Gas. Der Escalade heulte auf und sie schossen aus dem Hof heraus. Trocken meinte der Bruder: »Besuch von einem alten Lieblingsfeind. Die Sorte, die man niemals wiedersehen wollte.«

Das konnte doch glatt als Motto des Abends durchgehen.

22

Der Traum … die Halluzination … was auch immer es sein mochte, fühlte sich echt an. Total und absolut echt.

Er stand im überwachsenen Garten seines Elternhauses im Alten Land unter einem strahlend hellen Vollmond und zog Efeuranken von Augen und Nase und Mund der dritten Statue, des Mannes, der so stolz sein eigenes Kind in den Armen hielt.

Inzwischen war Phury schon ein richtiger Profi im Schneiden, und schon warf er eine weitere grüne Ranke auf den Haufen zu seinen Füßen.

»Da ist er ja«, flüsterte er. »Da … ist er ja.«

Die Statue hatte langes Haar wie er selbst und tiefliegende Augen wie er selbst, doch der leuchtend glückliche Gesichtsausdruck ähnelte ihm nicht. Und auch nicht das Kind in seinen Armen. Dennoch spürte er eine Befreiung, während er weiterhin Schicht um Schicht der Überwucherung löste.

Als er fertig war, war der Marmor darunter von den Überresten der Kletterpflanze überzogen wie von grünen Tränen, doch die Würde der Skulptur war wiederhergestellt.

Ein Mann in der Blüte seiner Jahre mit seinem Kind auf dem Arm.

Phury blickte sich über die Schulter. »Wie findest du sie?«

Cormias Stimme war überall um ihn herum, in Stereo, obwohl sie unmittelbar neben ihm stand. »Ich finde sie wunderschön.«

Phury lächelte sie an, in ihrem Gesicht erkannte er all die Liebe, die er in seinem Herzen für sie trug. »Eine noch.«

Sie machte eine Handbewegung. »Aber sieh doch, die Letzte ist schon fertig.«

Und so war es; das Unkraut war von der letzten Statue verschwunden, zusammen mit jeglicher Spur der Vernachlässigung. Der Mann war nun alt, mit einem Stab in der Hand saß er dort. Sein Gesicht war immer noch schön, doch nun war es Weisheit, nicht die Blüte der Jugend, die es dazu machte. Hinter ihm stand groß und stark der Sohn, den er einst in den Armen gehalten hatte.

Der Zyklus war vollständig.

Und das Unkraut war fort.

Phury warf einen Blick zurück auf die dritte Statue. Sie war ebenfalls wunderbarerweise völlig sauber, genau wie die des Kindes und des jungen Mannes.

Ja, der gesamte Garten war ordentlich und ruhte jetzt unter dem warmen, lieblichen Nachthimmel in üppiger, gesunder Blüte. Die Obstbäume neben den Statuen hingen schwer voller Birnen und Äpfel, und die Pfade waren gesäumt von kunstvoll beschnittenen Buchsbäumen. In den Beeten gediehen die Blumen in anmutiger Unordnung wie in jedem schönen englischen Garten.

Er wandte sich dem Haus zu. Die Läden, die schief in den Angeln gehangen hatten, waren gerichtet, die Löcher im

Ziegeldach verschwunden. Der Putz war glatt, die Risse fort, jede Glasscheibe unversehrt. Die Terrasse war frei von altem Laub, die vom Regenwasser abgesenkten Stellen wieder ebenerdig. Kübel voller blühender Geranien und Petunien standen zwischen Korbstühlen und Tischen.

Durch das Wohnzimmerfenster sah er eine Bewegung – konnte es wahr sein? Ja, tatsächlich.

Seine Mutter. Sein Vater.

Die beiden kamen in Sicht, und sie waren so, wie die Statuen jetzt: wiederauferstanden. Seine Mutter mit ihren gelben Augen und dem blonden Haar und den vollkommenen Gesichtszügen … Sein dunkelhaariger Vater mit dem klaren Blick und dem gütigen Lächeln.

In seinen Augen waren sie unfassbar schön, sein Heiliger Gral.

»Geh zu ihnen«, sagte Cormia.

Phury ging auf die Terrasse, sein weißes Gewand war sauber, trotz der ganzen Arbeit, die er erledigt hatte. Langsam näherte er sich seinen Eltern, er hatte Angst, die Vision zu zerstören.

»Mahmen?«, murmelte er.

Seine Mutter legte die Fingerspitzen von innen auf die Scheibe.

Phury streckte den Arm aus und legte seine Hand genau auf ihre. Als er das Glas berührte, spürte er die Wärme ihrer Finger durch das Fenster.

Sein Vater lächelte, und seine Lippen bewegten sich.

»Was?«, fragte Phury.

Wir sind so stolz auf dich … Sohn.

Phury kniff die Augen zusammen. Es war das erste Mal, dass einer von beiden ihn so genannt hatte.

Die Stimme seines Vaters sprach weiter. *Du kannst jetzt gehen. Es geht uns gut hier. Du hast alles … in Ordnung gebracht.*

Phury musterte sie. »Seid ihr sicher?«

Beide nickten. Und dann hörte er die Stimme seiner Mutter durch die Scheibe.

Geh und lebe jetzt, Sohn. Geh und lebe dein Leben, nicht unseres. Uns geht es hier gut.

Phury stockte der Atem, er starrte die beiden nur wortlos an, saugte in sich auf, wie sie aussahen. Dann legte er sich die Hand aufs Herz und verbeugte sich.

Es war ein Lebewohl. Kein Abschied, sondern ein Lebt … wohl. Und er empfand eine Ahnung, dass sie das wirklich würden.

Phury öffnete die Augen wieder. Über ihm schwebte eine dichte Wolkendecke … nein, Moment, das war eine hohe Decke aus weißem Marmor.

Er wandte den Kopf. Cormia saß neben ihm und hielt seine Hand, ihr Gesicht war so warm wie das Gefühl in seiner Brust.

»Möchtest du etwas trinken?«, fragte sie.

»W … as?«

Sie nahm ein Glas vom Tisch. »Möchtest du etwas trinken?«

»Ja, bitte.«

»Heb den Kopf.«

Er nahm einen vorsichtigen Schluck, das Wasser war praktisch nicht wahrnehmbar. Es schmeckte nach nichts und hatte exakt die Temperatur seines Mundes, aber es zu schlucken tat gut, und im Nu hatte er das Glas geleert.

»Möchtest du noch mehr?«

»Ja, bitte.« Mehr hatte er offenbar gerade nicht im Gesprächsrepertoire.

Cormia füllte das Glas erneut aus einem Krug, und das Plätschern war hübsch, fand er.

»Hier«, murmelte sie. Dieses Mal hielt sie seinen Kopf fest, und beim Trinken blickte er in ihre schönen grünen Augen.

Als sie das Glas von seinen Lippen absetzen wollte, umschloss er ihr Handgelenk mit sanftem Griff. In der Alten Sprache sagte er: »So möchte ich immer aufwachen, badend in deinem Blick und deinem Duft.«

Er erwartete, dass sie sich ihm entziehen würde. Unruhig würde. Ihn von sich stieße. Doch sie murmelte: »Wir haben deinen Garten aufgeräumt.«

»Ja ...«

Ein Klopfen ertönte an der Tempelpforte.

»Warte noch«, sagte sie und sah sich um.

Cormia stellte das Glas ab und lief über den Marmor. Nachdem sie sich hinter einem weißen Vorhang versteckt hatte, räusperte er sich.

»Ja, bitte?«, rief er.

Die Stimme der Directrix klang gütig und respektvoll. »Darf ich eintreten, Euer Gnaden?«

Er deckte sich mit einem Laken zu, obwohl er seine Hose trug, dann vergewisserte er sich noch einmal, dass Cormia nicht zu sehen war.

»Ja.«

Die Directrix zog den schweren Vorhang zur Eingangshalle zurück und verneigte sich tief. In den Händen trug sie ein Tablett mit einem Deckel. »Ich bringe Euch ein Geschenk der Auserwählten.«

Als sie sich wieder aufrichtete, verriet ihm das Leuchten in ihrer Miene, dass Layla gelogen hatte – und zwar gut gelogen.

Er traute sich nicht, sich aufzusetzen, also winkte er sie heran.

Die Directrix kam näher und kniete vor ihm nieder. Als sie den goldenen Deckel anhob, sagte sie: »Von Euren Partnerinnen.«

Auf dem Tablett, säuberlich gefaltet wie eine Landkarte,

lag ein reich verzierter Schal. Aus Seide und mit Edelsteinen bestickt. Ein fantastisches Kunstwerk.

»Für unseren Mann«, erklärte die Directrix mit gesenktem Kopf.

»Ich danke euch.« *Shit.*

Er nahm den Schal und breitete ihn über seinen Händen aus. Zitrine und Diamanten bildeten in der Alten Sprache die Worte: *Kraft unseres Volkes.*

Beim Anblick der funkelnden Juwelen dachte er, sie waren wie die Frauen hier im Heiligtum – so fest in ihre Platinfassungen eingeschnürt.

»Ihr habt uns sehr glücklich gemacht«, sagte Amalya mit einem Beben in der Stimme. Sie stand auf und verbeugte sich erneut. »Können wir irgendetwas tun, um uns für die Freude, die Ihr uns bereitet habt, erkenntlich zu zeigen?«

»Nein, danke. Ich werde mich einfach ausruhen.«

Ein letztes Mal verneigte sie sich, dann war sie fort wie eine sanfte Brise, entschwand in einer tragisch erwartungsschweren Stille.

Jetzt setzte er sich auf, brauchte dazu jedoch seine Arme als Stütze. In der Vertikalen fühlte sich sein Kopf an wie ein Ballon, leicht und voller Luft, schwerelos auf seiner Wirbelsäule hüpfend. »Cormia?«

Sie trat hinter dem Vorhang hervor. Ihr Blick wanderte zu dem Schal, dann wieder zu ihm. »Brauchst du Doc Jane?«

»Nein. Ich bin nicht krank. Das waren Entgiftungssymptome.«

»Das sagtest du. Wobei mir nicht ganz klar ist, was das ist.«

»Entzug.« Er rieb sich die Arme, es war bestimmt noch nicht vorbei. Seine Haut kribbelte, und die Lungen brannten, als bräuchten sie Luft, obwohl sie genug bekamen.

Was sie wirklich wollten, das wusste er, war roter Rauch.

»Gibt es hier ein Badezimmer?«, fragte er.

»Ja.«

»Wartest du auf mich? Es dauert nicht lange. Ich will mich nur waschen.«

Es wird länger als ein Leben dauern, bis du gereinigt zurückkehrst, sagte der Zauberer.

Phury schloss die Augen, abrupt verlor er die Kraft, sich zu bewegen.

»Was ist denn?«

Sag ihr, dein alter Freund ist wieder da.

Sag ihr, dein alter Freund wird nie weggehen.

Und dann sausen wir ab in die reale Welt und holen dir was gegen dieses beklemmende Gefühl in den Lungen und das Kribbeln überall auf der Haut.

»Was ist denn?«, fragte Cormia erneut.

Phury holte tief Luft. Er wusste nicht viel im Augenblick – kaum seinen eigenen Namen und bestimmt nicht, wer gerade Präsident der Vereinigten Staaten war. Aber eins war völlig klar: Wenn er dem Zauberer noch länger zuhörte, wäre er schon ziemlich bald tot.

Er konzentrierte sich auf die Frau vor sich. »Nichts.«

Das kam in der grauen Ödnis nicht gut an. Der Umhang des Zauberers blähte sich auf, als ein Windstoß über den Knochenacker fegte.

Du lügst sie an! Ich bin alles! Ich bin alles! Die Stimme des Zauberers klang schrill und stieg immer höher. *Ich bin –*

»Nichts«, wiederholte Phury matt und erhob sich mühsam. »Du bist nichts.«

»Was?«

Als er den Kopf schüttelte, hielt Cormia ihm die Hand hin, und er fand mit ihrer Hilfe sein Gleichgewicht. Zusammen liefen sie langsam ins Bad, das ausgestattet war wie jedes andere auch, nur dass kein Markenlogo auf der Toilettenschüssel prangte. Und natürlich dass durch den hinteren Teil des Raums ein Bach floss – der wohl als Bad diente, wie er annahm.

»Ich warte hier draußen«, sagte Cormia und ließ ihn allein.

Nachdem er auf der Toilette gewesen war, watete er über ein paar Marmorstufen in den Bach. Das vorbeirauschende Wasser war ähnlich wie das, was er getrunken hatte – ein Strom von exakt derselben Temperatur wie seine Haut. In einer Schale in der Ecke lag ein Stück Etwas, das er für Seife hielt, und er nahm es in die Hand. Es war weich und hatte die Form eines Halbmonds; er hielt es unter Wasser. Der Schaum, der sich bildete, perlte und roch nach Immergrün. Er seifte sich das Haar und das Gesicht und den Körper ein, atmete tief, so dass der Duft in seine Lungen drang – und sie hoffentlich von Jahrhunderten der tief eingesaugten Selbstmedikation reinigte.

Als er fertig war, ließ er das Wasser einfach weiter an seiner juckenden Haut und den schmerzenden Muskeln vorbeifließen. Mit geschlossenen Augen verdrängte er den Zauberer, so gut er konnte, aber es war schwer, weil der Typ einen Wutanfall von kolossalen Ausmaßen hinlegte. In seinem alten Leben hätte Phury eine Oper aufgelegt, doch jetzt konnte er das nicht – und zwar nicht nur, weil es auf dieser Seite keine Lautsprecher gab. Diese Art von Musik erinnerte ihn zu sehr an seinen Zwillingsbruder ... der nicht mehr sang.

Dennoch war der Klang des rauschenden Bachs hübsch, das leise, melodische Plätschern hallte von den weichen Steinen wider, als spränge der Ton von einem zum anderen.

Da er Cormia nicht zu lange warten lassen wollte, setzte er die Füße auf und hob seinen Oberkörper aus der Strömung. Das Wasser rann ihm über die Brust und auf den Bauch hinab wie zärtliche Hände, und als er die Arme hob, spürte er es von seinen Fingern und Ellbogen tropfen.

Fließend … strömend … fallend …

Die Stimme des Zauberers versuchte, sich zu erheben und das Kommando zu übernehmen. Phury hörte sie im Kopf, spürte sie nach Lautstärke ringen, um Einfluss in seinem Gehörgang kämpfen.

Aber das Plätschern des Wassers war lauter.

Phury atmete tief ein, roch das Immergrün und empfand eine Freiheit, die nichts mit dem Zustand seines Körpers zu tun hatte und alles mit dem seines Kopfes.

Zum allerersten Mal war der Zauberer nicht größer als er.

Cormia tigerte unruhig im Primalstempel umher. Nicht krank. Auf Entzug.

Nicht krank.

Am Fuße des Bettpodests blieb sie stehen.

Sie erinnerte sich genau daran, wie sie dort festgebunden gewesen war, wie sie einen Mann eintreten gehört und schreckliche Angst gehabt hatte. Ohne etwas zu sehen, unfähig, sich zu rühren, und ohne die Erlaubnis, nein zu sagen, hatte sie dort gelegen, der Tradition ausgeliefert.

Jede jungfräuliche Frau wurde nach ihrer Transition dem Primal so dargeboten.

Gewiss mussten andere sich so gefühlt haben wie sie. Und es würden in Zukunft noch mehr sein.

Himmel … dieser Ort war schmutzig, dachte sie und blickte sich innerhalb der weißen Wänden um. Schmutzig vor Lügen, die sowohl ausgesprochen wurden, als auch den Herzen der Frauen innewohnten, welche die reglose Luft einatmeten.

Es gab ein altes Sprichwort unter den Auserwählten, die Art von alter Strophe, von der man sich nie erinnern konnte, wann man sie erstmals gehört hatte. *Rechtschaffenheit ist die Ursache unseres Glaubens, heiter sei die Ausübung unserer Pflicht, kein Leid soll uns Frommen geschehen, denn Reinheit ist unsere Kraft und unsere Tugend, die Mutter, die uns Kinder an der Hand führt.*

Aus dem Badezimmer kam ein wildes Gebrüll.

Phury schrie.

Cormia wirbelte herum und rannte in den Nebenraum.

Sie fand ihn nackt im Bach, den Kopf zurückgeworfen, die Fäuste geballt, die Brust emporgereckt, die Wirbelsäule durchgebogen. Doch er schrie nicht. Er lachte.

Er drehte den Kopf herum, und als er sie entdeckte, ließ er die Arme sinken, konnte aber nicht aufhören, zu lachen. »Entschuldige …« Noch mehr wilde Fröhlichkeit sprudelte aus ihm heraus, er versuchte, sie zu zügeln, konnte aber einfach nicht. »Du musst mich für verrückt halten.«

»Nein …« Sie fand ihn wunderschön, die goldene Haut glänzend vom Wasser, das Haar in dicken Wellen über den Rücken fallend. »Was ist so lustig?«

»Gibst du mir ein Handtuch?«

Sie reichte ihm ein Stück Stoff und wandte den Blick nicht ab, als er aus dem Bach stieg.

»Hast du schon mal vom *Zauberer von Oz* gehört?«, fragte er.

»Ist das eine Geschichte?«

»Nicht so ganz.« Er wickelte sich das Handtuch fest um. »Vielleicht zeige ich dir eines Tages den Film. Aber darüber musste ich lachen. Ich lag völlig falsch. Das war gar kein übermächtiger Ringgeist in meinem Kopf. Es war der Zauberer von Oz, nichts als ein gebrechlicher alter Mann. Ich dachte nur immer, er wäre Furcht einflößend und stärker als ich.«

»Zauberer?«

Er tippte sich an die Schläfe. »Eine Stimme in meinem Kopf. Eine schlimme. Ich habe geraucht, um sie zu vertreiben. Ich dachte, sie stamme von einem riesigen Ringgeist. Stimmt aber nicht.«

Nicht in Phurys Glückseligkeit einzustimmen, war unmöglich, und als sie ihn anlächelte, durchströmte sie eine plötzliche Wärme.

»Ja, es war eine dröhnend laute Stimme, aber nichts Besonderes.« Er rubbelte sich über die Haut auf seinem Oberarm, als hätte er einen Ausschlag, obwohl sie nichts erkennen konnte, was die seidige Vollkommenheit verunstaltete. »Dröhnend laut …«

Unvermittelt veränderte sich Phurys Blick, als er sie ansah. Und sie kannte den Grund. Eine Hitze flackerte in seinen Augen auf, sein Geschlecht schwoll unter dem Handtuch an.

»Verzeihung«, sagte er und hielt sich noch ein Tuch vor die Lenden.

»Hast du bei ihr gelegen?«, platzte Cormia heraus.

»Bei Layla? Nein. Ich bin nur bis in die Eingangshalle gekommen, da wurde mir klar, dass ich das nicht durchziehen konnte.« Er schüttelte den Kopf. »Das geht einfach nicht. Ich kann mit keiner außer dir zusammen sein. Die Frage ist nur, was jetzt zu tun ist – und wie auch immer das ausgehen mag, ich glaube, ich kenne die Antwort. Ich glaube, dass all das hier« – er machte eine ausgreifende Handbewegung, als meinte er damit alles in und am Heiligtum – »nicht so weitergehen kann. Dieses System, diese Lebensweise funktioniert nicht. Du hast Recht, es geht nicht nur um uns, es geht um alle. Es funktioniert für niemanden.«

Während die Bedeutung seiner Worte langsam in sie einsickerte, dachte sie an ihre Stellung innerhalb ihres Volkes, in die sie hineingeboren worden war. Dachte an die weißen, sanft gewellten Wiesen, die weißen Gebäude und die weißen Roben.

Phury sah sie an. »Früher einmal gab es zweihundert Auserwählte, richtig? Damals, als es dreißig oder vierzig Brüder gab, oder?« Auf ihr Nicken wandte er den Blick dem rauschenden Wasser des Baches zu. »Und wie viele sind jetzt noch übrig? Du weißt, dass es nicht nur die Gesellschaft der *Lesser* ist, die uns tötet. Es sind diese verdammten Regeln, nach denen wir leben. Ich meine, mal im Ernst. Die Auserwählten sind hier nicht geschützt, sie sind eingekerkert. Und sie werden schlecht behandelt. Hättest du dich nicht von mir angezogen gefühlt, dann hätte das keine Rolle gespielt. Du hättest trotzdem Sex mit mir haben müssen, und das ist grausam. Du und deine Schwestern, ihr seid hier gefangen, und ich frage mich, wie viele von euch tatsächlich an die Tradition glauben, der ihr dient. Das Leben als Auserwählte … hat nichts mit freier Wahl zu tun. Niemand von euch hat die freie Wahl. Nimm doch nur dich selbst – du willst nicht hier sein. Du bist nur zurückgekommen, weil dir kein anderer Weg freistand. Stimmt doch?«

Drei Worte kamen aus ihrem Mund, drei unmögliche Worte, die alles veränderten: »Ja, das stimmt.«

Cormia hob den Saum ihrer Robe und ließ ihn wieder fallen, sie dachte an die Pergamentrolle auf dem Fußboden im Tempel der Schreiberinnen, mit ihren Bauskizzen darauf, der Rolle, von der sie nicht wusste, wohin damit.

Jetzt war sie es, die den Kopf schüttelte. »Ich hatte keine Ahnung, wie wenig ich über mich selbst wusste, bis ich auf eure Seite kam. Und ich muss davon ausgehen, dass dasselbe auch für die anderen gilt. Sie müssen … es kann nicht nur ich sein, die verborgene Talente oder unentdeckte Interessen besitzt.« Sie lief auf und ab. »Und ich glaube nicht, dass auch nur eine von uns sich nicht wie eine Versagerin vorkommt – und sei es nur, weil der Druck so groß ist, dass alles auf eine Ebene höchster und erhabenster Bedeutung gehoben wird. Ein kleiner Fehler, sei es ein falsch geschriebenes Wort oder ein falscher Ton in einem Gesang oder ein falscher Stich in einem Stück Stoff, und es ist, als spürte man die Enttäuschung des gesamten Volkes.«

Plötzlich konnte sie die Worte nicht mehr zurückhalten. »Du hast ja so Recht. Das hier funktioniert nicht. Unser Daseinszweck ist es, der Jungfrau der Schrift zu dienen, aber es muss doch eine Möglichkeit geben, das zu tun, und gleichzeitig uns selbst zu ehren.« Cormia sah Phury an. »Wenn wir ihre auserwählten Kinder sind, heißt das nicht, dass sie das Beste für uns will? Ist es nicht genau das, was Eltern sich für ihre Kinder wünschen? Wie kann das …« Sie sah sich in dem alles beherrschenden, erstickenden Weiß des Badezimmers um. »Wie kann das hier das Beste sein? Für die meisten von uns ist es eher ein tiefgefrorenes Dasein als ein Leben. Eine Art Scheintod, obwohl unsere Leiber sich bewegen. Wie … kann das das Beste für uns sein?«

Phurys Augenbrauen sanken herab. »Das ist es nicht. Das ist es verflucht noch mal nicht.«

Er knüllte das zweite Handtuch in seiner Hand zusammen und schleuderte es auf den Marmorfußboden. Dann riss er sich das Primalsamulett vom Hals.

Er würde sein Amt niederlegen, dachte sie, gleichzeitig freudig erregt und enttäuscht im Hinblick auf die Zukunft. Er würde sein Amt niederlegen –

Phury hob das schwere Goldmedaillon an dem Lederband auf, und Cormia stockte der Atem. Der Ausdruck auf seinem Gesicht zeugte von Entschlossenheit und Kraft, nicht von Verantwortungslosigkeit. Das Licht in seinen Augen verriet Pflichtgefühl und Führungsstärke, keine Ausflüchte und Entschuldigungen. Er stand vor ihr als das gesamte Heiligtum, als alle Gebäude und das Land und die Luft und das Wasser: Er gehörte dieser Welt nicht an, er selbst war diese Welt.

Nachdem sie ein Leben lang das Entstehen von Geschichte in einer Schüssel Wasser verfolgt hatte, erkannte Cormia, als sie das Amulett dort in der Luft hängen sah, dass sie zum ersten Mal Geschichte in Echtzeit miterlebte.

Nach diesem Augenblick würde nichts mehr so sein, wie es einmal war.

Das Amulett in seiner Faust wie ein Pendel schwingend verkündete Phury mit harter, tiefer Stimme: »Ich bin die Kraft des Volkes. Ich bin der Primal. *Und so werde ich herrschen!«*

23

Am Rande von Caldwell war die Bruderschaft in der lauen Sommernacht unter einem vollen, himmlischen Mond versammelt – und fragte sich, was zum Teufel eigentlich abging. Als der Escalade neben der dicht gedrängten Gruppe anhielt, konnte John nicht fassen, dass er dazugehörte. Er löste seinen Sicherheitsgurt und stieg aus. Blay und Qhuinn schlossen zu ihm auf, und zu dritt marschierten sie auf die Bruderschaft zu.

Die Wiese vor ihnen erstreckte sich zwischen einer Einfassung aus Kiefern, das Gras gesprenkelt mit Goldrutenbüscheln und hier und da einem duftenden Schwalbenwurz.

Vishous zündete sich eine Selbstgedrehte an, der Duft von türkischem Tabak wehte zu ihnen herüber. »Der Penner ist unpünktlich.«

»Ganz locker, V«, raunte Wrath ihm zu. »Wenn du dich nicht zusammenreißen kannst, musst du gehen.«

»Penner. Nicht du, er.«

»Butch, nimm deinen Kumpel an die Leine, ja? Bevor ich ihm das Maul mit einer Kiefer stopfe.«

Das Leuchten kam aus dem Osten, begann so klein wie das Züngeln eines Feuerzeugs, und wurde dann so groß wie die Sonne. Das Licht sammelte sich im Wald, wurde von Baumstämmen und Zweigen gefiltert, und John musste an die Filme über Atomwaffentests denken, die er in der Schule gesehen hatte, die, in denen die Bäume und alles andere nach der gleißend hellen Explosion in Schutt und Asche lagen.

»Ich will doch mal stark hoffen, dass der Mist da nicht radioaktiv ist«, murmelte Qhuinn.

»Nein«, gab Rhage zurück. »Aber morgen früh haben wir alle eine hübsche Sonnenbräune.«

Butch schirmte sich die Augen mit dem Arm ab. »Und ich habe meine Sonnenmilch nicht dabei.«

Doch es wurde keine Waffe gezogen, bemerkte John. Obwohl alle lauerten wie hungrige Katzen.

Plötzlich kam durch die Bäume ein Mann ... ein leuchtender Mann, die Quelle des Lichts. Und über seinem Arm hing etwas, eine Plane oder ein Teppich oder –

»Das gibt's doch nicht«, hauchte Wrath, als die Gestalt in zwanzig Metern Entfernung anhielt.

Der leuchtende Mann lachte. »Na, wenn das mal nicht der gute König Wrath mit seinen fröhlichen Musikanten ist. Ehrlich, ihr solltet unbedingt Kindervorstellungen geben, ihr seid alle so verdammt lustig anzusehen.«

»Toll«, murmelte Rhage. »Seinen Humor hat er noch.«

Vishous stieß hörbar die Luft aus. »Vielleicht kann ich ihn ja aus ihm rausprügeln.«

»Wenn's geht mit seinem eigenen Arm –«

Wrath warf den beiden einen strengen Blick zu, dem sie simultan mit Unschuldsmienen begegneten.

Der König schüttelte den Kopf und wandte sich an die helle Gestalt. »Lange nicht gesehen. Glücklicherweise. Wie zum Henker geht's dir?«

Ehe der Mann noch etwas antworten konnte, fluchte V. »Wenn ich mir diesen ganzen Keanu-Reeves-*Matrix*-»Ich bin Neo«-Müll anhören muss, platzt mir der Kopf.«

»Meintest du nicht Neon?«, versetzte Butch. »Irgendwie erinnert er mich an eine 24-Stunden-Tanke.«

Wrath wandte ihnen den Kopf zu. »Klappe jetzt. Alle miteinander.«

Die Leuchtgestalt lachte. »Wollt ihr jetzt euer verfrühtes Weihnachtsgeschenk haben? Oder wollt ihr mich so lange nerven, bis ich keinen Bock mehr habe und wieder abhaue?«

»Weihnachten? Das ist doch wohl eher eure Tradition, nicht unsere«, bemerkte Wrath.

»Heißt das nein? Denn ich habe etwas, das ihr schon ein Weilchen vermisst.« Damit löste sich der Leuchtschein auf, als hätte jemand einen Stecker gezogen.

Auf der Lichtung zurück blieb ein stinknormaler Mann ... na ja, gewissermaßen stinknormal, wenn man davon absah, dass er mit Goldketten geradezu behängt war. Jemand lag in seinen Armen, ein bärtiger Kerl mit einer weißen Strähne in seinem dunklen Haar ...

Johns gesamter Körper kribbelte.

»Erkennt ihr euren Bruder nicht?«, fragte die Gestalt und betrachtete den Mann in seinen Armen. »Aus den Augen, aus dem Sinn, hm?«

John war es, der sich aus der Reihe löste und durch das hohe Gras rannte. Jemand rief seinen Namen, doch er hielt für nichts und niemanden an. Er lief, so schnell ihn seine Beine trugen, der Wind brüllte in seinen Ohren, das Blut rauschte in seinen Adern.

Das Gras schnalzte unter seinen Füßen, und seine geballten Fäuste hieben in die Luft. Vater, formten seine Lippen, *Vater!*

Abrupt blieb John stehen, legte die Hand auf den Mund. Es war wirklich Tohrment, aber eine geschrumpfte Version des Bruders. Er sah aus, als hätte man ihn monatelang in der Sonne liegen gelassen. Sein Gesicht war ausgezehrt, die Haut hing lose an den Knochen, die Augen waren tief in den Schädel eingesunken. Der Bart war lang und dunkel, das zottige Haar ein einziges schwarzes Nest bis auf einen leuchtenden, schneeweißen Streifen. Er trug noch genau dieselben Kleider wie in der Nacht, als er aus dem Trainingszentrum verschwunden war, sie waren völlig zerlumpt und verdreckt.

John schrak zusammen, als eine Hand auf seiner Schulter landete.

»Ganz ruhig, mein Sohn«, sagte Wrath. *»Jesus Christus –«*

»Genau genommen Lassiter«, sagte der Mann, »falls du es vergessen haben solltest.«

»Von mir aus. Also, was ist der Preis?«, fragte der König und streckte die Arme nach Tohr aus.

»Gefällt mir, dass du davon ausgehst, dass er etwas kostet.«

John wollte derjenige sein, der Tohrment zurück zum Auto trug, aber seine Knie zitterten so heftig, dass er wahrscheinlich selbst getragen werden müsste.

»Soll das heißen, es gibt keinen Preis?« Als Wrath den Körper seines Bruders übernahm, schüttelte er den Kopf. »Er wiegt praktisch nichts.«

»Er hat von Hirschen gelebt.«

»Seit wann weißt du schon von ihm?«

»Ich habe ihn vor zwei Tagen gefunden.«

»Der Preis.« Wrath musterte immer noch seinen Bruder.

»Also gut, die Sache ist die.« Auf Wraths Fluchen hin lachte der Mann, den der König *Lassiter* genannt hatte. »Aber es ist kein richtiger Preis.«

»Was dann?«

»Wir kommen im Vorteilspack, zwei für den Preis von einem.«

»Wie bitte?«

»Ich komme mit ihm.«

»Den Teufel wirst du tun.«

Die Stimme des Mannes verlor ihre Leichtigkeit. »Das ist Teil der Vereinbarung, und glaub mir: Ich hätte mir das auch nicht so ausgesucht. Aber Tatsache ist, dass er meine letzte Chance ist. Also: Tut mir schrecklich leid, aber ich komme mit. Und übrigens, falls du nein sagst, dann lasse ich uns alle über die Klinge springen.«

Er schnippte mit den Fingern, und ein gleißend weißer Funken flackerte in den Nachthimmel.

Nach kurzem Überlegen wandte Wrath sich an John. »Das ist Lassiter, der gefallene Engel. Als er zum letzten Mal auf der Erde wandelte, gab es eine Seuche in Mitteleuropa –«

»Moment, das war absolut nicht meine Schuld –«

»– die zwei Drittel der menschlichen Bevölkerung auslöschte.«

»Ich möchte dich daran erinnern, dass *du* Menschen nicht leiden kannst.«

»Sie riechen schlecht, wenn sie tot sind.«

»Das tut ihr Sterblichen alle.«

John konnte dem Gespräch kaum folgen; er war zu sehr damit beschäftigt, Tohrs Gesicht zu betrachten. Mach die Augen auf … mach die Augen auf … bitte, lieber Gott …

»Komm schon, John.« Wrath drehte sich um und lief los. Als er wieder bei seinen Brüdern ankam, sagte er sanft: »Unser Bruder ist zurückgekehrt.«

»Du lieber Himmel, lebt er?«, fragte einer.

»Gütige Jungfrau«, stöhnte ein anderer.

»Sag es ihnen«, verlangte Lassiter von hinten. »Sag ihnen, dass er einen Mitbewohner im Schlepptau hat.«

Alle Köpfe schnellten gleichzeitig hoch.

»Leck mich«, raunte Vishous.

»Verzichte dankend«, murmelte Lassiter.

24

Phury wanderte durch die leuchtend weiße Landschaft des Heiligtums hinüber zu den Privatgemächern der Jungfrau der Schrift. Er klopfte einmal und wartete, sein Geist übersandte die Bitte um eine Audienz.

Als die Türen sich öffneten, rechnete er damit, von der Directrix Amalya empfangen zu werden, doch da war niemand. Der weiße Innenhof der Jungfrau der Schrift war leer, bis auf die Vögel in ihrem weiß blühenden Baum.

Die Finken und Kanarienvögel wirkten irgendwie deplatziert und dadurch umso reizender. Ihre Farben leuchteten hell vor dem Hintergrund aus weißen Ästen und weißem Laub, und als er ihr Zwitschern vernahm, dachte er an die unzähligen Male, die Vishous mit einem zerbrechlichen Tierchen in Händen hierhergekommen war.

Nachdem die Jungfrau der Schrift die Vögel für ihren Sohn geopfert hatte, hatte ihr Sohn sie ihr zurückgebracht.

Phury trat an den Springbrunnen und lauschte dem Wasser, das in das Marmorbecken fiel. Dass die Jungfrau der Schrift hinter ihm stand, merkte er erst an den Haaren, die ihm im Nacken zu Berge standen.

»Ich dachte, du würdest zurücktreten«, sagte sie zu ihm. »Ich sah den Pfad des Primals unter den Schritten eines anderen Gestalt annehmen. Du hättest nur der Übergang sein sollen.«

Er blickte sich über die Schulter. »Ich dachte ebenfalls, ich würde zurücktreten. Aber, nein.«

Seltsam, dachte er. Unter dem schwarzen Gewand, das ihr Gesicht und ihre Hände und Füße abschirmte, kam ihm ihr Leuchten schwächer vor, als er es in Erinnerung hatte.

Sie schwebte zu den Vögeln hinüber. »Ich wünsche, dass du mich angemessen begrüßt, Primal.«

Er verneigte sich tief und sprach die gebührenden Worte in der Alten Sprache. Erwies ihr auch die Achtung, in seiner Verbeugung zu verharren und zu warten, bis sie ihn aus dieser Haltung entließ.

»Ah, aber das genau ist es ja«, murmelte sie. »Du hast dich bereits selbst entlassen. Und jetzt möchtest du dasselbe für meine Auserwählten.« Er machte den Mund auf, doch sie ließ ihn nicht zu Wort kommen. »Du brauchst deine Gründe nicht zu erklären. Glaubst du, ich wüsste nicht, was in deinem Kopf vorgeht? Selbst dein Zauberer, wie du ihn zu nennen pflegst, ist mir bekannt.«

Also, das machte ihn jetzt verlegen.

»Erhebe dich, Phury, Sohn des Ahgony.« Als er ihrer Aufforderung nachkam, fuhr sie fort: »Wir alle sind das Produkt unserer Erziehung, Primal. Was wir durch unsere Entscheidungen aufbauen, ruht auf dem Fundament, das unsere Eltern und deren Eltern vor ihnen schufen. Wir sind lediglich das nächste Geschoss des Hauses. Wir folgen einem vorgezeichneten Pfad.«

Phury wiegte langsam den Kopf von links nach rechts. »Wir können eine andere Richtung einschlagen. Wir können einem anderen Kurs auf dem Kompass folgen.«

»Dessen bin ich mir nicht sicher.«

»Dessen muss ich mir sicher sein … sonst würde ich nichts aus diesem Leben, das Ihr mir geschenkt habt, machen.«

»Ist das so.« Ihr Kopf wandte sich ihren Gemächern zu. »Ist das so? Primal?«

In der sich ausdehnenden Stille wirkte sie traurig, was ihn überraschte. Er hatte mit einem Streit gerechnet; man war einfach nicht daran gewohnt, sie nicht wie üblich mit der Kraft eines Sattelschleppers vor sich zu sehen.

»Sag, Primal, wie gedenkst du all das zu ordnen?«

»Das weiß ich noch nicht genau. Aber jene, die sich hier wohl fühlen, können bleiben. Und jene, die sich hinauswagen, werden bei mir auf der anderen Seite einen sicheren Zufluchtsort finden.«

»Dann möchtest du dieser Seite endgültig den Rücken zukehren?«

»Es gibt etwas auf der anderen Seite, was ich brauche, ohne das ich nicht sein kann. Aber ich werde hin und her reisen. Allerdings wird es Jahrzehnte, wenn nicht länger, dauern, alles zu ändern. Cormia wird mir dabei helfen.«

»Und du wirst nur sie nehmen, wie es ein Mann tut?«

»Ja. Wenn die anderen einen Partner nach ihrem Gefallen finden, dann werde ich all ihre weiblichen Nachkommen in der Tradition der Auserwählten empfangen und Wrath dazu drängen, die männlichen Nachkommen in die Bruderschaft aufzunehmen, ob sie nun hier oder auf der anderen Seite geboren werden. Aber ich selbst werde nur Cormia haben.«

»Was ist mit der Reinheit des Blutes? Der Kraft, die daraus entspringt? Wird es keine Normen geben? Bisher wurde der

Nachwuchs mit Bedacht herangezogen, um Kraft aus Kraft zu zeugen. Was, wenn eine Auserwählte jemanden erwählt, der nicht der Bruderschaftslinie entstammt?«

Phury dachte an Qhuinn und Blay. Kräftige Jungs, die mit der Zeit noch kräftigere Männer werden würden. Warum sollten sie nicht der Bruderschaft angehören?

»Das ist letztlich Wraths Entscheidung. Aber ich werde ihn ermutigen, die würdigen jungen Vampire ungeachtet ihrer Abstammung aufzunehmen. Tapferkeit des Herzens kann einen Mann größer und stärker machen, als er rein körperlich ist. Seht doch, unser Volk steht am Abgrund, und das wisst Ihr auch. Mit jeder Generation verlieren wir an Boden, und das nicht nur wegen des Krieges. Die Gesellschaft der *Lesser* ist nicht das Einzige, was uns umbringt. Es sind auch die Traditionen.«

Die Jungfrau der Schrift schwebte zum Springbrunnen.

Lange Zeit sagte keiner von beiden ein Wort.

»Ich habe das Gefühl, verloren zu haben«, sagte sie dann leise. »Euch alle.«

»Nein, das habt Ihr nicht. Im Gegenteil. Seid dem Volk eine Mutter, keine Aufseherin, und Ihr werdet alles gewinnen, was Ihr nur wünscht. Gebt uns frei und seht uns zu, wie wir gedeihen.«

Der Klang des plätschernden Brunnens schien anzuschwellen, wurde lauter, als könnte er ihre Emotionen nachempfinden.

Phury betrachtete das fallende Wasser, sah es das Licht einfangen und glitzern wie der Sternenhimmel. Die Regenbogen in jedem einzelnen Tropfen waren unfassbar schön, und während er die funkelnden Kleinode in jedem Splitter des Ganzen beobachtete, dachte er an die Auserwählten und welche individuelle Gaben sie wohl besaßen.

Er dachte an seine Brüder.

Er dachte an ihre *Shellans.*

Er dachte an seine Geliebte.

Und er kannte den Grund des Schweigens der Jungfrau der Schrift. »Ihr werdet uns nicht verlieren. Wir werden Euch niemals zurücklassen und vergessen. Wie könnten wir das? Ihr habt uns geboren und begleitet und stark gemacht. Aber nun … nun sind wir an der Reihe. Lasst uns gehen, und wir werden Euch näher sein als je zuvor. Lasst uns die Zukunft in unsere eigenen Hände nehmen und gestalten, so gut wir nur können. Habt Vertrauen in Eure Schöpfung.«

Mit rauer Stimme erwiderte sie: »Hast du die Kraft dazu, Primal? Kannst du die Auserwählten anführen nach allem, was du durchgemacht hast? Dein Leben war nicht einfach, und der Weg, den du einzuschlagen wünschst, ist weder eben noch leicht zu gehen.«

Auf seinem intakten Bein und seiner Prothese stehend dachte Phury über die Nächte seines Lebens nach und wog die Kraftreserven in seinem Inneren ab. Ihm fiel nur eine Antwort ein.

»Ich bin hier, oder etwa nicht?«, erklärte er. »Ich bin noch da. Sagt Ihr mir, ob ich verdammt noch mal die Kraft dazu habe oder nicht.«

Sie lächelte schwach – obwohl er ihr Gesicht nicht sehen konnte, wusste er, dass sie lächelte.

Dann nickte die Jungfrau der Schrift einmal. »So sei es also, Primal. Es sei so, wie du es wünschst.«

Sie drehte sich um und verschwand in ihren Gemächern.

Phury atmete aus, als hätte jemand einen Stöpsel aus seinem Hintern gezogen.

Der blanke Wahnsinn.

Er hatte soeben das gesamte spirituelle Gewebe ihres Volkes in Fetzen gerissen. Wie auch das biologische.

Mann, hätte er vorher gewusst, wohin diese Nacht noch führen würde, dann hätte er vorher eine Schüssel Cornflakes gegessen.

Er wandte sich wieder dem Heiligtum zu. Der erste Stopp wäre bei Cormia; dann würden sie zusammen zur Directrix gehen und –

Er erstarrte, als er die Tür aufmachte.

Das Gras war grün.

Das Gras war grün und der Himmel blau … die Narzissen gelb, und die Rosen strahlten in allen Farben des Regenbogens, und die Gebäude waren rot und beige und dunkelblau …

Unter ihm strömten die Auserwählten aus ihren Quartieren, hoben ihre jetzt bunten Roben an, sahen sich aufgeregt und verwundert um.

Cormia trat aus dem Tempel des Primals, das schöne Gesicht drückte Unglauben aus. Als sie ihn entdeckte, schlug sie sich die Hand vor den Mund, und ihre Augen blinzelten hektisch.

Mit einem Aufschrei raffte sie ihre traumhafte lavendelfarbene Robe und rannte auf ihn zu, Tränen flossen ihr über die Wangen.

Er fing sie auf, als sie an ihm hochsprang, und hielt ihren warmen Körper fest an seinen gepresst.

»Ich liebe dich«, stieß sie hervor. »Ich liebe dich, ich liebe dich … ich liebe dich.«

In diesem Augenblick, vor ihm die sich wandelnde Welt, die ihm gehörte, im Arm seine *Shellan,* spürte er etwas, das er niemals für möglich gehalten hätte.

Er fühlte sich endlich als der Held, der er immer hatte sein wollen.

25

Auf der anderen Seite saß John Matthew im Anwesen der Bruderschaft auf einem Polsterstuhl neben dem Bett, in dem Tohr schlief. Der Bruder hatte sich nicht bewegt, seit sie vor Stunden zurückgekommen waren.

Was in dieser Nacht die allgemeine Devise zu sein schien. Es war, als wäre jeder im Haus in einen tiefen Schlaf versunken; überwältigt von einer kollektiven, intensiven Erschöpfung.

Alle außer John. Und dem Engel, der im Gästezimmer nebenan auf und ab wanderte.

Beide sorgten sich um Tohr.

Mein Gott, nie hätte John damit gerechnet, sich einmal größer als Tohrment zu fühlen. Nie hatte er damit gerechnet, ihm physisch überlegen zu sein. Und ganz bestimmt hatte er nicht damit gerechnet, den Mann zu pflegen oder für ihn verantwortlich zu sein.

All das und mehr war jetzt eingetreten, denn Tohr hatte an die dreißig Kilo abgenommen, Minimum. Und besaß jetzt das Gesicht und den Körper eines Mannes, der in den Krieg gezogen und tödlich verwundet worden war.

Es war eigenartig, dachte John. Zuerst hatte er sich gewünscht, der Bruder würde sofort aufwachen, doch jetzt hatte er Angst, Tohrs Augen offen zu sehen. Er wusste nicht, ob er ertragen könnte, darin die Abgrenzung zu erkennen. Klar, verständlich wäre das, nach allem, was Tohr verloren hatte, aber ... es würde ihn umbringen.

Außerdem würde John, solange Tohr noch schlief, nicht in Tränen ausbrechen.

Denn es war ein Geist im Raum. Ein wunderschöner, rothaariger Geist mit einem rundlichen, schwangeren Bauch: Wellsie war bei ihnen. Trotz ihres Todes war sie bei ihnen, genau wie ihr ungeborenes Kind. Und Tohrs *Shellan* wäre nie weit fort. Man konnte ihn unmöglich betrachten, ohne sie ebenfalls zu sehen. Die beiden waren im Leben unzertrennlich gewesen, und das waren sie auch im Tod. Und obwohl Tohrment noch atmete, war er nicht mehr am Leben, so viel war sicher.

»Bist du das?«

Johns Blick schnellte zum Bett.

Tohr war wach und musterte ihn in dem gedämpften Licht.

Langsam stand John auf und zog sein T-Shirt und die Jeans glatt. *Ich bin's, John. John Matthew.*

Tohr erwiderte nichts, er betrachtete ihn nur von oben bis unten.

Ich bin durch die Transition gegangen, sagte er überflüssigerweise.

»Du hast jetzt ungefähr Darius' Format. Sehr groß.«

Mein Gott, die Stimme war genau, wie er sie in Erinnerung hatte. Tief wie die Bässe einer Kirchenorgel und ebenso gebieterisch. Doch einen Unterschied gab es; in den Worten lag nun etwas Hohles.

Oder vielleicht entstammte das der Leere hinter den blauen Augen.

Ich brauchte neue Kleider.

Verflixt, er benahm sich wie der letzte Trottel. *Hast du … hast du Hunger? Ich habe Roastbeef-Sandwichs. Und diese Kekse von Pepperidge Farm, die du immer so gern mochtest …*

»Nein, danke.«

Soll ich dir was zu trinken geben? Hier steht eine Thermoskanne Kaffee.

»Nein.« Tohr schielte zum Badezimmer. »Wahnsinn, eine richtige Toilette. Hatte ich lange nicht. Und nein, ich brauche keine Hilfe.«

Es war schmerzlich, ihm zuzusehen – eine Szene aus einer Zukunft, die John erst in hunderten und aberhunderten von Jahren zu erleben geglaubt hatte: Tohrment als alter Mann.

Der Bruder legte eine zitternde Hand auf die Decke und zog sie Zentimeter für Zentimeter von seinem nackten Körper. Er hielt inne. Dann schob er die Beine zur Seite, bis sie über die Bettkante hingen. Eine weitere Pause, bevor er sich hochhievte, die einst so breiten Schultern hielten das Gewicht, das kaum schwerer als ein Skelett war, nur mühsam aufrecht.

Er lief nicht; er schlurfte wie ein Greis, den Kopf gesenkt, das Rückgrat gen Boden gekrümmt, die Hände erhoben, als rechnete er jeden Augenblick damit, zu stürzen.

Die Tür wurde ins Schloss gezogen. Die Toilette spülte mit einem Gurgeln. Die Dusche rauschte.

John setzte sich wieder in den Sessel, in dem er gesessen hatte. Sein Magen fühlte sich leer an, und das nicht nur, weil er seit der vorhergehenden Nacht nichts mehr gegessen hatte. Er wusste vor Sorge weder aus noch ein. Bange Befürchtungen waren der Atem, den er in seinen Brustkorb sog. Beklemmung sein Herzschlag selbst.

Das hier war die Kehrseite der Eltern-Kind-Beziehung. Auf der der Sohn sich um den Vater ängstigte.

Vorausgesetzt, er und Tohr hatten immer noch diese Art von Verbindung.

Er war sich nicht sicher. Der Bruder hatte ihn angesehen wie einen Fremden.

John zählte mit dem Fuß die Sekunden ab; nervös rieb er sich die Handflächen auf den Oberschenkeln. Seltsam, alles andere, was passiert war – sogar die Sache mit Lash –, kam ihm unwirklich und unbedeutend vor. Es gab nur das Hier und Jetzt.

Als die Tür sich nach fast einer Stunde wieder öffnete, wurde er ganz still.

Tohr trug einen Bademantel und seine Haare waren weitgehend entfilzt, wenn auch der Bart immer noch zottelig aussah.

Mit seinen schlurfenden, unsicheren Schritten arbeitete sich der Bruder zum Bett zurück und streckte sich mit einem Stöhnen darin aus. Unbeholfen kuschelte er sich in die Kissen.

Kann ich irgendetwas –

»Hier wollte ich nicht enden, John. Ich werde dir nichts vormachen. Hier … möchte ich nicht sein.«

Okay, gab John zurück. *Okay.*

Die Stille dehnte sich aus, und John führte das Gespräch, das er eigentlich mit Tohr führen wollte, im Geiste: *Qhuinn und Blay wohnen jetzt hier. Qhuinns Eltern sind tot, und Lash ist … ich weiß nicht, was ich über ihn sagen soll … Es gibt da eine Frau, die mir gefällt, aber sie ist nicht meine Liga. Ich nehme jetzt auch am Krieg teil, und ich habe dich vermisst, und ich will, dass du stolz auf mich bist, und ich habe Angst, und ich vermisse Wellsie, und wie geht es dir?*

Und das Wichtigste von allem … *Bitte sag mir, dass du nicht mehr weggehst. Nie mehr. Ich brauche dich.*

Was er im Endeffekt sagte, war ein beiläufiger Satz, während er aufstand: *Dann lasse ich dich jetzt mal ausruhen. Wenn du irgendwas brauchst –*

»Alles im Lot.«

Okay. Klar. Gut …

John zupfte am Saum seines T-Shirts und wandte sich ab. Auf dem Weg zur Tür stockte ihm der Atem.

Hoffentlich rannte er auf dem Weg in sein Zimmer niemandem in die Arme, bitte nicht –

»John.«

Er blieb stehen. Wirbelte herum.

Als er Tohrs dunkelblauem Blick begegnete, hängten seine Knie sich kurzfristig aus den Gelenken aus.

Tohr schloss die Augen und breitete die Arme aus.

Ohne zu zögern rannte John zum Bett und schlang die Arme um seinen Vater, so fest er nur konnte. Er vergrub das Gesicht an der früher einmal breiten Brust und lauschte dem Herzen, das immer noch darin schlug. Er war derjenige, der fester drückte, aber nicht, weil er Tohr egal war, sondern weil ihm die Kraft dazu fehlte.

Beide weinten sie, bis sie keine Luft mehr zum Schluchzen hatten.

26

Phury stand vor der Glas-Stahl-Fassade des *ZeroSum* und dachte sich: Einmal Junkie, immer Junkie.

Die Entgiftung bedeutete einfach nur, dass die Chemie im Körper sich radikal umstellte. Aber das half überhaupt nichts gegen die Abhängigkeit im Kopf. Klar, er wusste jetzt, dass der Zauberer kleiner war als er, aber trotzdem war der Dreckskerl immer noch da. Und Phury hatte so eine Ahnung, dass er die Stimme des Mistkerls so schnell nicht loswerden würde.

Er gab sich selbst einen mentalen Tritt und marschierte auf den Türsteher zu, der ihm zwar einen komischen Blick zuwarf, ihn aber dennoch durchließ. Der Menge um sich herum schenkte er keinerlei Beachtung, dem Aufpasser an der Abgrenzung zum VIP-Bereich nickte er nicht zu. Und er sagte auch kein Wort zu iAm, der ihm die Tür zu Rehvs Büro öffnete.

»Welchem Umstand verdanke ich dieses Vergnügen?«, fragte Rehv.

Phury starrte den Dealer hinter dem Schreibtisch an.

Rehv trug seinen üblichen schwarzen Anzug, an dem nichts Gewöhnliches war: Er saß perfekt, und der Stoff glänzte in dem trüben Licht, ein klares Anzeichen dafür, dass ein großer Anteil Seide darin war. Das Revers lag glatt auf einem mächtigen Brustkorb, und die Ärmel ließen exakt das richtige Stück Manschette sehen.

Rehv runzelte die Stirn. »Ich kann deine Emotionen von hier aus spüren. Du hast etwas getan.«

Phury musste lachen. »Ja, so könnte man es sagen. Und ich bin gerade auf dem Weg zu Wrath, weil ich einiges zu erklären habe. Aber ich bin zuerst hierhergekommen, weil meine *Shellan* und ich einen Platz zum Wohnen brauchen.«

Rehvenges Augenbrauen wölbten sich hoch über seinen Amethystaugen. *»Shellan?* Wow. Nicht mehr *Auserwählte?«*

»Nein.« Phury räusperte sich. »Hör mal, ich weiß, dass du Häuser besitzt. Haufenweise. Ich möchte wissen, ob ich eins davon für ein paar Monate mieten kann. Ich brauche Zimmer. Viele Zimmer.«

»Ist das Anwesen der Bruderschaft schon voll?«

»Nein.«

»Mhm.« Rehv legte den Kopf schief, die Seiten seines Schädels unterhalb des Irokesen waren glatt rasiert. »Wrath hat doch auch noch Häuser, oder? Und ich weiß, dass dein Bruder V welche hat. Ich hörte, er hat irgendwo eine Wohnung, in der er seinen Bondage-Kram abzieht. Ich muss gestehen, ich bin überrascht, dass du zu mir kommst.«

»Ich dachte mir, ich könnte ja bei dir anfangen.«

»Hm.« Rehv stand auf und stützte sich auf seinen Stock, als er zu einer Schiebetür hinter seinem Schreibtisch ging und sie aufschob. »Hübsches Outfit übrigens. Von *Victoria's Secret?* Entschuldige mich eine Sekunde.«

Als der Vampir in den hinter der Tür zum Vorschein gekommenen Raum ging, sah Phury an sich herunter. Kein

Wunder, dass ihn alle so komisch angeschaut hatten. Er trug immer noch seine Seidenklamotten von der Anderen Seite.

Kurz darauf kam Rehv zurück. In der Hand hielt er ein Paar edle schwarze Krokodillederschuhe.

Er ließ sie vor Phurys Füße fallen. »Vielleicht möchtest du deine Füße da reinstecken. Und tut mir leid, ich hab nichts, was du mieten kannst.«

Phury holte tief Luft. »Okay. Danke trotzdem –«

»Aber du kannst umsonst in meinem Sommerhaus in den Adirondacks wohnen. So lange du willst.«

Phury blinzelte. »Ich kann aber –«

»Falls du sagen wolltest, dass du mir was bezahlen kannst, dann leck mich. Trez kann es dir zeigen, er gibt dir auch die Codes. Du wirst mich jeden ersten Dienstag im Monat kurz vor Morgengrauen sehen, aber abgesehen davon hast du die Bude ganz für dich allein.«

»Ich weiß nicht, was ich sagen soll.«

»Vielleicht kannst du dich eines Tages revanchieren. Und dabei belassen wir es einfach.«

»Meine Ehre gehört dir.«

»Und meine Schuhe gehören dir. Selbst wenn du deine eigenen zurückkriegen solltest.«

Phury stellte die Schuhe ordentlich nebeneinander und schlüpfte hinein. Sie passten perfekt. »Ich bringe sie dir –«

»Nein. Betrachte sie als Hochzeitsgeschenk.«

»Dann … danke.«

»Bitte. Ich weiß ja, dass du Gucci –«

»Eigentlich meinte ich nicht die Schuhe, obwohl sie fantastisch sind. Ich meinte, danke, dass du mich von der Käuferliste gestrichen hast. Ich weiß, dass Z mit dir gesprochen hat.«

Rehv lächelte. »Dann wirst du also clean, was?«

»Ich werde mir alle Mühe geben, aufzuhören.«

»Mm-m.« Der Amethystblick wurde eindringlich. »Ich glaube, dass du es schaffst. Du hast die Art von Entschlossenheit, die ich in den Augen von Leuten sehe, die jahrelang ständig in meinem Büro auftauchen und dann eines Abends – aus welchem Grund auch immer – beschließen, nie wieder zu kommen. Und das war's dann. Tut gut, das zu sehen.«

»Ja. Du wirst mich hier nicht mehr erwischen.«

Rehvs Telefon klingelte, und beim Blick auf die Nummer des Anrufers runzelte er die Stirn. »Warte mal. Das hier könnte dich interessieren. Es ist der kommissarische Vorsitzende des Princeps-Rats.« Er meldete sich mit einer Mischung aus Ungeduld und Langeweile. »Mir geht's gut. Und dir? Ja. Ja. Schrecklich, ja. Nein, ich bin noch in der Stadt, nenn mich einen Unerschütterlichen.«

Rehv lehnte sich in seinem Sessel zurück und spielte mit seinem Brieföffner in Form eines Dolchs. »Genau. Mm. Richtig. Ja, ich weiß, das Führungsvakuum ist – Wie bitte?« Rehv ließ den Brieföffner fallen. »Was hast du gesagt? Ach, tatsächlich. Und was ist mit Marissa? Aha. So, so. Und es überrascht mich nicht ...«

Phury grübelte, was für eine Bombe wohl gerade geplatzt war.

Nach einer Weile räusperte Rehv sich. Dann breitete sich ein träges Lächeln auf seinem Gesicht aus. »Tja dann, wenn ihr das so seht ... mit dem größten Vergnügen. Danke.« Er legte auf und hob den Blick. »Rate mal, wer der neue Leahdyre des Rates ist?«

Phury fiel die Kinnlade runter. »Das kann nicht sein. Wie zum Henker kannst du –«

»Wie sich herausgestellt hat, bin ich das älteste überlebende Mitglied meiner Abstammungslinie, und es gibt eine Regel, dass Frauen nicht Leahdyre werden dürfen. Da ich der einzige Mann im Rat bin, darfst du dreimal raten, wer das große Los gezogen hat.« Er verschränkte die Hände vor dem Bauch. »Sie brauchen mich.«

»Das gibt's doch gar nicht.«

»Ja, wenn man lange genug lebt, dann erlebt man die wildesten Sachen. Sag deinem Chef, es wird mir ein Vergnügen sein, mit ihm zusammenzuarbeiten.«

»Das mache ich. Unbedingt. Und danke nochmal. Für alles.« Er ging zur Tür. »Wenn du mich jemals brauchen solltest, ruf einfach an.«

Rehvenge senkte knapp den Kopf. »Das werde ich, Vampir. Sündenfresser treiben ihre Schulden immer ein.«

Phury lächelte. »Der politisch korrekte Begriff ist Symphath.«

Im Hinausgehen hörte er das tiefe, leicht böse Lachen wie ein Donnergrollen hinter sich.

Phury materialisierte sich vor dem Anwesen der Bruderschaft und zog seine Kleider glatt. Er hatte das Gefühl, schon gar nicht mehr unter diesem Dach zu leben, und wollte deshalb einen guten Eindruck machen.

Was im Prinzip auch einleuchtete: Sein Kopf war quasi schon umgezogen.

Durch die Tür zu gehen, in die Vorhalle zu treten, am Videobildschirm zu klingeln wie ein Fremder, war extrem seltsam. Fritz wirkte ebenfalls erstaunt, als er die Tür öffnete.

»Sire?«

»Könntest du Wrath informieren, dass ich hier bin und mit ihm sprechen möchte?«

»Aber natürlich.« Der *Doggen* verbeugte sich und lief eilig die Freitreppe hinauf.

Während er wartete, blickte sich Phury in der Eingangshalle um und dachte an seinen Bruder Darius, der das Haus gebaut hatte vor … wie vielen Jahren?

Wrath tauchte am oberen Treppenabsatz auf, in seiner Miene lag Skepsis. »Hallo.«

»Hallo.« Phury hob die Hand. »Was dagegen, wenn ich kurz raufkomme?«

»Nein, komm nur.«

Langsam stieg Phury die Stufen hinauf. Und je näher er seinem Zimmer kam, desto mehr kribbelte seine Haut, weil er unweigerlich an all den roten Rauch denken musste, den er dort konsumiert hatte. Ein Teil von ihm lechzte so sehr nach einem Zug, dass er fast ins Keuchen geriet. Sein Herz begann zu hämmern.

Wraths Tonfall war unnachgiebig. »Hör mal, wenn du hergekommen bist, um deine Drogen –«

Phury hielt eine Hand hoch und sagte mit heiserer Stimme: »Nein. Können wir das bitte unter vier Augen regeln?«

»Von mir aus.«

Als die Tür des Arbeitszimmers hinter ihnen ins Schloss gefallen war, schüttelte Phury mühsam das heftige Verlangen nach einem Joint ab und begann zu erzählen. Was konkret aus seinem Mund kam, wusste er hinterher nicht so hundertprozentig genau. Primal. Cormia. Jungfrau der Schrift. Zukunft. Auserwählte. Brüder. Veränderung.

Veränderung.

Veränderung.

Als ihm schließlich der Sprit ausging, merkte er, dass Wrath die ganze Zeit über keinen Ton gesagt hatte.

»Das ist also der Punkt, an dem ich stehe«, ergänzte Phury. »Ich habe schon mit den Auserwählten gesprochen und ihnen mitgeteilt, dass ich uns hier einen Platz zum Wohnen suchen werde.«

»Und wo soll das sein?«

»Rehvs Anwesen oben in den Adirondacks.«

»Echt?«

»Ja. Es ist sicher da oben. Geschützt. Nicht zu viel los, nicht zu viele Menschen. Ich kann dort leichter auf die aufpassen, die mitkommen wollen. Diese ganze Sache wird Schritt für Schritt vor sich gehen müssen. Ein paar haben jetzt schon Interesse, mal zu Besuch zu kommen. Diese Seite zu erforschen. Zu lernen. Cormia und ich werden ihnen helfen, sich bis zu dem Grad einzufügen, den sie sich wünschen. Aber alles ist freiwillig. Sie dürfen sich frei entscheiden.«

»Und für die Jungfrau der Schrift geht das in Ordnung?«

»Ja. Aber natürlich hängt der Bruderschaftsteil von dir ab.«

Wrath schüttelte den Kopf und stand auf.

Phury nickte, er konnte ihm nicht zum Vorwurf machen, den Plan in Zweifel zu ziehen. Phury hatte viel erzählt. Jetzt konnte er nur hoffen, einiges davon durch Taten zu beweisen. »Okay, also, wie gesagt, das hängt von dir –«

Wrath kam zu ihm und streckte seine Handfläche aus. »Ich bin absolut an Bord. Und was auch immer du für die Auserwählten auf dieser Seite brauchst, bekommst du. Egal was.«

Phury starrte fassungslos die angebotene Hand an. Als er sie ergriff, klang seine Stimme rau. »Abgemacht.«

Wrath lächelte. »Was auch immer du brauchst, gebe ich dir.«

»Im Augenblick …« Phury legte die Stirn in Falten und schielte zum Schreibtisch. »Oder doch – kann ich mal kurz deinen Computer benutzen?«

»Klar doch. Und wenn du fertig bist, dann erzähle ich dir eine gute Neuigkeit. Na ja, einigermaßen gut.«

»Was denn?«

Wrath deutete mit dem Kopf zur Tür. »Tohr ist wieder da.«

Phurys Kehle zog sich zusammen. »Er lebt?«

»Mehr oder weniger … mehr oder weniger. Aber er ist wieder zu Hause. Und wir werden uns Mühe geben, dass das so bleibt.«

27

Sturzbesoffen saß John Matthew am Tisch der Bruderschaft im *ZeroSum*. Vollkommen dicht. Randvoll.

Sobald er also sein x-tes Bier innerhalb von fünf Minuten geleert hatte, bestellte er sich einen Jägermeister-Red-Bull.

Qhuinn und Blay, das musste zu ihrer Ehre gesagt werden, enthielten sich jedes Kommentars.

Was das ganze Bierschlucken und Schnapskippen sollte, war schwer zu erklären. Er kam immer wieder zu demselben Punkt zurück, nämlich dass er mit den Nerven am Ende war. Tohr lag im Bett und schlief wie in einem Sarg, und auch wenn es großartig war, dass sie wieder miteinander vereint waren, war der Bruder noch nicht über den Berg. Nicht mal annähernd.

Ihn noch einmal zu verlieren, könnte John nicht ertragen.

Und dann waren da noch diese bizarre Lash-Sichtung und der Umstand, dass John irgendwie fest davon überzeugt war, den Verstand zu verlieren.

Als die Kellnerin mit dem nächsten Getränk kam, sagte Qhuinn: »Er möchte noch ein Bier.«

Ich liebe dich, sagte John zu seinem Kumpel.

»Tja, du wirst uns beide hassen, wenn du nach Hause kommst und kotzt wie ein Rasensprenger, aber lass uns einfach im Hier und Jetzt leben, einverstanden?«

Roger. John kippte den Jägermeister, und er brannte nicht, versengte ihm nicht die Magenwand. Nicht groß verwunderlich. Gab ein Waldbrand irgendwas auf ein Streichholz?

Qhuinn hatte Recht: Er würde wahrscheinlich später reihern. Um genau zu sein –

John sprang auf die Füße.

»Verflucht, es geht los«, sagte Qhuinn und stand ebenfalls auf.

Ich gehe allein.

Qhuinn tippte sich auf die Kette um den Hals. »O nein.«

John stützte die Fäuste auf den Tisch, beugte sich vor und fletschte die Fänge.

»Was soll der Mist?«, zischte Qhuinn, während Blay hektisch nach den umliegenden Tischen schielte. »Was zum Henker soll das werden?«

Ich gehe allein.

Qhuinns Augen funkelten angriffslustig, doch dann setzte er sich wieder auf die Bank. »Na schön. Von mir aus. Aber lass dich nicht anquatschen.«

John lief los, erstaunt, dass außer ihm niemand das Schwanken des Fußbodens zu bemerken schien. Kurz bevor er den Flur mit den VIP-Toiletten erreichte, überlegte er es sich anders, machte kehrt und schlich sich an der Absperrung vorbei.

Draußen manövrierte er sich mit der Anmut eines Wasserbüffels durch die dichte Menge, blieb mit dem Ellbogen an Leuten hängen, prallte gegen Wände, kippte nach vorn und lehnte sich dann weit nach hinten, um nicht flach auf den Boden zu donnern.

Er stieg die Treppe zum Zwischengeschoss hinauf und boxte sich bis zum Männerklo durch.

Da standen zwei Kerle am Urinal und einer am Waschbecken. John sah keinem von ihnen in die Augen, sondern ging ganz nach hinten zur letzten Kabine. Er zog die Tür zum Behindertenklo auf, entschied sich dann aber aus schlechtem Gewissen doch für das vorletzte. Als er den Riegel vorschob, kreiselte sein Magen wie ein Zementmischer.

Shit. Warum hatte er nicht einfach eine der Einzeltoiletten im VIP-Bereich genommen? Brauchte er wirklich diese drei Dumpfbacken als Publikum, wenn er in den Clinch mit der Kloschüssel ging?

Mannomann, war er breit.

Bei dem Stichwort drehte er sich um und glotzte in die Toilette. Sie war schwarz, wie beinahe alles im *ZeroSum* schwarz war, aber er wusste, dass sie sauber war. Rehv führte einen sauberen Laden.

Also, mal abgesehen von der Prostitution. Und den Drogen. Und den illegalen Wetten.

Okay, der Laden war sauber im Sinne von blitzblank geputzt, nicht laut Strafgesetzbuch.

John ließ den Kopf nach hinten gegen die Metalltür fallen und schloss die Augen. Der wahre Grund für seine Sauferei stieg brodelnd in ihm hoch.

Woran um alles in der Welt wurde ein Mann gemessen? An seinen Kämpfen? Am Stemmen von Gewichten? Am Üben von Vergeltung?

Daran, dass man seine Gefühle unter Kontrolle behielt, wenn die ganze Welt sich drehte wie ein Karussell? Daran, jemanden zu lieben, selbst wenn die Gefahr bestand, dass er einen für immer verlassen könnte?

Am Sex?

Aua, schwerer Fehler, die Augen zuzumachen. Oder auch nur zu denken. Er hob mühsam die Lider und konzentrierte sich auf die schwarze Decke mit den eingelassenen, sternartigen Lampen.

Das Wasser am Waschbecken wurde abgedreht. Zwei Urinale spülten. Die Tür zum Club ging auf und zu und wieder auf und zu.

Ein paar Kabinen weiter hörte man ein Schniefen. Noch eins. Dann ein Schnauben und ein Aaaaaaahhhh. Schritte, Wasserrauschen. Gelächter von der irren Sorte. Wieder quietschte die Tür auf und knallte zu.

Allein. Er war allein. Wobei das sicher kein Dauerzustand wäre, denn bestimmt käme bald wieder jemand rein.

John hielt den Kopf über die schwarze Schüssel und forderte seinen Magen auf, zur Sache zu kommen, falls er ihm die Peinlichkeit, gehört zu werden, ersparen wollte.

Wollte er offenbar nicht. Oder vielleicht … doch? Nein? Mist …

Er wartete darauf, dass sein Würgereiz sich für das eine oder andere entschied, als er plötzlich seinen Magen vergaß und erkannte, wo er war.

Er war in einer Toilette geboren worden. Auf die Welt gekommen an einem Ort, an dem Leute sich übergaben, nachdem sie zu viel getrunken hatten … war als Winzling sich selbst überlassen worden von einer Mutter, die er nie gekannt, und einem Vater, der ihn nie gekannt hatte.

Wenn Tohr wieder fortging …

Hastig wirbelte John herum und fummelte am Riegel, um herauszukommen. In wachsender Panik riss er an dem schwarzen Mechanismus, bis er sich endlich löste. Er stürmte aus der Kabine und raste auf die Tür zu, kam aber nicht so weit.

Über jedem der sechs Kupferwaschbecken hing ein goldgerahmter Spiegel.

Er holte tief Luft, stellte sich vor den Spiegel, der der Tür am nächsten lag, und betrachtete zum ersten Mal sein erwachsenes Gesicht.

Seine Augen waren noch dieselben ... exakt dasselbe Blau und dieselbe Form. Alles andere erkannte er nicht wieder, weder das kantige Kinn über dem massigen Hals noch die breite Stirn. Aber die Augen waren noch seine.

Glaubte er zumindest.

Wer bin ich, fragte er lautlos.

Er zog die Lippen über die Vorderzähne, beugte sich vor und musterte seine Fänge.

»Sag nicht, dass du die noch nie gesehen hast?«

Er drehte sich auf dem Absatz um. Xhex lehnte an der Tür und versperrte ihm praktisch den Ausgang.

Sie trug genau dieselben Sachen wie immer, aber ihm kam es vor, als sähe er das enge Shirt und die Lederhose zum allerersten Mal.

»Ich hab dich hier reinstolpern sehen. Wollte mich nur vergewissern, dass alles okay ist.« Ihre grauen Augen wichen seinem Blick nicht aus, und er hätte wetten mögen, dass sie das niemals taten. Die Frau hatte einen Blick wie eine Statue, direkt und unbeirrbar.

Wie eine unglaublich sexy Statue.

Ich will dich vögeln, formten seine Lippen, es war ihm egal, ob er sich zum Trottel machte.

»So, so, willst du das.«

Ganz eindeutig konnte sie von den Lippen ablesen. Oder von Schwänzen, denn seiner hatte in der Jeans praktisch die Hand hoch erhoben und winkte.

Ja, das will ich.

»Es gibt haufenweise Frauen hier im Club.«

Dich nur einmal.

»Ich glaube, mit den anderen würdest du besser fahren.«

Und ich glaube, du würdest mit mir besser fahren.

Wo zum Henker er das plötzliche Selbstbewusstsein hernahm, war ihm total egal. Ob es ein Geschenk Gottes war oder schlicht und ergreifend Bierblödheit – er nahm es einfach so hin.

Ich bin mir sogar sicher.

Betont langsam steckte er die Daumen unter den Jeansbund und zog sie ganz langsam hoch. Als seine Erektion sich so klar und deutlich abzeichnete wie ein Erker an einem Haus, fiel ihr Blick nach unten, und er wusste, was sie sah: Er war passend zu seinen gut zwei Metern Körpergröße ausgestattet. Und das war ohne Erektion. Mit war sein Schwanz gewaltig.

Aha, doch nicht ganz wie eine Statue, dachte er, als ihre Augen nicht wieder hoch zu seinem Gesicht wanderten und kaum merklich aufflackerten.

In diesem Moment – mit ihrem Blick auf sich gerichtet und einem elektrischen Knistern zwischen ihnen – war er nicht mehr in seiner Vergangenheit gefangen. Er war einfach nur im Hier und Jetzt. Und das bedeutete, sie würde die Tür abschließen und ihn vor sich auf die Knie gehen lassen. Und im Anschluss würden sie beide vögeln, im Stehen.

Ihre Lippen teilten sich, er wartete auf ihre Worte wie auf die Ankunft des Messias.

Abrupt riss sie die Hand an ihren Ohrhörer und runzelte die Stirn. »Mist, ich muss los.«

John zog ein Papierhandtuch aus dem Spender, nahm

seinen Stift aus der Hosentasche und schrieb ein paar wagemutige Worte auf das Papier. Bevor sie verschwinden konnte, drückte er ihr das Gekritzel in die Hand.

Sie betrachtete es. »Soll ich das jetzt lesen oder später?«

Später, formten seine Lippen.

Als er sich kurz darauf durch die Tür schob, war er um einiges nüchterner. Und er hatte ein fettes, breites Ich-bin-der-Held-Lächeln auf dem Gesicht.

Als Lash wieder im Flur seines Elternhauses erschien, blieb er ein Weilchen still sitzen. Sein Körper fühlte sich an, als wäre er zwischen zwei Blätter Wachspapier geklemmt und mit einem Bügeleisen bearbeitet worden, ein Laubblatt, das künstlich konserviert wird, und das nicht ohne gewisse Schmerzen.

Er blickte auf seine Hände. Bewegte die Finger. Ließ den Kopf kreisen.

Der Unterricht bei seinem Vater hatte begonnen. Sie würden sich regelmäßig treffen. Er war bereit, zu lernen.

Er ballte die Hände zu Fäusten und löste sie wieder, zählte im Geiste die ganzen Tricks, die er jetzt schon kannte. Tricks, die … eigentlich keine Tricks waren. Ganz und gar nicht. Er war ein Monster. Ein Monster, das erst allmählich den Nutzen seiner Schuppen auf dem Leib und der Flammen aus dem Maul und der Stacheln auf dem Schwanz begriff.

Es war ein bisschen wie nach der Transition. Er musste erst neu herausfinden, wer er war und wie sein Körper funktionierte.

Glücklicherweise würde Omega ihm dabei helfen. Wie es jeder gute Vater tun sollte.

Als er sich dazu imstande fühlte, wandte Lash den Kopf und blickte die Treppe hinauf, dorthin, wo John gestanden hatte.

Es war toll gewesen, seinen Feind wiederzusehen. Einfach herzerwärmend.

Man sollte neue Glückwunschkarten entwerfen, mit Rachemotiven. Die könnte man denjenigen schicken, die man mit seiner Vergeltung verfolgen wollte.

Vorsichtig stand Lash auf und sah sich gemächlich um. In der Ecke neben der Eingangstür stand die Standuhr, überall waren Ölgemälde und Generationen von albernen Familienandenken, die sorgfältig aufgehoben worden waren.

Dann warf er einen Blick auf das Esszimmer.

Die Schaufeln, dachte er, waren in der Garage.

Er fand zwei an dem Brett lehnend, an dem das Gartengerät hing. Er wählte die mit dem hölzernen Stiel und dem breiten, rot emaillierten Blatt.

Als er damit ins Freie trat, wunderte er sich, dass es immer noch dunkel war, obwohl es ihm vorkam, als wäre er Stunden um Stunden bei Omega gewesen. Oder war schon morgen? Oder sogar übermorgen?

Lash ging in den Garten und suchte sich eine Stelle unter einer Eiche aus, die Schatten auf die breiten Fenster des Arbeitszimmers warf. Beim Graben wanderten seine Augen immer mal wieder flüchtig zu den Glasscheiben und dem Raum dahinter hoch. Auf der Couch waren immer noch Blutflecken. Wie albern, das festzustellen. Als würden die sich von allein aus dem Seidenstoff verflüchtigen.

Er hob ein Grab aus, das eineinhalb Meter tief, mehr als zwei Meter lang und einen guten Meter breit war.

Der entstandene Erdhaufen war größer, als er erwartet hatte, und er roch wie eine Wiese nach einem schweren Regenguss, üppig und süßlich. Oder vielleicht war auch er selbst für den süßlichen Teil verantwortlich.

Als es im Osten zu leuchten begann, warf er die Schaufel aus dem Loch und sprang heraus. Er musste sich beeilen, die Sonne ginge bald auf. Seinen Vater legte er zuerst in die Grube, dann seine Mutter. Er ordnete sie so an, dass sie in Löffelchenstellung lagen, sein Vater hinter seiner Mutter.

Dann betrachtete er die beiden.

Es überraschte ihn, dass er das tun musste, bevor er einen weiteren Trupp seiner Männer hierherbeordern konnte, um das Haus auszuräumen. Diese beiden waren im ersten Abschnitt seines Lebens seine Eltern gewesen, und obwohl er sich einzureden versuchte, dass sie ihm völlig egal waren, stimmte das nicht. Er würde nicht zulassen, dass diese *Lesser* ihre verwesenden Leichen schändeten. Das Haus? Von ihm aus, bitte schön. Aber nicht die Leichen.

Bei Sonnenaufgang, als goldene Strahlen durch die grünen Laubarme der Eiche fielen, erledigte er einen Anruf, dann schaufelte er die Erde zurück in das Loch.

Wahnsinn, dachte er am Ende. Es sah wirklich aus wie ein Grab, mit der gewölbten Oberfläche aus lockerer Erde.

In der Garage, wo er die Schaufel zurückstellte, hörte er das erste der Autos vor dem Haus vorfahren. Zwei *Lesser* stiegen aus, während die Limousine noch ausrollte, es folgten ein Ford F-150 und ein Minivan.

Die ganze Bande roch so süß wie der Sonnenschein, während sie im Gänsemarsch in sein Elternhaus trabte.

Als Letztes traf der Umzugswagen mit Mr D am Steuer ein.

Der Haupt-*Lesser* übernahm das Kommando, und die Plünderung begann. Lash ging nach oben und duschte rasch in seinem alten Zimmer. Beim Abtrocknen stellte er sich vor seinen Schrank. Klamotten … Klamotten … irgendwie machte ihn das Zeug, das er in letzter Zeit getragen hatte, nicht mehr an, und er nahm einen stylischen Prada-Anzug aus dem Schrank.

Seine militaristisch-minimalistische Phase war so was von

vorbei. Er war nicht mehr der brave kleine Jungsoldat der Bruderschaft.

Sexy und wild kam er sich vor und ging zu seiner Kommode, zog die Schmuckschublade auf –

Wo zum Henker war seine Uhr? Die Jacob & Co mit den Diamanten?

Was war hier …

Lash sah sich um und schnupperte. Dann wechselte er auf Blausicht, so dass die Fingerabdrücke eines jeden, der seine Sachen angefasst hatte, pink aufleuchteten. Das hatte ihm sein Vater beigebracht.

Frische Abdrücke ohne Muster – viel deutlicher als die, die er selbst vor kurzem hier hinterlassen hatte – waren auf der Kommode zu erkennen. Wieder atmete er ein. John … John und Qhuinn waren hier gewesen … und einer dieser erbärmlichen kleinen Penner hatte seine verdammte Uhr geklaut.

Lash holte das Jagdmesser von seinem Schreibtisch und schleuderte es mit einem Aufbrüllen quer durch den Raum in eines seiner schwarzen Kissen.

Mr D tauchte im Türrahmen auf. »Sir? Was ist denn –«

Lash wirbelte herum und hielt dem Kerl einen Finger unter die Nase. Nicht um ihm etwas zu verdeutlichen, sondern um eine weitere neue Fähigkeiten, die sein Vater ihm geschenkt hatte, auszuprobieren.

Doch dann holte er tief Luft. Ließ den Arm sinken. Zog sich den Anzug glatt.

»Mach mir …« Er musste sich die Wut aus der Kehle räuspern. »Mach mir Frühstück. Serviert haben will ich es im Wintergarten, nicht im Esszimmer.«

Mr D zog ab, und ungefähr zehn Minuten später, als Lash nicht mehr vor lauter Zorn doppelt sah, ging er nach unten und ließ sich vor einem üppig mit gebratenem Speck,

Eiern, Toast, Marmelade und Orangensaft gedeckten Tisch nieder.

Mr D hatte die Orangen offenbar persönlich ausgepresst. Was in Anbetracht des köstlichen Geschmacks allein schon Rechtfertigung genug war, den Trottel nicht aus seinen Springerstiefeln gesprengt zu haben.

Die anderen Vampirjäger versammelten sich nach und nach alle in der Tür zum Wintergarten und sahen ihm beim Essen zu, als wäre das ein Wahnsinnszaubertrick.

Gerade als er den letzten großen Schluck Kaffee trank, fragte einer von ihnen: »Wer zum Teufel bist du?«

Lash wischte sich den Mund mit einer Serviette ab und zog in aller Seelenruhe seine Jacke aus. Dann stand er auf und knöpfte das blassrosa Hemd vorne auf.

»Ich bin dein verfluchter König.«

Mit diesen Worten zog er das Hemd auseinander und schlitzte sich durch bloße Willensanstrengung die Haut über dem Brustbein auf. Die Rippen dehnten sich weit auseinander, und mit gefletschten Fängen entblößte er sein schwarzes, schlagendes Herz.

Geschlossen machten die *Lesser* einen Satz rückwärts. Einer bekreuzigte sich sogar, der Idiot.

In aller Seelenruhe schloss Lash seine Brust wieder, knöpfte das Hemd zu und setzte sich. »Noch mehr Kaffee, Mr D.«

Der Cowboy blinzelte ein paarmal dümmlich, als wollte er ein Schaf parodieren, das einen Dreisatz lösen soll. »Ja … jawohl, Sir.«

Lash hielt ihm seine Tasse hin und wandte sich den bleichen Gesichtern vor sich zu. »Willkommen in der Zukunft, Gentlemen. Und jetzt gebt Gas, ich will, dass das Erdgeschoss leer ist, bevor der Postbote um halb elf kommt.«

28

Das East Caldwell Community Center lag zwischen Caldie Pizza & Mexican und der Caldwell-Tennisakademie auf der Baxter Avenue. Untergebracht in einem großen alten Bauernhaus, das noch aus der Zeit stammte, als das umliegende Land zum Maisanbau genutzt worden war, besaß das Gemeindezentrum eine hübsche Rasenfläche vorn und eine Fahnenstange neben ein paar Schaukeln hinter dem Gebäude.

Als Phury sich dort materialisierte, konnte er es kaum erwarten, wieder abzuhauen. Er sah auf die Uhr. Zehn Minuten.

Zehn Minuten lang musste er sich zwingen, hierzubleiben.

Verdammt, er wollte einen Joint. Sein Herz schlug Purzelbäume hinter seinen Rippen, und die Handflächen fühlten sich an wie nasse Waschlappen, und seine kribbelnde Haut machte ihn noch irre.

Um dem Drängen seines Körpers zu entkommen, betrachtete er den Parkplatz. Zwanzig Autos standen dort, ohne erkennbares Muster, was Fabrikat oder Modell betraf. Da waren Lieferwagen und Toyotas, ein Saab-Cabrio und ein rosa VW Käfer, drei Minivans und ein MINI Cooper.

Er steckte die Hände in die Taschen und lief über das Gras zum Bürgersteig, der um das Gebäude herum verlief. Dann steuerte er auf die Flügeltür im Eingangsbereich zu, der mit einer Aluminiumkonstruktion überdacht war.

Innen roch es nach Kokosnuss. Vielleicht von dem Fußbodenwachs auf dem Linoleum.

Gerade als er ernsthaft in Erwägung zog, sich aus dem Staub zu machen, trat ein Mensch aus einer Tür mit der Aufschrift HERREN, hinter ihm verklang das Geräusch einer Toilettenspülung.

»Bist du ein Freund von Bill W?«, fragte der Typ, während er sich die Hände mit einem Papierhandtuch abtrocknete. Er hatte freundliche braune Augen, wie ein Golden Retriever, und trug ein Tweedjackett, das zu warm für den Sommer wirkte. Seine Krawatte war gestrickt.

»Äh, weiß ich nicht.«

»Also, wenn du das Treffen suchst, das ist unten im Keller.« Sein Lächeln war so natürlich und ungezwungen, dass Phury es beinahe erwiderte, bis ihm noch rechtzeitig die Gebissunterschiede zwischen ihren Spezies wieder einfielen. »Ich bin auf dem Weg dorthin, wenn du mitkommen willst. Wenn du noch ein bisschen warten möchtest, ist das natürlich auch okay.«

Phury blickte auf die Hände des Mannes herunter. Immer noch trocknete er sie ab, auf und ab, auf und ab.

»Ich bin nervös«, sagte er. »Schwitzige Hände.«

Phury deutete ein Lächeln an. »Weißt du was … ich glaube, ich komme einfach mit dir mit.«

»Schön. Ich bin Jonathon.«

»Und ich Ph-Patrick.«

Phury war froh, dass sie einander nicht die Hände schüttelten. Er hatte kein Taschentuch dabei, und in den Hosentaschen wurden seine eigenen Handflächen nun noch feuchter.

Der Keller hatte cremefarben gestrichene Betonwände; einen mit kratzigem, unempfindlich dunkelbraunem Teppich ausgelegten Fußboden; und viele, viele Neonröhren an der niedrigen Decke. Auf den meisten der etwa dreißig, in einem großen Kreis aufgestellten Stühle saß jemand, und als Jonathon auf einen leeren Platz in der Mitte zusteuerte, nickte Phury ihm zu und setzte sich so nah an die Tür, wie es nur eben ging.

»Es ist neun Uhr«, begann eine Frau mit kurzem schwarzem Haar. Dann stand sie auf und las von einem Zettel ab: »Was hier im Raum gesagt wird, bleibt auch hier im Raum. Wenn jemand spricht, gibt es keine Privatunterhaltungen oder Dazwischenreden …«

Den Rest hörte er nicht mehr, weil er zu beschäftigt damit war, die anderen Anwesenden abzuchecken. Niemand sonst trug so edle Klamotten wie er, und sie waren alle Menschen. Jeder Einzelne. Das Alter reichte von Anfang zwanzig bis Ende vierzig, vielleicht, weil diese Uhrzeit praktisch für Leute war, die tagsüber arbeiteten oder studierten.

Er versuchte, von den Gesichtern abzulesen, wie sie alle hier gelandet waren, in diesem nach Kokosnuss riechenden, kahlen Keller, auf den schwarzen Plastikstühlen.

Er gehörte nicht hierher. Das waren nicht seine Leute, und nicht nur, weil keiner von ihnen Fänge hatte und kein Sonnenlicht vertrug.

Trotzdem blieb er, weil er nicht wusste, wohin er sonst gehen sollte, und er fragte sich, ob das vielleicht noch für ein paar andere galt.

»Heute Abend wird Jonathon zu uns sprechen«, sagte die Frau.

Jonathon stand auf. Er knautschte immer noch das Tuch in den Händen, das er inzwischen zu einer festen Papierzigarre gerollt hatte.

»Hallo, ich heiße Jonathon.« Von allen Seiten ertönten gemurmelte Hallos. »Und ich bin drogensüchtig. Ich … ich habe ungefähr zehn Jahre lang Kokain genommen und praktisch alles verloren. Ich war zweimal im Gefängnis. Ich bin bankrott. Ich habe mein Haus verloren. Meine Frau … sie, äh, hat sich scheiden lassen und ist mit meiner Tochter in einen anderen Staat gezogen. Unmittelbar danach habe ich meine Stelle als Physiklehrer verloren, weil ich nur von einem Rausch zum nächsten getorkelt bin.

Seit vergangenem August bin ich clean. Aber … ich denke immer noch an die Droge. Momentan wohne ich in einem Übergangswohnheim, weil ich einen Entzug hinter mir und einen neuen Job habe. Ich hab vor zwei Wochen angefangen. Ich unterrichte jetzt in einem Gefängnis. Dem, in dem ich selbst gesessen habe. Mathe, ich unterrichte Mathe.« Jonathon räusperte sich. »Ja, also … heute vor genau einem Jahr … vor genau einem Jahr war ich in einer dunklen Seitenstraße in der Innenstadt. Ich habe Stoff von einem Dealer gekauft, und wir wurden erwischt. Nicht von den Bullen. Sondern von dem Kerl, in dessen Revier wir unterwegs waren. Ich wurde angeschossen, in die Seite und in den Oberschenkel. Ich …«

Wieder räusperte er sich. »Als ich blutend am Boden lag, spürte ich, wie meine Arme bewegt wurden. Der Typ mit der Pistole nahm mir meine Brieftasche und meine Jacke und meine Uhr ab, dann schlug er mir mit dem Knauf der Waffe auf den Kopf. Eigentlich … eigentlich dürfte ich gar nicht hier sein.« Man hörte diverse gemurmelte Zustimmungsgeräusche. »Zu diesen Treffen bin ich anfangs nur gegangen, weil ich nicht wusste, wohin ich sonst gehen sollte. Jetzt komme ich freiwillig, weil ich lieber da sein will, wo ich heute Abend bin, als high zu sein. Manchmal, manchmal allerdings ist das ein sehr schmaler Grat. Deshalb plane ich nicht weiter voraus als bis nächsten Dienstag, neun Uhr. Wenn ich wieder hierherkomme. Also, ähm, und da bin ich.«

Jonathon setzte sich wieder hin.

Phury wartete darauf, dass es Fragen und Kommentare hageln würde. Stattdessen stand der Nächste auf. »Hallo, mein Name ist Ellis …«

Und das war alles. Einer nach dem anderen berichtete von seiner Sucht.

Um neun Uhr dreiundfünfzig – der Wanduhr nach – stand die schwarzhaarige Frau auf. »Und jetzt das Gelassenheitsgebet.«

Phury stand mit den anderen zusammen auf und erschrak, als jemand nach seiner Hand tastete.

Doch seine Handfläche war nicht mehr feucht.

Er wusste nicht, ob er es langfristig schaffen würde. Der Zauberer hatte ihn viele Jahre begleitet und kannte ihn wie ein Bruder den anderen kennt. Das Einzige, was er wusste, war, dass er nächsten Dienstag um neun Uhr wieder hier sein würde.

Er ging mit den anderen, und als er in die Nachtluft trat, krümmte er sich beinahe vor Verlangen nach einem Joint zusammen.

Während alle anderen sich auf ihre Autos verteilten, die Motoren starteten und die Scheinwerfer einschalteten, setzte er sich auf eine der Schaukeln, die Hände auf den Knien und die Füße auf einen Fleck nackter Erde gesetzt.

Eine Sekunde lang glaubte er, beobachtet zu werden –

wobei die Paranoia vielleicht auch eine Nebenwirkung seiner Genesung war, wer zum Teufel wusste das schon?

Nach ungefähr zehn Minuten suchte er sich ein dunkles Plätzchen und dematerialisierte sich nach Norden zu Rehvs Sommerhaus.

Als er hinter dem ausladenden Bau wieder Gestalt annahm, bemerkte er als Erstes einen Schatten hinter der Glasschiebetür.

Cormia wartete auf ihn.

Jetzt schlüpfte sie heraus, schloss leise die Tür und verschränkte fröstelnd die Arme. Der übergroße Strickpulli, den sie trug, gehörte ihm, und die Leggings waren von Bella geliehen. Ihr Haar hing offen bis auf die Hüften, und das Licht, das aus den rautenförmigen Fenstern des Hauses fiel, ließ es schimmern wie pures Gold.

»Hallo«, sagte sie.

»Hallo.«

Er ging auf sie zu, über den Rasen und auf die Steinterrasse. »Ist dir kalt?«

»Ein bisschen.«

»Gut, das heißt, dass ich dich wärmen darf.« Er breitete die Arme aus, und sie kuschelte sich an ihn. Selbst durch die dicken Maschen des Pullis hindurch konnte er ihren Körper auf seinem spüren. »Danke, dass du nicht fragst, wie es war. Ich versuche immer noch … ich weiß ehrlich nicht, was ich sagen soll.«

Ihre Hände wanderten von seiner Hüfte hinauf zu den Schultern. »Du wirst es mir erzählen, wenn du dazu bereit bist.«

»Ich gehe auf jeden Fall wieder dorthin.«

»Gut.«

Sie standen dicht aneinandergepresst in der kühlen Nacht und froren überhaupt nicht.

Er hielt ihr den Mund ans Ohr und hauchte: »Ich möchte in dir sein.«

»Ja …«, entgegnete sie, das Wort in die Länge ziehend.

Drinnen wären sie nicht allein, aber hier im stillen, dunklen Windschatten des Hauses waren sie es. Schritt für Schritt drängte er sie rückwärts, noch tiefer in die Dunkelheit, dann schob er seine Hände unter den Pulli und auf die Haut seiner *Shellan.* Glatt, warm, lebendig; unter seiner Berührung bog sie den Rücken durch.

»Das Oberteil darfst du anbehalten«, sagte er, »aber die Hose muss runter.«

Er zog die Leggings bis auf ihre Knöchel herunter und über ihre Füße.

»Dir ist doch nicht kalt, oder?«, fragte er, obwohl er den Duft ihrer Antwort spüren und riechen konnte.

»Überhaupt nicht.«

Die Hausmauer war aus rauem Stein, aber er wusste, dass die schwere Wolle des Pullis ihre Schultern schützen würde. »Lehn dich zurück.«

Sie tat es, und er legte ihr den Arm um die Taille, um sie noch weicher abzustützen. Mit der freien Hand fand er ihre Brust, dann küsste er sie lang und tief und bedächtig auf den Mund, und ihre Lippen bewegten sich unter seinen auf eine Weise, die gleichzeitig vertraut und geheimnisvoll war – aber genauso war es, sie zu lieben. Inzwischen kannte er sie in- und auswendig, und es gab nichts an ihm, was nicht in der einen oder anderen Form schon in sie eingedrungen wäre. Und doch war bei ihr zu sein so wunderbar und unerklärlich wie beim ersten Mal.

Sie war immer dieselbe, und trotzdem immer neu.

Und sie wusste sehr genau, worum es jetzt gerade ging. Wusste, er musste das Kommando haben, musste die treibende Kraft sein. In diesem Augenblick wollte er etwas tun, was richtig und schön war, und er wollte es gut machen, weil er nach diesem Treffen an nichts anderes denken konnte als an all die hässlichen Dinge, die er sich und anderen – und beinahe auch ihr – angetan hatte.

Seine Hand wanderte tiefer. »Ich glaube, ich sollte aufpassen, dass du keinen Zug kriegst.«

»O ja … bitte«, stöhnte sie und ließ den Kopf zur Seite fallen.

Er war sich nicht sicher, ob sie ihren Hals absichtlich darbot, aber seinen Fängen war das gleichgültig. Übergangslos waren sie bereit zur Penetration, traten aus seinem Oberkiefer, scharf und hungrig.

Seine Hände erreichten ihre Oberschenkel, und die aufwallende Hitze, die er dort vorfand, zwang ihn fast in die Knie. Er hatte eigentlich ganz langsam machen wollen, aber das hatte sich jetzt erledigt.

»O, Cormia«, ächzte er, legte ihr beide Hände um die Hüften und hob sie hoch. Sein Körper spreizte ihre Beine weit. »Mach meine Hose auf … lass mich raus …«

Sein Bindungshunger brüllte auf, als sie seine Erregung befreite und ihn mit einer gleitenden Bewegung, die gleichzeitig mühelos und kraftvoll war, mit sich verband.

Ihr Kopf fiel zurück, während er ihren Körper an sich zog und wieder hochstieß. Gleichzeitig ihre Ader zu nehmen war ein Wunder an Koordination und dennoch ein Kinderspiel.

Gerade, als seine Fänge die zarte Haut ihres Halses durchstießen, umklammerten ihre Arme seine Schultern fester, ballten sich ihre Fäuste um sein Hemd.

»Ich liebe dich …«

Den Bruchteil einer Sekunde erstarrte Phury.

Der Moment war so klar für ihn, alles von ihrem Gewicht in seinen Handflächen und ihrer Mitte um sein Geschlecht über ihre Kehle an seinem Mund bis hin zum Duft ihrer gemeinsamen Erregung und dem Geruch des Waldes und der kristallklaren Luft. Er spürte das Gleichgewicht seines gesunden Beines und seiner Prothese, und wie sein Hemd unter den Armen spannte, weil sie sich daran festhielt. Er fühlte den Druck ihrer Brust auf seiner, das Pulsieren ihres Blutes und seines eigenen, die wachsende sinnliche Anspannung.

Vor allem aber kannte er die Wiege ihrer Liebe füreinander.

Er konnte sich an nichts erinnern, was je so lebendig, so real gewesen war.

Das war das Geschenk der Gesundung, dachte er. Die Fähigkeit, ganz in diesem Moment zu leben, mit der Frau, die er liebte, bewusst, wach, klar. Unverfälscht.

Er dachte an Jonathon und das Treffen und seine Worte: *Ich will lieber da sein, wo ich heute Abend bin, als high zu sein.*

Ja. Verdammt noch mal … ja.

Phury nahm seinen Rhythmus wieder auf, nahm und gab abwechselnd.

Atemlos lebte er den Moment, als sie gemeinsam kamen … lebte ihn mit aller Kraft aus.

29

Xhex verließ den Club um 4:12. Die Putzkolonne war dabei, alles zu schrubben und zu wienern, und würde auch die Türen abschließen. Die Alarmanlage würde sich automatisch um acht Uhr morgens aktivieren. Die Registrierkassen waren leer, und Rehvs Büro nicht nur verschlossen, sondern eine uneinnehmbare Festung.

Ihre Ducati wartete in der privaten Parkgarage auf sie, wo Rehvs Bentley stand, wenn er den Wagen gerade nicht brauchte. Sie rollte das schwarze Motorrad hinaus, stieg auf, während die Tür hinter ihr sich scheppernd schloss, und startete es mit einem Kick.

Sie trug nie einen Helm.

Sie trug immer ihre ledernen Beinschützer und ihre Bikerjacke.

Das Motorrad heulte zwischen ihren Beinen auf, und sie nahm den langen Weg nach Hause, fädelte sich durch das Einbahnstraßenlabyrinth der Innenstadt, dann gab sie Gas auf dem Northway. Als sie an einem Streifenwagen vorbeiraste, der unter den Kiefern auf dem Mittelstreifen parkte, fuhr sie weit über hundertsechzig km/h.

Sie fuhr immer ohne Licht.

Was erklärte, warum der Bursche – angenommen, sie hatte seinen Radar ausgelöst, und er schlief nicht am Steuer – nicht ihre Verfolgung aufnahm. Was man nicht sehen konnte, war schwer zu jagen.

Sie hatte zwei Unterkünfte in Caldwell: eine Kellerwohnung in der Innenstadt, falls sie mal schnell etwas Privatsphäre brauchte und nicht lange durch die Gegend fahren wollte, und ein abgeschiedenes Dreizimmerhäuschen am Hudson River.

Die unbefestigte Straße zum Wasser war kaum mehr als ein Feldweg, da sie das Unterholz in den vergangenen dreißig Jahren ungehindert hatte wuchern lassen. Jenseits des dichten Gebüschs lag die Fischerhütte aus den 1920ern auf einem drei Hektar großen Grundstück, stabil, aber wenig elegant. Die Garage stand frei und etwas rechts vom Haus, und das hatte für sie bei der Besichtigung einen erheblichen Mehrwert dargestellt: Sie war die Sorte Frau, die gern reichlich Feuerkraft vorrätig hatte, und die Munition außerhalb der Hütte aufzubewahren reduzierte die Wahrscheinlichkeit, im Schlaf in die Luft gejagt zu werden.

Das Motorrad kam in die Garage, dann ging sie ins Haus.

Sie liebte den Geruch der Hütte: alte Kiefernbalken in Decke, Wänden und Fußböden neben süßem Zederndnduft aus den Schränken für die Jagdausrüstung.

Eine Alarmanlage besaß sie nicht. Von den Dingern hielt sie nichts.

Sie hatte sich selbst. Und das hatte immer ausgereicht.

Nach einer Tasse Instantkaffee ging sie in ihr Schlafzimmer und zog die Lederhose aus. In ihrem schwarzen Sport-

BH und der Unterhose legte sie sich auf den nackten Fußboden und sammelte sich.

So tough sie auch war, sie brauchte immer erst einen Moment.

Als sie schließlich bereit war, löste sie die Metallbänder mit den Stacheln, die in ihre Haut und die Muskeln einschnitten. Die Schnallen der Bußgürtel schnappten auf, und sie stöhnte, als Blut in die Wunden strömte. Ihr wurde kurz schwarz vor Augen, sie krümmte sich auf der Seite zusammen und atmete durch den Mund.

Das war der einzige Weg für sie, ihre Symphathen-Seite unter Kontrolle zu behalten. Schmerz war ihre Selbstmedikation.

Während ihre Haut glitschig vom Blut wurde und ihr Nervensystem sich allmählich wieder einpendelte, durchlief ein Prickeln ihren Körper. Sie betrachtete es als ihre Belohnung dafür, stark zu sein, sich im Zaum zu halten. Klar, es war rein chemisch, stinknormale Endorphine in ihren Adern, doch die highmachende, benebelnde, kribbelnde Empfindung hatte etwas Magisches.

In Momenten wie diesen war sie versucht, sich ein paar Möbelstücke für die Hütte zu kaufen, doch dieser Anwandlung war leicht zu widerstehen. Der Holzboden war leichter zu putzen.

Ihr Atem ging ruhiger, und ihr Herzschlag verlangsamte sich, und ihr Gehirn wollte gerade wieder auf Normalbetrieb schalten, als ihr etwas durch den Kopf schoss, das die Tendenz zur Stabilisierung umkehrte.

John Matthew.

John Matthew … dieser kleine Penner. Um Himmels willen, der Bursche war ungefähr zwölf. Was zum Henker dachte er sich dabei, sie so krass anzumachen?

Sie rief sich sein Bild ins Gedächtnis, dort in der Männertoilette – sein Gesicht war das eines Kämpfers, nicht das eines unreifen Jungen, sein Körper der eines Vampirs, der hielt, was er versprach, nicht der eines Mauerblümchens mit gestörtem Selbstwertgefühl.

Sie tastete seitlich nach ihrer Lederhose und zog das gefaltete Papierhandtuch heraus, das er ihr gegeben hatte. Sie las, was er geschrieben hatte.

Sag beim nächsten Mal meinen Namen. Dann kommt es dir besser.

Sie knurrte unwillig und zerknüllte den blöden Zettel. Kurz überlegte sie, ihn zu verbrennen.

Stattdessen wanderte ihre freie Hand zwischen ihre Beine.

Als die Sonne aufging und Licht in ihr Schlafzimmer fiel, stellte Xhex sich John Matthew auf dem Rücken unter sich vor, das, was sie in seiner Jeans gesehen hatte, in sie emporstoßend, um ihren kreisenden Hüften zu begegnen …

Sie konnte ihren eigenen Tagtraum kaum fassen. Nahm es ihm wirklich übel. Hätte mit dem Mist aufgehört, wenn sie gekonnt hätte.

Doch sie sagte seinen Namen.

Zweimal.

30

Die Jungfrau der Schrift hatte ein Autoritätsproblem.

Was nicht wirklich schlimm war, wenn man eine Göttin war und eine ganze Welt innerhalb der Welt geschaffen hatte, eine Geschichte innerhalb der Geschichte des Universums.

Ganz ehrlich. Das war nicht schlimm.

Also, vielleicht war es sogar etwas Gutes … in gewissem Maße.

Sie schwebte hinüber zum versiegelten Allerheiligsten innerhalb ihrer Privatgemächer, und ihrem Willen gehorchend schwang die Flügeltür auf. Dunst strömte heraus, bauschte sich wie Seidenstoff im Wind. Nach und nach wurde ihre Tochter sichtbar; Paynes kraftvoller Körper hing leblos mitten in der Luft.

Payne war so, wie auch ihr Vater gewesen war: aggressiv und berechnend und stark.

Gefährlich.

Es hatte unter den Auserwählten keinen Platz für eine

Frau wie Payne gegeben. Und auch nicht in der Vampirwelt. Nach ihrer letzten Tat hatte die Jungfrau der Schrift ihre Tochter hier isoliert, die nirgendwohin passte – zur Sicherheit aller.

Habt Vertrauen in Eure Schöpfung.

Die Worte des Primals klangen in ihr nach, seit er sie gesprochen hatte. Und sie enthüllten eine Wahrheit, die in den Untiefen der geheimen Gedanken und Ängste der Jungfrau der Schrift begraben lag.

Die Leben der Männer und Frauen, die sie durch einen einzigen Akt des Willens aus dem biologischen Reservoir hervorgebracht hatte, konnten nicht ordentlich in Regalen aufbewahrt werden wie Bücher in der Bibliothek des Heiligtums. Die Ordnung war verlockend, das schon, da in der Ordnung Sicherheit und Verlässlichkeit lagen. Doch die Natur und die Beschaffenheit von Lebewesen waren unordentlich und unberechenbar und konnten nicht zwischen zwei Buchdeckel gebunden werden.

Habt Vertrauen in Eure Schöpfung.

Die Jungfrau der Schrift konnte viele Dinge kommen sehen, ganze Legionen von Triumphen und Tragödien, aber das waren nur Sandkörner an einer weiten Küste. Das größere Ganze des Schicksals konnte sie sich nicht vorstellen: Da die Zukunft derer, die sie hervorgebracht hatte, zu eng mit ihrem eigenen Schicksal verknüpft war, blieben ihr Gedeih und Verderb ihres Volkes unbekannt und unergründlich.

Die einzige Gesamtheit, die sie besaß, war die Gegenwart, und der Primal hatte Recht. Ihren geliebten Kindern erging es schlecht, und wenn alles so blieb, wie es war, dann gäbe es bald keine Kinder mehr.

Veränderung war die einzige Hoffnung, die ihnen für die Zukunft blieb.

Die Jungfrau der Schrift streifte ihre schwarze Kapuze vom Kopf und ließ sie auf den Rücken fallen. Dann streckte sie ihre Hand aus und sandte einen warmen Strom von Molekülen zu ihrer Tochter aus.

Paynes eisweiße Augen, denen ihres Zwillingsbruders Vishous so ähnlich, öffneten sich.

»Tochter«, sagte die Jungfrau der Schrift.

Die Antwort überraschte sie nicht.

»Leck mich.«

31

Etwas über einen Monat später wachte Cormia auf die Art und Weise auf, an die sie sich zur Begrüßung der Abenddämmerung allmählich gewöhnte.

Phurys Hüften drängten gegen ihre, eine steinharte Erektion wurde an ihren Körper gepresst. Wahrscheinlich schlief er noch, und als sie sich auf den Bauch drehte und ihm Platz machte, lächelte sie; sie wusste, wie er reagieren würde. Genauso war es auch: In null Komma nichts lag er auf ihr, sein schwerer Körper war warm und fordernd und –

Sie stöhnte, als er sich in sie hineinschob.

»Mmmmm«, raunte er ihr ins Ohr. »Guten Abend, *Shellan.*«

Selig bog sie die Wirbelsäule durch, damit er noch tiefer eindringen konnte. »Mein *Hellren,* wie geht es dir –«

Beide keuchten sie auf, als er zustieß, die kraftvolle Bewegung traf mitten in ihre Seele. Während er sie langsam und zärtlich ritt, ihren Hals liebkoste, mit den Fängen an ihr knabberte, hielten sie sich an den Händen, die Finger ineinander verflochten.

Noch waren sie nicht offiziell vereint, da sie mit den Auserwählten zu viel zu tun gehabt hatten, die diese Welt zu erforschen wünschten. Aber sie verbrachten fast jeden Augenblick zusammen, und Cormia konnte sich gar nicht mehr vorstellen, wie sie jemals getrennt voneinander gelebt hatten.

Tja ... einen Abend gab es in der Woche, an dem sie ein Weilchen getrennt waren. Wenn Phury dienstags zu seiner Selbsthilfegruppe ging.

Mit dem roten Rauch aufzuhören, fiel ihm schwer. Sehr häufig verspannte er sich plötzlich, oder sein Blick wurde glasig, oder er musste sich zusammenreißen, um nicht überzureagieren und ärgerlich zu werden. In den ersten beiden Wochen hatte er tagsüber unter Schweißausbrüchen gelitten, und obwohl das inzwischen nachließ, war seine Haut phasenweise immer noch sehr empfindlich.

Doch er hatte keinen einzigen Rückfall gehabt. Egal wie schlimm es wurde, er wurde nicht schwach. Und Alkohol hatte er auch nicht mehr getrunken.

Allerdings hatten sie ziemlich häufig Sex. Was Cormia nicht störte.

Phury zog sich heraus und drehte sie auf den Rücken. Als er wieder seinen Platz in ihrer Mitte einnahm, küsste er sie gierig, seine Hände tasteten nach ihren Brüsten, die Fingerspitzen strichen über die harten Nippel. Sie bäumte sich auf, ließ die Hand zwischen ihre Körper gleiten, umfasste seine Erektion und streichelte sie genauso, wie er es liebte, von der Wurzel bis zur Spitze, Wurzel bis zur Spitze.

Auf dem Sekretär piepte sein Handy, und beide kümmerten sich nicht darum, während Cormia ihn lächelnd wieder in sich einführte. Als sie erneut eins waren, brandete der

Feuersturm auf und riss sie mit, ihr Rhythmus wurde drängend. Cormia hielt sich an den Schultern ihres Geliebten fest und erwiderte seine Stöße und ließ sich von ihm, mit ihm davontragen.

Nachdem die Woge über sie hinweggespült und verebbt war, öffnete sie die Augen und wurde von dem warmen, gelben Blick begrüßt, der ihr Inneres zum Leuchten brachte.

»Ich liebe es, aufzuwachen«, sagte er und küsste sie auf den Mund.

»Ich auch –«

Der Feuermelder auf der Treppe heulte los, das schrille Kreischen ließ sie wünschen, taub zu sein.

Phury lachte und rollte sich zur Seite, zog Cormia dicht an seine Brust. »Fünf … vier … drei … zwei –«

»Entschuuuuuuuldigung!«, rief Layla vom Fuß der Treppe hinauf.

»Was war es diesmal, Auserwählte?«, brüllte Phury zurück.

»Rühreier«, ertönte es von unten.

Phury schüttelte den Kopf und sagte leise zu Cormia: »Ich hätte auf den Toast getippt.«

»Das geht nicht. Den Toaster hat sie gestern kaputtgemacht.«

»Ach ja?«

Cormia nickte. »Hat versucht, ein Stück Pizza darin aufzuwärmen. Der Käse hat das Gerät erledigt und sich dann in der Küche verteilt.«

»Überall?«

»Überall.«

Laut gab Phury zurück: »Das macht nichts, Layla. Du kannst ja die Pfanne spülen und es noch mal versuchen.«

»Ich glaube nicht, dass die Pfanne noch funktioniert«, kam die Antwort.

Phury senkte die Stimme wieder. »Ich werde nicht nachfragen.«

»Sind die nicht aus Metall?«

»Normalerweise schon.«

»Ich eile ihr wohl besser zu Hilfe.« Cormia setzte sich auf und rief: »Ich komme runter, Schwester! Zwei Sekunden.«

Phury zog sie noch einmal für einen Kuss an sich, dann ließ er sie los. Sie duschte wie der Blitz und kam dann in einer lockeren Jeans und einem von Phurys Gucci-Hemden wieder aus dem Bad.

Vielleicht lag es an dem jahrelangen Tragen von Roben, aber sie mochte keine engen Kleider. Was für ihren *Hellren* völlig okay war, weil sie ihm in den Sachen gefiel.

»Die Farbe steht dir perfekt«, stellte er fest und beobachtete sie dabei, wie sie sich das Haar flocht.

»Magst du Lavendel?« Sie drehte eine kleine Pirouette für ihn, und sein Blick blitzte hellgelb auf.

»O ja. Mag ich. Komm her, Auserwählte.«

Sie stützte die Hände in die Hüften, als unten das Klavier ertönte. Tonleitern. Was bedeutete, dass Selena wach war. »Ich muss nach unten, bevor Layla noch das ganze Haus abfackelt.«

Phury lächelte das Lächeln, das er immer aufsetzte, wenn er sie sich sehr, sehr nackt vorstellte. »Komm her, Auserwählte.«

»Wie wäre es, wenn ich kurz runtergehe und mit etwas zu essen zurückkomme?«

Phury besaß die Kühnheit, das zerknüllte Laken zur Seite zu schleudern und die Hand auf sein hartes, schweres Geschlecht zu legen. »Nur du hast, wonach ich hungere.«

Ein Staubsauger fiel in den Chor von Lärm im Erdgeschoss ein, ein untrügliches Anzeichen dafür, wer jetzt ebenfalls auf den Beinen war: Amalya und Pheonia knobelten jeden Tag darum, wer das Gerät benutzen durfte. Egal, ob die Teppiche in Rehvs Sommerhaus es nötig hatten oder nicht – sie wurden immer gesaugt.

»Zwei Sekunden«, sagte sie, wohl wissend, dass sie nicht in Reichweite seiner Hände kommen durfte, weil sie sonst sofort wieder übereinander herfallen würden. »Dann komme ich zurück, und du darfst mich füttern. Wie klingt das?«

Phurys massiger Körper erbebte, die Augen rollten nach hinten. »O ja. Das wäre … das ist ein großartiger Plan.«

Sein Handy piepte zur Erinnerung, und mit einem Ächzen streckte er die Hand danach aus. »Okay, jetzt geh schon, sonst lasse ich dich die nächsten ein bis vier Stunden nicht hier raus.«

Sie lachte und drehte sich zur Tür um.

»Du lieber Gott.«

Cormia schnellte herum. »Was ist denn?«

Wie in Zeitlupe setzte Phury sich auf und hielt das Handy vor sich, als wäre es weit mehr als die vierhundert Dollar wert, die er letzte Woche dafür hingelegt hatte.

»Phury?«

Er hielt ihr den kleinen Bildschirm hin.

Die SMS kam von Zsadist: *Ein Mädchen, vor zwei Stunden. Nalla. Hoffe, bei dir alles gut.* Z.

Sie biss sich auf die Lippe und legte ihm sanft die Hand auf die Schulter. »Du solltest zurück zum Anwesen gehen. Du solltest ihn besuchen. Sie besuchen.«

Phury schluckte heftig. »Ja. Nein. Ich weiß nicht. Nicht hinzugehen … ist vielleicht besser, glaube ich. Wrath und ich können alles über das Telefon regeln und … ja. Ich bleibe besser hier.«

»Schreibst du zurück?«

»Ja.« Er deckte seinen Unterleib mit dem Laken zu und starrte unverwandt das Handy an.

Nach einer Weile sagte sie. »Soll ich das für dich machen?«

Er nickte. »Bitte. Antworte für uns beide, okay?«

Sie küsste ihn auf den Kopf und simste dann: *Glück und Segen für dich und deine Shellan und euer Kleines. Wir sind im Geiste bei euch, in Liebe, Phury und Cormia.*

Am folgenden Abend war Phury versucht, nicht zum Treffen der Selbsthilfegruppe zu gehen. Stark versucht.

Er war nicht sicher, was ihn dorthin trieb. Wusste nicht, wie er es schaffte.

Er wollte sich einfach nur einen Joint anzünden, damit er den Schmerz nicht fühlen musste. Aber wie krass war das denn, dass es ihm überhaupt so wehtat? Dass das Kind seines Zwillingsbruders gesund auf die Welt gekommen war, dass Z jetzt Vater war, dass Bella überlebt hatte, dass es der Kleinen gutging ... man sollte doch annehmen, er wäre begeistert und erleichtert. Es war genau das, wofür er und alle anderen gebetet hatten.

Ohne Zweifel war er der Einzige, den das alles total fertigmachte. Der Rest der Brüder wäre eifrig dabei, auf Z und seine neue Tochter anzustoßen und Bella zu verwöhnen. Die Feierlichkeiten würden Wochen andauern, und Fritz wäre verzückt wegen der ganzen besonderen Festessen und Zeremonien.

Phury sah es direkt vor sich. Die Eingangstür des Anwesens wäre mit leuchtend grünem – der Farbe von Zs Blutlinie – und violettem – Bellas Farbe – Stoff dekoriert. Blumenkränze würden an jeder einzelnen Tür im Haus hängen, selbst an den Schränken und Kammern, um zu versinnbildlichen, dass Nalla es auf diese Seite geschafft hatte. Die Kamine würden tagelang mit den süß riechenden, langsam brennenden, extra behandelten Scheiten eingeheizt, deren rote Flammen für das neue Blut des kleinen Lieblings stünden.

Zu Beginn der vierundzwanzigsten Stunde nach ihrer Geburt würde jeder im Haus den stolzen Eltern eine riesige Schleife in den jeweiligen Familienfarben überbringen. Diese Schleifen würden an Nallas Wiege gebunden, als Gelöbnis, ihr Leben lang über sie zu wachen. Am Ende der Stunde wäre der Ort, an den sie ihr kostbares Köpfchen bettete, von einer Kaskade seidener Bänder bedeckt, deren lange Enden in einem Fluss der Liebe bis auf den Boden reichten.

Nalla würde mit Schmuck von unschätzbarem Wert beschenkt und in Samt gehüllt und liebevoll im Arm gehalten. Sie würde als das Wunder, das sie war, geehrt, und auf immer würde ihre Geburt in den Herzen jener bejubelt werden, die in Hoffnung und Furcht darauf gewartet hatten, sie zu begrüßen.

Ja ... Phury wusste nicht, was ihn in dieses Gemeindezentrum trieb. Und er wusste nicht, was ihm durch die Tür und in den Keller half. Und er wusste nicht, warum er blieb.

Er wusste allerdings, als er zu Rehvenges Haus zurückkehrte, dass er nicht ins Haus gehen konnte.

Also blieb er auf der Terrasse sitzen, in einem Korbstuhl unter den Sternen. Sein Kopf war leer. Und übervoll.

Irgendwann kam Cormia heraus und legte ihm die Hand auf die Schulter, wie sie es immer tat, wenn sie spürte, dass er tief in seine Gedanken versunken war. Er küsste ihre Handfläche, und dann küsste sie ihn auf den Mund und ging wieder hinein, wahrscheinlich, um weiter an den Plänen für Rehvs neuen Club zu arbeiten.

Die Nacht war still und ausgesprochen kalt. Hin und wieder kam ein Wind auf und wehte durch die Baumwipfel, das Herbstlaub raschelte gurrend, als genösse es die Aufmerksamkeit.

Hinter sich im Haus konnte er die Zukunft hören. Die Auserwählten reckten ihre Arme in diese Welt hinein, lernten Dinge über sich selbst und diese Seite. Er war so stolz auf sie, und in einer Hinsicht war er auf jeden Fall wie ein Primal der alten Tradition – er würde töten, um seine Frauen zu beschützen, und würde für jede Einzelne von ihnen alles tun.

Aber das war eine väterliche Liebe. Seine leidenschaftliche Liebe galt Cormia und nur ihr.

Phury rieb sich die Brust und ließ die Stunden verstreichen, wie sie wollten, in ihrem eigenen Tempo, während der Wind wehte, wie er es eben tat, mit seiner eigenen Kraft. Jemand legte im Haus eine Oper auf. Jemand stellte auf Hiphop um, dem Himmel sei Dank. Jemand stellte eine Dusche an. Jemand staubsaugte. Schon wieder.

Leben. In all seiner profanen Erhabenheit.

Und man konnte es sich nicht zunutze machen, wenn man in der Finsternis auf seinem Hintern hockte ... ob nun tatsächlich oder metaphorisch, weil man in der Dunkelheit der Sucht gefangen war.

Phury betastete die Wade seiner Prothese. Er war mit nur einem halben Bein bis hierher gekommen. Den Rest seines Lebens ohne seinen Zwillingsbruder und ohne seine Brüder zu verbringen ... das würde er auch schaffen. Es gab viel, wofür er dankbar sein musste, und das würde einiges aufwiegen.

Er würde sich nicht immer so leer fühlen.

Jemand im Haus machte wieder die Oper an.

Shit. Dieses Mal war es Puccini.

»Che Gelida Manina«.

Warum mussten sie ausgerechnet das eine Solo aussuchen, das ihn garantiert runterziehen würde? Mein Gott, er hatte sich *La Bohème* nicht mehr angehört seit ... also seit einer Ewigkeit, so kam es ihm zumindest vor. Und der Klang, den er so sehr geliebt hatte, quetschte ihm die Rippen so fest zusammen, dass er keine Luft mehr bekam.

Phury umklammerte die Stuhllehne und wollte aufstehen. Er konnte sich diesen Tenor nicht anhören. Diesen herrlichen, hellen Tenor, der ihn so sehr an –

Zsadist tauchte am Waldrand auf. Singend.

Er sang … Es war sein Tenor, den Phury hörte, keine CD aus dem Haus.

Zs Stimme schwang sich über die Gipfel und durch die Täler der Arie, während er über das Gras lief, mit jeder perfekt getroffenen, klangvollen Silbe näher kam. Der Wind wurde zu seinem Orchester, blies die überwältigenden Töne aus seinem Mund über den Rasen und die Bäume und hinauf in die Berge, in den Himmel empor, wo ein solches Talent geboren worden sein musste.

Phury kam auf die Füße, als hätte ihn die Stimme seines Zwillingsbruders, nicht seine eigenen Beine aus dem Stuhl gehoben. Das war der Dank, der nie ausgesprochen worden war. Das war die Danksagung für die Rettung und die Würdigung des Lebens, das gelebt wurde. Das war die weit geöffnete Kehle eines erstaunten Vaters, dem die Worte fehlten, um seinem Bruder gegenüber auszudrücken, was er fühlte, und der die Musik brauchte, um sich erkenntlich zu zeigen.

»O … Zsadist«, flüsterte Phury mitten in dieser Pracht.

Als das Solo seinen Höhepunkt erreichte, als der Tenor der Gefühle am mächtigsten war, tauchte ein Bruder nach dem anderen aus der Dunkelheit auf, riss sich aus der Nacht los. Wrath. Rhage. Butch. Vishous. Sie alle waren in ihre weißen zeremoniellen Gewänder gekleidet, die sie getragen haben mussten, um die vierundzwanzigste Stunde nach Nallas Geburt zu ehren.

Zsadist sang die letzte zarte Note der Arie unmittelbar vor Phury.

Als die letzten Worte, »vi piaccia dir!«, in die Unendlichkeit wehten, hob Z die Hand.

Im Nachtwind flatterte eine riesige Schleife aus grüner und goldener Seide.

Cormia stellte sich genau im richtigen Moment dicht neben ihn. Ihr Arm um seine Taille war das Einzige, was ihn auf den Beinen hielt.

In der Alten Sprache sagte Zsadist: *»Würdet Ihr beiden meine geborene Tochter durch die Farben Eurer Geschlechter und die Liebe Eurer Herzen ehren?«*

Er verneigte sich tief und bot die Schleife dar.

Phurys Stimme klang heiser, als er die fließenden Seidenbänder entgegennahm. *»Es wäre die Ehre der Zeitalter, unsere Farben Eurer geborenen Tochter zu geloben.«*

Als Z sich wieder aufrichtete, war schwer zu sagen, wer zuerst nach vorn trat.

Höchstwahrscheinlich trafen sie sich in der Mitte.

Keiner von beiden sagte etwas, als sie sich umarmten. Manchmal reichten Worte einfach nicht aus, waren die Gefäße der Buchstaben und Behälter der Grammatik unzulänglich, um die Empfindungen des Herzens zu transportieren.

Die Bruderschaft begann, zu applaudieren.

Schließlich streckte Phury den Arm nach Cormia aus und zog sie nah an sich heran.

Er sah seinen Zwillingsbruder an. »Sag, hat sie gelbe Augen?«

Z lächelte und nickte. »Ja. Bella sagt, sie sieht aus wie ich … was bedeutet, dass sie aussieht wie du. Komm und sieh dir mein kleines Mädchen an, Bruder. Komm mit und sieh dir deine Nichte an. An ihrer Wiege klafft eine große Lücke, und wir brauchen euch beide, um sie zu füllen.«

Phury hielt Cormia fest an sich gepresst und spürte ihre Hand über seine Brust streichen. Er holte tief Luft und wischte sich die Augen. »Das ist meine Lieblingsoper, und mein Lieblingssolo.«

»Das weiß ich.« Z lächelte Cormia an und zitierte die ersten beiden Zeilen: ›Che gelida manina, se la lasci riscaldar.‹ Nun hast auch du ein eiskalt Händchen zum Wärmen, mein Bruder.«

»Du bist gar nicht so übel, mein Bruder.«

»Wie wahr, wie wahr.« Z wurde ernst. »Bitte … komm sie besuchen – aber komm auch uns besuchen. Die Brüder vermissen dich. Ich vermisse dich.«

Phury verengte die Augen, und etwas in seinem Inneren rastete wieder ein. »Das warst du, stimmt's? Du bist zu dem Gemeindezentrum gekommen. Du hast mich hinterher auf der Schaukel beobachtet.«

Zs Stimme wurde heiser. »Ich bin so verdammt stolz auf dich.«

»Ich auch«, meldete sich Cormia zu Wort.

Was für ein vollkommener Augenblick das doch war, dachte Phury. Solch ein perfekter Moment, mit seinem Zwillingsbruder vor sich, seiner *Shellan* neben sich. Und weit und breit war keine Spur des Zauberers zu entdecken.

Phury küsste seine *Shellan* auf die Stirn, drückte sich an sie, bedankte sich. Dann lächelte er Zsadist an.

»Mit Vergnügen. Wir kommen mit Vergnügen und Verehrung zu Nallas Wiege.«

»Und eure Schleifen?«

Er betrachtete das Grün und das Gold, die hübschen, miteinander verflochtenen Seidenbänder, die seine und Cormias Verbindung symbolisierten. Unvermittelt verstärkte sie ihre Umarmung, als dächte sie ganz genau dasselbe wie er.

Nämlich dass sie perfekt zusammenpassten.

»Ja, mein Bruder. Wir kommen mit unseren Schleifen.« Er blickte Cormia tief in die Augen. »Und weißt du was – wenn wir noch Zeit für eine Hochzeitszeremonie hätten, wäre das super, denn –«

Das Johlen und Brüllen und Schulterklopfen der Bruderschaft schnitt ihm das Wort ab. Aber Cormia hatte schon verstanden. Noch nie hatte er eine Frau so wunderschön und breit lächeln sehen, wie sie es tat, als sie zu ihm aufblickte.

Also musste sie wissen, was er gemeint hatte.

Ich liebe dich bis in alle Ewigkeit musste nicht immer laut ausgesprochen werden.

J. R. Wards
BLACK DAGGER
wird fortgesetzt in dem großen Sonderband:

Die Bruderschaft der Black Dagger

Leseprobe

Auf zittrigen Beinen umkreiste Bella im Physiotherapie-Raum des Trainingszentrums den Behandlungstisch. In regelmäßigen Abständen blieb sie stehen, um auf die Uhr zu blicken.

Wo blieben sie nur? Was war denn sonst noch schiefgegangen? Es musste mehr als eine Stunde her sein …

O Gott, bitte lass Zsadist noch am Leben sein. Bitte gib, dass sie ihn lebend zurückbringen.

Immer im Kreis, rauf und runter. Schließlich blieb sie am Kopfende des Tisches stehen und betrachtete ihn der Länge nach. Vielleicht lag es an der stechenden Qual, die sie empfand; vielleicht an der Panik; vielleicht an der Verzweiflung; aber sie musste unwillkürlich an den Tag denken, als sie selbst als Patientin auf diesem Tisch gelegen hatte. Vor zwei Monaten. Bei Nallas Geburt.

Mein Gott, was für ein Alptraum das gewesen war.

Mein Gott, was für ein Alptraum das hier heute war … darauf zu warten, dass ihr *Hellren* verletzt, blutend, leidend hereingerollt wurde – und das war noch der glimpflichste mögliche Ausgang.

Um nicht verrückt zu werden, oder wahrscheinlich eher, weil sie schon verrückt war und ihr Gehirn unbedingt Erinnerungen ausspucken wollte, die sie im Reich des Irrsinns festhielten, rief sie sich die Geburt ins Gedächtnis, jenen Moment, der sowohl ihr als auch Zs Leben für immer verändert hatte. Wie häufig bei dramatischen Geschehnissen war das große Ereignis zwar erwartet worden; aber als es eintraf, war es dennoch ein Schock gewesen. Sie war im elften der üblichen achtzehn Schwangerschaftsmonate, und es war ein Montagabend gewesen.

Kein guter Start in die Arbeitswoche. Ganz bestimmt nicht.

Sie hatte Gelüste nach Chili con Carne gehabt, und Fritz hatte ihr den Wunsch erfüllt und eine Portion gekocht, die genauso scharf war, wie sie es gern hatte – was hieß, man wollte das Zeug nicht mit den Lippen in Berührung kommen lassen, weil es so brannte. Als der heißgeliebte Butler ihr die dampfende Schale gebracht hatte, war sie urplötzlich nicht in der Lage gewesen, auch nur den Geruch oder Anblick zu ertragen. Ihr war übel, und sie schwitzte, weswegen sie kalt duschen ging, und auf dem Weg ins Badezimmer hatte sie sich gefragt, wie zum Henker sie ein noch sieben Monate lang wachsendes Baby in ihrem Bauch unterbringen sollte.

Nalla hatte sich diese Überlegung offenbar zu Herzen genommen. Zum ersten Mal seit Wochen bewegte sie sich heftig – und brachte mit einem kräftigen Tritt Bellas Fruchtblase zum Platzen.

Bella hatte den Saum ihres Nachthemdes hochgehoben und die Flüssigkeit betrachtet; einen Moment lang hatte sie geglaubt, die Kontrolle über ihre Blase verloren zu haben oder so was. Dann aber ging ihr langsam ein Licht auf. Obwohl sie Janes Rat Folge geleistet und es vermieden hatte, die Vampirversion von *Ein Baby kommt* zu lesen, verfügte sie über genug Hintergrundwissen, um zu begreifen, dass es kein Zurück mehr gab, wenn die Fruchtblase erst geplatzt war.

Zehn Minuten später hatte sie flach auf dieser Liege hier gelegen, während Jane rasch eine Untersuchung durchführte. Sie kam zu dem Schluss, dass Bellas Körper noch nicht bereit war, die Sache durchzuziehen, dass aber Nalla geholt werden musste. Pitocin, das häufig bei menschlichen Frauen eingesetzt wurde, um die Wehen einzuleiten, wurde verabreicht, und kurz darauf lernte Bella den Unterschied zwischen Schmerzen und Wehen kennen.

Schmerzen weckten Aufmerksamkeit. Wehen forderten *volle* Aufmerksamkeit.

Zsadist war draußen in irgendeinen Kampf verwickelt gewesen, und als er eintraf, war er so in Panik, dass die kurzen Stoppeln auf seinem Kopf steil nach oben standen. Er hatte seine Waffen auf einen Haufen geworfen und war an ihre Seite geeilt.

Noch nie hatte sie ihn so verängstigt gesehen. Nicht einmal wenn er aus seinen Träumen über seine sadistische Herrin aufwachte. Seine Augen waren schwarz gewesen, nicht vor Wut, sondern aus Angst, und seine Lippen hatten praktisch nur noch zwei weiße Striche gebildet.

Ihn bei sich zu haben, hatte ihr aber durch die Schmerzen geholfen. Und sie hatte jede Hilfe brauchen können.

Jane hatte ihr von einer Epiduralanästhesie abgeraten, da Vampire darauf oft mit einem bedrohlichen Absinken des Blutdrucks reagierten. Daher hatte es also keinerlei Abfederung gegeben.

Sie in Havers' Klinik zu verlegen, war nicht in Frage gekommen, da die Wehen nach dem Pitocin derart schnell vorangeschritten waren, dass sie nicht mehr transportfähig war. Und da der Morgen nahte, konnte man den Arzt auch nicht rechtzeitig ins Trainingszentrum holen.

Bella kehrte in die Gegenwart zurück und strich mit der Hand über das dünne Kissen auf der Liege. Sie konnte sich erinnern, Zs Hand so fest gedrückt zu haben, dass sie ihm beinahe die Knochen brach, und dass sie sich angestrengt hatte, bis ihr die Zähne wehtaten und sie das Gefühl hatte, in der Mitte auseinandergerissen zu werden.

Und dann hatten ihre Vitalfunktionen versagt.

»Bella?«

Sie wirbelte herum. Wrath stand im Türrahmen, sein riesiger Körper füllte ihn ganz aus. Mit seinem hüftlangen schwarzen Haar, der Panoramasonnenbrille und der schwarzen Lederhose wirkte seine stillschweigende Ankunft wie eine moderne Version des Sensenmanns.

»O, bitte nicht«, sagte sie und klammerte sich an der Liege fest. »Bitte –«

»Nein, alles okay. Alles okay mit ihm.« Wrath trat vor und nahm ihren Arm, um sie zu stützen. »Er wurde stabilisiert.«

»Stabilisiert?«

»Er hat einen offenen Unterschenkelbruch, und das hat ziemlich geblutet.«

Ziemlich im Sinne von *heftig,* dachte sie. »Wo ist er?«

»Er war bei Havers, wird aber gerade nach Hause transportiert. Ich dachte mir, du machst dir wahrscheinlich Sorgen, deshalb wollte ich dir Bescheid geben.«

»Danke. Danke …«

Sie hatten in letzter Zeit so ihre Probleme miteinander gehabt, aber die Vorstellung, ihn zu verlieren, war vernichtend.

»Komm her, Bella.«

»Nein, mir geht's gut.« Totaler Blödsinn. »Ehrlich, mir …«

»Unfug. Betrachte es als königliche Anordnung, wenn das deinen Stolz beruhigt.«

Bella lächelte und gab den Widerstand auf. Sie trat auf den König zu, und er nahm sie in seine kräftigen Arme und hielt sie sanft fest.

»Lass das Zittern durch dich hindurchlaufen. Dann kannst du leichter atmen, glaub mir.«

Sie versuchte es, lockerte die Starre, unter die sie ihre Muskeln gezwungen hatte. Daraufhin bebte ihr gesamter Körper von den Schultern bis hinunter zu den Waden, und sie musste sich auf den König stützen, sonst wäre sie zuckend zu Boden gegangen.

Aber seltsamerweise hatte er Recht. Als die Schauer verebbt waren, konnte sie ein, zwei ruhige Atemzüge machen.

Schließlich fühlte sie sich wieder einigermaßen stabil und löste sich aus seinem Griff. Mit einem Seitenblick auf den Behandlungstisch runzelte sie die Stirn. »Wrath, darf ich dich was fragen?«

»Aber sicher.«

Sie musste ein paar Schritte auf und ab laufen, bevor sie die Frage vernünftig formulieren konnte. »Wenn Beth … wenn Beth und du ein Kind hättet, würdest du das Kind so sehr lieben, wie du sie liebst?«

Der König sah sie überrascht an. »Äh …«

»Entschuldige. Das geht mich nichts –«

»Nein, darum geht es nicht. Ich suche nach der richtigen Antwort.«

Er hob die Brille von seinen leuchtend hellgrünen Augen. Während er ausgiebig nachdachte, spielte er mit den Bügeln der Sonnenbrille, klappte sie mit seinen kräftigen Fingern auf und zu, das Plastikquietschen hallte in dem gefliesten Raum wider.

»Also, bei mir – und ich glaube, bei allen gebundenen Vampiren – ist das so: Die *Shellan* ist das schlagende Herz in deiner Brust. Sie ist dein Körper und deine Haut und dein Geist ... alles, was du jemals warst und jemals sein wirst. Deshalb kann ein Mann nie mehr für irgendjemanden empfinden als für seine Partnerin. Das ist einfach nicht möglich – und ich glaube, man sieht hier die Evolution am Werk. Je tiefer du liebst, desto mehr beschützt du, und deine Frau – koste es, was es wolle – am Leben zu erhalten, bedeutet, dass sie sich um ihr Kind kümmern kann. Trotzdem liebt man seine Kinder natürlich. Denk nur an Darius und Beth ... er wollte mit allen Mitteln für ihre Sicherheit sorgen. Und Tohr und John ... und ... genau, also, man hat sehr tiefe Gefühle für sie, das ist klar.«

Das leuchtete ein. Aber Zsadist wollte Nalla nicht mal auf den Arm nehmen –

Krachend öffnete sich die Tür zur Turnhalle, und Z wurde hereingerollt. Er trug einen OP-Kittel, ohne Zweifel, weil man ihm seine eigenen Klamotten in Havers' Klinik vom Leib geschnitten hatte. Seinem Gesicht fehlte jegliche Farbe. Beide Hände waren verbunden und der Unterschenkel eingegipst.

Er war bewusstlos. Schlimmer noch, er sah tot aus.

Sie rannte zu ihm und legte ihm die Hand auf die Schulter. »Zsadist? *Zsadist?*«

Infusionen und Pillen waren nicht immer die beste Behandlung für Verletzte. Manchmal bedurfte es nur der Berührung durch die Geliebte und des Klangs ihrer Stimme und des Wissens, dass man zu Hause war, und plötzlich kehrte man zurück.

Z versuchte, etwas zu erkennen. Der saphirblaue Blick, dem er begegnete, trieb ihm Tränen in die eigenen Augen. Bella beugte sich über ihn, ihr schweres, mahagonifarbenes Haar fiel über eine Schulter, ihre klassischen Gesichtszüge waren von Sorge gezeichnet.

»Hallo«, sagte er, weil er etwas Besseres nicht zustande brachte.

In der Klinik hatte er jedes Schmerzmittel verweigert, weil ihn die Trägheit, die dadurch hervorgerufen wurde, immer an die Mittel erinnerte, die ihm seine ehemalige Herrin zwangsweise verabreicht hatte. Durch das verwundete Bein und seine verletzten Handflächen war er demnach halb wahnsinnig vor Schmerz. Und doch half es so sehr, Bella auch nur zu sehen.

»Hallo.« Sie strich ihm über den geschorenen Kopf. »Hallo …«

Er sah sich um, wer außer ihr noch im Behandlungsraum war. In einer Ecke, neben der Massagewanne, unterhielten sich Wrath und Rhage, und Qhuinn, John und Blay standen vor den Stahl-Glas-Vitrinen.

Als die Einzelheiten des Raums vor seinen Augen allmählich Schärfe annahmen, dachte er an das letzte Mal, als er hier gewesen war.

Die Geburt.

»Schsch«, machte Bella, da sie ganz offensichtlich den Grund für sein Zusammenzucken missverstand.

Er gehorchte ihr, weil er wieder auf der Kippe stand, und nicht, weil er solche Schmerzen hatte.

Himmel, jene Nacht, als Nalla auf die Welt gekommen war … als er beinahe seine *Shellan* verloren hätte …

Z kniff die Augen zu, er wollte die Vergangenheit nicht noch einmal durchleben … oder auch zu eingehend die Gegenwart betrachten. Er lief Gefahr, Bella zu verlieren. Schon wieder. Und es war seine Schuld. Schon wieder.

»Ich liebe dich …«, flüsterte er. »O, Gott, bitte verlass mich nicht …«

Lesen Sie weiter in:
J. R. Ward: DIE BRUDERSCHAFT DER BLACK DAGGER